Robert A Heinlein

개 산책도 시켜드립니다

We Also Walk Dogs

개 산책도 시켜드립니다

고호관 배지훈 서제인 조호근 최세진 옮김

로버트 A. 하인라인 중단편 전집 2

Future History II

ROBERT A. HEINLEIN

아작

차례

데릴라와 우주 건설꾼

Delilah and the Space-Rigger

조호근 옮김

+ 1949년 12월 〈블루 북(Blue Book)〉에 발표

물론 1번 우주정거장을 건설할 때도 문제가 있기는 했다. 사람이라는 문제가.

3만 6천 킬로미터 상공의 우주 공간에서 정거장을 건설하는 공사가 수월했다는 뜻은 아니다. 파나마 운하나 피라미드, 심지어 서스퀴해나 원자로보다도 훨씬 거대한 공학적 위업이 아닌가. 그러나 이 물건의 건설을 담당한 사람은 '타이니'* 라슨이었다. 그리고 타이니가 손댄 물건은 무슨 일이 있어도 완성되기 마련이었다.

내가 타이니를 처음 만났을 때, 그는 준프로 미식축구팀에서 가드로 뛰면서 오펜하이머 공과대학에 다니고 있었다. 그 뒤로도 졸업할 때까지 여름방학마다 내 밑에서 일했다. 그러다 계속 건설업계에 머무르더니, 어느새 내가 그 친구 밑에서 일하게 되어버렸다.

타이니는 토목공학 측면에서 만족스럽지 않은 일감은 절대 시공에 들어가지 않는다. 처음 받아본 우주정거장 설계도는 우주복을 입은 다 큰

* '아주 작다'는 뜻으로, 덩치가 큰 사람에게 종종 장난으로 붙여주는 애칭이다.

어른이 아니라 팔이 여섯 개 달린 원숭이가 필요한 물건이었다. 타이니는 그런 부분을 예리하게 짚어냈다. 그리고 명세서와 설계도가 눈에 차기 전까지는 단 1톤의 건설 자재도 우주로 올리지 않았다.

그러나 진짜로 골치를 썩인 것은 사람들 쪽이었다. 기혼자가 여기저기 조금씩 있기는 했지만, 인부의 대다수는 높은 임금과 모험을 갈망하는 천둥벌거숭이들이었다. 해고당한 우주 비행사도 드문드문 있었다. 일부는 전기기술자나 중장비 운전사 등의 특수 인력이었다. 절반 정도는 심해 작업 경험이 있어서 여압복에 익숙했다. 해저 인부에 견인꾼에 용접공에 조선공에, 심지어 서커스 곡예사도 두 명 있었다.

한번은 술에 취해서 현장에 들어온 인부 네 명을 해고한 적이 있는데, 그중 한 놈은 타이니가 팔을 분질러버린 다음에야 얌전히 해고를 받아들였다. 우리가 제일 걱정한 문제는 대체 술을 어디서 얻었느냐는 것이었다. 알고 보니 조선공 한 놈이 주변의 진공을 이용해서 열이 필요 없는 증류기를 만들어낸 모양이었다. 그놈은 물자배급소에서 훔쳐낸 감자를 이용해 보드카를 빚었다. 보내기가 꽤 아쉬웠지만, 지나치게 영리한 놈이라 다른 방도가 없었다.

24시간 내내 지구 궤도에서 몸무게도 못 느끼고 자유낙하 상태로 둥둥 떠다니며 살아가는 인부들 사이에서, 주사위 노름이 문제가 되리라 생각한 사람은 별로 없을 것이다. 그러나 피터스라는 이름의 통신기술자가 강철 주사위와 자기장을 이용해서 대용품을 만들어냈다. 덤으로 확률이라는 요소를 제거해버리는 데도 성공하는 바람에, 그놈 또한 해고할 수밖에 없었다.

우리는 보급선 하프문호가 다음번 들어올 때 그놈을 태워서 돌려보내기로 계획했다. 보급선이 우리 궤도에 진입하려고 로켓 가속을 할 때, 나는 타이니의 사무실에 있었다. 타이니는 무중력 속을 헤엄쳐 관측창으로 향했다. "피터스를 보내세요, 형님. 깔끔히 해고하는 거 잊지 말고요. 대신 오는 사람은 누구죠?"

"G. 브룩스 맥나이라는 이름이던데." 내가 일러주었다.

보급선에서 예인줄이 구불구불 풀려 나오기 시작했다. 그 모습을 바라보던 타이니가 입을 열었다. "궤도를 제대로 못 맞춘 것 같은데." 그는 통신실을 호출해서 정거장에 대한 보급선의 상대 운동 정보를 요구했다. 그리고 그 답에 만족하지 못하고 하프문호에 연락했다.

타이니는 영상 화면에 로켓 우주선의 선장이 등장할 때까지 기다렸다. "오랜만이야, 선장. 왜 벌써 이쪽에 예인줄을 연결한 거지?"

"화물 때문이지, 무슨 소립니까. 그쪽 일꾼들 좀 이리 보내요. 그림자에 들어가기 전에 여길 빠져나가고 싶거든요." 정거장은 매일 1시간 15분 정도 지구의 그림자 속을 통과한다. 우리는 11시간씩 2교대 작업을 하며 어두운 시간에는 작업을 중단했다. 조명을 설치하고 우주복을 예열하는 번거로운 일을 피하기 위해서였다.

타이니는 고개를 저었다. "궤도와 속도를 우리하고 맞추기 전까지는 안 돼."

"맞췄는데요!"

"내 기준에는 부족해."

"좀 봐줘요, 타이니! 미세조정용 연료가 부족하단 말입니다. 화물도 몇 톤밖에 안 되는데, 그딴 작은 오차까지 수정하려고 우주선을 통째로 움직이다가는 너무 늦어서 보조 착륙장에 내려야 할 겁니다. 무동력 착륙을 해야 할지도 몰라요." 아직 모든 우주선에 착륙용 보조날개가 달려 있던 시절이었다.

"내 말 잘 들어, 선장." 타이니는 날카롭게 쏘아붙였다. "자네를 승진시킨 단 하나의 이유는 그 몇 톤밖에 안 되는 화물을, 궤도를 정확하게 맞춰서 받아내기 위해서야. 나는 자네가 콩콩이를 타고 남극 기지에 내리게 되더라도 전혀 신경 안 써. 자네도 첫 화물을 나를 때는 완벽하게 궤도를 맞추고 세심하게 주의를 기울여 하역했었지. 앞으로도 계속 그 기준을 유지할 생각이야. 알았으면 그 화물차를 즉시 줄 맞춰 세우도록."

"잘 알겠습니다, 소장님!" 선장은 뻣뻣하게 대답했다.

"너무 고깝게 받아들이지 말게, 실즈." 타이니는 부드러운 목소리로 말했다. "그건 그렇고, 승객도 한 명 내려야 하지 않나?"

"아, 그렇죠. 물론입니다!" 실즈 선장은 만면에 미소를 지었다.

"뭐, 그 친구는 하역 작업을 끝낼 때까지 태워두도록 하지. 잘하면 아직 그림자에 들어가기 전에 끝낼 수 있을지도 몰라."

"좋아요, 좋아! 속 썩일 거리를 벌써 알려드릴 필요야 없겠지요." 선장은 이 말을 남기고 교신을 껐고, 우리 소장님께서는 영문을 모르겠다는 표정이 되었다.

실즈 선장의 말을 곱씹을 시간은 없었다. 실즈 선장은 자이로를 중심으로 우주선을 선회시킨 다음, 한두 번 가속해서 정확하게 우리 궤도에 맞춰 들어왔다. 조금 전에 투덜거린 것과는 달리 매우 적은 양의 연료만 사용해서 말이다. 나는 손이 비는 인부들을 전부 긁어모아서 지구의 그림자에 들어가기 전에 하역 작업을 끝냈다. 화물을 하역할 때는 무중력 환경이 믿을 수 없을 정도로 유리하게 작용했다. 우리는 하프문호의 내부를 54분 만에 깨끗이 비웠다. 다시 강조하지만, 맨손으로.

하프문호의 화물은 탱탱하게 채운 산소탱크, 그 산소탱크를 보호하기 위한 알루미늄 반사판, 티타늄 합금판 사이에 거품유리를 끼운 샌드위치 형태의 외장재, 그리고 거주 구역에 회전력을 가할 때 필요한 자토 유닛이었다. 화물을 전부 꺼내 우리 쪽 예인줄에 연결하고 나서, 하역을 도운 인부들을 같은 줄에 태워 정거장 안으로 들여보냈다. 나는 아무리 우주에 익숙하다고 주장하는 사람이라도 예인줄 없이는 외부 작업을 맡기지 않았다. 이 모든 작업을 전부 끝낸 다음, 나는 실즈 선장에게 승객을 넘기고 정거장을 떠나라고 일렀다.

작은 체구의 사람 하나가 보급선의 에어로크에서 나와서 그쪽 예인줄에 고리를 걸었다. 그리고 우주에 익숙한 몸놀림으로 자세를 바로잡고는 그대로 우주공간으로 뛰어들었다. 고리는 길게 늘어진 줄을 따라 빠른 속도로 미끄러졌다. 나는 서둘러 예인줄 쪽으로 돌아가서 따라오라고 손짓했다. 그리고 타이니와 신임 통신기술자와 함께 에어로크에 도착했다.

우리 기지에는 일반적인 화물용 에어로크 말고도 G. E. 크위크록이 세 개 추가로 있다. 크위크록은 쇠로 만든 고문용 관에서 가시를 뺀 것처럼 생긴 물건이다. 우주복을 입은 사람이 한 명 들어갈 크기에, 회수할 공기도 몇 리터 정도밖에 되지 않으며, 자동으로 다음 준비에 들어간다. 작업 인원이 교대할 때 상당한 시간을 절약해주는 물건이다. 나는 중간 크기 크위크록을 통과했다. 타이니는 당연하지만 큰 쪽을 사용했다. 새로 도착한 기술자는 조금도 망설이지 않고 작은 쪽으로 들어갔다.

우리는 함께 타이니의 사무실로 들어갔다. 타이니는 잠금쇠를 풀고 헬멧을 뒤로 젖혔다. "좋아, 맥나이. 함께 일하게 되어 기쁘네."

새로 온 통신기술자가 헬멧을 벗었다. 낮고 온화한 목소리가 대답했다. "고맙습니다."

나는 멍하니 바라보기만 할 뿐 아무 말도 하지 못했다. 내 위치에서 보이는 것은 통신기술자의 머리에 달린 리본뿐이었으니까.

*

나는 타이니가 폭발하리라 생각했다. 그는 리본을 볼 필요도 없었을 것이다. 헬멧을 벗은 모습만 봐도, 새로 도착한 기술자는 밀로의 비너스만큼이나 여성이 분명했으니까. 타이니는 알아들을 수 없는 소리를 뭐라 더듬거리더니, 바로 우주복에서 빠져나와 관측창 쪽으로 날아갔다. "형님! 통신실 호출해요. 저 우주선 멈추라고요!"

그러나 멀찍이 보이는 하프문호는 이미 대기권에 진입해서 불타는 구체가 되어 있었다. 타이니는 정신이 나간 것처럼 보였다. "형님, 이 사실을 아는 사람이 또 있습니까?"

"내가 아는 한은 아무도 없는데."

타이니는 잠시 생각을 정리했다. "이 여자를 안 보이는 곳에 숨겨야 하는데. 그래, 그거군요. 다음 보급선이 도착할 때까지 가둬놓고 아무도 못 보게 하죠." 타이니는 여자 쪽을 쳐다보지도 않았다.

"대체 지금 무슨 이야기를 하는 건가요?" 맥나이의 목소리는 한층 높아졌고, 온화한 기색도 어느새 사라져버렸다.

타이니는 그녀를 노려보았다. "당신 이야기를 하는 거요. 당신 대체 뭐지. 밀항자인가?"

"무슨 헛소리예요! 나는 전기기술자인 G. B. 맥나이예요. 내 서류 받지 않았어요?"

타이니는 나를 돌아보았다. "형님, 이건 형님 잘못입니다. 대체 어쩌다 이따위… 실례했소, 아가씨. 대체 어쩌다 여자를 보내게 놔둔 겁니까? 선행 보고서를 제대로 읽지도 않은 겁니까?"

"지금 나한테 하는 소린가? 내 말 잘 들어, 이 한심한 친구야! 서류 양식에는 성별이 기록되지 않는단 말이야. 공정 고용 위원회에서 직업에 필요한 사항 외에는 아무것도 적어넣지 못하게 한다고!"

"지금 이곳의 작업에 성별 따위가 필요하지 않다고 말하고 있는 겁니까?"

"직업 분류에 따르면 그렇지. 지구에는 통신이나 레이더 기술자 중에서도 여자가 잔뜩 있으니까."

"여긴 지구가 아닙니다." 그렇게 생각할 만도 했다. 밖에서 작업 중인 두 다리로 걷는 늑대들을 떠올렸을 테니까. 그리고 G. B. 맥나이는 예뻤다. 8개월 동안 여자라고는 본 적도 없다는 사실이 내 판단에 영향을 끼쳤을지도 모르긴 하지만, 적어도 내 기준에는 합격이었다.

"여자 로켓 조종사도 있다고 들었는데." 나는 고집 세게 한마디를 덧붙였다.

"형님이 여자 대천사를 끌고 들어온다고 해도 마찬가지예요. 내 현장에서 여자는 안 써요!"

"잠깐 기다려봐요!" 나야 짜증 내는 정도였지만, 그녀는 대놓고 분노하고 있었다. "당신이 여기 건설소장인가요?"

"그렇소." 타이니가 대답했다.

"좋아요. 그럼 당신, 내가 어느 쪽 성별인지 어떻게 확신할 수 있죠?"

"설마 지금 당신이 여자라는 점을 부인하려는 거요?"

"그럴 리가! 나는 여자라서 자랑스러워요. 하지만 공식적으로는, 당신은 G. 브룩스 맥나이가 어느 성별인지 알 도리가 없죠. 그래서 글로리아 대신 'G'를 쓴 거예요. 어떤 호의도 바라지 않으니까."

타이니는 신음을 흘렸다. "호의 따윈 없을 거요. 당신이 어떻게 숨어든 건지는 모르지만, 똑똑히 들어요. 맥나이, 아니 글로리아, 아니 누구든, 당신은 해고요. 다음 보급선을 타고 돌아가시오. 그때까지는 정거장에 여자가 들어왔다는 사실을 최대한 인부들에게 숨겨볼 테니까."

글로리아가 화를 삭이려 애쓰고 있다는 것은 누가 봐도 분명했다. "내가 감히 입을 열어도 될까요, 아니면 당신의 블라이 선장* 연기가 그쪽으로도 적용되려나요?"

"할 말 있으면 하시오."

"나는 밀항한 게 아니에요. 이곳 정거장의 선임 통신기술자로 정식 근무할 예정이거든요. 자리가 났길래 내가 맡을 장비에 미리 익숙해지려고 자원한 거라고요. 머지않아 여기 살게 될 예정인데, 지금 당장 시작해서 안 될 이유는 전혀 모르겠군요."

타이니는 손을 내저어 그녀의 말을 무시했다. "언젠가는 남자든 여자든 여기서 살게 되겠지. 애들도 살게 될 거요. 하지만 지금 당장은 남성 전용이고, 앞으로도 한동안 그럴 예정이오."

"그건 두고 보죠. 어쨌든 당신은 날 해고할 권한이 없어요. 통신기술자는 당신 휘하에 있는 게 아니거든요." 그녀의 말대로였다. 통신을 비롯한 일부 전문 기술자는 도급업자에게 임대되는 식으로 처리되었다. 따라

* 18세기 유명한 선상 반란이 일어났던 바운티호의 선장

서 그녀는 해리먼 투자신탁에서 파이브 컴퍼니스 유한회사에 임대한 인원인 셈이었다.

타이니는 코웃음을 쳤다. "해고는 못 할 수도 있지. 하지만 집으로 보낼 수는 있소. '임대한 인원은 도급업자가 보기에 만족스러워야 한다'는 조항이 있거든. 여기서 도급업자가 바로 나요. 7번 단락의 M항을 확인해 보시오. 내가 직접 집어넣은 항목이니까."

"그렇다면 요청한 인원을 특별한 이유 없이 거부하면 대체에 필요한 비용을 도급업자가 부담해야 한다는 사실도 알고 있겠군요."

"집에 돌아가는 교통비는 내가 부담해주지. 어쨌든 당신을 절대 여기서 쓰지는 않을 거요."

"어떻게 이런 말도 안 되는 짓을!"

"내 행동이 터무니없을지도 모르지만, 이곳의 작업에 필요한 사항을 결정하는 사람은 나요. 여자가 쿵쿵대면서 내 부하들 꽁무니를 따라다니는 꼴을 보느니, 차라리 마약 판매상을 들이겠소!"

글로리아는 숨을 헉 들이쉬었다. 타이니도 말이 지나쳤다는 사실을 깨달았다. "방금 그 말은 사과하겠소, 아가씨. 하지만 이건 결정된 사항이오. 여기서 빼낼 때까지는 숨겨놓도록 하겠소."

그녀가 입을 열기 전에 내가 끼어들었다. "타이니, 뒤쪽 좀 보게!"

관측창 중 하나에 인부 한 명이 들러붙어서, 휘둥그레진 눈으로 사무실 안을 주시하고 있었다. 이윽고 서너 명이 추가로 둥실 떠 와서 그에 합류했다.

타이니가 관측창에 바싹 다가서자 인부들은 송사리 떼처럼 흩어졌다. 어찌나 놀랐는지 우주복에서 튀어나와 날아가기라도 할 것 같았다. 순간 나는 타이니가 그대로 주먹으로 창문을 내리쳐 깨뜨릴지도 모른다고 생각했다.

타이니는 잔뜩 지친 표정으로 돌아섰다. "아가씨, 내 방에 가서 기다리시오." 글로리아가 사무실을 떠나자 그는 나를 바라보며 말했다. "형님, 이 일을 어찌합니까?"

"자네라면 벌써 결정을 내렸을 줄 알았는데, 타이니."

"그렇지요." 그는 언짢은 목소리로 대꾸했다. "총감독관 좀 연결해주시겠습니까?"

타이니가 얼마나 궁지에 몰려 있는지 알 수 있는 부탁이었다. 감독관들은 우리 쪽이 아니라 해리먼 투자신탁 소속이었고, 타이니의 평가에 따르면 귀찮은 날파리나 다름없는 자들이었다. 게다가 타이니는 오펜하이머 공대 졸업생이었고, 총 감독관 댈림플은 MIT 출신이었다.

자신만만하고 경쾌한 댈림플의 얼굴이 화면에 떠올랐다. "좋은 아침입니다, 소장. 위더스푼 씨도 잘 지내셨나요. 무엇을 도와드릴까요?"

타이니는 침울한 목소리로 사태를 털어놓았다. 댈림플은 우쭐한 표정이 되었다. "그녀 말이 옳습니다, 친구. 돌려보내도 되고, 후임자로 남성을 요구해도 됩니다. 하지만 이 경우에는 도저히 '적절한 이유'를 찾아낼 수가 없군요. 그렇지요?"

"빌어먹을. 댈림플, 이 동네에 여자를 들여놓을 수는 없지 않습니까!"

"논쟁의 여지가 있는 이론이로군요. 적어도 계약서에 들어 있는 내용은 아니지요."

"당신네 회사가 사기도박꾼을 선임자로 보내지 않았다면 사태가 이렇게 엉망이 되지는 않았을 텐데!"

"그만, 그만! 당신 고혈압 때문에 고생하지 않았습니까. 일단 나중에 별도 항목을 추가하기로 하고 비용은 양측에서 적절히 분담합시다. 그 정도면 공평하겠지요?"

"그럴 것 같군요. 고맙습니다."

"천만에요. 하지만 이 점을 고려해보십시오. 당신이 후임자 면접을 하지도 않고 피터스를 쫓아내버렸기 때문에, 그쪽에는 통신 담당이 이제 한 명밖에 없습니다. 해먼드가 24시간 내내 근무를 설 수는 없어요."

"통신실에서 재우면 됩니다. 경보가 울리면 일어나겠지요."

"그건 이쪽에서 용납할 수 없습니다. 본사를 비롯한 모든 우주 함선의 주파수는 항상 경계를 늦추면 안 되니까요. 해리먼 투자신탁에서는 분명 자격을 갖춘 통신 담당을 제공했습니다. 애석하지만 당분간은 그녀에게 근무를 시켜야 할 것 같군요."

타이니는 언제나 피할 수 없는 일은 받아들이는 성격이었다. 그는 나직한 목소리로 내게 말했다. "형님, 그 여자한테 앞 타임 근무를 맡기지요. 그때 근무조는 유부남 위주로 편성해주세요."

그리고 그는 글로리아를 불러들였다. "통신실로 가서 인수인계를 받으시오. 해먼드의 근무 시간이 조금 있으면 끝나니까. 그 친구 말을 주의 깊게 들어요. 괜찮은 남자니까."

"나도 알아요." 그녀는 경쾌하게 대꾸했다. "내가 가르친 사람이거든요."

타이니는 입술을 깨물었다. 화면 속의 총감독관이 입을 열었다. "소장은 사소한 일에는 신경을 안 쓰는 성품이라, 자기소개는 직접 해야겠군요. 저는 로버트 댈림플입니다. 총감독관이죠. 아마 부소장도 소개하지 않았겠지요. 위더스푼 씨입니다."

"형님이라고 불러도 좋소." 내가 말했다.

그녀는 웃음 지으며 말했다. "안녕하세요, 형님." 나는 왠지 가슴이 따뜻해지는 느낌이 들었다. 그녀는 뒤이어 댈림플에게 말했다. "제가 지금까지 총감독관님을 만나 뵌 적이 없다니 묘한 일이네요."

타이니가 끼어들었다. "내 방을 쓰도록 하시…."

그녀는 한쪽 눈썹을 치켰다. 타이니는 성난 목소리로 말을 이었다. "아, 내 물건은 빼주겠소. 지금 당장. 그리고 내 말 똑똑히 들으시오. 비번일 때는 항상 문을 잠그고 있으시오. 반드시."

"빌어먹게 확실히 그렇게 해드리죠!"

타이니는 얼굴이 벌겋게 달아올랐다.

이후 나는 너무 바빠서 글로리아의 얼굴도 제대로 보기 힘들었다. 물자도 들여놓아야 했고, 새 산소탱크도 설치하고 차폐 장치도 달아야 했다.

그러고 나니 가장 위험한 작업만 남았다. 거주 구역에 회전력을 추가하는 일이었다. 아무리 낙관적으로 봐도, 앞으로 한동안은 행성 간 이동을 할 일이 그리 많지는 않을 것이다. 그러나 막대한 투자금을 회수해야 하는 입장인 해리먼 투자신탁에서는 시설을 추가하고 입주자를 받을 마음이 가득했다.

IT&T에서는 극초단파 중계국을 설치할 공간을 임대했다. 텔레비전 전파만으로도 매년 수백만 달러에 달하는 계약이었다. 기상국에서는 북반구 전역의 통합관측소를 세우고 싶어 안달이 나 있었다. 팔로마 천문대는 이미 권리를 확보했다(해리먼 투자신탁에서 무상으로 공간을 임대하는 계약이었다). 안보위원회에서도 기밀 유지가 필요한 프로젝트를 들여놓을 모양이었다. 페르미 물리학연구소와 케터링 연구소도 각각 공간을 배정받았다. 열두 군데의 입주 예정자들이 이곳에 들어올 날을 고대하며 기다리는 중이었다. 아직 방문객이나 여행자가 묵을 숙소가 완성되려면 한참 남았지만.

빨리 완성하면 파이브 컴퍼니스 유한회사에도 보너스가 들어오기로 되어 있었고, 덕분에 본사에서도 도움이 들어왔다. 따라서 우리는 거주 구역을 회전시키는 일을 서두르고 있었다.

우주로 나가본 적이 없는 사람들은 무게의 감각이나 위아래의 방향이 존재하지 않는 자유낙하 환경에 쉽게 적응하지 못한다. 나는 적어도 경험자이기는 했지만. 둥글고 아름다운 지구가 기껏해야 3만여 킬로미터 떨어진 곳에 있는데, 소매가 스칠 정도로 가까운 곳인데, 그리고 지구가 자신을 끌어당긴다는 사실도 명확하게 알고 있는데. 그런데도 무게를 조금도 느낄 수 없는 것이다. 항상 둥실둥실 떠다녀야 했다.

떠 있는 상태로 수행할 수 있는 작업도 있었다. 하지만 식사를 하거나, 카드를 치거나, 목욕할 때가 되면, 발을 잡아줄 힘이 존재하는 쪽이 편할 수밖에 없었다. 식사도 얌전히 접시에 붙어 있고, 훨씬 정상적인 기분이 들기 때문이다.

다들 우주정거장 사진은 수도 없이 보았을 것이다. 베이스 드럼처럼 생긴 거대한 원통에, 우주선의 꼭짓점이 들어갈 수 있도록 양쪽 끝에 살짝 보조개가 패어 있는 모습 말이다. 이 베이스 드럼 안에서 스네어 드럼 하나가 회전하는 모습을 상상해보라. 그게 거주 구역이다. 원심력이 중력이 할 일을 대신 맡아주는 것이다. 전체 정거장을 회전시킬 수도 있겠지만, 정신없이 돌아가는 구조물에 우주선을 대기가 상당히 힘들다는 문제가 있었다.

그래서 우리는 생물체의 정신적 안정을 위해서 회전 상태인 부분을, 우주선 도킹이나 산소탱크나 저장고나 기타 등등으로 정지 상태인 부분을 따로 만들어서 붙였다. 중심부를 통과하면 양쪽을 오갈 수 있었다. 글로리아가 우리와 합류했을 즈음에는 정거장 내부의 밀폐와 가압은 끝났으나 나머지는 아직 골조만 붙어 있는 상태였다.

골조라고는 해도 제법 아름다운 모습이었다. 거미줄처럼 얽힌 버팀대와 이음매가 검은 하늘과 별을 배경으로 반짝이고 있었으니까. 가볍고 튼튼하고 부식되지 않는 물질인 티타늄 1403 합금으로 만든 물건이었다. 정거장은 우주선에 비하면 터무니없이 연약하다. 로켓 발사로 인한 충격을 견딜 필요가 없는 물건이니까. 그 말은 곧 격렬한 방식으로 회전을 유도해서는 안 된다는 뜻이다. 바로 그 때문에 자토 유닛이 필요했다.

자토(JATO)는 제트엔진 보조이륙도구(Jet Assisted Take-Off)의 약자로, 원래는 비행기의 가속을 보조하기 위해 발명한 로켓 유닛이었다. 이제 우리는 그 물건을 정확하게 추력을 가해야 하는 곳이면 어디든 사용했다. 예를 들자면, 댐 건설 현장에서 진흙탕에 빠진 트럭을 빼낼 때라든가. 우리는 거주 구역의 골조에 정확하게 위치를 맞춰 4천 개의 자토 유닛을 탑재했다. 배선까지 마치고 시동을 걸 준비가 끝났을 때, 타이니가 근심 어린 얼굴로 내게 다가왔다. "형님, 다른 작업은 전부 중지하고 D-113 구역부터 정리하지요."

"알았어." 내가 말했다. D-113은 회전시킬 구역에 속하지 않았다.

"에어로크 하나를 추가하고 2주 분량의 보급품을 실어주십시오."

"그러면 회전시킬 때 무게 배분이 사전 계산하고 달라질 텐데."

"다음 그림자에 들어가기 전까지 다시 계산해놓겠습니다. 거기 맞춰서 자토도 재배치하지요."

댈림플은 이 소리를 듣더니 당장 달려왔다. 임대 공간의 확보가 지연된다는 뜻이나 다름없었기 때문이다. "무슨 생각을 하는 겁니까?"

타이니는 댈림플을 멍하니 바라보았다. 최근 두 사람의 관계는 평소보다 냉각되어 있었다. 댈림플은 글로리아를 방문할 핑계만 찾고 있었다. 그러나 그녀의 임시 거처로 들어가려면 타이니의 사무실을 건너가야 했고, 참다못한 타이니는 그에게 얌전히 꺼져 있으라고 을러놓은 상태였다. 타이니는 느릿하게 대꾸했다. "집이 불탈 경우를 대비해서 대피용 텐트를 세우려는 겁니다."

"그게 무슨 소립니까?"

"자토 유닛을 점화했다가 구조물에 금이라도 가면 어떻게 할 생각입니까? 우주선이 들를 때까지 우주복을 입고 다닐 작정입니까?"

"왜 그런 걱정을 합니까. 응력은 이미 전부 계산했을 텐데요."

"다리가 무너질 때마다 항상 그 소리를 듣죠. 여기서는 내 방식대로 할 겁니다."

댈림플은 발소리를 크게 울리며 사무실에서 나갔다.

글로리아를 격리해놓으려는 타이니의 노력은 조금 측은해 보일 지경이었다. 애초에 통신기술자의 가장 중요한 임무는 당직 중에 착용하는 우주복의 무전기 수리였다. 덕분에 무전기 문제가 계속해서 일어났다. 그것도 그녀가 근무 시간일 때만. 나도 나름대로 비번 시간을 바꾸거나 수리비를 월급에서 제하는 식으로 대응을 시도해보기는 했다. 고의로 파손한 안테나의 수리비를 통상적인 유지보수 비용으로 간주할 수는 없지 않겠는가.

다른 증상도 등장했다. 면도가 유행하기 시작했다. 남자들이 거주 구역에서도 셔츠를 입고 돌아다녔고, 증류기를 추가로 만들어 붙여야겠다는 생각이 들 정도로 목욕 빈도가 늘어났다.

이윽고 D-113의 준비가 끝나고 자토 유닛이 재조정되었다. 초조했다는 사실을 부인하지는 않겠다. 전원 우주복을 입고 거주 구역 밖으로 나가서 대기하라는 명령이 떨어졌다. 모든 인부가 들보 주변에 옹기종기 모여 대기했다.

우주복을 입은 사람들은 다들 비슷해 보인다. 우리는 숫자와 색이 다른 완장으로 서로를 구분했다. 작업반장 직급은 안테나를 두 개씩 달고 있었다. 하나는 전체 주파수, 다른 하나는 반장 회선용 주파수였다. 타이니와 내 통신기는 두 번째 안테나 회선을 통신실로 돌려서 전체 주파수로 발신할 수도 있었다. 마치 방송하는 것처럼.

작업반장들이 휘하의 모든 인부를 불꽃놀이 구역에서 빼냈다고 보고하고, 타이니에게 그 사실을 알리려고 하는 순간, 위험구역 안에서 우주복 하나가 골조 사이로 기어 나왔다. 안전줄도 없고, 완장도 없고, 안테나 하나만 단 채로.

당연하지만 글로리아였다. 타이니는 그녀를 폭발 구역에서 끌어낸 다음 그녀의 우주복을 자기 안전줄에 고정시켰다. 타이니의 거친 목소리가 내 헬멧 속에서 울렸다. "지금 누구 흉내를 내는 거요? 그렇게 코앞에서 구경하고 싶소?"

뒤이어 그녀의 목소리도 들렸다. "내가 어쨌으면 좋겠는데요? 눈에 안 띄게 아예 별나라로 날아가줄까요?"

"작업 현장에 접근하지 말라고 똑똑히 말했을 텐데. 내 명령에 따르지 않을 생각이라면 감금해놓을 거요."

나는 타이니에게 접근해서 내 통신기를 끄고 헬멧을 맞대었다. "소장! 소장! 지금 방송으로 나가고 있네!"

"이런…." 타이니는 스위치를 끄고 글로리아의 헬멧에 자기 헬멧을 붙였다.

여전히 글로리아의 목소리는 똑똑히 들렸다. 그쪽 통신기는 끄지 않왔으니까. "그러시겠죠, 두목 원숭이 씨. 당신이 수색대를 보내서 구역을 비우는 걸 보고서야 밖으로 나온 거라고요." 잠시 침묵이 흘렀다. "안전 줄 규칙을 내가 어떻게 알아요? 내내 격리시켜뒀으면서." 그리고 마지막으로. "그래요, 두고 봐요!"

나는 타이니를 한쪽으로 끌어냈고, 타이니는 선임 전기기술자에게 시작하라는 명령을 내렸다. 뒤이어 로켓이 불을 뿜으며 거대한 회전 폭죽처럼 타오르기 시작했다. 나는 지금껏 본 중에서도 가장 아름다운 불꽃놀이를 눈앞에서 목격하고는 조금 전의 말다툼을 깡그리 잊어버렸다. 우주 공간에서 벌어지는 일이라 소리는 없었지만, 다른 어떤 것과도 비교할 수 없을 정도로 아름다웠다.

폭발이 잦아들고 나니 거주 구역이 플라이휠처럼 착실하게 돌아가는 모습이 보였다. 타이니와 나는 안도의 한숨을 내쉬었다. 우리는 함께 중력을 맛보러 안으로 들어갔다.

중력의 맛은 괴상했다. 중심축을 통과해서 사다리를 내려가기 시작하자, 테두리가 가까워질수록 몸이 무거워지는 것이 느껴졌다. 처음으로 무중력을 경험했을 때처럼 멀미가 났다. 제대로 걷기도 힘들었고, 종아리에는 쥐가 난 것만 같았다.

우리는 내부를 철저하게 점검한 다음 사무실로 들어가 앉았다. 아주 기분이 좋았다. 테두리 구역의 3분의 1 중력은 딱 편안할 정도였다. 타이니는 의자 손잡이를 문지르더니 웃음을 지었다. "D-113 구역에 갇혀 있는 것보다는 훨씬 낫군요."

"갇혀 있다는 소리가 나왔으니 말인데, 우리 얘기 좀 할까요, 타이니 씨?" 글로리아가 사무실로 들어오며 말했다.

"어? 음, 물론이오. 사실 나도 당신한테 할 말이 있고. 일단 사과를 해야겠군요, 글로리아. 나는…."

"그건 됐어요." 그녀가 말을 잘랐다. "신경이 곤두서 있었을 테니까요. 하지만 이건 알아야겠군요. 대체 언제까지 이런 터무니없는 보호자 행세를 계속할 셈이죠?"

타이니는 글로리아를 찬찬히 뜯어보았다. "얼마 안 남았소. 당신 후임자가 도착할 때까지만이니까."

"그래요? 이 동네 노조 대표는 누군가요?"

"매켄드루스라는 이름의 정비 관리자요. 하지만 그 친구는 도움이 안 될 거요. 당신은 간부 직급이니까."

"그래도 지금 내가 대행하는 자리는 노동조합 관할일 텐데요. 그 사람하고 대화를 좀 해야겠어요. 당신은 나를 차별 대우하고 있어요. 그것도 내가 비번일 때요."

"당신 말이 옳을지도 모르지만, 내게는 그럴 권한이 있소. 나는 법적으로 이 작업을 지휘하는 동안에는 우주선의 선장이나 마찬가지요. 우주선의 선장은 특별한 권한을 다양하게 행사할 수 있소."

"그럼 그 권한을 분별력 있게 사용했어야죠!"

타이니는 웃음을 지었다. "그렇게 하고 있다고 생각하오만?"

노조 대표가 따로 만나러 오지는 않았지만, 글로리아는 자기 내키는 대로 행동하기 시작했다. 다음 비번에는 댈림플과 함께 영화를 보러 오기까지 했다. 타이니는 한창 재밌는 부분인데도 자리를 박차고 나갔다. 뉴욕에서 전송해준 〈리시스트라타 도시에 가다〉였는데.

그녀가 혼자 돌아오자, 타이니는 나한테 함께 있어 달라고 당부한 다음 그녀를 마주했다. "음, 글로리아…."

"네?"

"한 가지 알아둬야 할 일이 있는데, 음, 그게… 댈림플 총감독관은 유부남이오."

"제가 행실이 바르지 못했다고 말하고 싶은 건가요?"

"그건 아니지만…."

"그럼 당신 일에나 신경 써요!" 타이니가 대꾸하기 전에, 글로리아는 이렇게 덧붙였다. "혹시나 흥미가 있을까 해서 알려주는 건데, 댈림플 씨는 당신 자식이 넷이라고 했어요."

타이니는 말문이 막혔다. "무슨… 아니, 나는 아직 결혼도 안 했는데!"

"그런가요? 그렇다면 훨씬 고약해졌네요." 그녀는 당당한 걸음으로 자리를 떴다.

타이니는 그녀를 방 안에 가두어놓기를 포기했지만, 방을 떠날 때마다 항상 보고하라는 지시를 내렸다. 그리고 덕분에 그녀를 감시하느라 눈코 뜰 새도 없어져버렸다. 나는 댈림플과 번갈아 감시하라고 제안하고 싶은 마음을 애써 억눌렀다.

그러나 그녀의 해고 서류를 작성하라는 지시에는 깜짝 놀라고 말았다. 이 정도면 포기했으려니 생각하고 있었기 때문이다.

"무슨 이유로?"

"불복종이죠!"

나는 침묵을 지켰다. 타이니가 말했다. "그게, 명령을 듣지 않는 건 사실이잖습니까."

"작업은 잘해내고 있잖나. 자네는 남자한테는 절대 내리지 않을 명령을 내리고 있어. 남자라도 그런 명령에는 복종하지 않을 테고."

"제 명령에 불만이 있으신 겁니까?"

"그런 문제가 아니잖나. 그 고발을 어떻게 입증할 건가, 타이니."

"그럼 여자라고 고발하면 되잖습니까! 그건 입증할 수 있으니까요."

나는 아무 말도 하지 않았다. 타이니는 나를 구슬리려는 듯 덧붙였다. "형님, 어떤 식으로 쓰면 되는지 아시지 않습니까. '맥나이 양에게 개인적인 감정은 없지만, 정책상의 문제라 어쩔 수 없으니 어쩌고저쩌고….'"

나는 그대로 작성해서 조용히 해먼드 쪽으로 넘겼다. 통신요원은 기밀 엄수의 의무가 있지만, 우리 현장 최고의 금속공인 오코너가 나를 불러세우고 이렇게 말했을 때도 딱히 놀라지는 않았다. "저기요, 형님. 대장이 브룩시를 쫓아내려 한다는 게 사실입니까?"

"브룩시?"

"글로리아 브룩스 맥나이 말입니다. 자기를 브룩스라고 부르라던데요. 어쨌든 그게 사실입니까?"

나는 사실을 인정하고는, 걸음을 옮기면서 거짓말을 하는 게 나았을지를 고민했다.

지구에서 이륙한 우주선이 여기 도착하려면 대략 4시간 정도가 걸렸다. 글로리아의 후임자가 타고 있을 폴스타호가 도착하기 직전의 근무 시간이 되자, 인사반장을 통해 두 건의 사표가 들어왔다. 두 사람 정도는 별일은 아니었다. 매번 보급선이 찾아올 때마다 평균적으로 그보다 훨씬 많은 사표를 수리하게 되니까. 그러나 1시간 후, 인사반장이 반장용 회선을 통해 근무 기록실로 와달라고 부탁해왔다. 나는 외곽으로 나가 용접 작업을 감독하던 중이었기 때문에 안 되겠다고 대답했다. "제발요, 위더스푼 씨. 와서 보셔야 합니다." 꼬맹이들이 나를 '형님'이라 부르지 않는다는 건 심각한 문제가 발생했다는 뜻이었다. 나는 즉시 기록실로 달려갔다.

우편물을 배부할 때처럼 문 앞에 사람들이 줄지어 서 있었다. 내가 방 안으로 들어가자 인사반장은 그들 면전에서 문을 닫아버리고는, 양손을 가득 채우고도 남는 사표 무더기를 보여주었다. "대체 이건 뭔 종류의 악몽이야?" 내가 물었다.

"아직 작성하지 못한 것만 해도 수십 건이 더 남았어요."

명확한 이유가 적힌 사표는 하나도 없었다. 그저 '개인적 사유'라고 적혀 있을 뿐이었다. "이보게, 지미. 대체 무슨 일이 벌어지는 건가?"

"짐작도 안 가십니까, 형님? 젠장, 저도 사표 쓸 생각인데요."

내가 추측을 입에 올리자 그는 순순히 인정했다. 그래서 나는 사표 무더기를 들고 타이니를 호출해서 지금 당장 사무실로 나오라고 일렀다.

타이니는 한참 입술을 씹었다. "하지만 형님, 파업은 불가능하잖습니까. 모든 직종 조합에서 파업을 일으키지 않겠다고 동의하고 맺은 계약인데요."

"이건 파업이 아니잖나, 타이니. 사표 쓰는 걸 막을 수는 없어."

"귀환 비용은 자기 돈으로 내야 할 테니, 어디 알아서들 해보라죠!"

"그건 아닐세. 대부분 공짜로 타고 갈 수 있을 만큼 오래 일했거든."

"얼른 다른 인부들을 고용해야겠군요. 날짜를 맞추지 못할 수도 있으니."

"그보다 훨씬 고약한 상황일세, 타이니. 아예 공사를 끝내지도 못할 거야. 다음 그림자가 지나갈 때쯤이면 정비 인원도 남지 않을 걸세."

"지금까지 인부 전원이 공사를 팽개치고 나간 적은 없습니다. 직접 이야기해보지요."

"소용없네, 타이니. 자네가 직접 맞서기에는 상대가 너무 강해."

"형님도 저한테 반대하는 겁니까?"

"내가 자네를 반대할 일이 있겠나, 타이니."

"형님, 제가 고집불통이라고 생각하실지도 모르겠지만, 제 생각이 옳습니다. 남자 수백 명 속에 여자 한 명을 풀어놓을 수는 없어요. 다들 정신이 나갈 겁니다."

나는 그도 똑같이 정신이 나갔다고 대꾸하는 대신, 이렇게 말했다. "그게 나쁜 일인가?"

"당연하죠. 여자 하나의 비위를 맞추려고 공사를 망칠 수는 없습니다."

"타이니, 최근 일정 진행표 본 적이 있나?"

"그럴 시간도 없었잖습니까. 진행표는 왜요?"

나는 그가 시간이 없었던 이유를 아주 잘 알고 있었다. "글로리아가 공사를 방해했다는 주장을 증명하기는 상당히 힘들 걸세. 사실 일정을 앞서가고 있거든."

"뭐라고요?"

나는 진행표를 살펴보는 타이니의 어깨에 팔을 둘렀다. "이보게, 타이니. 성별은 우리 행성에 아주 오랫동안 존재해왔어. 성별을 벗어날 방법이 없는 지구에서도 다들 제법 대단한 건물을 올리고 있지 않나. 어쩌면 여기서도 성별을 받아들이는 방법만 배우면 끝날지도 몰라. 사실 조금 전에 자네 입으로 해결책을 말하지 않았나."

"제가요? 짐작도 안 가는데요."

"남자 수백 명 속에 여자 '한 명'을 풀어놓을 수는 없다고 했지. 이제 알겠나?"

"흠? 아니요, 전혀. 아니, 잠깐! 알 것도 같군요."

"주짓수라는 걸 해본 적 있나? 때론 힘을 빼는 게 승리로 이어지는 법이지."

"그렇군요, 맞습니다!"

"이길 수 없다면 합류하라는 말도 있지."

타이니는 통신실을 호출했다. "글로리아, 해먼드와 교대하고 당장 내 사무실로 오시오."

타이니는 깔끔하게 일을 처리했다. 자신이 잘못했고, 그 사실을 알기까지 오랜 시간이 걸렸으며, 서로 앙금을 남기지 않았으면 좋겠다는 등 유장한 연설이 이어졌다. 그는 본사에 연락해서 여성 인력을 도입하면 얼마나 많은 자리를 바로 채울 수 있을지 확인했다. "기혼 부부도 잊지 말게나. 그리고 나이 든 여성도 몇 명 요청하는 게 좋을 거야." 나는 부드럽게 끼어들며 말했다.

타이니는 내 제안에 동의했다. "그렇게 하지요. 또 빼놓은 건 없습니까, 형님?"

"없는 것 같군. 거주 구역을 확장해 붙여야겠지만, 시간은 있으니까."

"좋습니다. 글로리아, 폴스타호의 이륙을 미뤄달라고 요청할 겁니다. 이번 보급선을 타고 몇 명 올 수 있도록 말입니다."

"아주 좋은데요!" 그녀는 정말로 행복해 보였다.

타이니는 입술을 잘근거렸다. "뭔가 놓친 기분이 드는데. 흠, 아, 그렇군. 형님, 목사도 한 명 정거장으로 올려보내라고 요청하십시오. 되도록 빨리. 새로운 정책을 시행하면 분명 머지않아 필요하게 될 테니까요."

나도 같은 생각이었다.

✦

우주 비행사

Space Jockey

배지훈 옮김

✦ 1947년 4월 〈새터데이 이브닝 포스트(The Saturday Evening Post)〉에 발표

두 사람이 집을 나가려는데 전화기가 제이크의 이름을 불렀다. "받지 마." 필리스가 애원했다. "개막을 놓칠 거야."

"누구지?" 제이크가 외쳤다. 화면이 켜지자 올가 피어스가 보였고, 뒤로 트랜스-루나 여객의 콜로라도스프링스 사무실이 보였다.

"제이크 펨버튼 씨에게 전화. 제이크 펨버튼 씨에게… 아, 받으셨군요. 제이크, 당신 차례입니다. 수프라뉴욕발 우주정거장행 27편이에요. 20분 후에 데리러 갈 헬리콥터가 도착할 겁니다."

"어떻게 된 거죠?" 제이크가 항의했다. "난 대기명단에서 네 번째잖습니까."

"네 번째였었죠. 지금은 힉스의 대기 조종사입니다. 그리고 방금 힉스는 심리검사 통과에 실패했고요."

"힉스가 심리검사에서 실패했다고요? 바보 같은 소리!"

"최고의 조종사에게도 일어나는 일이죠. 준비해요. 나중에 봅시다. 안녕."

제이크의 아내 필리스는 16달러짜리 레이스 달린 손수건을 뒤틀어

형체도 없는 물체로 만들어놓고 있었다. "제이크, 말도 안 돼. 석 달 동안 당신 얼굴 구경도 못 했다고."

"미안해, 여보. 쇼는 헬렌하고 같이 가."

"아, 제이크. 쇼를 보려고 하는 게 아니잖아. 그냥 회사에서 당신에게 연락 못 하는 곳에 같이 가고 싶었을 뿐이었어."

"극장에 갔더라도 연락했을 거야."

"못 했을걸! 당신의 다음 일정 메시지를 내가 지워버렸으니까."

"필리스! 지금 나 해고당하라는 거야?"

"그런 눈으로 보지 마." 필리스는 괜한 짓을 했다고 후회하며 남편이 말하길 기다렸다. 그리고 실망 때문이 아니라 남편이 우주에 갈 때마다 사고가 날까 봐 끔찍하게 걱정이 되기 때문에 짜증을 부렸다는 것을 어찌 말해야 할지 생각했다.

필리스는 필사적으로 말했다. "이번 비행은 할 필요가 없잖아, 여보. 제한 시간보다도 짧게 지구에 머물렀으니까. 제발, 제이크!"

제이크는 이미 턱시도를 벗고 있었다. "내가 천 번은 말했잖아. 조종사는 법전을 들고 다니는 우주 변호사들처럼 제시간에만 일할 수는 없다고. 정기연락 메시지를 모두 지우다니. 왜 그랬어, 필리스? 비행 금지당하라고?"

"아냐, 여보. 하지만 이번 한 번만은…."

"회사에서 비행하라고 하면 하는 거야." 제이크는 뻣뻣한 걸음걸이로 방을 나갔다.

10분 후, 우주에 갈 준비를 마치고 돌아왔을 때 제이크는 다시 기분이 좋아져 휘파람을 불었다. "4시 반에 케이시에게 전화가 왔다네 아내에게 키스를 했…."* 그는 아내의 얼굴을 보고 노래를 멈췄다. "작업복은

* 1912년 발표된 〈케이시 존스의 노래〉. 1900년 실제 일어난 기관차 사고에 관한 노래로, 기관사인 케이시 존스와 화부인 심 웹이 충돌하는 기관차를 멈춰보려고 한다는 내용이다. 케이시 존스는 끝까지 남아 목숨을 잃었고, 화부와 승객들은 뛰어내려 목숨을 구했다.

어딨어?"

"내가 가져올게. 먹을 것도 좀 차려줄게."

"배가 찬 상태에서 최대 가속을 하면 안 된다는 거 알잖아. 그리고 5백 그램을 더 싣는 데 30달러나 쓸 수는 없지."

제이크가 지금 입고 있는 반바지, 내의, 샌들 그리고 포켓 벨트만 따져도 벌써 중량 보너스에서 20킬로그램은 넘게 추가되었을 것이었다. 필리스는 샌드위치 하나랑 커피 한 잔으로 생길 중량 벌금 정도면 회사도 상관하지 않을 거라고 말했지만 그것도 그녀의 착각일 뿐이었다.

지붕에 택시가 도착할 때까지 두 사람은 말이 없었다. 제이크는 아내에게 키스하고 작별을 한 뒤 밖에 나오지 말라고 말했다. 필리스는 순순히 시키는 대로 하려다가 헬리콥터가 떠나는 소리를 듣자 지붕으로 올라가 시야에서 사라질 때까지 바라보았다.

여행객들은 지구에서 달로 가는 직항편이 없는 바람에 우주정거장에서 두 번 갈아타며 세 편의 로켓 우주선을 타고 40만 킬로미터를 날아가야 한다고 불평하곤 했다. 이유는 간단했다. 돈 때문이었다.

통상위원회는 달까지 가는 현행의 3단 경로에 5백 그램당 30달러로 요금을 정해놓고 있었다. 직항을 하면 싸질까? 지구에서 이륙해서 공기가 없는 달에 착륙하고, 돌아와서 대기권 착륙을 해야 한다면 여행 때마다 딱 한 번밖에 안 쓰는 무거운 특수 장비로 가득 차게 될 것이고 1킬로그램당 천 달러로 요금을 정해도 이익이 생기지 않을 것이다! 상상해보라, 여객선과 지하철과 고속 엘리베이터를 하나로 합쳐서 만들면 어찌 될지를.

그래서 트랜스-루나는 위성 수프라뉴욕 정거장까지의 여정에서 발사될 땐 튕겨 나가고 지구에 착륙할 때는 날개가 생기는 로켓을 사용했다. 수프라뉴욕에서 달을 돌고 있는 우주정거장까지 기나긴 중간 구간을 오가는 노선에는 편의시설은 있어도 착륙 장치는 없었다. 플라잉더치맨호와 필립놀란호는 착륙을 하지 않았다. 이 우주선들은 심지어 우주에서 건조된 데다, 날개 달린 로켓인 스카이스프라이트호나 파이어플라이호와는 풀먼 열차*와 낙하산만큼이나 큰 차이가 있었다.

문뱃호와 그렘린호는 우주정거장에서 달 표면으로 가는 데만 사용되는데, 날개는 없었으며 거대한 제트엔진에 최소한의 조종 장치와 고치처럼 생긴 가속 및 충돌용 해먹을 달아놓은 기종이었다.

환승 지점은 에어컨이 달린 탱크보다 거창할 필요는 없었다. 물론 우주정거장은 화성과 금성으로 가는 교통으로 인해 꽤 큰 도시가 되어 있었지만 오늘날까지도 수프라뉴욕은 원시적이어서 주유소와 레스토랑과 대기실이 있을 뿐이었다. 위장이 약한 승객을 위한 1g의 원심 중력 서비스가 시작된 것도 겨우 5년밖에 안 되었다.

제이크는 우주항 사무실에서 체중을 측정하고 발사대에 머물러 기다리고 있는 스카이스프라이트호로 바삐 향했다. 작업복을 벗어 게이트 담당자에게 넘기고 안쪽으로 몸을 숙여 들어갔다. 그는 자신의 가속용 해먹에 가서 잠들었다. 수프라뉴욕으로 가는 발사는 걱정거리가 아니었다. 할 일은 심우주에서 기다리고 있었다.

발사대의 급상승에 제이크는 잠을 깼고, 파이크스산을 바라보며 신경이 쭈뼛 서는 느낌이 들었다. 스카이스프라이트호가 파이크스산 바로 위를 지날 때 로켓이 작동되어 자유비행에 들어가게 되어 있었다. 그 순간 제이크는 숨을 죽였다. 만약 로켓 제트엔진이 고장 나서 작동이 안 된다면 지상발 우주행 조종사는 우주선의 날개와 씨름을 하며 활강한 뒤 착륙시켜야 했다.

로켓은 제시간에 작동되었고 제이크는 다시 잠들었다.

스카이스프라이트호가 수프라뉴욕 정거장에 입항하자 제이크는 우주정거장의 항해실에 갔다. 계산학자인 쇼티 와인스틴이 근무 중이라 반가웠다. 제이크는 우주선과 승객, 그리고 자기 자신을 맡길 수 있을 정도로

* 1874년 영국에서 운행을 시작한 고급 열차

쇼티의 계산을 신뢰했다. 제이크도 조종사이니 보통은 넘는 수학 실력을 갖추고 있었다. 하지만 한계가 있었고 궤도를 계산해주는 천재들이 고마울 뿐이었다.

"잘나가는 제이크 조종사님, 우주고속도로의 재앙이 아니신가! 반갑네!" 쇼티가 종이를 한 장 건넸다.

제이크가 보더니 놀란 표정이 되었다. "어이, 쇼티. 자네 여기 실수했는데."

"어? 그건 불가능해. 마벨은 실수를 안 한다고." 쇼티가 뒤에 있는 벽을 온통 채우고 있는 거대한 우주항법 컴퓨터를 가리키며 말했다.

"실수는 자네가 했어. '베가, 안타레스, 레굴루스'라니, 너무 쉬운 일이잖아. 조종사 할 일을 너무 쉽게 해주면 조합에서 쫓겨날걸."

쇼티는 겸연쩍지만 즐겁다는 표정이었다. "내가 17시간을 날려버리지 않았다는 얘기군. 아침 화물선에 태울 수도 있었는데 말이야." 제이크는 다시 필리스를 생각하고 있었다.

"UN이 아침 비행을 취소시켰어."

"아하…." 제이크는 쇼티가 자신처럼 아무것도 모른다는 사실을 알기에 입을 닫았다. 아마 지구의 평화를 지키며 돌고 있는 원자폭탄 로켓을 지나치게 가까이 지나가는 비행이었을지도 모른다.

제이크는 어깨를 으쓱했다. "그렇다면, 난 자야겠군. 출발 3시간 전에 불러주게."

"알았어. 자네 테이프도 준비해두지."

제이크가 자는 동안 플라잉더치맨호가 미끄러지듯 조용히 들어온 뒤 에어로크를 정거장과 연결했고 루나시티에서 오는 승객과 화물을 내렸다. 그가 일어날 즈음엔 화물을 싣고 연료를 다시 채운 뒤 승객을 태웠다. 그는 우체국의 무선국에 들러서 필리스에게서 온 편지가 있는지 알아봤다. 한 통도 없다는 걸 알게 되자 정거장으로 보냈을 거라고 생각했다. 그는 식당에 들어가서 팩시밀리판 〈헤럴드 트리뷴〉지를 사서는 만평을 즐기며 아침 식사를 했다.

건너편에 앉은 남자가 로켓 과학에 대해서 바보 같은 질문을 하더니 제이크의 옷에 수놓인 문장(紋章)을 보고는 '선장님'이라고 잘못 불렀다. 제이크는 남자에게서 벗어나기 위해 아침 식사를 서둘러 마치고, 자신의 자동 조종사에게서 온 테이프를 받아들고 플라잉더치맨호에 탔다.

제이크는 켈리 선장에게 탑승 보고를 한 후 조종실에 가서 손잡이를 따라 이리저리 떠다녔다. 그러고는 조종사 좌석에 안전띠를 매고 앉아서 점검을 시작했다.

제이크가 궤도 추적 장치 점검을 마칠 무렵, 선장이 흘러와서 다른 좌석에 자리 잡았다. "담배 한 대 피우겠나, 제이크."

"나중에요." 제이크는 점검을 계속했다. 켈리 선장은 얼굴을 살짝 찌푸렸다. 마치 마크 트웨인의《미시시피강의 생활》에 등장하는 선장과 조타수의 관계와 같았다. 선장은 우주선, 선원, 화물, 승객들을 책임지지만, 출발을 하고 여정이 끝날 때까지 우주선을 어떻게 다룰지에 대해서는 의문의 여지가 없이 조종사에게 최종적으로 그리고 법적으로 책임이 있었다. 선장은 특정 조종사를 거절할 수 있을 뿐이었고 그 이상의 권한은 없었다. 켈리 선장은 주머니에 쑤셔박혀 있던 종이 한 장을 꺼내서 적혀 있는 내용을 다시 읽어보고 생각을 바꿨다. 종이에는 담당 회사 정신과 의사의 의견이 적혀 있었다.

"선장님, 이 조종사의 출항을 허가하겠습니다만, 받아들이실 필요는 없습니다."

"제이크는 괜찮은 사람입니다. 문제라도 있나요?"

정신과 의사는 아침 식사 시간에 얼빠진 관광객인 척 접근했을 때 관찰한 바에 대해서 생각했다. "과거 기록보다 약간 더 반사회적인 것 같더군요. 뭔가 다른 생각을 하고 있었겠죠. 그게 뭐든 지금 당장은 참아낼 수 있을 겁니다. 계속 주시하도록 하죠."

켈리 선장은 대답했다. "그가 조종사라면 같이 따라오겠소?"

"선장님이 원하신다면요."

"괜찮소. 조종사로 기용할 겁니다. 쓸모없는 인원을 데려갈 수는 없으니."

제이크는 쇼티에게서 받은 테이프를 로봇 조종사에게 넣고 켈리 선장을 돌아봤다. "조종사 준비되었습니다, 선장님."

"준비되면 출발하게, 조종사." 켈리 선장은 돌이킬 수 없는 결정을 말로 뱉고 나서야 마음이 편해졌다.

제이크는 우주정거장에 닻을 올리라는 신호를 보냈다. 신축성 수압 펌프가 거대한 우주선을 밀자, 곧 우주정거장과 줄 하나만으로 이어진 채 3백 미터 떨어진 곳에서 유영하게 되었다. 그는 우주선의 중력 중심점에 있는 짐벌 장치에 장착되어 있는 플라이휠을 급속도로 회전시켜 발사 방향으로 우주선을 틀었다. 우주선은 뉴턴의 운동 제3법칙에 따라 반대 방향으로 천천히 돌기 시작했다.

우주선이 올바른 방향을 향하게 되자 테이프의 유도로 로봇 조종사가 조종용 잠망경의 프리즘을 틀었고 곧 베가, 안타레스 그리고 레굴루스가 한 화면에서 빛나는 것이 보였다. 제이크는 극도의 주의를 기하며 배를 틀었다. 각도를 60분의 1도라도 실수하게 된다면 목적지는 3백 킬로미터가 넘게 차이가 나게 된다.

세 개의 화상이 정확한 위치에 오자 플라이휠을 멈추고 자이로를 고정시켰다. 그리고 마치 바다를 항해하던 선장이 썼던 육분의와 비슷하지만, 그것과는 비교할 수도 없이 더 정밀한 기구를 사용해서 별들을 직접 관측했고 방향을 점검했다. 이것으로는 쇼티가 준 코스가 정확한지는 알 수 없었다. 그저 복음처럼 믿고 따를 뿐이었다. 하지만 로봇과 테이프가 계획대로 움직이자 안심했다. 만족을 하게 되자 마지막 줄을 풀어버렸다.

7분이 남았다. 제이크는 시간이 되면 로봇 조종사가 발사할 수 있도록 스위치를 켰다. 기다리면서 수동 조종간에 손을 대고 로봇이 고장 나면 개입할 준비를 했다. 그리고 익숙하지만 벗어날 수 없이 메스꺼운 흥분이 안에서 올라오는 것을 느꼈다.

아드레날린이 뿜어져 나오고 시간 감각이 늘어지고 고동 소리가 귀에서 울려도 생각은 자꾸 필리스에게 향했다.

아내가 불평할 거라는 걸 예상했어야 했다. 우주인은 결혼하면 안 되는 건데. 착륙에 실패한다 해서 아내가 굶을 일은 없겠지만, 그녀가 원하는 것은 보험금이 아니었다. 그녀가 원하는 것은 남편이었다…. 6분 남았다.

만약 정기편을 타게 된다면 우주정거장에 살게 할 수도 있었다.

하지만 우주정거장에 살게 된 한가한 여성이 멀쩡하게 지낼 리가 없었다. 오, 필리스가 알코올 중독자가 될 리는 없었다. 그냥 미쳐갈 것이다.

5분 남았다. 그는 우주정거장에도, 심지어 우주 자체에도 신경이 가지 않았다! "행성 간 우주여행의 로망", 듣기에는 그럴싸해 보이지만 실제로 어떤 것인지 제이크는 잘 알고 있었다. 그냥 일이었다. 단조롭고 볼 풍경도 없고 과중한 업무에 지루한 대기 시간. 가정생활도 없다.

왜 저녁에 퇴근해 집으로 가는 멀쩡한 직장을 얻지 않았을까?

이유야 당연했다! 왜냐하면, 그는 우주 조종사였고 직업을 바꾸기에는 이미 나이가 들었기 때문이다.

돈을 잘 벌던 서른 먹은 유부남이 이제나마 직업을 바꿀 수 있을 확률이 얼마나 될까? 4분 남았다. 이제 와서 헬리콥터 영업사원이나 하면서 수수료나 받으면 좋아 보일까?

아마도 관개용수가 들어오는 농지를 사서… 이 나이에 될 리가 있나! 농사에 대해서는 소가 2의 제곱근에 대해서 아는 만큼도 모르면서! 아니, 예전 훈련을 받던 시절에 로켓을 골랐던 탓이었다. 전자공학 부서를 지망하거나 군인 장학금을 받을 수도 있었지만, 지금은 너무 늦어버렸다. 군을 나오자마자 해리먼 투자신탁에 입사해서 달의 광석을 날랐다. 그때 이미 엎질러진 물이 된 것이다.

"잘되어가나, 박사?" 켈리 선장의 목소리에 날이 서 있었다.

"2분하고 몇 초 남았습니다." 젠장! 선장이 발사 1분 전의 조종사에게 말을 걸면 안 된다는 것도 모르나.

제이크는 잠망경을 마지막으로 들여다보았다. 안타레스가 위치를 벗어난 것 같았다. 그는 자이로 잠금을 풀고 플라이휠을 회전시켰고 잠시 후 거칠게 제동을 걸어서 관성을 줄였다. 화상은 다시 정확히 맞춰졌다. 지금 자신이 뭘 했는지 말로는 설명할 수가 없었다. 이건 교과서에도 나오지 않고 교실에서도 안 가르치는 절묘한 곡예였다.

20초… 항해용 시계의 전면에 빛방울이 지나가며 초시계가 줄어들자 그는 긴장했다. 발사를 수동으로 하든가 아니면 그의 판단력이 시키는 대로 연결을 끊고 여정을 중단시키든가. 만약 너무 신중한 결정을 내리게 되면 로이드 보험회사가 그의 보험을 취소할 수도 있었다. 한편 무모한 결정을 내린다면 면허와 더불어 그와 다른 사람들의 생명을 잃을 수 있었다.

하지만 그는 보험회사나 면허, 심지어 생명에 대해서도 생각하지 않았다. 사실 아무 생각도 하지 않았다. 그는 느끼고 있었다. 마치 우주선의 온 선체에 신경이 뻗어 있는 것처럼. 5초… 안전장치가 풀렸다. 4초… 3초… 2초… 1초….

굉음이 덮치자 제이크는 손으로 발사 버튼을 찌르듯이 눌렀다.

켈리 선장은 발사로 인해 발생하는 의사 중력에 몸을 맡기고 편하게 지켜보고 있었다. 제이크는 다이얼을 살펴보고 시간을 기록하고 수프라뉴욕 정거장에서 퉁겨져 되돌아오는 레이더 신호를 살피느라 바빴다. 쇼티의 계산, 로봇 조종사, 우주선 그 자체도 모두 시계태엽처럼 정확하게 작동하고 있었다.

몇 분 후 로봇이 제트엔진을 꺼야 하는 위험한 순간이 다가왔다. 제이크는 수동 중단 버튼에 손을 올려놓고 신경을 레이더 스코프, 가속계, 잠망경 그리고 시계에 나누어 지켜보았다. 어느 순간까지 포효하던 제트엔진은 다음 순간 우주선이 자유 궤도에 오르며 달을 향한 침묵 속으로 빠져들었다. 인간과 로봇이 완벽한 조화를 이루고 있었기 때문에 제트엔진의 동력을 끊은 것이 제이크인지 로봇인지 구별이 되지 않았다.

제이크는 우주선을 흘깃 보더니 안전띠를 풀었다. "아까 말씀하셨던 담배를 피우는 게 어떨까요, 선장님? 그리고 승객들에게 벨트를 풀어도 된다고 알려주세요."

*

우주에서는 부조종사가 필요 없었고 대부분 조종사들은 부조종사를 조종실에 들이느니 차라리 칫솔을 세워놓는 편을 택했다. 조종사는 발사 후 1시간 정도를 일하며 도착 후에도 비슷한 시간을 일하지만 자유 비행 중에는 할 일이 없었고 일상적인 점검과 교정만 할 뿐이었다. 제이크는 100하고도 4시간을 먹고, 읽고, 편지를 쓰고 자면서 보냈다. 특히 자면서.

알람이 울려서 일어난 뒤 그는 우주선의 위치를 점검하고 아내에게 편지를 썼다. "사랑하는 필리스…. 그날 밤 당신이 속상했던 걸 당신 탓을 할 수는 없을 것 같아. 나도 실망했으니까. 그렇지만 내 말을 좀 들어줘. 여보, 머지않아 정기편에 탈 수 있게 될 거야. 10년 안에 은퇴하고 나면 그동안 못했던 브리지나 골프 같은 걸 같이 할 수 있게 될 거고. 당신이 이해하기 어렵다는 것은 알고 있…."

음성 회로가 끼어들었다. "아, 제이크, 영업용 표정 부탁하네. 지금 조종실에 손님을 모시고 갈 테니까."

"조종실에 손님은 출입금지인데요, 선장님."

"제발, 제이크. 이 멍텅구리가 해리먼 영감님이 직접 쓴 편지를 들고 있단 말일세. '할 수 있는 한 모든 편의를 제공할 것'이라고 적혀 있어."

제이크는 빨리 판단해야 했다. 거절할 수도 있었다. 하지만 상사의 상사를 기분 나쁘게 하는 것은 말도 안 되는 일이었다. "알겠습니다, 선장님. 짧게 하죠."

손님은 다소 비만하고 쾌활한 남자였다. 제이크는 남자의 무게 페널

티가 족히 40킬로그램은 될 거라고 계산했다. 그 뒤에 있던 열세 살쯤 된 남자아이가 문을 비집고 들어와서 조종 장치에 뛰어들었다. 제이크는 재빨리 아이를 낚아챘고, 애써서 상냥한 말투로 말했다. "손잡이를 잘 잡고 있어야지, 꼬마야. 머리라도 부딪히면 안 되잖니."

"이거 놔! 아빠, 놓으라고 해줘요."

켈리 선장이 끼어들었다. "제 생각에는 잘 매달려 있는 게 좋을 것 같습니다, 판사님."

"음, 어, 얘야. 선장님 말씀대로 하렴, 아들아."

"에이, 아빠!"

"샤크트 판사님, 이쪽은 일등 조종사 제이크 팸버튼입니다." 켈리 선장이 재빨리 말했다. "이곳을 안내해드릴 겁니다."

"반갑소, 조종사. 참 친절하시군."

"뭘 보고 싶으십니까, 판사님?" 제이크가 조심스럽게 물었다.

"아, 이것저것. 아이를 위해 온 거요. 애가 처음으로 우주선을 탔거든. 나도 예전에 우주인이었소. 아마 선원 절반 정도는 나보다 경험이 적을걸." 판사가 웃으며 말했다. 제이크는 웃지 않았다.

"자유 비행 중에는 별로 볼 것이 없습니다."

"괜찮소. 우리는 그냥 알아서 편하게 지낼 테니. 선장?"

"조종석에 앉고 싶어요." 꼬마 샤크트가 말했다.

제이크가 얼굴을 살짝 찡그렸다. 켈리 선장이 급히 말했다. "제이크, 아이에게 조종 시스템에 관해서 설명해주겠나? 그러고 나면 가보도록 하지."

"아무것도 설명할 필요 없거든요? 다 안다고요. 난 미국 로켓 소년단이라고요. 이 배지 보여요?" 아이는 억지로 조종석으로 가려고 했다.

제이크가 아이를 잡아서 조종석에 앉힌 다음 안전띠를 채웠다. 그리고 조종반의 회로를 차단했다.

"뭐예요?"

"내가 설명할 수 있도록 조종반의 전원을 차단했단다."

"제트엔진은 발사 안 해요?"

"안 해." 제이크는 각 버튼, 다이얼, 스위치, 측정기, 도구와 스코프의 목적은 뭐고 어떻게 작동하는지 재빨리 설명했다.

아이는 몸을 뒤틀었다. "유성은 없어요?" 아이가 캐물었다.

"아, 지구에서 달로 가는 여행 중에 유성이랑 충돌할 확률은 50만분의 1이란다. 유성은 보기 힘들거든."

"그래서요? 대박을 쳤다고 치면요? 그러면 모두 큰일 나잖아요."

"그럴 일은 없단다. 충돌 방지 레이더가 사방 8백 킬로미터를 모든 방향에서 지켜보고 있거든. 무엇이든 3초 이상 같은 방향을 향하고 있으면 직접 연결로 제트엔진이 가동되지. 먼저 모든 사람이 뭔가 단단한 걸 붙잡을 수 있도록 3초 전에 경고 벨을 보내고, '쾅!' 그러면 금방 빠져나오게 된단다."

"되게 시시하네. 이거 봐요, 코멧 버스터스의 카트라이트 준장이 어떻게 했는지 보여줄게요."

"그 조종 장치는 건들지 마!"

"아저씨 우주선도 아니잖아. 우리 아빠 말이…."

"아, 제이크!" 자기 이름을 듣고 제이크는 마치 물고기처럼 몸을 뒤틀고는 켈리 선장을 마주했다.

"제이크, 샤크트 판사님도 아시고 싶을걸…." 곁눈으로 제이크는 꼬마가 장치에 손을 뻗는 것을 보았다. 몸을 돌려 소리를 지르려는데 제트엔진의 굉음이 울리면서 가속도가 몸을 덮쳤다.

숙련된 우주인이라면 무중력에서 예상치 못하게 가속하더라도 고양이 같은 반사신경으로 자세를 다시 잡을 수 있었다. 하지만 제이크는 지지대가 될 만한 것이 아니라 아이를 잡으려 하고 있었다. 그는 떨어지면서 아이를 피하려고 몸을 뒤틀었고 열려 있는 압력문의 문틀에 머리를 부딪친 뒤 아래쪽 갑판에 떨어져 기절했다.

*

켈리 선장이 그를 흔들어 깨웠다. "괜찮나, 제이크?"

제이크는 일어나 앉았다. "네, 괜찮습니다." 그는 천둥소리를 내며 진동하고 있는 갑판 바닥을 느꼈다. "제트엔진! 동력을 끊어요!"

그는 켈리 선장을 밀치고 조종실에 기어 올라가 끄는 버튼을 내려쳤다. 갑자기 침묵이 울렸고 다시 무중력으로 돌아왔다.

제이크는 돌아보며 꼬마 샤크트의 안전띠를 풀어 켈리 선장 쪽으로 급히 보냈다. "선장님, 이 망할 것을 내 조종실에서 내보내세요."

"이거 놔! 아빠, 이 아저씨가 아프게 해!"

나이 든 샤크트가 즉시 화를 냈다. "이게 무슨 짓이오? 내 아들에서 손 떼요!"

"당신의 소중한 아들이 제트엔진을 켜버렸습니다."

"아들, 네가 그랬니?"

아이는 눈동자를 굴렸다. "아니, 아빠. 그건… 그건 유성이었어요."

샤크트 판사는 어리둥절한 표정이었다. 제이크가 콧방귀를 뀌었다. "조금 전에 레이더 보호 장치가 어떻게 유성을 피할 수 있는지 설명했습니다. 애가 거짓말을 하네요."

판사는 '고집 부리기'라는 사고 결정 과정을 거친 다음 대답했다. "내 아들은 거짓말 안 해요. 부끄러운 줄 아시오. 어른이 죄 없는 아이 탓을 하려 하다니. 당신에 대해서는 보고하겠소. 가자, 우리 아들."

제이크가 샤크트 판사의 팔을 잡았다. "선장님, 이 사람들이 조종실을 나가기 전에 지문을 조사하도록 조종 장치를 사진으로 찍어두고 싶습니다. 유성은 아니었어요. 조종 장치는 꺼져 있었고요. 이 꼬마가 다시 켜기 전까진 말이죠. 유성이었으면 충돌방지 회로가 경보를 보냈을 거라고요."

샤크트 판사는 걱정스러운 표정이 되었다. "말도 안 되는 소리. 내 아들을 인격 모독하는 것에 반대하는 것뿐이오. 아무 해도 끼치지 않았잖소."

“아무 해도 안 끼쳤다고요? 승객들의 부러진 팔이나 부러진 목은 어떻습니까? 그리고 낭비한 연료도 그렇고. 정상 상태로 돌아갈 때 소모해야 할 것까지요. 알고나 있습니까, '전직 우주인' 양반. 우주정거장으로 가는 궤도에 맞추려고 소중한 연료를 얼마나 소모해야 하는지? 우주선을 지키려고 화물을 버려야 할 수도 있단 말이에요. 1톤에 6만 달러나 되는 화물 말입니다. 지문을 보여주면 통상위원회가 누구에게 비용을 청구해야 할지 알게 되겠죠.”

*

두 사람만 남게 되자 켈리 선장이 걱정스러운 듯 물었다. “정말로 화물을 버릴 필요는 없겠지? 기동용 예비 연료가 있잖나.”

“정거장에 도착하지 못할 수도 있습니다. 추진을 얼마나 지속했죠?”

켈리 선장이 머리를 긁었다. “나도 정신이 혼미한 상태였네.”

“가속기록계를 열어서 봐야겠군요.”

켈리 선장의 얼굴이 밝아졌다. “아, 맞다! 만약 그 개구쟁이가 연료를 너무 많이 소모하지 않았으면 그냥 우주선을 돌려서 같은 시간 동안 돌아가면 되지 않나.”

제이크가 고개를 저었다. “질량 비율이 달라졌다는 점을 잊으셨군요.”

“아…, 아, 그렇군!” 켈리 선장은 창피한 듯했다. 질량 비율…. 동력을 가동하면 우주선은 태운 연료만큼 중량을 잃게 된다. 추진력은 일정한데 질량은 줄어든다. 적절한 위치, 코스 그리고 속도로 돌아가기 위해서는 탄도학의 복잡한 미적분 문제를 풀어야 했다. “하지만 자네도 할 수 있지, 안 그래?”

“다른 방법이 없으니까요. 하지만 여기 쇼티가 있으면 좋겠네요.”

켈리 선장은 승객을 살피러 떠났다. 제이크는 일을 해야 했다. 먼저 천체 관측 장비와 레이더로 상황을 점검했다. 레이더는 세 가지 수치를 보여줬지만, 정확도에 한계가 있었다. 태양과 달과 지구를 보면 위치는 나왔지만 경로와 현재 속도는 알 수 없었고 2차 관측을 해서 알아낼 때까지 기다릴 수도 없었다.

쇼티의 예상을 샤크트 꼬마가 저지른 짓의 효과를 계산한 것에 더한 예측 항법으로 현재 위치를 어림잡았다. 이건 레이더와 시각 관측을 통해 꽤 잘 확인할 수 있었다. 하지만 여전히 궤도에 돌아가 목적지에 도착할 방법은 알지 못했다. 지금 남은 연료로 속도를 줄이고 궤도에 맞출 수 있을지 없을지를 계산하려면 그 방법을 알아내야만 했다.

우주에서는 여정의 막바지에 초속 수 킬로미터로 빨라지는 것도, 시속 몇백 킬로미터로 기어가는 것도 좋지 않았다. 마치 떨어지는 달걀을 깨뜨리지 않고 접시로 받아내는 것과 같았다!

제이크는 어떻게 하면 최소한의 연료만 가지고 해낼지 끈질기게 계산하기 시작했다. 하지만 가지고 있는 머천트 전자계산기는 수프라뉴욕 정거장에 있는 몇 톤짜리 IBM 컴퓨터에는 비길 바가 못 되었고 그 자신도 쇼티와 비길 바가 못 되었다. 3시간 후 대충의 답을 계산했다. 그는 켈리 선장을 불렀다. "선장님? 먼저 샤크트 부자부터 우주로 배출시켜버리십시오."

"나도 그러고 싶네. 방법이 없나, 제이크?"

"아무것도 버리지 않고 안전하게 목적지에 도달할 수 있다고 약속드릴 수는 없습니다. 분사하기 전에 지금 버려두는 것이 나을 겁니다. 그게 더 경제적입니다."

켈리 선장이 망설였다. 그리고 차라리 자기 다리를 하나 자르는 편이 낫다고 생각했다. "뭘 버려야 할지 고를 시간을 주게."

"알겠습니다." 제이크는 슬픈 마음으로 다시 계산으로 돌아와 오류가 있는지 검토하다가 더 나은 생각을 해냈다. 그는 무선실을 불러냈다. "수프라뉴욕 정거장의 쇼티 와인스틴을 연결해줘요."

"정상 범위에서 벗어나 있는데요."

"그건 나도 알아요. 조종사입니다. 안전 우선순위로 긴급 상황입니다.

제발 신속하게 연결해주세요."

"어…, 알겠습니다. 해보겠습니다."

쇼티는 미심쩍어했다. "맙소사, 제이크. 내가 조종해줄 수는 없잖나."

"젠장, 문제를 풀어줄 수는 있잖아!"

"쓸모없는 데이터로 만든 부정확한 계산이 어디 쓸모가 있다고?"

"그래, 맞는 말이야. 하지만 내가 가지고 있는 장비를 알잖나. 내 능력도. 더 나은 해답을 내줘."

"해보지." 쇼티는 4시간 뒤에 연락했다. "제이크? 여기 특효약이 있네. 자네 계획은 자네가 예상한 속도로 돌아가서 위치 수정을 하자는 거였지. 전통적인 방법이지만 비경제적이야. 대신 마벨에게 한 번의 기동으로 해결하는 문제를 풀도록 했어."

"잘됐군!"

"너무 서두르진 말게. 이걸로 연료가 절약되긴 하지만 충분치는 않아. 설마 아무것도 버리지 않고 원래 궤도로 돌아갈 수 있을 거라고 생각하진 않았겠지."

제이크는 잠시 생각한 후 말했다. "켈리 선장에게 말해봐야겠어."

"잠시 기다려보게, 제이크. 이렇게 해보자고. 처음부터 다시 하는 거야."

"응?"

"이걸 완전히 새로 생긴 문제로 취급하는 거지. 자네 테이프에 기록된 궤도 따윈 잊어버려. 현재의 코스와 속도 그리고 위치를 계산해서 달 정거장에 도달하는 최적의 궤도를 계산하는 거야. 새로운 궤도를 타는 거지."

제이크는 바보가 된 기분이었다. "그 생각은 못 해봤네."

"물론 못 해봤겠지. 그쪽 우주선에 달린 계산기로는 계산하는 데 3주는 걸릴 테니까. 기록할 준비 됐나?"

"물론이지."

"여기 자료 보내네." 쇼티가 데이터를 불러주기 시작했다.

두 사람이 같이 확인한 뒤 제이크가 말했다. "이거면 도착할 수 있을까?"

"아마도. 자네가 보내준 데이터가 오차 한도 내로 정확했다면 말이야. 그리고 이 방법대로 마치 로봇처럼 정확하게 따를 수 있어야겠지. 또 분사를 하고 나서 궤도 재수정이 필요 없다는 가정도 해야겠지. 아마도 해낼 수 있을 거야. 어쨌든 행운을 빌겠네." 물결치는 감도 때문에 작별인사는 먹먹한 소리로 주고받았다.

제이크는 켈리 선장을 불렀다. "아무것도 버리지 마십시오, 선장님. 승객들에게 안전띠를 매라고 하시고요. 분사를 대비해주세요. 14분 남았습니다."

"잘했네, 조종사."

*

새로운 출발 시각이 정해지고 점검도 끝내자 다시 남는 시간이 생겼다. 제이크는 끝마치지 못한 편지를 꺼내 읽은 다음 찢어버렸다.

"사랑하는 필리스…." 그는 다시 시작했다. "이번 여행을 하는 동안 심각하게 생각해봤는데 내가 너무 고집을 부렸던 것 같아. 내가 여기 나와서 뭘 하고 있는 걸까? 난 집이 좋아. 당신과 함께하는 것도 좋고.

내 목숨과 당신 마음의 평화를 걸면서까지 이런 험한 일을 해야 할 필요는 없지 않을까? 조각배조차 조종 못 하고 차라리 집에나 있어야 할 작자들을 달까지 모셔다드리며 전화 대기나 해야겠어?

물론 돈 문제가 생기겠지. 난 그동안 변화를 두려워해왔어. 봉급은 절반이 되겠지만, 당신만 좋다면 지상에서 하는 일을 찾아 다시 시작해볼게. 모든 사랑을 담아, 제이크로부터."

그는 편지를 접어두고 잠이 들었다. 로켓 소년단원 전체가 조종실에 가득 차 있는 꿈을 꾸었다.

*

달에 근접해서 바라보는 경치는 지구를 우주에서 바라보는 경치 다음으로 인기 있는 관광 명소였다. 하지만 제이크는 정거장 주위를 도는 동안 모든 승객에게 안전띠를 매도록 했다. 관광객의 눈을 즐겁게 하자고 동기 기동에 써야 할 얼마 남지 않은 연료를 쓸 수는 없었다.

달의 적도를 돌자 정거장이 시야에 들어왔다. 우주선이 역방향으로 가고 있었기 때문에 레이더로 보일 뿐이었지만 말이다. 매번 짧은 감속 추진을 할 때마다 제이크는 쇼티가 보내준 수치와 레이더를 새로 비교하며 수정했다. 한 눈은 시계를, 한 눈으로는 잠망경을, 세 번째 눈으로는 현재 위치를, 그리고 네 번째 눈으로 연료계를 보았다.

"어떤가, 제이크?" 켈리 선장이 초조하게 말했다. "할 수 있겠나?"

"제가 어떻게 알겠습니까? 짐을 버릴 준비를 해두시죠." 두 사람은 버릴 짐으로 액체산소를 선택하는 데 동의했다. 별도로 다룰 필요 없이 외벽 밸브를 열기만 하면 되었기 때문이다.

"그런 말 말게, 제이크."

"젠장, 할 필요가 없으면 이런 말 하지도 않을 겁니다." 제이크는 다시 조종기에 손을 댔고 분사 소리가 그의 말소리를 가렸다. 소리가 그치고 나자 무선 기동 회로가 그를 불렀다.

"여기는 플라잉더치맨호. 조종사입니다." 제이크가 같이 소리쳤다.

"정거장 관제실입니다. 수프라뉴욕 정거장에서 연료가 부족하다는 보고를 받았습니다."

"맞습니다."

"접근하지 마십시오. 바깥쪽에서 우리와 속도를 맞춰요. 환승 우주선을 보내서 연료를 보급하고 승객을 실어나를 테니까."

"할 수 있을 것 같습니다."

"있을 것 같은 게 아니라 해내요. 연료 보급 기다리고요."

"내가 어떻게 조종할지 명령하지 마십시오!" 제이크는 회로를 끊고 조종반을 노려보다가 멍한 표정으로 휘파람을 불었다. 켈리 선장의 머릿속은 오래전 들었던 말로 가득 찼다. "케이시가 화부에게 말했다. '꼬마

야, 뛰어내리는 게 나을 거야, 두 기관차가 충돌할 테니까 말이야!'*

"어떻게든 미끄러져 들어갈 생각이지, 제이크?"

"음, 아니요, 분사할 겁니다. 정거장 바로 근처까지 와서 굴복할 생각은 없습니다. 특히 승객도 있으니까요. 하지만 80킬로미터 밖에서 속도를 맞추고 손 놓고 데리러 오길 기다리지도 않을 겁니다."

제이크는 정거장 궤도를 근소하게 벗어나는 곳을 노렸다. 이제 쇼티가 보낸 수치는 아무 의미도 없었고 믿을 것은 본능뿐이었다. 그의 노림수는 훌륭했다. 정거장과 충돌을 피하기 위해서 마지막 순간에 미세 조정을 하며 연료를 소모할 필요가 없었다. 그는 확인되지 않은 상황에서 안전하게 지나갔음을 확신하게 되었을 때 한 번 더 감속했다. 그런 다음 동력을 끊었고 제트엔진이 기침 소리를 내며 툴툴대고는 정지했다.

플라잉더치맨호는 정거장에서 5백 미터 떨어진 곳에서 같은 속도로 떠 있었다.

제이크는 무선을 켰다. "정거장, 이쪽에서 보낼 줄을 받을 준비를 하라. 정박시키겠다."

✶

보고서를 쓰고 샤워를 한 후 무선으로 편지를 보내러 우체국으로 향하고 있을 때 확성기에서 조종사는 사령관 사무실로 오라는 호출이 들렸다.

"아, 이런." 제이크는 혼잣말했다. "샤크트 판사가 윗분에게 찔렀나 보군. 그 멍청이가 주식을 얼마나 소유하고 있을까?" 그리고 다른 문제도 있었다. 관제실 지시를 거부한 것 말이다.

제이크는 긴장된 목소리로 말했다. "1등 조종사, 제이크 펨버튼입니다."

솜즈 사령관이 올려다보았다. "제이크. 오, 그렇군. 자네는 자격을 두 개 가지고 있군. '우주 왕복'과 '분사 착륙'."

* 케이시 존스의 노래의 가사

'괜히 말 돌리지 말자.' 제이크는 속으로 생각했다. 그는 크게 말했다. "이번 여행에 대해서 아무 변명할 말이 없습니다. 만약 사령관님께서 제가 제 조종실을 어떻게 운영하는지를 인정하지 않으신다면 사직서를 내겠습니다."

"무슨 말 하는 건가?"

"저는, 그러니까… 승객이 불만신고서를 내지 않았나요?"

"아, 그거!" 솜즈 사령관은 아무렇지도 않다는 듯이 말했다. "맞아, 그자가 왔었네. 하지만 켈리 선장의 보고서도 받았고 기관장 보고서도 받았지. 그리고 수프라뉴욕 정거장에서 특별 보고서도 받았고. 정말 끝내주는 조종이었네, 제이크."

"그럼 제가 회사에서 문책당할 일이 없다는 건가요?"

"내가 언제 부하 조종사들을 지지하지 않은 적이 있던가? 자네가 옳았네. 나라면 그자를 에어로크에 넣고 우주로 던져버렸을 거야. 이제 일 이야기를 하지. 지금 자네는 우주에서 우주로 가는 편 소속이지. 하지만 난 루나시티에 특별한 사람을 보내고 싶네. 부탁인데 해주겠나?"

제이크가 망설이는 사이 솜즈 사령관이 말을 이었다. "자네가 아끼는데 성공한 산소는 우주 연구 프로젝트에 쓰일 것이었네. 북쪽 터널의 밀봉이 터지는 바람에 수 톤이나 잃었지. 작업이 중단 중이야. 비용, 임금 그리고 벌금으로 매일 13만 달러나 쓰고 있는데 말이야. 그렘린호가 여기 있지만 문뱃호가 올 때까지 조종사가 없네. 자네뿐이야. 어떤가?"

"하지만 저는… 사령관님, 제 실력에 사람들 목숨을 맡길 수는 없습니다. 실력이 녹슬었다고요. 새로 훈련도 받고 점검도 받아야 합니다."

"승객은 없네. 승무원도 없고 선장도 없지. 자네 혼자일세."

"그러면… 하죠."

28분 후 제이크는 못생겼지만 강력한 그렘린호에 타고 발사되었다. 공전 궤도를 벗어날 정도로 강한 분사를 한 후 달로 떨어지도록 내버려 두었다. '꼬리로 안착할 때까지' 아무 걱정할 것이 없었다.

그는 기분이 좋았다. 두 장의 편지를 끄집어낼 때까지는. 한 장은 미처 보내지 못한 편지였고, 하나는 정거장으로 배달된 필리스의 편지였다.

아내의 편지는 사랑스러웠지만 건성이었다. 그녀는 남편이 갑자기 떠나야 했다는 것에 대한 말은 하나도 하지 않았고 그의 직업에 대해서는 완전히 무시했다. 올바른 편지의 본보기와도 같았지만 그 점 때문에 더 걱정되었다.

그는 두 편지 다 찢어버리고 또 다른 편지를 시작했다.

"당신은 직설적으로 말한 적이 없지만 내 직업을 싫어하고 있지.

하지만 난 우리 가족을 부양해야 해. 당신에게도 일이 있잖아. 아주 오래된 일이지. 포장마차를 타고 평야를 건너던 시절, 중국에서 돌아오는 배를 기다리던 시절, 그리고 광산에서 폭발이 일어났을 때 돌아올 광부에게 키스하고 웃음으로 배웅하고 집에서 남편을 돌보는 일 말이야.

당신은 우주인이랑 결혼했고 내 일을 즐거이 받아들이는 것도 당신 일의 일부야. 그걸 깨닫는다면 당신도 해낼 수 있을 거라 믿어. 그러길 바라. 이제까지 모든 일이 우리 둘 모두에게 도움이 되지 않고 있으니까.

믿어주길 바라며, 사랑해.

제이크로부터."

*

제이크는 우주선을 하강시켜 접근시키기 직전까지 편지를 품고 있었다. 고도 32킬로미터에서 1.6킬로미터가 될 때까지 로봇이 조종하도록 내버려두었다. 그러고는 수동으로 전환한 후 계속 느리게 하강했다. 완벽한 진공 상태에서의 착륙은 전쟁용 로켓 발사의 역순이었다. 자유낙하 후 제트엔진을 길게 분사하고 마지막에 지면을 건드리면 완전히 멈추게 된다. 이론상으로 조종사는 하강을 느껴야 했지만 너무 느려서도 안 됐다. 중력과 너무 오래 다투게 되면 연료를 모두 소모할 수 있었다.

40초 후 시속 225킬로미터로 하강을 했고, 곧 잠망경을 통해 3백 미터짜리 크레인 타워가 보였다. 고도 백 미터에 이르자 5g의 가속도로 1초 이상 분사한 다음 꺼버렸고 달의 6분의 1 중력에 몸체를 내맡겼다. 그리고 기분 좋게 천천히 내려갔다.

그렘린호가 떠 있다가 달의 흙에 밝게 빛나는 제트분사를 살짝 뿜고는 아무런 문제도 일으키지 않고 당당하게 착륙했다.

지상 요원들이 제이크를 회사 자동차에 태우고 터널 입구로 실어날랐다. 루나시티에 들어가서 보고서를 다 쓰기도 전에 호출을 받았다. 전화를 받자 화면에서 웃고 있는 솜즈 사령관이 나타났다. "여기서 현장 화면으로 착륙을 지켜봤네, 제이크. 재교육 과정은 필요 없겠더군."

제이크가 얼굴을 붉혔다. "감사합니다."

"우주 왕복에 집착하지 않는다면 말인데, 루나시티 정기편에 자네를 쓰고 싶네. 여기나 루나시티에 숙소도 제공하지. 원하나?"

제이크는 저도 모르게 말했다. "루나시티로 하죠. 맡겠습니다."

✳

제이크는 루나시티 우체국으로 향하면서 세 번째 편지를 찢어버렸다. 전화 데스크에서 파란색 달 전용 복장을 입고 있는 금발 여성에게 말을 걸었다. "캔자스시 닷지 교외의 6403번으로 연결해주세요, 필리스 펨버튼에게요."

여자가 그를 바라보며 말했다. "조종사들 돈 잘 쓰네요."

"어떨 때는 전화가 더 싸죠. 서둘러줄래요?"

전화를 받은 필리스는 편지에 실었어야 할 말을 하려고 했다. 편지는 그녀가 외로움이나 같이 재미를 보지 못한다는 것을 불평하는 게 아니라 남편이 위험한 일을 한다는 생각에 걱정을 참을 수가 없다고 쓰기가 더 쉬웠다. 하지만 이번엔 그녀 자신도 논리적인 결론을 말하기가 어려웠다. 제이크가 우주를 포기하지 못한다는 이유로 그를 버릴 준비가 되어 있었던 걸까? 그녀는 정말 알지 못했다. 전화는 반가운 방해였다.

화면이 텅 비어 있었다. "장거리 전화입니다." 가는 목소리가 말했다. "루나시티에서의 전화입니다."

공포가 그녀의 심장을 억눌렀다. "필리스 펨버튼입니다."

끝이 없어 보이는 지연이 이어졌다. 전파가 지구와 달을 오가려면 3초나 걸린다는 사실을 알고 있었지만, 이 순간 그 사실을 기억해내지 못했고 기억했더라도 안심이 되진 않았을 것이다. 그녀에게 보이는 것은 망가진 가정과 과부가 된 자신과 제이크…, 사랑하는 제이크가 우주에서 죽은 모습이었다.

"제이크 펨버튼의 부인 되십니까?"

"네, 네! 연결해주세요." 다시 또 기다렸다. 제이크를 보낼 때 무모하게도 기분을 상하게 해서 판단력에 영향을 받은 것 아닐까? 출근하는 그에게 짜증을 내는 그녀의 모습만을 기억하며 죽어간 것 아닐까? 남편에게 가장 필요한 순간에 저버린 것 아닐까? 그녀는 제이크가 앞치마 끈으로 묶어둘 수 있는 남자가 아니라는 것을 알고 있었다. 남자, 다 큰 성인 남자이지 엄마의 아기가 아니었다. 언젠가는 어머니의 앞치마 끈을 풀고 떠나야 했다. 그런데 왜 그녀는 제이크를 자신에게 묶어두려고 했을까? 그러지 말았어야 했다. 친정어머니도 그러지 말라고 경고한 적이 있었다.

그녀는 기도했다.

그리고 제이크의 목소리가 들렸고 안도해서 무릎에 힘이 빠졌다. "당신이야, 여보?"

"응, 맞아. 나야! 달에서 뭐하고 있는 거야?"

"이야기가 길어. 초당 1달러나 드니까 짧게 말할게. 당신에게 알리고 싶은 것은… 루나시티로 와주겠어?"

이번에는 제이크가 대답을 기다리며 고통을 받을 차례였다. 그는 필리스가 마음을 못 정하고 시간을 끄는 게 아닐까 하고 생각했다. 결국 그녀의 목소리가 돌아왔다. "물론이야, 여보. 언제 떠나면 돼?"

"언제라니, 왜 떠나야 하는지도 묻지 않고?"

필리스는 그런 것은 상관없다고 대답하려다 말고 말했다. "응, 말해줘." 통화 지연은 계속되었지만 두 사람 모두 그런 건 신경 쓰지 않았다. 제이크는 아내에게 소식을 알려주고 나서 덧붙였다. "스프링스로 가서 올가 피어스와 만나 절차를 해결해달라고 해. 짐 싸는 거 도와줘?"

필리스는 빨리 생각해야 했다. 제이크가 돌아와야 했다면 이렇게 물어보지 않았을 것이다. "아니, 내가 알아서 할게."

"무슨 일이 일어나고 앞으로 어떻게 될 것인지는 긴 편지로 보낼게. 사랑해. 지금은 안녕!"

"오, 나도 사랑해. 안녕, 여보."

제이크는 전화부스를 나오며 휘파람을 불었다. 필리스는 충실하고 착한 여자였다. 그는 애당초 왜 아내를 불신했는지 기억이 나지 않았다.

✦

레퀴엠

Requiem

서제인 옮김

✦ 1940년 1월 〈어스타운딩 사이언스 픽션(Astounding Science Fiction)〉에 발표,
2003년 프로메테우스 명예의 전당 헌정

사모아의 높은 언덕 위에는 무덤이 하나 있다. 그 묘비에는 다음과 같은 글귀가 새겨져 있다.

별이 빛나는 드넓은 하늘 아래
무덤을 파고 나를 눕게 하라.
나는 기쁨 속에 살았고 기쁨 속에 죽으며
기꺼이 여기 누우리라!

그대가 내게 주는 묘비명은 이러하리라.
'여기 그가 잠들다, 간절히 소망하던 곳에,
바다에서 돌아와 고향을 찾은 선원처럼,
언덕에서 돌아와 집을 찾은 사냥꾼처럼.'*

* 스코틀랜드의 시인이자 소설가로 《보물섬》, 《지킬 박사와 하이드 씨》 등의 작품을 남긴 로버트 루이스 스티븐슨(1850-1894)의 시 〈레퀴엠〉 전문. 이 시는 사모아의 스티븐슨 박물관 인근에 있는 그의 묘소에 새겨져 있다.

이 구절은 한 군데 더 적혀 있었다. 압축 산소통에서 뜯겨 나온 운송장이 그곳이었다. 글귀가 휘갈겨진 운송장은 한 자루의 칼로 땅에 꽂혀 있었다.

✶

박람회치고는 별로 대단한 박람회가 못 됐다. 마차 경주는 그다지 재미있을 것 같아 보이지 않았다. 자기 말이 불멸의 댄 패치*의 혈통을 이어받았다고 주장하는 참가자가 여럿 있었는데도 그랬다. 텐트와 영업 부스들은 박람회장의 땅을 채우기에는 수가 너무 부족했고, 노점 상인들은 무기력한 얼굴을 하고 있었다.

D. D. 해리먼의 운전사는 왜 차를 세워야 하는 건지 알 수 없었다. 그들은, 정확히는 해리먼만이었지만, 캔자스시티에서 열리는 이사회에 참석하러 가는 중이었다. 운전사에게는 서둘러야 할 개인적 이유가 있었다. 18번가의 흑인 거주 구역에 볼일이 있었던 것이다. 하지만 그의 고용주는 차를 세우게 했고, 그것도 모자라 밖으로 나가 어슬렁거리기까지 하고 있었다.

경기장 트랙 뒤쪽에 큼지막한 울타리를 두른 공간이 보였고, 장식용 깃발과 캔버스 천으로 만든 아치가 입구를 장식하고 있었다. 거기에는 붉은색과 금색의 글씨로 다음과 같이 씌어 있었다.

달 로켓, 여기서 만나세요!!!!!
실제 비행 체험관!
매일 2회 비행 시연
달을 밟은 최초의 인간이
탑승했던 실제 모델!!!!
당신도 탈 수 있다! — 단돈 50달러

* 20세기 초반 스피드로 유명했던 전설적인 경주마. 열네 번 이상 세계신기록을 갱신했다.

아홉 살이나 열 살쯤 되어 보이는 소년 한 명이 입구를 서성이며 포스터를 뚫어져라 보고 있었다.

"우주선 보고 싶니, 꼬마야?"

아이의 눈이 반짝 빛났다. "우와, 할아버지. 당연히 보고 싶죠."

"나도 그렇단다. 이리 오렴." 해리먼은 1달러를 꺼내, 울타리 안으로 들어가 로켓 우주선 체험을 해볼 수 있는 분홍색 티켓을 두 장 샀다. 자기 티켓을 받아 든 아이는 한 가지에만 집중하는 어린아이 특유의 태도로 앞장서서 달려들어 갔다. 해리먼은 알 모양의 우주선 선체를 이루는 뭉툭한 곡선들을 바라보았다. 우주선이 동체 중간부에 부분 제어 장치를 빙 둘러 단 싱글 제트 타입임을 그는 전문가다운 눈으로 알아보았다. 해리먼은 안경 낀 눈을 가늘게 뜨고는, 강렬한 빨간색으로 칠해진 선체 위에 금색 페인트로 쓰인 '케어프리'라는 이름을 응시했다. 그러고는 조종실로 들어가기 위해 25센트를 더 지불했다.

좌현 창에 달린 강력한 여광기 때문에 어둑해진 실내에 두 눈이 익숙해지자, 그는 조종간의 버튼들과 그 위에 달린 반원형 다이얼들을 애정 어린 눈으로 훑어보았다. 그가 사랑하던 장비들이 모두 제자리에 있었다. 그는 그것들을 잘 알았다. 가슴 속 깊이 새겨진 물건들이었다.

무언가 따뜻한 액체 같은 것이 몸속을 적시는 걸 느끼며 계기판을 지그시 응시하고 있을 때, 조종사가 들어오더니 그의 팔을 잡았다.

"죄송합니다, 손님. 비행을 준비해야 하거든요."

"으응?" 해리먼이 입을 열며 말하는 사람을 돌아보았다. 잘생긴 젊은 남자였다. 두상이 좋고 어깨는 떡 벌어졌으며, 눈매에선 무모함이, 입매에선 제멋대로인 성격이 드러났다. 그러나 턱에서는 단단한 심지가 엿보이는 청년이었다. "아, 미안하게 됐네, 선장."

"괜찮습니다."

"아, 실은, 선장, 저, 성함이…."

"매킨타이어입니다."

"매킨타이어 선장, 이번에 탑승할 수 있겠나?" 노인은 선장을 향해 간절하게 몸을 굽혔다.

"아, 물론이죠, 원하신다면요. 저를 따라오세요." 매킨타이어는 문 가까이에 있는, '사무실'이라고 표시된 작은 창고 같은 건물로 해리먼을 안내했다. "승객 한 분 진찰 부탁해요, 박사님."

해리먼은 좀 놀랐지만, 의사가 그의 여윈 가슴에 청진기를 갖다 대고, 팔에 고무 커프를 두르는 대로 가만히 놔두었다. 잠시 후 의사는 커프를 풀더니, 매킨타이어를 힐끔 보고는 고개를 저었다.

"탑승 불가예요, 박사님?"

"그러네요, 선장님."

해리먼의 시선이 그들의 얼굴을 차례로 훑었다. "내 심장은 괜찮은데… 그냥 조금 흥분했을 뿐이네."

의사의 두 눈썹이 올라갔다. "그러신가요? 하지만 심장 때문만은 아닙니다. 손님 나이에는 뼈가 약해져서 이륙하기에는 무리예요."

"죄송합니다, 손님." 조종사가 덧붙였다. "하지만 제가 가속 때문에 건강을 해칠 우려가 있는 손님을 태우지는 않는지 확인하라고 베이츠 카운티 박람회 조합에서 여기 계신 의사 선생님을 고용했거든요."

노인의 어깨가 비참하게 축 처졌다. "탈 수 있을 줄 알았는데."

"죄송합니다, 손님." 매킨타이어가 몸을 돌려 나갔지만, 해리먼은 밖으로 그를 뒤쫓아 갔다.

"잠깐 기다리게, 선장…."

"네?"

"혹시 비행이 끝난 뒤에 자네하고, 그리고, 음, 기관사 되시는 분하고 저녁 식사를 함께해도 되겠나?"

조종사는 호기심 어린 눈으로 그를 보았다. "그러면 안 될 이유는 없는 것 같군요. 고맙습니다."

✴

"매킨타이어 선장, 지구-달 노선 우주선 조종을 대체 왜 그만둔 건지 나로서는 이해가 안 되는데." 작은 도시 버틀러*의 제일 좋은 호텔에 따로 마련된 다이닝 룸이었다. 프라이드치킨과 따끈한 비스킷, 그리고 스리스타급 헤네시와 코로나 맥주 몇 병을 앞에 차려놓자 세 남자가 편하고 자유롭게 이야기를 나눌 만한 분위기가 조성되었다.

"글쎄요, 저는 그게 별로 좋지가 않더라고요."

"야, 말도 안 되는 소리 하지 마, 매킨타이어. 규칙 G에 걸려놓고. 누구보다 너 자신이 잘 알잖아." 매킨타이어의 기관사가 말하며 자기 잔에 브랜디 한 잔을 더 부었다.

매킨타이어의 표정이 일그러졌다. "그래, 내가 술 좀 마셨다. 그게 어쨌다는 거야? 어쨌거나 그건 조절할 수도 있었어. 내가 질려버린 건 그 빌어먹게 까탈스러운 규칙들 때문이었다고. 그렇게 말하는 너는 뭔데? 밀수꾼 새끼!"

"그래, 내가 밀수를 하긴 했지! 누가 안 하겠냐? 그렇게 예쁘장한 돌들이 지구로 실려 가지 못해서 안달하고 있는데. 한번은 얼마만 한 다이아몬드를 손에 넣었느냐면… 그래도 그때 잡히지 않았으면 난 오늘 밤에 루나시티에 있겠지. 너도 그렇고. 이 주정뱅이 망나니 새끼야. 남자놈들은 우리한테 술을 사고, 여자들은 방긋방긋 웃으며 이거 하자 저거 하자 재잘거렸을 텐데." 그는 고개를 떨어뜨리더니 조용히 울기 시작했다.

매킨타이어가 기관사의 몸을 흔들었다. "완전히 맛이 갔군."

"그냥 둬." 해리먼이 손을 뻗어 매킨타이어를 제지했다. "그보다, 말해 보게. 더 이상 정식으로 비행을 못 하는데 자네는 정말 아무렇지도 않나?"

매킨타이어는 입술을 깨물었다. "아뇨. 물론 저 친구 말이 맞아요. 이

* 미국 미주리주에 있는 작은 도시로 하인라인의 고향이다.

엉터리 순회공연은 짐작한 것하고는 상당히 달랐어요. 미시시피 계곡을 오르내리면서 좀 유명하다는 곳이면 전부 가서는 고물을 실어 날라야 했거든요. 여행자 캠프에서 자고, 버너에 음식을 해 먹으면서요. 그 시간의 반 정도는 보안관한테 우주선을 압류당한 상태였고, 나머지 반은 무슨 무슨 예방 위원회에서 나와서 금지 명령을 내리는 바람에 땅에 붙어서 살아야 했죠. 로켓 업계 종사자로서 절대 할 짓이 못 됐어요."

"달에 갈 수 있다면 자네한테 좀 도움이 될까?"

"음… 네. 지구-달 노선으로 돌아갈 순 없지만, 만약 루나시티에 간다면 저는 '회사'에 들어가서 광석 운반하는 일을 할 수 있겠죠. 그 일을 할 로켓 조종사는 항상 부족하고, 그 회사에선 제 전과 따위는 신경 안 쓸 테니까요. 거기서 사고 안 치고 조용히 지내다보면 정식 노선으로 돌려보내줄지도 모르죠. 언젠가는."

해리먼은 숟가락을 만지작거리다가 고개를 들었다. "그런데 젊은 선생님들, 혹시 사업 제안도 받으시는지?"

"그럴지도요. 무슨 사업인데요?"

"자네가 케어프리호 소유주인가?"

"그렇죠. 정확히는 찰리랑 저 두 사람이에요. 누가 뺏어 가지 못하게 몇 가지 권리를 걸어놨죠. 왜요?"

"그 우주선을 전세 내고 싶은데… 자네랑 찰리가 나를 달에 데려가줬으면 해서!"

찰리가 몸을 벌떡 일으켜 똑바로 앉았다. "들었어, 매킨타이어? 그 고철덩어리를 조종해서 달에 데려가달래!"

매킨타이어는 고개를 저었다. "그럴 순 없어요, 해리먼 씨. 그 우주선은 낡은 데다 닳아빠졌어요. 탈출 연료로 바꿀 수가 없어요. 저흰 지금 일반 연료조차 안 쓰고 그냥 가솔린이랑 액체공기만 쓰는걸요. 그걸 어떻게든 고쳐보겠다고 찰리가 허구한 날 우주선을 붙잡고 있지만, 언젠가는 결국 폭발해버릴 거예요."

"그런데요, 해리먼 씨." 찰리가 끼어들었다. "그냥 여행 허가를 받아서 '회사' 소속 우주선을 타고 가면 되지 않나요?"

"그건 안 돼, 젊은 친구." 노인이 대답했다. "그럴 수가 없어. 알다시피 UN이 '회사'에 달 개발 독점권을 주면서 내건 조건에는, 우주 환경에서 견딜 만한 신체적 조건을 갖추지 못한 사람은 절대 여행을 보내지 않는다는 게 있었거든. 성층권 이상 공간에서 시민의 안전과 건강에 대한 모든 책임은 '회사'가 지게 돼 있어. 독점 사업권을 준 공식적인 이유가 우주여행 초기 몇 년 동안 불필요한 인명 피해를 막아보자는 거였지."

"신체검사를 통과하실 수가 없는 건가요?"

해리먼은 고개를 끄덕였다.

"이런 젠장…. 그런데, 우릴 고용할 여력이 있으시면 그냥 '회사' 소속 의사 몇 명을 매수하면 되지 않을까요? 전에도 그런 케이스가 있었는데."

해리먼은 슬프게 웃음을 지었다. "그런 일이 있었다는 건 알아, 찰리. 하지만 나한테는 소용이 없을 거야. 알지 모르겠는데, 내가 좀 너무 알려진 사람이라서. 내 풀네임이 델로스 D. 해리먼이야."

"네? 바로 그 원로 D. D.시라고요? 하지만, 아니 이런, 그러면 '회사'의 큰 덩어리를 갖고 있는 거 아닌가…. 아니, 실제로는 '회사' 그 자체잖아요. 하고 싶은 게 있으면 뭐든 할 수 있어야 되는 거 아니에요? 규칙이야 있든 없든."

"많이들 그렇게 생각하지만, 젊은이, 그 말이 옳지는 않네. 부자들은 다른 사람들보다 자유롭지 못해. 덜 자유롭지. 그것도 상당히 덜 자유로워. 자네가 방금 제안한 일은 나도 시도해봤지만, 다른 이사들이 허락을 해주지 않아. 그치들은 독점 사업권을 잃을까 봐 두려워하고 있거든. 그걸 계속 갖고 있으려고 그자들은 사실, 음, 뭐랄까, 정치적 연줄 유지비를 상당히 많이 쓰고 있어."

"글쎄, 저라면 차라리… 너는 이게 이해가 돼, 매킨타이어? 돈이 엄청 많은 사람이 있는데 자기가 쓰고 싶은 대로 쓰지도 못 한다니."

매킨타이어는 대답하지 않고 해리먼이 말을 계속하기를 기다렸다.

"매킨타이어 선장, 만약 우주선이 있다면, 날 태워주겠나?"

매킨타이어는 손으로 턱을 문질렀다. "그건 법에 어긋나는데요."

"그만큼 보상은 해주겠네."

"물론 태워드리죠, 해리먼 씨. 당연히 태워드려야지, 매킨타이어. 루나시티라니! 와, 장난 아니다!"

"그런데 그렇게 간절히 달에 가고 싶어 하시는 이유라도 있나요, 해리먼 씨?"

"선장, 그건 내가 평생, 어린 꼬마일 때부터 진정으로 원해온 단 한 가지 일이야. 그걸 자네에게 설명한다고 설명이 될지는 모르겠지만. 자네 같은 젊은 친구들은 내가 비행기를 보고 자란 그 방식으로 로켓 여행을 보고 자랐지. 난 자네들보다 한참 나이가 많아. 적어도 쉰 살은 더 먹었을 거야. 내가 어릴 때는 인간이 달에 닿을 수 있다고 믿는 사람이 정말로 아무도 없었어. 자네들은 태어나서 지금까지 쭉 로켓을 봤고, 달에 간 첫 번째 로켓은 자네들이 심지어 꼬마도 되기 전에 이미 거기 착륙했지. 내가 어릴 때는 사람들이 그런 생각을 비웃기만 했어.

하지만 난 믿었어…. 난 믿었네. 나는 쥘 베른과 조지 웰스와 코드웨이너 스미스*를 읽었고, 우리가 할 수 있다고 생각했어. 하고 말 거라고. 나는 달 표면을 걷고, 달의 뒷면을 탐사하고, 하늘에 걸린 지구의 얼굴을 올려다볼 사람들 중 한 명이 되는 일에 내 마음을 바쳤어.

미국 로켓 협회에 회비를 내느라고 종종 점심을 거르기도 했지. 우리가 달에 다다를 날을 앞당기는 데 내가 도움이 되고 있다고 믿고 싶어서였어. 하지만 정작 그날이 오니 나는 이미 노인이 돼 있었지. 내 명보다 오래 살았지만, 나는 죽지 않을 거야…. 죽을 수 없어! 내 두 발로 달을 밟기 전에는."

* 미국의 SF 작가. 장편 《노스트릴리아》를 비롯해 기존 SF 문법에 얽매이지 않은, 자유분방하고 화려하며 유쾌한 필치로 이루어진 다수의 작품을 남겼다.

매킨타이어가 자리에서 일어나 손을 내밀었다. “우주선을 구하세요, 해리먼 씨. 제가 조종할게요.”

“좋았어, 매킨타이어! 보세요, 그럴 거라고 했잖아요, 해리먼 씨.”

*

북쪽으로 달려 캔자스시티로 들어가는 30여 분 동안 해리먼은 생각에 잠겼고, 이내 꾸벅꾸벅 졸기 시작했다. 노인에게 찾아오는 얕고 불편한 잠이었다. 긴 인생 동안 일어난 사건들이 종잡을 수 없는 꿈속에서 그의 마음속으로 달려들었다. 그때가 언제였더라…. 아, 그래, 1910년이었지…. 어느 따뜻한 봄날 밤, 어린 소년이 묻는다. “저건 뭐예요, 아빠?” “핼리 혜성이란다, 얘야.” “어디서 온 거예요?” “그건 나도 모르겠구나, 얘야. 먼 하늘 어딘가에서 온 것 같구나.” “저어어엉말 아름다워요, 아빠. 만져보고 싶어요.” “그러긴 어려울 것 같구나, 얘야.”

“여보, 당신 지금 거기 서서 우리가 집 사려고 저금해둔 돈을 그 미친 로켓 회사에 다 쏟아부었다고 말하려는 거야?” “진정해, 샬럿, 제발! 미친 짓이 아니야. 건전한 사업상의 투자라고. 머지않아 로켓들이 하늘을 가득 채울 거야. 배랑 기차는 더 이상 쓰이지 않게 될 거고. 선견지명을 갖고 헨리 포드한테 투자했던 사람들 있지. 그 사람들한테 무슨 일이 일어났는지 생각해봐.” “이 얘기, 전부 전에도 했던 거잖아.” “샬럿, 사람들이 지구 밖으로 뻗어나가고, 달에 가고, 심지어 다른 행성들까지 찾아갈 날이 올 거야. 이제 시작이라고.” “꼭 그렇게 소리를 질러야 돼?” “미안해, 하지만….” “골치가 아파와. 이따 침대에 들어올 때는 제발 조용히 좀 해줘.”

그날 해리먼은 침대에 들어가지 않았다. 대신 베란다에 나가 앉아, 보름달이 하늘을 가로지르는 모습을 밤새도록 지켜보았다. 아침이 되면 지긋지긋한 대가를 치르게 될 것이었다. 그 지긋지긋함과, 아무런 할 말도 없는 침묵을. 하지만 물러설 생각이 없었다. 세상 일 대부분에 있어 굴복해 왔지만 이 일에서만은 그러고 싶지 않았다. 어쨌거나 그 밤은 그의 것이었다. 그날 밤, 해리먼은 오랜 친구와 단둘이만 있을 생각이었다. 그는 친구의 얼굴을 눈으로 훑었다. 위난의 바다가 어디 있더라? 우습게도, 알아볼 수가 없었다. 어릴 때는 또렷이 찾아낼 수 있었는데. 어쩌면 안경을 새로 맞출 때가 된 건지도 몰랐다. 끝도 없는 사무실 업무 때문에 눈이 나빠진 모양이었다.

하지만 그는 볼 필요가 없었다. 그것들 모두가 어디 있는지 알고 있었으니까. 위난의 바다, 풍요의 바다, 고요의 바다… 그곳의 땅은 기복이 선명했다! 아펜니노산맥, 카르파티아산맥, 신비한 방사형으로 펼쳐진, 오래된 티코 분화구.

38만 6천 킬로미터, 지구 둘레의 열 배쯤 되는 거리. 분명 인간은 그 정도 좁은 간격은 뛰어넘을 수 있었다. 아니, 그는 느릅나무들 뒤로 기울고 있는 달에 손을 뻗어 금방이라도 만질 수 있을 것 같았다.

하지만 그가 그 일을 거들 수 있었던 것은 아니었다. 그는 교육을 받지 못했던 것이다.

✶

"아들, 너한테 진지하게 할 얘기가 있다." "네, 어머니." "너, 내년에 대학에 가고 싶지…." (가고 싶다니! 그건 그의 삶의 이유였다. 그는 시카고대학에 진학해 몰튼 교수 밑에서 공부하고, 그다음에는 여키스 천문대에 가서 프로스트 박사에게 직접 지도를 받을 생각이었다.) "나도 그랬으면 했는데 말이야. 네 아버지 돌아가시고, 동생들도 쑥쑥 자라고 하니 빚 안 지고 살기가 힘들구나. 우리 착한 아들, 지금까지 열심히 도와줬지. 이번에도 이해해줄 거라 믿는다." "네, 어머니."

✶

"호외요! 호외! 성층권 로켓이 파리에 도착했어요. 여기서 저어어어

언부 읽으세요." 이중 초점 안경을 쓴 체구가 작고 여윈 남자는 신문을 급히 집어들고는 서둘러 사무실로 돌아갔다. "이걸 봐, 스트롱." "으응? 흠, 재미있군. 그런데 이게 왜?" "모르겠어? 다음 단계는 달이야!" "아이고, 정말 귀가 얇구먼, 해리먼. 자네는 그 삼류 잡지들을 너무 많이 읽어서 문제야. 안 그래도 지난주에 우리 애가 그 비슷한 걸, 제목이 〈스터닝 스토리스〉던가, 뭐 아무튼 그런 걸 읽고 있는 걸 붙잡아서 혼쭐을 내줬는데. 자네 주위 사람들도 자네한테 똑같이 해줬어야 했어." 해리먼은 중년의 무게가 실린 좁은 어깨를 똑바로 폈다. "사람들은 결국 달에 갈 거야!" 그의 동업자가 웃음을 터뜨렸다. "마음대로 생각해. 애가 달을 사달라고 하면 아빠는 사다주면 되는 거겠지. 하지만 자네가 집중해야 될 곳은 할인액하고 수수료야. 거기가 돈이 나오는 데라고."

✶

중형차는 파세오 거리를 따라 천천히 내려가다가 아머 대로로 들어섰다. 나이 든 해리먼은 잠든 몸을 불편한 듯 움찔거리며 잠꼬대를 하고 있었다.

✶

"하지만 이사님…." 수첩을 든 젊은 남자는 혼란에 빠진 표정을 숨기지 못했다. 노인이 으르렁거렸다.

"못 들었나? 팔라고. 내가 가진 모든 주식을 가능한 한 빨리 현금화했으면 좋겠어. 스페이스웨이, 스페이스웨이 식품, 아르테미스 광업, 루나시티 레크리에이션, 전부 다."

"시장이 위축될 겁니다. 보유하고 계신 주식들도 제값을 받지 못할 거고요."

"그걸 내가 모를 것 같나? 감당할 수 있다니까."

"리처드슨 천문대랑 해리먼 장학금을 위해 남겨두신 주식은 어떻게 하실 건가요?"

"아, 그래. 그것들은 매각하지 말게. 신탁을 조성해. 오래전에 그렇게 했어야 했는데. 카멘스한테 가서 서류 좀 작성하라고 해. 내가 뭘 원하는지 그 친구는 알 거야."

사내 연락용 바이저가 빛을 내며 작동했다. "손님들이 오셨습니다, 해리먼 이사님."

"들어오시라고 해. 이제 됐네, 애슐리. 가서 일해." 애슐리라 불린 남자가 나가고 그와 엇갈려 매킨타이어와 찰리가 들어왔다. 해리먼은 자리에서 일어나 손님을 맞기 위해 종종걸음을 쳤다.

"어서 와, 친구들, 들어와. 와줘서 정말 기쁘네. 앉아. 편히 앉아. 담배 한 대씩 하고."

"정말이지 반갑습니다, 해리먼 씨." 찰리가 인사에 답했다. "사실은 저희 쪽에서 찾아뵐 일이 있어서 왔어요."

"무슨 문제라도 있나?" 해리먼은 두 청년의 얼굴을 차례로 훑어보았다. 매킨타이어가 입을 열었다.

"아직도 저희한테 일을 주실 생각이 있으신가요, 해리먼 씨?"

"생각이 있느냐고? 그럼, 물론이지. 설마 못 하겠다는 말을 하려고 온 건 아니겠지?"

"천만에요. 실은 그 일을 당장 주셨으면 해서요. 저, 케어프리호가 지금 오세이지강 한가운데 처박혀 있어요. 제트엔진이 연료 분사 장치까지 깨끗이 쪼개졌고요."

"세상에! 자네들 다친 데는 없나?"

"괜찮아요. 몇 군데 삐고 타박상 좀 입은 게 다예요. 중간에 뛰어내렸거든요."

찰리가 킥킥 웃었다. "전 맨이빨로 메기를 다 잡았다니까요."

그들은 곧바로 일 얘기로 들어갔다. "자네들 둘이서 나 대신 비행선 한 대를 구입해줘야겠어. 난 공개적으로 그런 일을 할 수가 없거든. 동료들이 내가 뭘 할지 눈치채고 못 하게 할 거야. 필요한 비용은 얼마든지 대주겠네. 우리 여행에 맞게 개조할 만한 물건이 있는지 돌아다니면서 좀 찾아보게. 어디다 쓸 거냐고 누가 물으면 어떤 플레이보이가 성층권 요트로 쓸 거라고 하든지, 북극-남극 간 여행 상품을 개발 중이라고 하든지, 그럴듯한 핑계도 좀 만들어놓고. 우주여행용으로 개조할 거라고는 아무도 생각하지 않을 법한 핑계면 뭐든 괜찮네.

그런 다음에 교통부에서 성층권 비행 허가를 내주면, 그걸 멀리 서쪽으로 끌고 가서 조그만 사막으로 나가게. 적당한 땅덩어리를 내가 미리 물색해서 사놓을 테니. 나는 거기서 자네들하고 합류하겠네. 그런 다음에 탈출 연료 탱크를 설치하고, 연료 분사 장치랑 타이머를 교체하고, 기타 등등의 작업을 해서 우주 여행용으로 그놈을 개조하는 거야. 어떤가?"

매킨타이어는 긴가민가한 표정이었다. "할 일이 상당히 많겠는데요. 찰리, 너 조선소랑 공장에 안 가고 그 정도의 개조 작업을 할 수 있겠어?"

"나? 당연히 할 수 있지, 네가 똥손으로 좀 도와주기만 하면. 그냥 필요한 도구랑 재료들만 주고, 너무 쪼지만 않으면 돼. 물론 쓸데없이 대단하게 꾸미지는 않을 테니까."

"필요 이상으로 꾸밀 필요는 없어. 그냥, 내가 버튼을 누르자마자 폭발하는 우주선만 아니면 된다고. 동위원소 연료는 장난이 아니야."

"폭발하지는 않을 거야, 매킨타이어."

"넌 케어프리호도 폭발하지 않을 거라고 생각했잖아."

"그렇게 말하지 마. 해리먼 씨, 부탁드릴 게 있는데요. 그 고물 우주선은 쓰레기였고 저희도 그걸 알아요. 이번 우주선은 다를 겁니다. 필요한 곳에 돈을 제대로 써서 제대로 만들고 싶어요. 그래도 되죠, 해리먼 씨?"

해리먼은 그의 어깨를 토닥거렸다. "당연히 그래도 되지, 찰리. 돈은 얼마든 원하는 만큼 쓰게. 그건 정말로 안 해도 되는 걱정이야. 자, 이제 내가 얘기한 연봉이랑 보너스 말인데, 그 정도면 괜찮겠나? 자네들이 쪼들리는 건 원치 않네."

*

"…아시다시피 제 의뢰인들은 그의 가장 절친한 친지들이자 진심으로 그를 걱정하는 분들입니다. 여기 제시한 증거에서 알 수 있듯, 지난 몇 주간 해리먼 씨의 행동은 한때 총명하던 한 금융계 인사의 정신상태가 이제는 노인성 퇴화에 이르렀다는 사실을 명백히 드러내준다는 것이 저희의 주장입니다. 그러므로 너무도 유감스러운 일이지만, 이 영예로운 법정이 부디 해리먼 씨를 금치산자로 판정하고, 관리자를 선임해 그와 그의 미래 상속인 및 양수인들의 재무상 이익을 보호해주시기를 간절히 바랍니다." 변호사는 스스로에게 만족한 얼굴로 자리에 앉았다.

카멘스가 일어나 앞으로 나왔다. "본 법정이 허락한다면, 그리고 존경하는 저의 동료가 충분히 변론했다면, 방금 우리가 들은 몇 마디 말 속에 그의 전체 논지가 담겨 있다는 점을 지적하고 싶습니다. '미래 상속인 및 양수인들의 재무상 이익'. 원고 측은 다음과 같이 생각하고 있음이 분명합니다. 즉 제 의뢰인이, 조카들과 그 자녀들로서는 분에 넘칠 정도의 불로소득을, 그들의 남은 평생 제공하겠다고 보장하는 방식으로 일을 처리해야 한다는 것이지요. 제 의뢰인은 부인이 이미 세상을 떠났고 자녀도 없습니다. 과거에 그가 자신의 누이들과 그 자녀들을 부양함에 결코 아낌이 없었다는 것, 또한 생계 수단이 없는 가까운 친지들을 위해서는 연금을 준비해두었다는 것은 공공연한 사실입니다.

하지만 그들은 이제 독수리 떼처럼, 아니 독수리 떼보다 지독하게, 마치 그가 편안히 생을 마감하게 둘 수는 없다는 듯, 앞으로 얼마 남지 않은 여생 동안 제 의뢰인이 자기 재산을 자기가 원하는 방식으로 쓰는 걸 방해하려고 하고 있습니다. 제 의뢰인이 주식을 매각한 것은 사실입니다. 하지만 노년기에 다다른 사람이 은퇴하고 싶어 하는 게 이상한 일일까요? 그가 사업을 정리하면서 장부상으로 약간 손해를 입은 것은 사실입니다. 하지만 '손님이 내는 돈이 곧 물건의 가치'라는 말이 있지요.

그는 은퇴하면서 자산을 현금화하고 싶어 했습니다. 거기에 일말의 이상한 점이라도 있습니까?

그가 자기 일 얘기를 너무나 사랑하는 친척들에게 하기 싫어한 것도 공공연한 사실입니다. 하지만 한 인간이 조카들에게 무언가를 털어놓아야 한다고 강제하는 법률이나 원칙이 어디 있습니까?

그러므로 저희는 본 법정이 제 의뢰인에게 자기 재산을 원하는 방식으로 사용할 권리가 있음을 인정하고, 이 청원을 기각해주시기를, 그리고 이 오지랖 넓은 분들이 돌아가 각자 할 일을 하게 해주시기를 간절히 바랍니다."

판사는 안경을 벗더니 생각에 잠긴 얼굴로 그것을 닦고는 말했다.

"카멘스 씨, 변호인이 개인의 자유를 존중하는 것과 다름없이 본 법정도 그것을 존중합니다. 본 법정이 앞으로 취하는 모든 조치는 전적으로 변호인의 의뢰인의 이익을 우선할 것임을 분명히 하고 싶습니다. 그럼에도 불구하고, 사람이 나이를 먹는다는 것, 노인성 퇴화를 겪을 수 있다는 것, 그리고 그럴 경우 보호를 받아야 한다는 것 또한 사실입니다.

내일까지 이 문제를 숙고해봐야겠군요. 휴정을 선언합니다."

〈캔자스시티 스타〉 기사: '괴짜 백만장자 실종되다.'

> "…그는 연기된 공판에 불출석했다. 집행관들은 해리먼이 평소에 즐겨 찾던 장소들을 찾아가 수사를 벌였으나 그가 전날부터 보이지 않았다는 사실만 확인한 채 돌아왔다. 해리먼에게는 법정 모독 혐의로 영장이 발부되었으며…."

사막의 일몰은 화끈한 춤꾼 패거리보다도 훌륭한 식욕 자극제다. 빵 조각으로 마지막 햄 그레이비를 싹싹 닦아 먹으며 찰리는 이 사실을 몸소 증명해 보였다. 해리먼은 두 젊은이에게 시가를 한 대씩 나눠주고는 자기도 한 대 입에 물었다.

"주치의는 담배가 심장에 안 좋다고 떠들어대는데 말이야." 해리먼이 시가에 불을 붙이며 말했다. "하지만 여기 목장에 와서 자네들한테 합류한 뒤로 기분이 어찌나 좋아졌는지 그 말을 의심하고 싶을 지경이야." 그는 청회색 연기구름 한 덩이를 내뱉고 나서 말을 이었다. "난 사람의 건강이란 무엇을 하느냐가 아니라, 그 일을 정말 하고 싶어서 하느냐에 달려 있다고 생각해. 난 내가 하고 싶은 일을 하고 있어."

"그게 사실 인생에서 바랄 수 있는 전부 아니겠어요." 매킨타이어가 동의했다.

"지금 진행 상황은 어떤가, 친구들?"

"제 쪽은 제법 좋습니다." 찰리가 대답했다. "오늘 새 탱크들이랑 연료선의 두 번째 압력 테스트를 끝냈어요. 눈금 측정기 작동만 빼면 지상에서의 테스트는 다 끝난 셈이죠. 그것도 금방 끝날 거예요. 오류만 안 나면 작동하는 데 4시간 정도면 충분하니까요. 그쪽은 어때, 매킨타이어?"

매킨타이어는 손가락을 꼽아 가며 열거하기 시작했다. "식량과 식수 탑재 완료. 진공복 세 벌, 예비 진공복 하나, 그리고 서비스 키트 탑재 완료. 의약품도 됐고. 성층권 비행에 필요한 웬만한 장비들은 저 낡은 비행선에 원래 갖춰져 있더라고. 달의 최근 위치 추산력은 아직 도착하지 않았고."

"그건 언제쯤 올 것 같아?"

"언제든 오긴 오겠지…. 지금 있어야 되는데. 하지만 없어도 문제는 안 될 거야. 지구에서 달까지 날아가는 일이 얼마나 어려운지 어쩌고 하는 헛소리들은 대중의 관심을 끌려는 싸구려 쇼에 불과해. 어찌 됐든 목적지를 눈으로 볼 수 있잖아. 바다를 항해하는 것하고는 다르다고. 육분의랑 괜찮은 레이더만 있으면 난 달 어디든 원하는 곳에 데려다줄 수 있어. 책력이나 천문도감을 해석하느라고 머리 싸맬 필요 없이, 상대속도에 관한 일반적 지식만 있으면 된다고."

"그 설레발 못 지켜도 뭐라 하진 않을게, 콜럼버스." 찰리가 말했다.

"넌 기본은 하잖아. 그건 인정해줄게. 그래서 요점은, 이제 출발할 준비가 다 됐다는 거군. 맞나?"

"그렇지."

"그렇다면 나도 오늘 밤에 작동 테스트를 해드릴 수 있겠는걸. 흥분되는데. 그동안 일이 너무 순조롭게 진행돼서 말이야. 네가 좀 도와주면 오늘 자정 무렵엔 잠자리에 들 수 있을 거야."

"좋아, 이 담배만 다 피우고 바로 도와줄게."

그들은 잠시 아무 말 없이 시가를 피우며, 다가오는 여행과 그것이 자신에게 어떤 의미인지를 떠올리며 제각기 생각에 잠겼다. 나이 든 해리먼은 평생 동안 꿈꿔온 일이 실현될 때가 눈앞에 다가왔다는 흥분에 사로잡혔고, 그것을 애써 억눌렀다.

"해리먼 씨."

"응? 왜, 찰리?"

"어떻게 하면 부자가 될 수 있죠? 해리먼 씨처럼요."

"어떡하면 부자가 될 수 있느냐고? 뭐라 해야 될지 모르겠는걸. 난 부자가 되려고 노력한 적이 없거든. 돈을 많이 벌거나, 유명해지거나, 그런 건 아무것도 바란 적이 없네."

"네?"

"응, 그런 적은 없어. 다만 오래 살아서 이 모든 일이 이루어지는 걸 내 눈으로 보고 싶었을 뿐이야. 난 특별히 이상한 애도 아니었네. 나 같은 애들이 많았거든. 아마추어 무선사, 뭐 그런 걸 하는 애들이었어. 망원경을 조립하는 애들, 아마추어 비행기 애호가들. 과학 클럽에 나가고, 지하실을 실험실로 꾸미고, SF 동호회를 만들었지. 우린 뒤마가 평생 동안 쓴 책들보다 〈일렉트리컬 익스페리멘터〉* 한 권 속에 더 풍부한 로맨

* 1913년부터 1920년까지 발행된 미국의 월간 과학기술 잡지. 'science fiction'이라는 용어를 처음으로 사용한 휴고 건스백(1884-1967)이 편집자를 맡아 과학기술 전반에 관한 기사와 SF소설을 함께 게재했다.

스가 들어 있다고 믿는 소년들이었어. 허레이쇼 앨저*가 그려낸 것처럼 성공한 영웅들이 되기보단, 우주선을 만들고 싶어 했지. 뭐, 그런 애들이 좀 있었다는 얘기야."

"이런. 할아버지, 진짜 재미있었을 것 같은데요."

"재미있었네, 찰리. 나쁜 점들이 많았어도 이 세기는 경이롭고 낭만적인 세기였어. 그리고 해가 갈수록 더욱 경이롭고 짜릿해지고 있고. 그래, 난 부자가 되고 싶지 않았어. 난 그저 인류가 별들을 향해 뻗어나가는 걸 볼 만큼 살 수 있기를, 그리고 만약 신이 관대한 분이라면, 나 스스로 달까지는 가볼 수 있기를 꿈꿨을 뿐이야." 그는 2센티미터쯤 되는 하얀 담뱃재를 재떨이에 조심스럽게 떨어냈다. "멋진 인생이었어. 난 아무 불만도 없다네."

✴

매킨타이어가 의자를 뒤로 밀어냈다. "그럼 시작해볼까, 찰리. 준비 다 됐으면."

"좋아."

그들은 모두 자리에서 일어났다. 해리먼이 무언가 말을 하려고 입을 열었다. 그러나 다음 순간 가슴께를 그러쥐었다. 그의 얼굴이 시체처럼 잿빛으로 변했다.

"붙잡아, 매킨타이어!"

"약이 어딨지?"

"조끼 주머니에 있을 거야."

그들은 해리먼을 소파로 옮겨 편한 자세로 눕히고, 작은 유리 캡슐 하나를 열어 손수건 위에 쏟은 다음 코밑에 대주었다. 캡슐에서 흘러나온 휘발성 물질을 맡자 그의 얼굴에 약간 생기가 도는 것 같았다. 할 수

* 19세기 미국의 아동문학가. 〈골든 보이 딕 헌터의 모험〉을 비롯해 120여 편의 소년 취향 성공담을 썼다.

있는 일이 거의 없었지만 그들은 최선을 다해 해리먼을 보살폈고, 그가 의식을 되찾기만을 기다렸다.

불편한 침묵을 깬 것은 찰리였다. "매킨타이어, 이대로는 안 될 것 같아."

"뭐가?"

"이건 살인이야. 최초 가속을 하고 나면 이분은 일어나지 못할 거라고."

"어쩌면 그럴지도 모르겠지만, 그게 이분이 원하는 일이야. 아까 들었잖아."

"하지만 그러면 안 돼."

"왜 안 된다는 거야. 이건 너도, 이 빌어먹게 사사건건 참견질을 해대는 정부도 간섭할 수 없는 문제야. 너무나 하고 싶은 일이라서 목숨을 걸고서라도 하겠다는데 그걸 어떻게 막아."

"아무리 그래도, 옳은 일이라는 생각이 안 들어. 이렇게 멋있고 근사한 할아버진데."

"그럼 어떻게 하자는 거야, 캔자스시티로 돌려보내자고? 그래서 탐욕스러운 늙은이들한테 끌려가서 정신병원에 갇히고, 그러다 상심해서 죽게 놔두자고?"

"아니, 아니…. 그런 얘기가 아니잖아."

"당장 나가서 작동 테스트 준비해. 나도 곧 갈 테니."

다음 날 아침, 광폭 타이어가 달린 사막용 소형차 한 대가 목장 문을 통과해 들어오더니 집 앞에 멈춰 섰다. 단호하면서도 어딘가 온화한 얼굴을 한 커다란 몸집의 남자가 차에서 내리더니 인기척을 듣고 나온 매킨타이어를 향해 물었다.

"제임스 매킨타이어 씨?"

"무슨 일입니까?"

"이 지역 연방 부집행관입니다. 구속 영장을 갖고 왔습니다."

"무슨 혐의로요?"

"우주 범죄 예방법 위반 공모죄."

찰리가 두 사람 곁으로 다가왔다. "무슨 일이야, 매킨타이어?"

부집행관이 대답했다. "그쪽은 찰스 커밍스 씨겠죠. 커밍스 씨 영장도 여기 있습니다. 해리먼이라는 사람 것도 있고, 여러분의 우주선을 봉인하라는 법원 명령도 갖고 왔죠."

"우린 우주선 같은 건 없는데요."

"저 큼지막한 차고에 든 건 뭡니까?"

"저건 그냥 성층권 요트예요."

"그래요? 흠, 그럼 우주선이 나올 때까지 저것도 봉인해둬야겠군. 해리먼 씨는 어디 있습니까?"

"바로 저기 있습니다." 매킨타이어가 얼굴을 찌푸리는 걸 무시하며 찰리가 손을 들어 친절히 가리켜주었다.

부집행관이 고개를 돌렸다. 그 손톱만 한 작은 틈을 찰리는 놓치지 않았다. 부집행관은 땅바닥에 조용히 쓰러졌다. 찰리는 그를 내려다보고 서서 손가락 관절을 문지르며 우는소리를 했다.

"이런 썩을…. 이건 내가 유격수로 뛸 때 부러진 손가락인데. 어떻게 만날 다치는 손가락만 계속 죽어라 다치냐고."

"할아버지를 선실에 태우자." 매킨타이어가 찰리의 말을 잘랐다. "그리고 해먹에 눕혀서 묶자고."

"넵, 알겠습니다, 선장님."

✶

그들은 트랙터로 우주선을 차고에서 끌고 나와 방향을 튼 다음, 사막의 벌판으로 나가 이륙하기에 충분한 여유 공간을 찾아냈다. 그러고는 우주선에 올랐다. 매킨타이어가 우현에 있는 조종석에 앉자 창으로 부집행관의 모습이 보였다. 부집행관의 절망으로 가득 찬 눈이 그들을 좇았다.

안전띠를 조이고 보호장비를 착용한 다음, 매킨타이어는 기관실 통화

관에 대고 말했다. "준비됐어, 찰리?"

"준비 완료야, 선장. 하지만 아직 이륙하면 안 돼, 매킨타이어. 우주선 이름을 안 지었다고!"

"그런 미신 놀음 할 시간 없어!"

해리먼의 희미한 목소리가 들려왔다. "'루나틱'*이라고 해주게…. 어울리는 이름은 그것밖에 없으니까!"

매킨타이어는 패드에 머리를 고정하고 버튼 두 개를 누른 다음, 재빠른 속도로 세 개를 연달아 더 눌렀다. 그러자 루나틱호는 공중으로 떠올랐다.

✶

"좀 어떠세요, 할아버지?"

찰리가 노인의 얼굴을 걱정스럽게 구석구석 들여다보았다. 해리먼은 입술을 혀로 핥고는 간신히 입을 열었다. "괜찮아, 젊은 친구. 더 이상 좋을 수 없다네."

"이제 가속은 끝났어요. 지금부터는 그렇게 힘들지 않을 거예요. 몸을 좀 움직이실 수 있게 끈을 풀어드릴게요. 하지만 해먹에 그대로 계시는 게 나을 것 같아요." 찰리가 버클을 잡아당겼다. 해리먼이 반쯤 억누른 신음을 흘렸다.

"왜 그래요, 할아버지?"

"아니야. 아무것도 아니야. 그냥 거긴 조금만 살살 해주게."

찰리는 노인의 옆구리에 손가락들을 가져다 대고, 기계를 다루는 정비공의 섬세하고도 확실한 손길로 그곳을 매만졌다. "이 손을 속일 수는 없어요, 할아버지. 하지만 착륙할 때까지는 할 수 있는 일이 별로 없는데."

"찰리…."

* '미치광이'라는 뜻이다.

"네, 할아버지?"

"창 쪽으로 옮기면 안 될까? 지구를 보고 싶네."

"선체에 가려서 아직은 보이지 않을 거예요. 선회하는 대로 옮겨드릴게요. 이러면 어때요. 수면제를 드릴게요. 그리고 방향을 바꾸고 나면 깨워드릴게요."

"싫어!"

"네?"

"깨어 있고 싶네."

"그럼 그렇게 하세요, 할아버지."

찰리는 갖은 고생을 하며 우주선 앞쪽으로 기어 올라가서는, 조종석의 짐벌을 붙잡고 몸을 고정했다. 매킨타이어가 그에게 눈으로 물었다.

"응, 괜찮아. 살아 계셔." 찰리가 말했다. "근데 상태가 안 좋아."

"얼마나 안 좋은데?"

"아무래도 갈비뼈가 몇 대쯤 부러진 것 같아. 다른 데는 어떤지 모르겠고. 매킨타이어, 저분이 여행 끝까지 버틸 수 있을지 모르겠어. 심장이 뭔가 겁나게 뛰고 있더라고."

"버틸 거야, 찰리. 강한 분이니까."

"강하다고? 카나리아처럼 연약하잖아."

"그런 뜻이 아니야. 그분, 내면이 단단하다고…. 그게 정말로 중요한 거지."

"그래도 착륙할 때 엄청 조심하는 게 좋겠어. 승무원 전원이 무사히 살아서 착륙하는 걸 보고 싶다면."

"그럴게. 달 주위를 완전히 한 바퀴 돈 다음에 나선 커브를 그리면서 서서히 다가갈 거야. 그럴 만한 연료는 되는 것 같아."

*

그들은 이제 자유 궤도에 들어서 있었다. 매킨타이어가 우주선을 돌리고 나서 찰리는 자리로 돌아가 해먹을 풀어 내렸고, 해리먼의 몸을 부축해 해먹과 다른 물건들과 함께 창 쪽으로 옮겼다. 매킨타이어는 선미가 태양 쪽을 가리키도록 가로축을 중심으로 우주선을 천천히 돌린 다음, 서로 마주 보고 붙어 있는 두 개의 접선 제트엔진을 가볍게 분사시켜 우주선이 세로축을 중심으로 천천히 회전하게 했다. 그 결과 약간의 인공 중력이 생겨났다. 관성 비행이 막 시작됐을 때의 무중력 상태 때문에 노인은 특유의 멀미에 시달렸고, 조종사는 승객이 가능하면 불편함을 느끼지 않기를 바랐다.

하지만 해리먼은 자기 위장이 뒤집히는 것은 아랑곳하지 않았다.

거기, 그가 너무나도 여러 번 상상했던 그대로, 모든 것이 있었다. 달이 장엄한 모습으로 전망창을 지나갔다. 그가 예전에 바라보았던 어떤 달보다도 거대하게, 그 모든 친숙한 무늬들을 선명히 몸에 새긴 채. 우주선이 느리게 선회를 계속함에 따라 달은 지구에 자리를 내주었고, 이번에는 지구 자체가 해리먼이 상상하던 모습 그대로 드러났다. 고귀한 달처럼, 지구에 묶인 자들에게 떠오르던 달보다 몇 배나 거대한 크기로, 그리고 더욱 관능적인 자태로, 은빛 달보다 훨씬 더 감각을 뒤흔드는 아름다움을 지니고. 대서양 해안이 일몰을 맞는 중이었다. 그림자가 만드는 선이 북아메리카의 해안선을 자르고, 쿠바를 베어내며, 남아메리카의 서쪽 해안을 제외한 모든 지역을 어둠으로 덮고 있었다. 그는 태평양의 부드러운 푸른빛을 음미하고, 연한 녹색과 갈색이 뒤섞인 대륙들의 질감을 느꼈으며, 극지방의 얼음들이 만들어낸 희고 푸른 차가움을 감탄하며 바라보았다. 캐나다와 북쪽의 주(州)들은 구름에 가린 채, 대륙을 가로질러 펼쳐진 광활한 저기압 지대를 이루고 있었다. 그곳은 극지방의 얼음들보다 더욱 눈부신 흰색으로 또렷이 빛났다.

우주선이 천천히 선회하면 지구는 시야에서 사라질 것이고, 별들은 창을 가로질러 행진할 것이다. 그가 언제나 알고 있던 똑같은 별들이겠지만, 그 별들은 더욱 변함없고 밝게, 그리고 깜빡임 없이, 완전하고 선명한 검은 스크린 위에서 반짝일 것이다. 그다음에는 달이, 마치 자신을 생각해달라는 듯 시야로 다시 헤엄쳐 들어올 것이다.

그는 사람들 대부분이 평생 살아도 경험하지 못할 방식으로 고요한 행복을 맛보았다. 마치 지상에 태어나 존재한 모든 인간, 별을 올려다보고 열망을 품어본 적 있는 모든 인간이 된 것 같은 느낌이었다.

그 긴 시간이 밀려오고 다시 흘러가는 동안 그는 바라보고, 잠에 빠지고, 꿈을 꾸었다. 최소한 한 번은 깊은 잠, 아니 어쩌면 환각 상태에 빠진 게 틀림없었다. 왜냐하면 아내 샬럿이 그를 부르는 줄 알고 깜짝 놀라 깨어났으니까. "여보!" 그 목소리는 말했다. "여보! 당장 들어와! 밤공기 쐬다가 감기 걸려 죽겠어!"

가엾은 샬럿! 샬럿은 그에게 좋은 아내, 정말로 좋은 아내였다. 샬럿이 세상을 떠나며 품었을 유일한 안타까움은 해리먼이 자기 없이 혼자서는 몸을 제대로 돌보지 못하리라는 두려움이었을 거라고, 그는 상당 부분 확신했다. 그가 지닌 꿈과 열망을 공유하지 못한 것은 샬럿의 잘못이 아니었던 것이다.

*

찰리는 해먹의 방향을 조정해 우주선이 달의 뒤쪽 표면 주위를 선회할 때 해리먼이 우현 창으로 내다볼 수 있게 해주었다. 해리먼은 마치 고향에 돌아가는 사람처럼 벅찬 그리움을 드러내며 천여 장의 사진으로 보던 익숙한 지형들을 식별해냈다. 우주선이 달의 지구를 향한 면 쪽으로 돌아오자 매킨타이어는 천천히 고도를 낮췄고, 루나시티에서 15킬로미터쯤 떨어진 풍요의 바다 동쪽에 착륙할 준비를 했다.

전반적인 상황을 고려할 때 그렇게 끔찍한 착륙은 아니었다. 그는 지상에서 인도해주는 신호도, 레이더를 봐줄 2등 조종사도 없이 착륙해야 했다. 부드럽게 착륙해야 한다는 강박에 너무 사로잡힌 나머지 착륙 목표 지점을 50킬로미터쯤 지나쳤지만, 그는 술 한 방울도 마시지 않은 맑은 정신으로 최선을 다했다. 하지만 결국 좀 덜컹거리며 땅에 닿고 말았다.

우주선이 땅에 내리고 부석 먼지가 우주선 주위로 잠잠히 내려앉자, 찰리가 기관실로 올라왔다.

"우리 승객은 괜찮아?" 매킨타이어가 물었다.

"가서 볼게, 하지만 장담은 못 하겠어. 착륙이 좀 그랬어, 매킨타이어."

"썩을, 난 최선을 다했다고."

"알아, 선장. 신경 쓰지 마."

하지만 그들의 승객은 살아 있었고 의식도 있었다. 비록 코피를 흘리고 있었고 입가에 분홍빛 거품을 머금었지만. 해리먼은 실낱같은 힘을 다해 고치 같은 해먹에서 빠져나오려고 애쓰고 있었다. 그들은 함께 움직여 그를 도왔다.

"진공복이 어디 있지?" 그게 해리먼의 첫 마디였다.

"진정하세요, 해리먼 씨. 아직 밖으로 나가시면 안 돼요. 응급처치를 해야겠어요."

"진공복을 당장 갖고 와! 응급처치 같은 건 나중에 해도 된다고."

조용히, 그들은 해리먼의 명령에 따랐다. 그의 왼쪽 다리는 사실상 못 쓰는 것이나 마찬가지여서 두 사람은 그를 양쪽에서 부축해 에어로크를 통과해야 했다. 하지만 원래도 얼마 되지 않던 체중이 달의 중력 때문에 9킬로그램으로 줄어들자 그의 몸은 아무 부담도 되지 않았다. 그들은 우주선에서 50미터쯤 떨어진 곳에서 해리먼이 몸을 기대고 앉아 주위를 둘러볼 수 있을 만한 자리를 찾아냈고, 화산암 덩어리로 그의 머리를 받쳐 주었다.

매킨타이어가 해리먼의 헬멧에 자기 헬멧을 마주 대고 말했다. "여기서 구경하시는 동안 저희는 루나시티로 들어갈 채비를 하고 올게요. 여기서 60킬로미터쯤밖에 안 되니까 아주 가까워요. 예비 산소통을 꺼내고, 식량 같은 것들도 좀 준비해야겠어요. 금방 돌아올게요."

해리먼은 대답 없이 고개를 끄덕였다. 그러고는 놀랄 만큼 센 힘으로 그들의 장갑을 꽉 쥐어 악수를 했다.

두 손으로 달의 흙을 매만지면서, 자기 몸이 지표면을 누르는 신기할 만큼 가벼운 압력을 느끼며 해리먼은 아주 조용하게 앉아 있었다. 마침내 그의 마음속에 평화가 찾아왔다. 고통이 그를 괴롭히기를 그만두었다. 그는 자신이 그토록 갈망하던 그곳에 있었다. 그는 자신의 열망을 뒤쫓아온 것이었다. 서쪽 지평선 위로, 지구의 맨 마지막 모습이 거대한 녹청색 달처럼 걸려 있었다. 머리 위로는 별들이 가득한 검은 하늘에서 태양이 빛을 내리쬐었다. 그리고 아래로는 달이, 진짜 달의 흙이 펼쳐져 있었다. 그는 달에 있었다!

크나큰 만족감이 밀물 때의 파도처럼 밀려와 그의 가장 깊은 곳, 그 정수를 적시는 동안 그는 뒤로 몸을 기대고 가만히 앉아 있었다.

그의 정신이 잠깐 흐트러졌다. 다시 한 번 자신의 이름을 부르는 목소리를 들었다고 그는 생각했다. 바보 같긴, 그는 생각했다. 내가 늙은 모양이로구나, 정신이 이렇게 길을 잃고 헤매는 걸 보니.

✳

뒤쪽 선실 안에서는 찰리와 매킨타이어가 들것에 어깨 멜대를 달고 있었다. "거기. 그러면 되겠다." 매킨타이어가 말했다. "가서 할아버지를 일으키자. 이제 출발해야 하니까."

"내가 모셔 올게." 찰리가 대답했다. "그냥 들어서 옮길 수 있을 것 같아. 깃털만큼도 안 무겁더라고."

찰리는 매킨타이어가 짐작한 것보다 한참의 시간이 더 지난 후에야 돌아왔다. 그는 혼자였다. 매킨타이어는 그가 에어로크를 닫고 헬멧을 이쪽으로 향하기를 기다렸다. "뭐 잘못됐어?"

"들것은 됐어, 선장. 쓸 일이 없어져버렸어. 어, 그러니까 정말로 쓸 일이 없게 됐어." 그는 말을 이었다. "할아버지가, 가셨어. 필요한 조치는 내가 취해놓고 왔어."

매킨타이어는 아무 말도 하지 않고 몸을 굽혀, 고운 재 위를 이동할 때 쓸 폭이 넓은 스키를 집어 들었다. 찰리도 그를 따라 했다. 그리고 그들은 예비 산소통을 어깨에 둘러멘 다음, 에어로크를 통과해 밖으로 나섰다.

등 뒤로 열린 에어로크의 외곽 문을 그들은 구태여 닫으려 하지 않았다.

기나긴 불침번

The Long Watch

조호근 옮김

✦ 1949년 12월 〈미국재향군인회지(American Legion)〉에 〈달에서의 반란(Rebellion on the Moon)〉이라는 제목으로 발표

"아홉 척의 우주선이 달 기지에서 이륙했다. 우주 공간으로 나온 후, 그중 여덟 척이 가장 작은 우주선을 구체 형태로 둘러쌌다. 선단은 지구에 도착할 때까지 대형을 유지했다.

가장 작은 우주선에는 제독의 휘장이 내걸려 있었지만, 안에는 아무도 타고 있지 않았다. 심지어 여객용 우주선도 아니라 드론이라 불러야 어울릴, 방사능 화물을 담당하는 로봇 수송선이었다. 이번 여정에서 그 수송선의 화물은 납으로 만든 관 하나, 그리고 끊임없이 울어대는 가이거 계수기뿐이었다."

— 사설 '10년 전을 회고하며', 38번 필름, 2009년 6월 17일.
〈뉴욕타임스〉 기록보관소 소장

1

존 달퀴스트는 가이거 계수기에 대고 연기를 내뿜었다. 그리고 억지 웃음을 지으며 다시 수치를 확인해보았다. 지금쯤이면 온몸이 방사능에 절어 있을 것이다. 심지어 숨결조차도, 입에서 뿜어낸 담배 연기조차도, 가이거 계수기가 비명을 지르게 만들 정도니까.

여기 얼마나 오래 있었더라? 달에서는 시간이 별 의미가 없다. 이틀? 사흘? 일주일쯤 됐나? 그는 과거로 흘러가는 생각을 굳이 억누르지 않았다. 마지막으로 명확하게 시간을 인지한 것은 아침 식사 후 기지의 부사령관인 타워스 대령이 그를 호출했을 때였다….

*

"존 에즈라 달퀴스트 중위, 부사령관 각하의 호출을 받고 도착했습니다."

타워스 대령은 고개를 들었다. "왔군, 존. 일단 앉게. 담배 한 대 하겠나?" 존은 영문은 몰라도 영광이라 생각하며 자리에 앉았다. 그는 명석한 두뇌, 뛰어난 상황 장악력, 훌륭한 전투 실적을 겸비한 타워스 부사령관을 존경하고 있었다. 존은 실전 경험이 없었다. 핵물리학 박사과정을 끝내자마자 임관해서, 지금까지 달 기지의 차석 핵무기 담당 장교로 근무해왔기 때문이다.

자꾸 정치 이야기를 꺼내려 하는 부사령관의 모습에 존은 내심 당황했다. 마침내 타워스가 본론으로 들어갔다. 정치가들의 손에 세계의 통제권을 맡겨두는 일은 안전하지 못하다는 것이었다. 과학적인 방식으로 선별된 집단이 권력을 쥐어야 한다. 바로 태양계 순찰대가.

존의 반응은 충격을 받았다기보다는 퍼뜩 놀란 쪽에 가까웠다. 타워스의 의견은 추상적인 개념 수준에서는 말이 되는 것처럼 들렸다. 과거에 국제 연맹은 무력하기만 했다. UN을 지탱하는 온갖 요소가 무너져 내리면 다시 세계대전이 일어날 것이다. "그리고 자네라면 전쟁이 얼마나 고약할 수 있는지 잘 알고 있겠지, 존."

존은 그 말에 동의를 표했다. 타워스는 존이 상황을 이해해서 다행이라 말했다. 그리고 선임 핵무기 담당 장교만으로도 처리할 수 있는 일이지만, 전문가 두 사람을 모두 확보해서 나쁠 것은 없다고도 덧붙였다.

존은 얼른 자세를 바로잡으며 말했다. "이 상황에 대해 뭔가 행동을 취할 생각이십니까?" 지금까지 그는 이 모든 대화가 단순한 잡담이라 생각하고 있었다.

타워스의 얼굴에 웃음기가 어렸다. "우리는 정치가가 아니야. 말로만 투덜대고 있을 수는 없지. 군인은 행동으로 말한다."

존은 휘파람을 불었다. "언제 시작하는 겁니까?"

타워스는 스위치 하나를 올렸다. 순간 존은 스피커에서 울리는 자신의 목소리에 깜짝 놀랐다가, 이내 하급 사관용 식당의 대화를 녹음한 것이라는 사실을 깨달았다. 정치적인 논쟁이 벌어졌는데, 그는 어울리기를 거부하고 자리를 떴다…. 돌이켜 보니 그랬던 게 다행이었다! 그러나 곧 도청을 당해왔다는 사실을 깨달으니 짜증이 치밀었다.

타워스는 스위치를 내렸다. "이미 행동으로 옮겼다네. 믿을 수 있는 사람과 그렇지 않은 사람도 전부 식별이 끝났지. 켈리를 예로 들자면…." 그는 스피커 쪽을 손짓하며 말을 이었다. "그 친구는 정치 성향이 불안정한 쪽이라네. 켈리가 아침 식탁에 나오지 않았다는 건 눈치를 챘겠지?"

"네? 당직 중인 줄 알았습니다만."

"이제 켈리는 당직을 서지 못할 걸세. 아, 긴장 풀게. 해를 끼친 건 아니니까."

존은 상황을 곱씹어보았다. "저는 어느 쪽 목록에 있는 겁니까? 믿을 수 있는 쪽입니까, 아니면 반대쪽입니까?"

"자네의 이름에는 물음표가 붙어 있다네. 하지만 나는 자네가 믿을 수 있는 친구라고 꾸준히 주장해왔지." 타워스는 호감이 가는 웃음을 지으며 말했다. "나를 거짓말쟁이로 만들지는 않겠지, 존?"

존은 입을 열지 않았다. 타워스의 목소리에 날이 섰다. "자, 얼른. 이 상황을 어떻게 생각하나? 당장 말해보게."

"글쎄요, 제 의견을 요구하시는 거라면, 아무래도 역부족이 아닐까

싫긴 합니다. 달 기지가 지구를 통제할 수 있는 것은 사실이지만, 기지 자체는 우주선의 공격에 대해 앉은뱅이 신세 아닙니까. 폭탄 하나면 끝장이죠."

타워스는 전문 하나를 집더니 그대로 건네주었다. 내용은 이랬다. '빨래는 끝났습니다. 잭으로부터.' "트뤼그베리호의 모든 폭탄을 작동 불능으로 만들었다는 뜻이라네. 우리가 걱정해야 하는 모든 함선으로부터 같은 보고가 들어왔지." 그는 자리에서 일어섰다. "점심 식사를 끝내고 다시 얘기해보지. 그때까지 잘 생각해보게. 모건 소령이 당장 자네 도움이 필요한 모양이야. 폭탄 제어 주파수를 바꿔야 하거든."

"제어 주파수를요?"

"당연하지. 폭탄이 목표에 도달하기 전에 전파 방해에 무력화되면 곤란하지 않겠나."

"네? 전쟁 방지가 목적이라 하시지 않으셨습니까."

타워스는 그 항변을 가볍게 묵살했다. "전쟁은 없을 걸세. 별로 중요하지 않은 도시 몇 개를 시범 삼아 날려서 심리적으로 각인시키는 정도지. 전면전 예방을 위해 살짝 피를 보는 셈이라네. 단순한 계산이지."

그는 존의 어깨에 손을 올리며 말을 이었다. "이런 일에 민감하다면 애초에 핵무기 장교가 되지 말았어야지. 환부를 절제하는 수술이라고 생각하게나. 자네 가족도 생각하고."

존은 이미 가족을 생각하고 있었다. "제발 부탁드립니다. 사령관 각하를 뵙게 해주십시오."

타워스는 얼굴을 찌푸렸다. "준장 각하는 지금 누굴 만나고 있을 시간이 없다네. 자네도 알겠지만, 내 의견이 곧 각하의 의견일세. 할 말이 있으면 내게 하게나. 점심시간 후에 다시 찾아오게."

준장을 만날 수 없다는 말은 사실이었다. 이미 죽었으니까. 하지만 존은 그 사실을 알 수 없었다.

*

존은 다시 식당으로 돌아와서 담배를 산 다음, 자리에 앉아 한 대를 태웠다. 그리고 자리에서 일어나 꽁초를 밟아 끄고는 기지의 서쪽 에어로크로 걸음을 옮겼다. 그리고 우주복을 입은 다음 에어로크 관리자에게 향했다. "문 열어, 스미티."

관리를 맡은 해병은 깜짝 놀란 모양이었다. "중위님, 타워스 부사령관 각하의 지시 없이는 아무도 월면으로 내보내지 말라는 명령이 내려왔습니다. 못 들으신 겁니까?"

"아, 그랬지! 기록 명부 이리 줘봐." 존은 자신의 통행 허가 명령을 작성하고 '지령 수행용, 타워스 부사령관'이라고 서명한 다음 덧붙였다. "부사령관 각하께 연락해서 확인해보는 게 나을지도 모르겠군."

에어로크 관리자는 명령을 읽더니 명부를 다시 주머니에 넣었다. "아니요, 괜찮습니다, 중위님. 중위님 말씀이면 충분하죠."

"각하를 방해하고 싶지 않은 건가? 그럴 법도 하지." 존은 에어로크 안으로 들어가 기지 쪽 문을 폐쇄하고 공기가 전부 빨려 나가기를 기다렸다.

월면으로 나온 그는 햇살에 눈을 찌푸리면서 서둘러 로켓 선로 종점으로 향했다. 로켓 월면차 한 대가 대기하고 있었다. 그는 몸을 쑤셔 넣고 차폐 장치를 내린 다음, 점화 버튼을 눌렀다. 월면차가 언덕을 뚫고 나오자 발사체 로켓이 케이크 위의 촛불처럼 꽂혀 있는 평원이 눈에 들어왔다. 월면차는 그대로 두 번째 터널로 들어가서 더 많은 언덕을 통과했고, 뒤이어 속이 뒤틀리는 감속이 시작되더니, 이내 지하 원자폭탄 격납고에 도착해 정지했다.

존은 월면차에서 몸을 빼며 무전기를 켰다. 우주복을 입고 입구에 서 있던 경비병이 총을 든 채로 다가왔다. "좋은 아침이야, 로페즈." 존은 인사를 건네며 그를 지나쳐 에어로크로 걸어가서, 문을 당겨 열었다.

경비병이 존에게 돌아오라고 손짓했다. "정지! 부사령관 각하의 명령 없이는 아무도 들어갈 수 없습니다." 경비병은 총을 다른 손으로 쥔 다음, 주머니를 뒤적거려 서류를 한 장 꺼냈다. "직접 읽어보십시오, 중위님."

존은 손을 내저었다. "내가 초안을 잡은 명령서야. 자네나 읽어보게. 잘못 해석한 거니까."

"무슨 말씀인지 모르겠습니다, 중위님."

존은 서류를 낚아채서 쓱 훑어보더니 문구 하나를 가리켰다. "여기 보이나? '기지 부사령관이 특별 지정한 인원을 제외하고'. 이건 핵무기 담당 장교를 가리키는 거라고. 모건 소령하고 나 말이야."

경비병은 불안한 표정이었다. 존이 말을 이었다. "젠장, 당장 기지 근무 규정집 꺼내서 '특별 지정'이 뭔지 찾아봐. '절차, 보안, 핵무기 격납고' 항목 아래 있으니까. 설마 병영에 규정집을 놓고 온 건 아니겠지!"

"아, 아닙니다, 중위님! 가지고 있습니다." 경비병은 주머니로 손을 뻗었다. 존은 그 순간에 맞춰 명령서를 돌려주었다. 경비병은 머뭇거리다가 명령서를 받아 들고는, 총을 자기 허벅지에 기대 세우고, 서류를 왼손으로 고쳐 잡은 다음, 오른손을 주머니에 넣고 뒤적이기 시작했다.

존은 총을 낚아채서 경비병의 다리 사이에 쑤셔 넣은 다음, 힘차게 위로 올렸다.

그리고 무기를 멀리 내던지고 얼른 에어로크로 뛰어들었다. 문을 닫는 순간 경비병이 비틀거리며 일어나서 권총을 뽑는 모습이 보였다. 문을 때린 총알의 충격이 손잡이를 내리는 존의 손가락을 둔탁하게 간지럽혔다.

존은 얼른 안쪽 문으로 몸을 던져서 공기 유입 레버를 당긴 다음, 다시 바깥 문으로 달려가서 손잡이에 모든 체중을 실어 매달렸다. 바로 그 순간 손잡이가 덜컥거리는 것이 느껴졌다. 문 반대편의 경비병이 손잡이를 올리려 애쓰는 모양이었다. 존의 가벼운 월면 체중으로는 손잡이를 누른 채로 몸을 지탱할 수가 없었다. 그의 눈앞에서 천천히 손잡이가 올라가기 시작했다.

바로 그 순간, 핵무기 격납고의 공기가 유입 밸브를 타고 에어로크 안으로 쏟아져 들어왔다. 순간 우주복이 몸에 착 달라붙는 느낌이 들었다. 에어로크의 기압이 우주복 내부의 기압과 평형을 이룬 것이다. 그는 손에서 힘을 빼고 경비병이 손잡이를 올리도록 방치했다. 이제 손잡이는 아무 쓸모도 없어졌다. 11톤에 달하는 공기의 압력이 문을 붙들어줄 테니까.

그는 에어로크 안쪽 문이 자동으로 닫히지 않도록 고정한 다음 격납고로 들어갔다. 이 문만 열어두면 에어로크는 제대로 작동하지 않을 것이다. 아무도 들어오지 못하게 된 셈이었다.

눈앞에 보이는 로켓 발사체에는 전부 원자탄두가 장착되어 있었다. 연쇄적으로 폭발을 일으킬 약간의 가능성조차도 확실히 제거하기 위해서, 충분히 거리를 벌린 채 오와 열을 맞춰 정렬되어 있었다. 인간의 지성이 미치는 우주 전체에서 가장 위험한 무기지만, 동시에 그가 자식처럼 보살피는 존재이기도 했다. 이제 그의 임무는 이 폭탄을 함부로 사용하려는 자들을 막는 것이었다.

그러나 막상 들어오고 보니, 확보한 이점을 제대로 활용할 방도가 떠오르지 않았다.

벽에 달린 스피커에서 지직거리는 소리가 들려왔다. "이봐요, 중위님! 무슨 짓을 하시는 겁니까? 미쳤어요?" 존은 대꾸하지 않았다. 로페즈의 혼란을 방치해서 나쁠 것은 없었다. 어떻게 대처할지 정하는 동안 시간을 끌 수 있을 테니까. 그리고 존은 1분이라도 많은 시간을 짜내야만 했다. 로페즈는 항의를 계속하다가, 마침내 입을 다물었다.

여태껏 존은 이곳의 폭탄, '그의' 소중한 폭탄이 "별로 중요하지 않은 도시 몇 개를 시범 삼아" 날려버리도록 놔둘 수 없다는 눈먼 충동에 따라 행동했다. 하지만 이젠 어찌해야 할까? 적어도 타워스가 에어로크를 뚫고 들어올 수 없다는 것은 명백했다. 세상이 끝날 때까지 이곳에 버티고 앉아 있으면 될 것이다.

'정신 차려, 존!' 타워스가 들어오지 못할 리가 없었다. 문을 고성능 폭탄으로 날려버리면 끝나는 일이었다. 그러면 공기가 전부 빠져나가면서, 친애하는 존 에즈라 달퀴스트 씨는 허파가 터져서 뿜어 나오는 자기 피에 질식해 죽을 것이고, 폭탄은 아무런 피해 없이 얌전히 자리를 지킬 것이다. 달에서 지구까지 무사히 날아갈 수 있도록 설계된 물건이었다. 진공 따위로는 까딱하지 않을 것이다.

그는 우주복을 입고 있기로 마음먹었다. 폭발적인 감압 현상을 맨몸으로 겪고 싶지는 않았다. 잘 생각해보니 역시 늙어 죽는 편이 가장 마음에 들었다.

아니면 드릴로 구멍을 뚫어서 공기를 빼내면, 에어로크의 손상 없이 문을 열 수도 있다. 아니면 지금 있는 에어로크 바깥쪽에 새로 에어로크를 만들어 붙여도 된다. 아니야. 존은 그럴 가능성은 별로 없다고 생각했다. 쿠데타의 생명은 속도다. 타워스가 가장 빠른 수단, 즉 폭파를 사용할 것은 거의 분명했다. 그리고 이제 로페즈는 기지에 보고하고 있을 것이었다. 타워스가 우주복을 챙겨 입고 여기에 도착하려면 15분쯤 걸리겠지. 운이 좋으면 잠깐 흥정을 시도할 테고. 그리고 슉! 하고 공기가 빨려 나가며 모든 상황이 끝날 것이다.

15분이라….

15분 후에는 이곳의 모든 핵무기가 다시 쿠데타 공모자들의 손에 넘어갈 것이다. 15분 안에 모든 폭탄을 사용 불능으로 만들어야 했다.

원자폭탄이란 기본적으로 플루토늄처럼 핵분열을 일으키는 금속을 두 조각 이상 붙여놓은 물건일 뿐이다. 금속을 떨어뜨려놓으면 폭발하지 않는 버터 조각이나 다름없다. 한데 붙여야 폭발한다. 복잡한 부분은 정확한 시간과 장소에 금속이 달라붙도록 제어하는 장치와 회로와 방아쇠다.

폭탄의 '두뇌'라 부를 수 있는 이런 회로는 쉽게 파괴할 수 있다. 그러나 폭탄 자체는 지극히 단순한 물건이라 파괴하기 힘들다. 존은 폭탄의

'두뇌'를 부수기로 마음먹었다. 시간이 얼마 없긴 하지만!

지금 있는 도구는 폭탄을 점검할 때 사용하는 단순한 장비들뿐이었다. 격납고 안에는 가이거 계수기 하나, 무전 회로에 연결된 스피커 하나, 기지로 연결되는 영상 송출기 하나, 그리고 폭탄들 외에는 아무것도 없었다. 제대로 된 작업을 할 때는 폭탄을 다른 곳으로 이송한다. 폭발을 걱정해서가 아니라, 부대원의 방사선 노출을 줄이기 위해서였다. 핵무기 속의 방사성 물질은 '탬퍼'라 부르는 차폐물에 파묻혀 있다. 이 경우에는 금을 사용한다. 금은 알파선과 베타선, 그리고 생명체에 치명적인 감마선을 거의 모두 막아준다. 그러나 중성자는 막을 수 없다.

플루토늄에서는 끊임없이 독성을 가진 중성자가 방출되며, 폭탄은 중성자를 바깥으로 배출하도록 설계되어 있다. 그러지 않으면 내부에서 연쇄반응이 일어나 바로 폭발해버릴 테니까. 이 격납고는 거의 감지할 수 없는, 투명한 중성자의 빗줄기에 노출된 셈이었다. 몸에 해로운 환경이었다. 실제로 최대한 격납고에 머무는 시간을 줄이라는 규제 권고도 있었다.

가이거 계수기가 달각거렸다. 이 계수기는 '배경' 복사, 즉 우주선(宇宙線)이나 달의 지각에서 검출되는 희미한 방사능, 중성자가 격납고와 충돌해 방출하는 간접 복사 등을 측정하는 물건이었다. 홀로 날아다니는 중성자에는 충돌하는 물질을 오염시켜 방사능을 방출하도록 만드는 고약한 성질이 있다. 콘크리트 벽이든 인체든 마찬가지다. 이 격납고도 일정 시간이 지나면 폐쇄해야 할 것이다.

존은 가이거 계수기의 조절 손잡이를 돌렸다. 달각거리는 소리가 멈추었다. 과거에도 '배경' 복사를 배제하고 현재 격납고의 정확한 방사능 수치를 측정하기 위해 차단 회로를 사용한 적이 있었다. 이곳에 머무는 일이 얼마나 위험한지 되새기고 나니 새삼 불쾌한 기분이 들었다. 그는 방사능 관련자라면 누구나 가지고 다니는 방사능 검출용 필름을 꺼냈다. 직접 반응 형식이고, 이곳에 도착했을 때는 아직 깨끗했다. 가장 민감한

쪽이 벌써 검게 변하기 시작했다. 필름의 절반쯤 되는 곳에 붉은 선 하나가 보였다. 이론적으로는 일주일 동안 붉은 선에 도달할 정도의 방사능에 노출된 사람은 사실상 끝장난 것이나 다름없다. 존은 그 사실을 새삼 곱씹었다.

우선 묵직한 우주복을 벗어 던졌다. 지금은 다른 무엇보다 속도가 우선이었다. 작업을 마치고 항복하자. 이렇게 방사능으로 가득한 장소에서 어정거리는 것보다는 차라리 포로가 되는 쪽이 나을 테니까.

존은 공구걸이에서 둥근머리망치를 하나 가져와서 서둘러 작업을 시작했다. 화면 송출을 끄기 위해서만 잠시 멈췄을 뿐이었다. 첫 번째 폭탄부터 수월치 않았다. 그는 폭탄 '두뇌'의 덮개 판을 깨뜨리려다가 잠시 머뭇거리며 움직임을 멈추었다. 지금껏 섬세한 기계 장치를 소중히 다뤄왔던 습관 때문이었다.

다시 마음을 다잡고 망치를 휘둘렀다. 유리에 금이 가고 금속이 우그러들었다. 존은 금세 기분이 좋아졌다. 파괴 행위의 죄책감 섞인 희열이 그를 사로잡았다. 그는 열정적으로 망치를 휘두르고, 깨뜨리고, 파괴했다!

너무 열중하는 바람에 처음에는 그의 이름을 부르는 소리조차 제대로 알아듣지 못했다. "존! 대답하게! 거기 있나?"

그는 땀을 훔치며 영상기 쪽으로 시선을 돌렸다. 타워스의 동요한 얼굴이 화면에서 밖을 내다보고 있었다.

존은 지금껏 폭탄을 여섯 개밖에 부수지 못했다는 사실을 깨닫고 충격을 받았다. 이대로 작업을 끝내지도 못하고 사로잡힐 운명이란 말인가? 안 돼! 어떻게든 마무리해야 한다. 시간을 끌어야 해, 이 바보야. 시간을 끌어! "네, 부사령관님? 부르셨습니까?"

"못 들은 건가! 지금 이 행동의 의미가 뭐지?"

"죄송합니다, 부사령관님."

타워스의 표정이 약간 풀어졌다. "그쪽 송출 장비를 켜게, 존. 자네 모습이 안 보이는군. 방금 그 소음은 뭐였나?"

"영상 송출 장비는 켜져 있는데요. 망가진 모양이로군요." 존은 거짓말을 했다. "소음은… 음, 부사령관님, 솔직히 털어놓자면, 아무도 이 안으로 들어오지 못하도록 손을 좀 보고 있었습니다."

타워스는 머뭇거리다가 이윽고 단호하게 말했다. "자네가 온전치 않은 상태라고 간주하고 의무실로 보내겠네. 하지만 그 전에 당장 밖으로 나오게. 이건 명령이야, 존."

존은 느릿하게 대꾸했다. "아직은 곤란합니다, 부사령관님. 마음을 다잡으러 온 건데 아직 결정을 내리지 못했으니까요. 점심시간 이후에 보자고 하셨잖습니까."

"자네 선실에 가 있으라는 뜻이었는데."

"그야 그렇겠죠. 그런데 혹시라도 부사령관님이 틀렸다는 결정을 내리게 될 때를 대비해서, 여기 폭탄 곁에서 불침번을 좀 서고 있어야 할 것 같았거든요."

"그건 자네가 결정할 일이 아니야, 존. 나는 자네 상관일세. 나한테 복종하는 것이 자네 임무 아닌가."

"물론입니다, 부사령관님." 시간 낭비였다. 저 늙은 여우는 이미 이리로 병력을 파견했을지도 모른다. "하지만 저는 평화를 지키겠다는 맹세도 했지 뭡니까. 혹시 이리 좀 오셔서 저하고 대화로 풀어볼 생각은 없으십니까? 저는 그릇된 일을 하고 싶지 않거든요."

타워스는 미소를 지었다. "좋은 생각이군, 존. 거기서 기다리게. 자네도 곧 깨닫게 될 거라고 확신하고 있네." 그는 통신을 끊었다.

"좋았어." 존이 중얼거렸다. "내가 머저리라고 확신하고 있겠지. 그 교활한 대가리로도 실수라는 걸 하는군!" 그는 남은 시간을 최대한 사용하기로 마음먹고 다시 망치를 들었다.

그리고 거의 즉시 동작을 멈추었다. 문득 '두뇌'를 망가뜨리는 정도로는 부족하다는 사실이 떠오른 것이다. '두뇌'의 여분은 없어도, 여분의 전자부품은 발에 챌 만큼 충분했다. 선임 장교인 모건이라면 즉석에서 폭탄의 제어 회로를 만들어낼 수 있을 것이다. 솔직히 말하자면, 존 자신도 할 수 있었다. 깔끔하지는 않아도 충분히 제대로 작동하는 물건이 나올 것이다. 빌어먹을! 폭탄 자체를 망가뜨릴 수밖에 없었다. 그것도 10분 안에.

하지만 폭탄 자체는 단단한 금속 덩어리일 뿐이었다. 게다가 두툼한 차폐물에 묻힌 채로, 커다란 강철 용기에 들어가 있었다. 불가능한 일이었다. 적어도 10분 안에는.

젠장!

물론 방법이 하나 있기는 했다. 제어 회로는 그도 잘 아는 물건이었다. 그리고 개조하는 법도 잘 알고 있었다. 이 폭탄을 예로 들어 보자. 여기서 안전장치를 제거하고, 근접 회로를 분리한 다음, 지연 회로의 작동을 중단시키고, 발사 준비 회로에 수동으로 연결하면… 그리고 여기 나사를 풀고 이 안쪽 회로를 끄집어내면… 됐다. 이제 길고 튼튼한 전선만 있으면 원격으로 폭탄을 터뜨릴 수 있게 될 것이다.

그리고 이 폭탄이 터지면, 다른 폭탄들도 연달아 터지며 이 격납고를 통째로 주님의 나라로 보내버릴 것이다.

물론 존도 대동하고. 그게 문제였다.

계속 떠오른 대로 행동하다 보니 마침내 실제로 폭탄을 터뜨리기 직전까지 온 것이다. 눈앞의 폭탄이 마치 지금 당장에라도 터지겠다고 위협을 하는 것처럼, 뛰어오르려고 몸을 움츠린 것처럼 보였다. 그는 식은 땀을 흘리며 자리에서 일어났다.

존은 자신에게 그럴 용기가 있을지 생각해보았다. 여기서 꽁무니를 빼고 싶지는 않았지만, 동시에 차라리 그럴 수 있었으면 좋겠다는 생각도 들었다. 그는 재킷 안으로 손을 넣어 아내 이디스와 아기의 사진을 꺼냈다. "우리 자기, 이곳에서 무사히 빠져나가면 두 번 다시 신호를 위반하지 않을게." 그는 사진에 입을 맞추고 다시 주머니에 넣었다. 지금 당장은 기다리는 것 말고는 할 일이 없었다.

타워스는 뭘 이리 꾸물거리는 거야? 존은 타워스도 확실하게 폭발 반경 안으로 유인하고 싶었다. 그 개자식을 끌어들일 수 있으면 얼마나 속이 시원할까! 여기서 놈을 끌어들여 스위치를 누를 만반의 채비를 갖추고, 얌전히 앉아서 기다리는 것이다. 이런 생각은 이윽고 그의 두뇌를 자극해서 더 나은 착상을 끌어냈다. 굳이 스스로 자폭할 필요가 있을까?

다른 장치를 만드는 것도 가능하다. 소위 말하는 '데드맨' 조종 장치다. 폭탄을 기폭시키는 마지막 단계만 살짝 조작해서, 스위치든 레버든 뭐든 계속 누르고만 있으면 폭탄이 터지지 않도록 만들면 된다. 문을 날려버리거나 그를 쏘거나 하면, 모든 것이 풍선처럼 상큼하게 터져나가도록 말이다!

그게 끝이 아니다. 이 장치로 협박하며 기다리다 보면 누군가가 그를 구하러 올 것이다. 존은 대부분의 순찰대 병력은 이따위 구린 음모에 동참하지 않았으리라 확신하고 있었다. 그때까지 버티기만 하면 당당하게 귀향할 수 있을 것이다! 얼마나 감동적인 재회 장면이 될까! 퇴역해서 교수직을 얻을 수도 있을 것이다. 이번 불침번만 제대로 서면 된다.

그는 내내 머리를 굴렸다. 전자 장비를 만들어볼까? 아니, 그러기엔 시간이 없었다. 단순한 기계적인 연결 장치면 충분했다. 착상은 떠올렸으나 제대로 작업은 시작하지도 않았을 즈음, 스피커에서 그를 부르는 목소리가 들렸다. "존?"

"부사령관님이십니까?" 존은 계속 바쁘게 손을 놀렸다.

"들여보내주게."

"저기, 부사령관님. 그런 내용은 합의사항에 없었던 것 같은데요." 조작대로 사용할 만한 길쭉한 물건이 하나도 없나?

"혼자 들어가겠네, 존. 내 약속하지. 직접 얼굴을 마주하고 대화하자고."

약속이라고! "대화 정도는 스피커를 통해서 해도 되지 않습니까." 좋아, 저기 있군. 공구걸이에 제법 긴 자가 하나 걸려 있었다.

"존, 이건 경고일세. 나를 들여보내지 않으면 그대로 문을 날려버리겠네."

전선. 길고 튼튼한 전선이 필요했다. 그는 우주복에서 안테나를 뽑아냈다. "그러면 서로 곤란해질 텐데요, 부사령관님. 폭탄이 망가질 테니까요."

"진공이 된다고 폭탄이 망가지지는 않아. 시간 끄는 짓은 그만두게."

"모건 소령에게 확인해보는 건 어떻습니까. 진공이 된다고 폭탄이 망가지지는 않겠지만, 폭발로 갑자기 공기가 빠져나가면 회로가 전부 나가버릴 겁니다." 부사령관은 폭탄 전문가가 아니었다. 그는 이 말에 몇 분 동안 입을 다물었다. 존은 작업을 계속했다.

이윽고 부사령관의 목소리가 다시 들렸다. "존, 한심한 거짓말을 했군. 모건에게 확인을 마쳤네. 60초 줄 테니 우주복을 벗고 있다면 얼른 다시 입게. 문을 폭파할 걸세."

"그러면 곤란하실 텐데요. 혹시 '데드맨' 스위치라고 들어보신 적 있습니까?" 이제 추와 추를 매달 끈이 필요했다.

"뭐라고? 그게 무슨 뜻인가?"

"17번 폭탄을 수동으로 기폭시킬 수 있도록 조작해놨습니다. 하지만 잔재주를 조금 부렸지요. 지금 제 손에 있는 끈을 붙들고 있는 동안에는 터지지 않을 겁니다. 하지만 저한테 뭔가 일이라도 생기면… 그대로 날아가버리겠지요! 지금 부사령관님은 폭발의 중심점에서 15미터 거리에 계십니다. 잘 생각해보세요."

짧은 침묵이 흘렀다. "그런 말은 안 믿어."

"그러십니까? 모건에게 물어보시죠. 그 작자라면 믿을 테니까. 송출 영상을 통해서 확인할 수도 있을 겁니다." 존은 우주복 허리띠를 자의 한쪽 끝에 묶었다.

"송출 장치가 고장 났다고 하지 않았나."

"거짓말이었지요. 이번에는 증명해보이겠습니다. 모건한테 연락하라고 하십시오."

즉시 모건 소령의 얼굴이 화면에 떠올랐다. "존 달퀴스트 중위?"

"어이, 구린 자식. 조금만 기다려봐." 존은 최대한 조심해서 자의 한쪽 끝을 누른 채로 마지막 전선을 연결했다. 그는 여전히 조심스러운 움직임으로 자에서 손을 떼고 허리띠를 붙든 다음, 바닥에 앉아서 한쪽 팔을 뻗어 영상 송출 장치를 켰다. "이제 잘 보이나, 개자식아?"

"똑똑히 보이는군." 모건은 굳은 목소리로 대꾸했다. "이게 무슨 장난질이지?"

"다들 놀라게 해주고 싶어서 즉석에서 만들어냈지." 존은 하나씩 설명했다. 어느 회로를 자르고 어느 회로를 합선시켰는지, 그리고 지금 만들어 붙인 기계 장치를 어떻게 만들어냈는지.

모건은 고개를 끄덕였다. "하지만 자네 지금 허풍 떨고 있는 것 아닌가, 존. 자네가 'K' 회로의 연결은 끊지 않았을 거라는 느낌이 드는데. 자네는 자폭을 선택할 배짱이 없어."

존은 키득거리며 웃었다. "그야 물론이지. 바로 거기가 끝내주는 부분인데. 내가 살아 있는 한은 폭탄이 터지지 않을 거야. 너희 구질구질한 상관인 타워스 전직 대령이 문을 날려버리면, 내가 죽으면서 동시에 폭탄도 터지겠지. 나야 그래도 딱히 문제 될 게 없지만, 그 작자한테는 치명적이겠지. 잘 좀 말해달라고." 그는 통신을 껐다.

잠시 후 스피커로 타워스의 목소리가 들렸다. "존?"

"들립니다요."

"자네 목숨을 그렇게 내던질 필요가 있나. 밖으로 나오면 퇴직금을 전액 지급하고 전역하게 해주겠네. 집으로 돌아가서 가족을 만나게 해주겠네. 내 약속하지."

존은 순간 분노를 터뜨렸다. "내 가족 이야기를 또 꺼내기만 해봐!"

"자네 가족 생각도 해야지."

"닥쳐. 얼른 네놈 소굴로 들어가서 틀어박혀 있으라고. 몸을 좀 긁으려다가 이 판잣집을 네놈 면상 앞에서 통째로 날려버릴지도 모르니까."

2

존은 퍼뜩 놀라며 자세를 바로잡았다. 졸아버렸다. 허리띠를 놓치지는 않았지만, 그랬을지도 모른다는 생각만으로도 손이 부들부들 떨렸다.

장치를 해체하고, 놈들이 감히 밀고 들어올 엄두를 내지 못하리라는 쪽에 운을 걸어도 되지 않을까? 하지만 타워스는 이미 반역죄로 교수대 밧줄에 목을 들이밀고 있는 상태다. 타워스라면 위험을 무릅쓸지도 모른다. 그가 밀고 들어왔을 때 장치가 해체되어 있으면, 존은 그대로 목숨을 잃고 타워스는 폭탄을 손에 넣을 것이다. 아니, 이미 여기까지 와버렸다. 잠이 조금 부족하다고 어린 딸을 독재 국가에서 자라게 만들 수는 없다.

가이거 계수기가 딸각거리는 소리가 들렸다. 문득 자신이 계수기의 차단 회로를 올렸다는 사실이 떠올랐다. 방 안의 방사능 수치가 증가하고 있는 것이 분명했다. 어쩌면 폭탄의 '두뇌' 회로를 부쉈기 때문일지도 모른다. 회로는 분명 오염되어 있었을 테니까. 플루토늄 근처에서 너무 오래 살았으니까. 그는 방사능 필름을 끄집어냈다.

검은 영역이 붉은 선 쪽으로 퍼져나가고 있었다.

그는 다시 필름을 집어넣고 중얼거렸다. "젠장, 빨리 대치상태에서 벗어나지 않으면 온몸이 시계 숫자판처럼 반짝이기 시작하겠는데." 말이 그렇다는 소리다. 동물 조직은 오염된다고 빛을 뿜지는 않는다. 그저 천천히 사멸할 뿐이다.

영상 화면에 불이 들어오고, 타워스의 얼굴이 떠올랐다. "존? 대화를 하고 싶네."

"귀찮게 굴지 말고 꺼져."

"자네가 사소한 불편을 유발했다는 점은 인정하겠네."

"불편을 유발해? 빌어먹을. 다들 꼼짝도 못 하게 됐을 텐데."

"잠시 그렇기는 하지. 다른 경로로 폭탄을 입수할 수는 있지만…."

"개수작은."

"…자네 때문에 지연이 발생한 것은 사실일세. 그래서 제안이 있네."

"관심 없어."

"기다려보게. 이번 일이 끝나면 나는 세계 정부의 총수가 될 걸세. 지금이라도 자네가 협조한다면 내 행정부의 수장으로 앉혀주겠네."

존은 그 제안을 어떻게 생각하는지를 차근차근 일러주었다. 타워스가 대꾸했다. "어리석은 짓 말게. 여기서 죽는다고 자네한테 좋을 게 뭐가 있나?"

존은 신음을 흘렸다. "타워스, 네놈이 얼마나 구린지 내 입으로 설명해줘야겠나? 감히 그 입으로 내 가족 이야기를 했겠다. 우리 가족이 네놈 같은 얼치기 나폴레옹 아래서 사는 꼴을 보느니 차라리 죽는 게 낫지. 이제 썩 꺼져. 생각할 일이 좀 있으니까."

타워스는 통신을 껐다.

존은 다시 필름을 꺼냈다. 딱히 더 검게 변하지는 않았지만, 그걸 보니 시간이 얼마 남지 않았다는 것을 떠올리지 않을 수가 없었다. 배가 고프고 목이 말랐다. 영원히 깨어 있을 수도 없는 노릇이었다. 하지만 지구에서 보낸 우주선이 도착하려면 나흘은 걸린다. 구원 병력이 그보다 먼저 도착할 리도 없었다. 당연하지만 그의 몸이 나흘을 버틸 리도 없었다. 검은 부분이 붉은 선을 넘으면 그는 곧 목숨을 잃을 테니까.

그에게 남은 유일한 수단은 폭탄을 수리하지 못할 정도로 망가뜨리고 이곳을 탈출하는 것이었다. 필름이 더 이상 검게 변하기 전에.

존은 이런저런 생각을 떠올리다가 이내 부산하게 움직이기 시작했다. 우선 허리띠에 추를 매단 다음 거기다 끈을 연결했다. 작업 중에 타워스가 문을 날려버린다면, 죽기 전에 끈을 당길 정신이 남아 있기만을 빌 수밖에 없었다.

달 기지에서 수리할 수 없을 정도로 폭탄을 망가뜨리는 방법이 하나 있었다. 단순하지만 지난한 방법이었다. 폭탄의 탄두는 두 개의 플루토늄

반구로 구성되어 있으며, 평평한 쪽의 면을 매끄럽게 연마해서 하나로 붙이면 완벽하게 접촉하도록 만들어져 있다. 두 반구가 제대로 붙지 않으면 원자폭탄의 폭발로 이어지는 연쇄반응은 일어나지 않는다.

존은 폭탄 하나를 분해하기 시작했다.

우선 네 개의 고정쇠를 때려서 떨어뜨린 다음, 내부 장치를 둘러싸는 유리 용기를 깨뜨려야 했다. 그 부분을 제외하면 분해는 수월하게 진행됐다. 마침내 눈앞에 완벽한 구체를 정확하게 반으로 가른 반짝이는 반구 두 개가 놓였다.

망치로 한 번 두드려주자 그중 하나는 완벽하지 않은 모습이 되었다. 다시 망치를 휘두르자 두 번째 반구가 유리처럼 깨져나갔다. 결정 구조를 정확하게 건드린 모양이었다.

몇 시간 후, 죽도록 지친 존은 장치를 설치한 폭탄으로 돌아갔다. 마음을 다스리려 애쓰면서, 그는 최대한 주의를 기울여 폭탄을 분해했다. 이내 그 폭탄의 은빛 반구들도 무용지물이 되었다. 이제 격납고 안에는 사용 가능한 폭탄은 하나도 남지 않았다. 그저 인간 세상에서 가장 귀중하고, 가장 독성이 강하고, 가장 치명적인 금속이 바닥에 잔뜩 널려 있을 뿐이었다.

존은 그 끔찍한 독극물을 둘러보았다. "이제 우주복을 입고 여길 빠져나가면 끝이라고." 그는 큰 소리로 혼잣말을 지껄였다. "타워스가 무슨 소리를 할지 궁금한데?"

그는 망치를 걸어놓으려고 공구걸이로 걸음을 옮겼다. 그가 지나가는 순간, 가이거 계수기가 크게 달각거리는 소리를 울렸다.

플루토늄은 계수기에 거의 영향을 끼치지 않는다. 영향을 끼치는 것은 플루토늄에 2차로 오염된 물질이다. 존은 망치를 슬쩍 보고는 계수기 쪽으로 들이밀었다. 계수기가 비명을 질렀다.

존은 서둘러 망치를 던져버리고 다시 우주복으로 다가가기 시작했다.

계수기 옆을 지나가는데 다시 달각거리는 소리가 들렸다. 그는 걸음을 멈추었다.

그리고 한쪽 손을 계수기 쪽으로 내밀었다. 달각거리던 소리가 거친 굉음으로 변했다. 존은 걸음을 멈추고 주머니에 손을 넣어 방사능 필름을 꺼냈다.

필름은 끝에서 끝까지 완전히 검게 변해 있었다.

3

체내로 들어간 플루토늄은 순식간에 골수에 도달한다. 여기에는 대처할 방도가 없다. 피해자는 죽은 목숨이다. 플루토늄이 방출한 중성자는 온몸을 휘젓고 다니며, 조직을 이온화시키고, 원자를 방사성 동위체로 변질시키고, 사방에서 파괴와 학살을 저지른다. 치사량은 믿기 힘들 정도로 소량이다. 소금 알갱이의 10분의 1 정도 중량이면 충분하다. 역사에 남은 '맨해튼 프로젝트'에서는 즉시 환부를 절단하는 것을 유일한 응급처치 방법으로 여겼다.

존은 이 모든 사실을 알고 있었지만, 이제 개의치 않았다. 그는 바닥에 주저앉아 아까 쓸어 온 담배를 태우며 생각에 잠겼다. 기나긴 불침번 동안 일어난 온갖 일이 그의 머릿속을 스치고 지나갔다.

그는 담배 연기를 가이거 계수기 쪽으로 뿜은 다음, 달각거리는 소리가 더 커지는 것을 들으며 뒤틀린 웃음을 머금었다. 이제는 그의 숨결조차 '뜨겁게' 변한 것이다. 혈류에서 날숨으로 옮겨간 이산화탄소 분자에 탄소-14가 들어 있기 때문이겠지. 이젠 별 상관없는 일이었다.

이제는 항복해도 아무 의미도 없다. 타워스에게 만족을 줄 생각은 없기도 하고. 이곳에서 불침번을 끝마칠 것이다. 게다가 폭탄이 언제든 터질 수 있다는 허풍을 유지하면, 폭탄 제조용 원자재를 넘겨줄 위험도 피할 수 있다. 사태가 장기적으로 변하면 중요해질지도 모른다.

그리 불행한 기분이 들지 않는다는 사실을, 그는 별로 놀라지 않고 인정했다. 사실 아무것도 걱정할 필요 없다는 생각에 살짝 기쁘기도 했다. 딱히 몸이 아프지도 않았고, 불편한 구석도 없고, 심지어 배가 고프지도 않았다. 육체는 아직 괜찮은 느낌이고 정신은 평온했다. 죽을 것이다. 자신이 죽은 목숨이라는 사실은 잘 알고 있었다. 그러나 아직 한동안은 걷고 숨 쉬고 보고 느낄 수 있을 것이다.

심지어 그리 외롭지도 않았다. 그는 혼자가 아니었다. 전우들이 그와 함께하고 있었다. 둑의 틈새를 손가락으로 막고 있던 네덜란드의 소년, 부축을 받아서라도 병든 몸을 이끌고 전선에 서려 했던 제임스 보위 대령, 마지막 순간까지 죽음에 맞서라 명령하던 체서피크호의 로렌스 선장, 어스름 속을 주시하던 로저 영. 그 모든 이들이 어스레한 격납고 안에 모여들었다.*

그리고 당연하게도 이디스도 있었다. 그가 알아볼 수 있는 얼굴은 그녀뿐이었다. 존은 아내의 얼굴을 더 가까운 곳에서 보고 싶었다. 화가 난 얼굴일까? 자랑스럽고 행복한 얼굴일까?

자랑스럽지만 슬픈 얼굴이었다. 이제 더 자세히 보였다. 심지어 손길도 느껴졌다. 그는 아내의 손을 꼭 붙들었다.

담배가 손가락까지 타들어왔다. 그는 마지막으로 한 모금을 빨고 가이거 계수기에 연기를 뿜은 다음, 꽁초를 껐다. 마지막 한 개비였다. 그는 꽁초를 모아서 주머니에 남은 종잇조각으로 담배 비슷한 물건을 말았다. 그리고 조심스레 불을 붙인 다음 등을 기대고 앉아서 이디스의 모습이 다시 나타나기를 기다렸다. 아주 행복한 기분이었다.

* 제임스 보위는 1836년의 알라모 요새 전투에서 1,800명의 멕시코군에 맞서 싸운 민병대원 186명의 지휘관 중 하나로, 병으로 몸져누운 상태에서도 매일 방위선으로 나서 대원들을 독려했다. 체서피크호는 1812년의 영미전쟁에서 활약한 미군 군함으로, 총탄에 당한 로렌스 선장이 "배를 버리지 마라. 침몰하는 순간까지 싸워라."라는 최후의 명령을 내린 일화가 유명하다. 로저 영은 태평양전쟁 당시 솔로몬제도의 뉴 조지아 전투에서 일본군의 기관총 진지에 단신으로 돌격해서 부대의 퇴각을 성공시키고 전사했다. 하인라인은 〈스타쉽 트루퍼스〉에서 우주전함에 그의 이름을 붙이기도 했다.

*

여전히 폭탄 껍데기에 기대앉은 그의 옆자리에는, 마지막 담배꽁초가 차갑게 식은 채 놓여 있었다. 스피커에서 다시 소리가 울렸다. "존? 이봐, 존! 내 말 들려? 나 켈리야. 전부 끝났어. 라파예트호가 기지에 착륙했고 타워스는 권총으로 자기 대가리를 날려버렸다고. 존? 대답 좀 해."

처음으로 문을 연 사람은 일단 긴 막대에 매단 가이거 계수기부터 안으로 들이밀었다. 그리고 문간에서 걸음을 멈추더니 서둘러 다시 방을 나갔다. "저기요, 반장님! 방사능 대응 장비를 가져오는 게 낫겠어요. 어, 그리고 납으로 만든 관도 하나 필요해요."

*

"소형 수송선과 나머지 호위함이 지구에 도착하기까지는 나흘이 걸렸다. 나흘 동안 지구의 모든 사람은 한마음으로 도착을 기다렸다. 98시간 동안 텔레비전에서는 그 어떤 상업 프로그램도 방송되지 않았고, 헨델의 〈사울〉의 장송행진곡, 〈발할라〉 조곡, 스코틀랜드의 〈고향으로 돌아가네〉, 순찰대의 공식 장송곡인 〈착륙 궤도〉까지, 수많은 장송곡이 끊이지 않고 울려 퍼지며 그 자리를 대신했다.

아홉 척의 우주선은 시카고 우주항에 착륙했다. 드론 트랙터가 작은 수송선에서 관을 내렸다. 수송선은 이후 재급유를 마치고 탈출궤도로 사출되었다. 외우주로 향한 이 수송선은 최후의 임무보다 영예롭지 않은 목적으로는 두 번 다시 사용되지 않을 것이었다.

트랙터는 계속 울려 퍼지는 장송곡에 휩싸인 채로 존 에즈라 달퀴스트 중위의 출생지인 일리노이주의 작은 마을로 이동했다. 그곳에서 관은 단상 위에 놓였고, 안전거리를 표시하는 장벽이 그 주변에 세워졌다. 총을 거꾸로 들고 고개를 숙인 우주 해병들이 장벽을 둘러싸고 경비를 섰다. 인파는 안전거리 밖에 머물렀다. 장송곡은 그때까지도 계속되었다.

가득 쌓인 꽃이 시들고도 아주 오랜 시간이, 충분한 시간이 흐른 후에야, 납으로 만든 관은 대리석으로 둘러싸여 지금의 모습으로 이 자리에 놓이게 되었다."

✦

여러분, 앉아 계시죠

Gentlemen, Be Seated

고호관 옮김

✦ 1948년 5월 〈아르고시(Argosy)〉에 발표

달을 개척하려면 광장공포증이 있는 사람과 폐소공포증이 있는 사람이 둘 다 필요하다. 아니, 우주로 나가려면 공포증이 없는 편이 나으니까 광장애호증과 폐소애호증이라고 하자. 행성 위에서, 행성 안에서, 혹은 행성 사이의 텅 빈 공간에서 겁을 먹을 수 있다면 고향인 지구에 머무르는 편이 좋다. 육지에서 멀리 떨어진 곳에서 살려면 그곳이 관이 될지도 모른다는 사실을 알면서도 비좁은 우주선 안에 처박혀 있을 각오가 되어 있어야 한다. 그러면서도 광대하게 펼쳐진 우주 공간에 겁을 먹지 않아야 한다. 우주인은(우주작업자나 우주선 조종사와 제트맨, 우주 항법사 같은 사람이다) 운신의 폭이 수백만 킬로미터에 달하는 것을 좋아하는 사람이다.

반대로 달 개척자는 골치 아픈 두더지 무리처럼 땅속에 파묻혀서 편안함을 느끼는 부류다.

*

루나시티에 두 번째로 갔을 때 나는 휴가비를 충당할 기사를 쓰고 빅아이도 볼 겸 리처드슨 관측소로 갔다. 내 언론인 조합 카드를 슬쩍 보여주고 말로 좀 구슬리자 재무팀장 놀스가 나를 안내해주었다. 우리는 북쪽 터널로 갔다. 당시에는 코로나 관측기가 들어설 장소를 향해 아직 공사 중이었다.

별 볼 일 없는 여행이었다. 스쿠터에 올라타서 아무 특징 없는 터널을 지나간 뒤 내려서 에어로크를 통과한 후, 다른 스쿠터를 타고 처음부터 다시 반복했다. 놀스가 홍보성 이야기를 늘어놓았다. "이건 임시로 해놓은 겁니다." 놀스가 설명했다. "두 번째 터널을 파면 교차하게 될 테고, 에어로크를 없앤 뒤에 이쪽에는 북쪽행 자동도로를, 저쪽에는 남쪽행 자동도로를 놓을 겁니다. 3분 안에 이동할 수 있어요. 루나시티나 맨해튼처럼요."

"왜 지금 에어로크를 없애지 않죠?" 또 다른(아마도 일곱 번째) 에어로크로 들어갈 때 내가 물었다. "아직까지는 에어로크 양쪽의 압력이 똑같잖아요."

놀스가 놀리는 듯한 표정으로 나를 바라보았다. "이 위성의 특징을 이용해서 선정적인 특집 기사를 쓰시려는 건 아니겠죠?"

나는 넌더리가 났다. "여보세요." 내가 말했다. "나는 여느 글쟁이 못지않게 믿을 수 있는 사람입니다. 만약 이 일에 일말의 의심이라도 있다면 지금 당장 없던 일로 하고 돌아가죠. 검열은 절대로 용납 못 합니다."

"흥분하지 마세요, 잭." 놀스가 부드럽게 말했다. 나를 이름으로 부른 건 처음이었다. 나는 그 사실을 알아챘지만 무시했다. "검열하는 사람은 아무도 없습니다. 기꺼이 기자분들에게 협력하고 있다고요. 하지만 요즘 달 평판이 나쁜데, 억울한 내용이거든요."

나는 아무 말도 하지 않았다.

"모든 기술직엔 나름의 위험이 따르게 마련입니다." 놀스가 고집스럽게 말했다. "장점도 있고요. 저희 직원들은 말라리아에 걸리지 않고 방울뱀을 조심해야 할 필요도 없습니다. 제반 사항을 고려하면, 아이오와주 디모인에서 사무직으로 일하는 것보다 달에서 모래 파는 인부로 일하는 게 더 안전하다는 사실을 입증하는 수치를 보여드릴 수도 있습니다. 예를 들어, 달에서는 뼈가 부러지는 사고가 거의 없습니다. 중력이 아주 낮아서요. 반면 디모인의 사무직은 욕조 밖으로 걸어 나올 때마다 목숨을 거는 겁니다."

"알았어요, 알았어." 내가 끼어들었다. "여기가 더 안전하다고요. 무슨 말이 하고 싶은 겁니까?"

"달은 안전합니다. 회사나 루나시티의 상공회의소가 아니라 런던의 로이드 보험회사에서 나온 수치가 그래요."

"그래서 불필요한 에어로크를 유지한다는 거네요. 뭣 때문이죠?"

놀스가 머뭇거리다가 대답했다. "지진 때문입니다."

지진이라. 월진(月震)이라고 해야 할까. 나는 옆으로 지나가는 굽은 벽을 바라보며 내가 있는 곳이 디모인이었으면 하고 바랐다. 산 채로 파묻히고 싶은 사람은 없다. 하지만 그런 일이 달에서 벌어진다면, 살아날 기회는 없었다. 아무리 빨리 구조대가 온다고 해도 폐가 터져버릴 테니까. 달에는 공기가 없다.

"자주 일어나지는 않습니다." 놀스가 계속 말했다. "하지만 준비를 하고 있어야죠. 아시다시피 지구의 질량은 달의 80배입니다. 따라서 이곳에서 받는 조석력은 달이 지구에 가하는 조석력의 80배입니다."

"뭐라고요?" 내가 말했다. "달에는 물이 없잖아요. 어떻게 조석이 있죠?"

"조석력은 물과 상관이 없습니다. 어렵게 생각하지 마세요. 그냥 그렇다고 알고 있으면 됩니다. 힘의 불균형이 생기는 것이고, 그게 지진을 일으킵니다."

나는 고개를 끄덕였다. "그렇군요. 달에서는 모든 게 밀폐돼야 하니까 지진을 조심해야겠군요. 에어로크는 인명 손실을 줄이려는 거고요." 피해자가 된 내 모습이 상상이 되기 시작했다.

"그렇기도 하고 아니기도 합니다. 에어로크는 사고 범위를 줄여줄 겁니다. 만약, 그렇지는 않겠지만 사고가 일어나도 이 공간은 안전합니다. 에어로크는 주로 우리가 나머지 부분을 건드리지 않고 진공 상태에서 터널의 한 구역을 작업하게 해주지요. 하지만 그뿐만이 아닙니다. 각 에어로크는 임시 확장 이음매예요. 조밀한 구조물을 여러 개 엮으면 지진을 이겨내게 만들 수 있습니다. 하지만 이 터널처럼 긴 구조는 유연해야 합니다. 그러지 않으면 틈이 생기죠. 달에서는 유연하면서 밀폐되게 만드는 게 어렵습니다."

"고무로는 안 되나요?" 내가 물었다. 불안감이 생기자 시비를 거는 듯한 말투가 되어버렸다. "집에 있는 지상차로 30만 킬로미터를 달렸는데, 디트로이트에서 생산할 때 끼운 타이어를 아직 건드리지도 않았어요."

놀스가 한숨을 쉬었다. "기술자를 한 명 데리고 올 걸 그랬네요, 잭. 고무를 부드럽게 만들어주는 휘발물질은 진공 상태에서 끓어서 증발합니다. 고무도 딱딱해지죠. 유연한 플라스틱도 마찬가지예요. 저온에 노출하면 달걀 껍데기처럼 부스러집니다."

놀스가 이야기하는 동안 스쿠터가 멈췄다. 내리면서 우리는 마침 다음 에어로크에서 나오던 10여 명과 마주쳤다. 그 사람들은 우주복, 아니 산소통 대신에 호스 연결기가 있었고 햇빛가리개가 없었으므로 더 정확히는 여압복을 입고 있었다. 다들 헬멧을 뒤로 젖히고 여압복 앞의 지퍼를 열고 그곳으로 머리를 내놓았다. 머리가 두 개 달린 듯한 기묘한 인상이었다. 놀스가 외쳤다. "어이, 콘스키!"

그중 한 명이 고개를 돌렸다. 키가 185센티미터는 되는 게 분명했고, 살이 찐 편이었다. 내 추측으로는 적어도 130킬로그램은 넘어 보였다. 지구에서라면 말이다. "놀스 씨잖아." 그 남자가 즐거운 투로 말했다. "월급 올려준다는 소리라면 좋겠는데요."

"이미 너무 많이 벌고 있잖아, 콘스키. 잭 아널드 씨와 인사해. 잭, 여기는 팻소 콘스키입니다. 네 개 행성에서 가장 뛰어난 일꾼이에요."

"겨우 네 개에서라고요?" 콘스키가 물었다. 콘스키는 여압복에서 오른손을 빼내 맨손으로 내 손을 잡았다. 나는 만나서 반갑다고 이야기하며 부스러지기 전에 내 손을 빼내려고 애썼다.

"잭 아널드 씨가 여러분이 이 터널을 어떻게 밀폐하는지 보고 싶어 하셔." 놀스가 말했다. "우리와 같이 가자고."

콘스키가 위쪽을 가만히 응시했다. "음, 그러고 보니 말인데, 놀스 씨. 난 방금 근무가 끝났어요."

놀스가 말했다. "콘스키, 돈만 밝히는 데다 불친절하기까지 한 사람이군. 좋아, 추가 수당 5할로 하자고." 콘스키가 몸을 돌려 에어로크를 열기 시작했다.

그 너머에 있는 터널도 스쿠터 트랙이 없고 조명이 임시로 연장선에 달려 있다는 점만 빼면 나머지 구역과 다를 게 없어 보였다. 몇십 미터 앞은 둥근 문이 있는 격벽으로 막혀 있었다. 살찐 남자는 내 시선을 따라갔다. "저건 움직일 수 있는 잠금장치예요." 콘스키가 설명했다. "저 너머에는 공기가 없어요. 바로 저 너머에서 우리가 굴착하는 거죠."

"파고 계시던 곳을 볼 수 있을까요?"

"돌아가서 여압복을 입지 않으면 안 돼요."

나는 고개를 저었다. 터널에는 방광처럼 생긴 물체가 10여 개 있었다. 장난감 풍선와 비슷한 모양과 크기였다. 그것들은 공기와 같은 밀도를 가진 듯했다. 딱히 떠오르거나 가라앉으려는 경향을 보이지 않은 채 떠 있었다. 콘스키가 하나를 치우고 지나가면서 내가 묻기도 전에 대답했다. "오늘은 터널 이쪽에 압력을 가해놓았어요." 콘스키가 내게 말했다. "이 끈끈이 풍선은 가끔 생기는 틈을 찾아다녀요. 안쪽은 끈적끈적하지요. 공기가 새거나 균열이 생기면 그곳으로 끌려가고, 끈적한 물질이 빨려 들어가 얼어붙어 틈을 막는 겁니다."

"그러면 영구적인 수리가 되는 건가요?" 나는 궁금했다.

"장난해요? 그냥 다음에 어디를 용접해야 할지 보여주는 거죠."

"유연한 이음매를 보여드려." 놀스가 지시했다.

"곧 나와요." 우리는 터널을 반쯤 가서 멈췄고 콘스키는 둥근 터널을 완전히 둘러싸고 있는 고리 모양의 구조물을 가리켰다. "우리는 30미터

마다 구부러지는 이음매를 넣어요. 강철 부분이 만나는 곳을 유리 섬유로 메운 거죠. 그러면 터널에 어느 정도 탄성이 생겨요."

"유리 섬유요? 밀폐가 되나요?" 내가 물었다.

"섬유는 밀폐가 되지 않아요. 강도를 높이기 위해서 넣는 거죠. 섬유를 10층으로 깔고 사이 사이에 실리콘 수지를 바르는 거예요. 바깥쪽에서 안쪽으로 천천히 망가지지만, 5년 이상 버틸 수 있어요. 그 전에 다시 칠해주면 되죠."

나는 재미있는 이야기가 나올지도 모른다는 생각으로 일하기 어떠냐고 물었다. 콘스키는 어깨를 으쓱해 보였다. "괜찮아요. 어렵지 않죠. 딱 하나, 지구 중력이 아쉽고요. 내가 허드슨강 아래에서 일할 때는…."

"여기서 일할 때의 1할밖에 못 받았지." 놀스가 끼어들었다.

"놀스 씨, 참 섭섭하게 말씀하시네." 콘스키가 항변했다. "돈이 문제가 아니라니까요. 이건 물질의 예술이죠. 금성을 봐요. 금성에서도 돈을 넉넉히 주는데, 거기서는 정신을 바짝 차려야 한다고요. 너무 푸석푸석해서 얼려야 해. 거기는 진짜 수중작업자가 필요하죠. 여기 있는 녀석들 절반은 그냥 광부예요. 잠수병에 한 번만 걸려도 바보같이 도망쳐버릴걸."

"왜 금성을 떠났는지 얘기해드려, 콘스키."

콘스키가 갑자기 정중하게 물었다. "이동식 차폐막을 보러 가실까요, 여러분?"

우리는 좀 더 걸어갔고, 나는 돌아가도 되겠다고 생각했다. 딱히 볼 게 없었다. 보면 볼수록 마음에 들지 않는 곳이었다.

콘스키가 돌아가는 길로 가는 에어로크 문을 열고 있을 때 뭔가 일이 생겼다.

*

나는 바닥에 엎드려 있었고, 사방이 한 치 앞도 보이지 않을 정도로 깜깜했다. 내가 비명을 질렀던가, 모르겠다. 귀가 멍했다. 억지로 일어서서 그 자리에 가만히 서 있었다. 이렇게 깜깜한 곳은 처음이었다. 그야말로 완벽한 어둠이었다. 내 눈이 멀었다는 생각이 들었다.

전등 불빛이 어둠을 찢고 나타나 나를 비추더니 다른 곳으로 옮겨갔다. "방금 뭐였죠?" 내가 외쳤다. "무슨 일이에요? 지진인가요?"

"조용히 좀 해요." 평온한 콘스키의 목소리가 들렸다. "지진은 아니었어요. 뭔가 폭발한 것 같은데. 놀스 씨, 괜찮아요?"

"그런 것 같아." 놀스가 숨을 몰아쉬었다. "무슨 일이지?"

"몰라요. 좀 살펴봅시다." 콘스키가 일어서서 불빛으로 터널 여기저기를 비춰보더니 나직하게 휘파람을 불었다. 전등은 펌프질을 해줘야 작동하는 종류였다. 자꾸 깜빡거렸다.

"괜찮아 보이네. 그런데 아까··· 아, 아, 맙소사!" 불빛이 바닥 근처에 있는, 유연한 이음매의 한 부분을 비추었다.

'끈끈이' 풍선들이 그 지점으로 모여들고 있었다. 이미 세 개가 붙었고, 나머지도 천천히 뜬 채로 움직이고 있었다. 우리가 보고 있는 사이 그중 한 개가 터지면서 끈적한 물질로 변해 공기가 새는 부분을 보여주었다.

그 구멍은 터진 풍선을 빨아들이더니 쉿 소리를 내기 시작했다. 또 다른 풍선 하나가 다가와 흔들거리더니 마찬가지로 터졌다. 이번에는 끈적한 물질이 구멍 속으로 빨려 들어가기까지 좀 더 오래 걸렸다.

콘스키가 전등을 내게 건넸다. "계속 펌프질을 하세요." 콘스키는 어깨를 움직여서 옷 속에서 오른손을 빼내 구멍을 막았다. 세 번째 풍선이 터진 직후였다.

"어때, 콘스키?" 놀스 씨가 물었다.

"모르겠는걸요. 구멍이 내 엄지손가락만 한 것 같은데. 지독하게 빨아들이는군요."

"그런 구멍이 왜 생긴 거지?"

"난들 아나요. 밖에서 뭐가 찌른 모양이에요."

"새는 건 막았어?"

"그런 것 같아요. 돌아가서 문을 확인해봐요. 잭, 전등을 놀스에게 주세요."

놀스가 종종걸음을 치며 에어로크로 돌아갔다. 곧 놀스가 외치는 소리가 들렸다. "계속 압박해!"

"버니어* 읽을 수 있어요?" 콘스키가 놀스에게 소리쳤다.

"당연하지. 버니어로 잰 건 괜찮아."

"공기는 얼마나 잃었죠?"

"1킬로그램도 안 될 거야. 전에 기압이 얼마였어?"

"지구 평균."

"그러면 6백 그램 정도."

"나쁘지 않네. 계속 가요, 놀스 씨. 다음 구역 잠금장치 지나면 바로 도구 상자가 있으니까. 3번 패치, 아니면 더 큰 걸로 갖다줘요."

"알았어." 문이 열렸다가 닫히는 소리가 들렸다. 그리고 다시 새까만 어둠이 찾아왔다. 콘스키가 내게 정신 차리라고 말하는 것을 보니 내가 무슨 소리를 냈던 모양이었다.

곧 문소리가 들리면서 고마운 불빛이 다시 돌아왔다. "갖고 왔어요?" 콘스키가 말했다.

"아니, 콘스키. 안 돼…." 놀스의 목소리는 떨렸다. "반대쪽에 공기가 없어. 그쪽 문이 열리지 않아."

"걸린 건가요?"

"아니야. 압력계를 확인했어. 다음 구역에 압력이 전혀 없어."

콘스키가 다시 휘파람을 불었다. "구조대가 올 때까지 기다려야겠네. 그러면… 불빛을 나한테 비춰줘요, 놀스 씨. 잭, 이 옷 좀 벗게 도와주세요."

"뭘 하려는 거야?"

"패치를 구할 수 없으면, 하나 만들어야죠, 놀스 씨. 주변에 있는 게

* 정밀한 길이를 잴 때 쓰는 자

이 옷밖에 없잖아요." 나는 콘스키를 돕기 시작했다. 한 손으로 구멍을 막고 있어야 했기 때문에 어색할 수밖에 없었다.

"내 셔츠로 구멍을 막아." 놀스가 제안했다.

"포크로 물을 퍼내고 말지. 여압복으로 해야 해요. 압력을 버틸 만한 건 그것밖에 없거든." 콘스키는 옷을 벗은 뒤 내게 등 쪽의 한 부분을 평평하게 펴라고 했다. 그리고 콘스키가 잽싸게 손을 치우자 내가 여압복으로 새는 부위를 덮었다. 콘스키가 곧바로 그 위에 앉았다. "됐다!" 콘스키는 기뻐하며 말했다. "마개로 막았어. 이제 기다리기만 하면 됩니다."

나는 콘스키에게 왜 여압복을 입은 채로 구멍 위에 앉지 않았느냐고 물어보려다가 엉덩이 부분이 단열재 때문에 주름이 져 있다는 사실을 깨달았다. 풍선에서 나온 끈적한 물질이 묻어 있는 구멍을 밀봉하려면 평평한 부분이 필요했다.

"손 좀 줘봐." 놀스가 말했다.

"별거 아니에요." 하지만 그래도 놀스는 콘스키의 손을 살펴보았다. 나도 손을 보고 토할 뻔했다. 손바닥에 낙인 같은 상처가 있었는데, 피가 배어 나오고 있었다. 놀스가 자기 손수건으로 압박을 가한 뒤 내 손수건으로 묶어서 고정했다.

"고마워요, 여러분." 콘스키가 말하고는 한마디 덧붙였다. "시간을 죽여야 할 텐데, 피너클 게임 좀 하는 게 어때요?"

"자네 카드로?" 놀스가 말했다.

"이런, 놀스 씨! 음, 됐어요. 어차피 재무팀장이 도박을 하는 건 옳지 않으니까. 재무팀장이라는 말이 나왔으니 말인데, 지금 이게 아주 힘든 일이라는 건 알고 있겠죠, 놀스 씨?"

"6백 그램 차이인데?"

"상황이 이러한데 조합이라면 당연히 그렇게 볼걸요."

"내가 앉아 있을까?"

"하지만 그 요율이 조수한테도 적용될 텐데요."

"좋아, 이 짠돌이 같으니라고. 세 배로 하지."

"그래야 마음씨 좋은 놀스 씨답죠. 편안하게 오래 기다리면 좋겠네."

"얼마나 오래 기다려야 할 것 같아, 콘스키?"

"음, 1시간 이상은 안 걸릴 거예요. 리처드슨에서 온다고 해도."

"흠, 왜 우리를 찾을 거라고 생각하는 거지?"

"응? 사무실에서 당신이 어디 있는지 모르고 있어요?"

"그럴걸. 오늘은 바로 퇴근하겠다고 말했거든."

콘스키가 생각에 잠겼다. "내가 근무 카드를 찍지 않았어요. 아직 안에 있는 걸 알 거예요."

"그렇겠지. 내일 자네 카드가 내 사무실에 나타나지 않을 때 말이야."

"문에 그 멍청이가 있으니까. 그 친구가 안에 세 명이 더 있다는 걸 알겠죠."

"그걸 교대자에게 알려주는 걸 잊지 않았다면 그렇겠지. 그리고 그 사람도 갇혀 있지 않았을 때 이야기야."

"그렇겠군요." 콘스키가 생각에 잠겨 말했다. "잭, 전등 펌프질을 그만 해야겠어요. 괜히 산소만 소모하니까요."

우리는 꽤 오랫동안 앞으로 어떻게 될지 생각하며 어둠 속에 앉아 있었다. 콘스키는 폭발이 분명하다고 생각했다. 놀스는 화물 로켓이 이륙하다가 추락하는 광경을 봤을 때가 떠오른다고 말했다. 서로 할 말이 없어지자 콘스키가 몇 가지 이야기를 해주었다. 나도 하나 하려고 했지만, 너무 불안해서(사실은 너무 무서워서) 이야기의 요점이 기억나지 않았다. 비명을 지르고 싶었다.

오랜 침묵 뒤에 콘스키가 말했다. "잭, 불 좀 켜봐요. 뭔가 알아냈어요."

"뭔데?" 놀스가 물었다.

"만약 때울 게 있으면 당신이 내 옷을 입고 구조를 요청하러 갈 수 있겠어요."

"여압복에 쓸 산소가 없잖아."

"그래서 '당신'이라고 한 거죠. 덩치가 가장 작으니까. 여압복 안에 있는 공기만으로 다음 구역을 지나갈 수 있을 거예요."

"음, 그래. 뭐로 때울 거지?"

"내가 그 위에 앉아 있을 겁니다."

"응?"

"내가 깔고 앉아 있는 이 크고 둥근 것 말이에요. 바지를 벗어야지. 엉덩이 한쪽을 구멍에 댈 수 있으면, 장담하건대 완전히 막힐 거예요."

"아니야. 안 돼, 콘스키. 손이 어떻게 됐나 보라고. 피부를 통해 피가 흘러서 내가 돌아오기도 전에 과다출혈로 죽을 거야."

"내가 안 죽으면 두 배 먹는 걸로 해서 50달러 내기 어때요?"

"내가 이기면, 어떻게 돈을 받지?"

"귀엽기도 해라. 놀스 씨, 난 7센티미터나 되는 지방층을 깔고 앉을 거라고요. 피도 별로 안 날 거예요. 빨간 자국 정도나 생기겠지."

놀스는 고개를 저었다. "그럴 필요 없어. 우리가 조용히 있으면, 여기 있는 공기로 며칠 동안 버틸 수 있을 거야."

"공기가 문제가 아니에요, 놀스 씨. 점점 추워지고 있는 거 눈치 못 챘어요?"

나는 눈치챘지만, 별생각을 하지 않고 있었다. 고통과 두려움 속에서 추위는 그러려니 하고 있었다. 이제 생각해보니 그랬다. 전력을 잃었을 때 난방도 없어진 것이다. 앞으로 더욱, 더, 더, 더 추워질 것이다.

놀스 씨도 깨달았다. "그렇군, 콘스키. 그렇게 해야겠어."

콘스키가 준비하는 동안 내가 여압복 위에 앉았다. 콘스키는 바지를 벗고 끈끈이 풍선을 하나 잡아 터뜨린 뒤 안쪽의 끈적한 물질을 오른쪽 엉덩이에 발랐다. 그리고 내게 말했다. "좋았어. 해봅시다." 우리는 재빨리 자리를 바꾸었다. 새는 소리가 심하게 났지만 공기를 많이 잃지는 않았다. "소파에 앉은 것처럼 편안하군." 콘스키가 웃었다.

놀스는 서둘러 여압복을 입은 뒤 전등을 갖고 출발했다. 우리는 다시 어둠 속에 남았다.

얼마 뒤 콘스키의 목소리가 들렸다. "어둠 속에서 할 수 있는 게임이 있어요, 잭. 체스 두나요?"

"아, 네. 대충요."

"좋은 게임이에요. 허드슨강 아래에서 일할 때 감압실 안에서 두곤 했어요. 재미 삼아 한 판에 20달러 어때요?"

"네? 아, 좋아요." 콘스키가 천 달러를 걸자고 했어도 됐을 것이다. 난 상관없었다.

"좋아요. 킹 앞의 폰을 3번 칸으로요."

"어, 킹 앞의 폰을 4번 칸으로요."

"상투적인 수네요? 호보켄에서 알고 지냈던 여자가 떠오르는…." 콘스키가 그 여자에 관해 떠들었던 말은 체스와 아무 관련이 없었다. 말하자면 그 여자가 상투적이었다는 사실만 알게 되었을 뿐이다. "킹 옆의 비숍을 퀸 옆의 비숍이 있는 4번 칸에. 그 여자 동생 이야기도 잊지 말고 해달라고 하세요. 원래 빨간 머리는 아니었던 것 같은데, 사람들이 그렇게 생각하기를 바랐죠. 그래서… 미안해요. 기자님 차례네요."

나는 생각을 하려고 했지만 머리가 빙글빙글 돌았다. "퀸 앞의 폰을 3번 칸으로요."

"퀸을 킹 옆 비숍의 3번 칸으로. 어쨌든 그 여자가…." 콘스키가 아주 자세하게 설명했다. 새로운 이야기는 아니었고, 나는 그게 사실인지도 의심스러웠다. 하지만 재미는 있었다. 어둠 속에서 실제로 웃음이 흘러나왔다. "당신 차례예요." 콘스키가 덧붙였다.

"아." 나는 말이 어디에 있었는지 기억나지 않았다. 나는 곧 캐슬링*을 해야겠다고 생각했다. 초반에는 항상 아주 안전한 방법이었다. "퀸의 나이트를 퀸의 비숍 3번 칸으로."

* 초반에 킹과 룩을 함께 움직여서 킹을 보호할 수 있는 특수한 수

"퀸이 전진해서 킹의 비숍 앞에 있는 폰을 잡았어요. 체크메이트. 나중에 20달러 줘요, 잭."

"네? 어떻게 벌써!"

"복기해보고 싶어요?" 콘스키가 수를 다시 확인했다.

나는 겨우 체스 말의 위치를 머릿속으로 그려보고 말했다. "이런, 내 이름에 먹칠을 하다니! 바보 메이트*로 날 낚았군요!"

콘스키가 웃었다. "빨간머리 여자 대신에 내 퀸을 잘 봤어야죠."

나는 크게 웃었다. "아는 이야기 더 있어요?"

"그럼요." 콘스키가 다른 이야기를 해주었다. 하지만 내가 이야기를 더 해달라고 하자 말했다. "좀 쉬어야겠어요, 잭."

내가 일어섰다. "괜찮아요, 콘스키?" 콘스키는 대답하지 않았다. 나는 어둠 속에서 더듬거리며 콘스키 쪽으로 갔다. 얼굴이 차가웠고, 내가 건드려도 아무 말이 없었다. 가슴에 귀를 갖다 대자 희미하게 심장 소리가 들렸다. 하지만 손과 발이 마치 얼음장 같았다.

그 자리에 얼어붙어 있어서 나는 콘스키를 끌어내야 했다. 얼음이 만져졌다. 물론 그게 피일 게 분명하다는 사실은 알고 있었다. 나는 몸을 문지르며 콘스키를 소생시키려고 했다. 하지만 곧 공기 새는 소리 때문에 몸을 일으켰다. 나는 바지를 벗고 헤매다 마침내 어둠 속에서 정확한 지점을 찾아, 구멍을 내 오른쪽 엉덩이로 단단히 누르고 앉았다.

얼음처럼 차가운 흡입기가 엉덩이를 붙잡고 있는 느낌이었다. 그리고 뜨거운 느낌이 내 피부로 번져갔다. 시간이 지나자 둔한 통증과 추위 말고는 아무것도 느껴지지 않았다.

어디선가 불빛이 보였다. 깜빡하며 들어왔다가 다시 꺼졌다. 문소리가 들렸다. 나는 소리치기 시작했다.

"놀스!" 내가 외쳤다. "놀스 씨!"

* 흑이 2수 만에 만드는 체크메이트. 백이 작정하고 져주지 않는 한 나오기 어렵다.

불빛이 다시 들어왔다. "가고 있어요, 잭…."

나는 울기 시작했다. "아, 해냈군요! 해냈어요."

"가지 못했어요, 잭. 다음 구역에 가지 못했다고요. 잠금장치로 돌아갔을 때 정신을 잃었어요." 놀스가 말을 멈추고 헐떡이기 시작했다. "크레이터가…." 전등이 꺼지더니 바닥에 떨어지는 소리가 났다. "도와줘요, 잭." 놀스가 신경질적으로 말했다. "도움이 필요한 거 안 보여요? 난…."

놀스가 비틀거리다가 넘어지는 소리가 들렸다. 내가 불렀지만, 대답이 없었다. 나는 일어나려고 했다. 하지만 병에 낀 코르크 마개처럼 꼼짝없이 잡혀서….

*

정신이 들었다. 얼굴을 아래로 하고 엎드린 자세로. 내 밑에는 깨끗한 시트가 깔려 있었다.

"괜찮아요?" 누군가가 물었다. 놀스가 욕실 가운을 입고 내 침대 옆에서 있었다.

"당신 죽었잖아요." 내가 말했다.

"전혀요." 놀스가 웃었다. "늦기 전에 구조대가 왔어요."

"어떻게 된 거예요?" 나는 내 눈을 믿지 못하며 놀스를 쳐다보았다.

"우리 생각대로였어요. 로켓 추락이었죠. 연락용 무인로켓이 통제를 잃고 터널에 충돌했어요."

"콘스키는 어디 있죠?"

"안녕하세요!"

나는 고개를 돌렸다. 나처럼 엎드려 있는 콘스키가 보였다. "당신 나한테 20달러 빚졌어요." 콘스키가 즐거운 기색으로 말했다.

"내가 무슨…." 나도 모르게 왠지 눈물이 흘러나오고 있었다. "좋아요. 20달러 줄게요. 하지만 받으려면 디모인으로 와야 해요."

달의 검은 구덩이

The Black Pits of Luna

고호관 옮김

✦ 1948년 1월 〈새터데이 이브닝 포스트(The Saturday Evening Post)〉에 발표

달에 도착한 다음 날 아침 우리는 러더퍼드로 갔다. 아빠와 래섬 씨는 (아빠가 루나시티에 만나러 온 해리먼 투자신탁의 직원이었다) 사업상 그곳에 어차피 가야 했다. 나는 아빠에게 따라갈 수 있게 해주겠다는 약속을 받아냈다. 달 표면으로 나가볼 유일한 기회처럼 보였기 때문이다. 루나시티도 나쁘지는 않았다. 그러나 감히 말하건대, 루나시티의 복도와 뉴욕의 지하를 구분할 수 있는 사람은 없을 것이다. 물론 몸이 가볍다는 건 다르지만.

아빠가 호텔방으로 와서 출발할 준비가 되었다고 말했을 때, 나는 남동생을 데리고 멈블티 펙* 놀이를 하고 있었다. 엄마가 누워 있다가 내게 동생을 조용히 시키라고 했다. 엄마는 지구에서 여기까지 오는 내내 멀미 때문에 고생해서 몸이 좋지 않은 것 같았다. 동생은 조명 스위치를 '어스름'에서 '일광욕'으로 왔다 갔다 바꿔 가며 장난치고 있었다. 난 동생을 끌고 와서 바닥에 앉혔다.

* 다양한 방법으로 휴대용 칼을 던져 땅에 꽂는 놀이

물론 난 이제 멈블티 펙 놀이를 하지 않는다. 하지만 달에서는 아주 좋은 놀이였다. 칼이 둥둥 떠다니는 것이나 마찬가지여서 그걸로 온갖 짓을 할 수 있었다. 우리는 새로운 규칙을 많이 만들었다.

아빠가 말했다. "얘들아, 계획 실행이다. 우리는 지금 러더퍼드로 갈 거야. 준비하자."

엄마가 말했다. "아, 제발. 난 아직 몸이 좋지 않은데. 당신하고 딕이 먼저 가. 막내 아가하고 난 여기서 조용히 하루만 더 있을게."

막내 아가란 바로 꼬맹이 동생을 말했다.

난 그런 식으로 말하면 안 된다고 엄마에게 말할 수도 있었다. 동생이 칼로 내 눈알을 뽑아버릴 뻔하더니 말했다. "누가? 뭐? 나도 갈래. 가요!"

엄마가 말했다. "오, 막내 아가야. 엄마를 더 힘들게 하지 말아주렴. 우리 단둘이 영화 보러 가자."

꼬맹이는 나보다 일곱 살 어렸다. 하지만 뭔가 얻어낼 생각이라면 '막내 아가'라고 부르지 말도록. 동생이 고함을 치기 시작했다. "나도 갈 수 있다고 했잖아!" 동생이 외쳤다.

"아니야, 막내 아가야. 너한테는 그런 말을 한 적이 없어. 엄마는…."

"아빠가 나도 갈 수 있댔어!"

"리처드, 당신이 아기한테 갈 수 있다고 했어?"

"무슨, 아니야. 그런 기억 없어. 어쩌면 내가…."

꼬마가 재빨리 끼어들었다. "형이 갈 수 있는 데는 나도 갈 수 있다고 아빠가 그랬어! 약속했잖아! 약속했잖아! 약속했잖아!" 이 꼬마에게 도저히 이길 수 없을 때가 있었다. 동생은 순식간에 누가 자기에게 무슨 이야기를 했는지 줄줄이 늘어놓았다. 그리하여 어쨌든 우리 네 사람은 20분 뒤 래섬 씨와 함께 로켓항에서 러더퍼드로 가는 셔틀에 탑승하고 있었다.

*

가는 데는 고작 10분 정도밖에 걸리지 않았고, 볼 건 별로 없었다. 로켓이 아직 루나시티에 가까울 때는 지구를 슬쩍 볼 수 있었지만, 그 뒤로는 그조차도 안 보였다. 물론 우리가 가는 원자력 발전소가 전부 달의 뒷면에 있었기 때문이다. 관광객은 열댓 명이 있었고, 대부분은 자유 낙하 비행에 들어가자마자 멀미를 했다. 엄마도 마찬가지였다. 절대 로켓에 적응하지 못하는 사람도 있다.

하지만 우리가 착륙해서 실내로 들어가자마자 엄마는 괜찮아졌다. 러더퍼드는 루나시티와는 달랐다. 우주선까지 관을 늘여 붙이는 대신 여압차를 보내 우주선의 에어로크에 결합시켰다. 그대로 그 차를 타고 1.5킬로미터 정도를 가면 지하로 향하는 입구가 나왔다. 나는 그게 마음에 들었고, 꼬맹이도 마찬가지였다. 아빠는 래섬 씨와 일을 하러 가고, 엄마와 나와 동생은 연구실 견학을 가는 단체 관광에 합류하기로 했다.

나쁘지 않았지만, 특별히 신나는 것도 없었다. 내 눈에 원자력 발전소는 다 똑같아 보였다. 러더퍼드는 시카고 외곽의 큰 발전소나 다를 게 없었다. 그러니까 내 말은 볼 만한 건 전부 안 보이는 데 있거나, 덮여 있거나, 가려져 있다는 소리다. 보이는 거라고는 다이얼 몇 개와 계기판, 그리고 그걸 쳐다보고 있는 사람들뿐이었다. 오크리지 원자력 연구소에서 볼 수 있을 법한 원격조종 장치들이었다. 가이드가 현재 진행 중인 실험에 관해 설명해주고, 영상도 몇 개 보여준다. 그게 끝이다.

나는 우리 가이드가 마음에 들었다. 〈스페이스 트루퍼〉에 나오는 톰 제러미와 닮은 사람이었다. 혹시 우주인이었냐고 묻자 가이드는 웃긴 표정으로 나를 보며 아니라고, 그냥 개척지의 공공순찰대원이라고 말했다. 그리고 내게 학교는 어디를 다녔는지 묻고, 보이스카우트 단원인지를 물었다. 자신이 달 기지 패트롤, 러더퍼드시의 1부대 지도자라고 했다.

나는 여기에 스카우트 부대가 단 하나밖에 없다는 사실을 알게 되었다. 달에 스카우트가 많을 리가 없었다.

아빠와 래섬 씨는 견학이 막 끝날 때 도착했다. 우리 가이드 페린 씨가 밖에서 관광객을 향해 공지하는 중이었다. "러더퍼드 시 견학에는 우주복을 입고 달 표면에 나가는 일정이 포함돼 있습니다." 페린 씨는 마치 대본이 있는 것처럼 말했다. "추가 비용은 없고, 악마의 무덤과 1984년의 대재앙 현장을 보실 수 있습니다. 이 일정은 선택사항입니다. 위험할 일은 거의 없으며, 여태까지 아무 사고도 일어나지 않았습니다. 하지만 이 일정을 선택하시면 안전을 위해 별개의 서류에 서명을 하셔야 합니다. 약 1시간 정도가 걸리고요. 참가를 원치 않으시는 분은 커피숍에서 영화나 다과를 즐기실 수 있습니다."

아빠가 손을 맞잡고 문질렀다. "이건 나를 위한 거로군." 아빠가 말했다. "래섬 씨, 제시간에 돌아와서 다행이네요. 이건 절대 놓치고 싶지 않았거든요."

"재미있을 겁니다." 래섬 씨도 동의했다. "로건 부인께서도 그러실 거예요. 저도 따라가고 싶은 생각이 드네요."

"같이 가시죠?" 아빠가 물었다.

"아, 저는 서류를 준비해서 돌아와서 루나시티로 떠나시기 전에 로건 씨와 부장님이 서명할 수 있게 하려고요."

"뭘 고생을 사서 하시나요?" 아빠가 종용했다. "서류도 서류지만, 신의가 중요하지요. 나중에 뉴욕으로 부쳐주셔도 됩니다."

래섬 씨가 고개를 저었다. "아니요, 사실 저는 표면에 수십 번도 더 나가봤습니다. 하지만 같이 가서 우주복 입는 걸 도와드리지요."

엄마가 말했다. "오, 맙소사." 엄마는 자기가 가지 않는 게 낫겠다고 했다. 우주복 안에 갇힌 채로 있는 것을 참을 수 있을지 자신이 없는 데다가 눈부신 태양빛만 보면 항상 두통이 생긴다고 했다.

아빠가 말했다. "여보, 바보 같은 소리 하지 마. 이건 평생에 다시 안 올 기회라고." 그리고 래섬 씨가 헬멧에 있는 필터로 눈부신 빛을 막을 수 있다고 알려주었다. 엄마는 항상 반대하다가 결국 포기하고 만다. 전날 밤(그러니까 루나시티 시간으로 지구의 밤일 때) 엄마는 지구가 보이는 호텔 방에서 저녁을 먹을 때 입으려고 달에서 만든 멋진 옷을 샀다. 그리고 또 소심해졌다. 이런 드레스를 입기에는 너무 뚱뚱하다고 아빠에게 투덜거렸다.

음, 엄마의 살이 너무 많이 보이기는 했다. 아빠가 말했다. "말도 안 돼, 여보. 환상적이라고." 그래서 엄마는 그 옷을 입었고, 멋진 시간을 보냈다. 특히 조종사 한 명이 엄마를 들어 올리려고 했을 때.

이번에도 그랬다. 엄마는 따라왔다. 우리는 탈의실로 들어갔고, 나는 페린 씨가 사람들을 모아서 서류에 서명을 받는 동안 주위를 둘러보았다. 달 표면으로 나가는 에어로크로 들어가는 문이 있었고, 그 문과 그 너머의 문에 과녁처럼 생긴 창문이 있었다. 창문을 들여다보면 문 건너편에 있는 달 표면이 보였다. 유리창이 황갈색이었음에도 그 풍경은 뜨겁고, 밝고, 정말 비현실적으로 보였다. 그리고 속이 빈 사람처럼 보이는 우주복이 두 줄로 걸려 있었다. 나는 페린 씨가 우리 쪽으로 올 때까지 어슬렁거렸다.

"어린이는 커피숍 사장님에게 잠깐 맡길 수 있습니다." 페린 씨가 엄마에게 말하면서 손을 뻗어 막내의 머리를 헝클어뜨리듯 쓰다듬었다. 꼬맹이가 손을 물려고 하자 페린 씨가 황급히 빼냈다.

"고마워요, 퍼킨스 씨." 엄마가 말했다. "그게 나을 것 같네요. 어쩌면 제가 같이 남아 있는 게 나을지도요."

"제 이름은 페린입니다." 페린 씨가 부드럽게 말했다. "남으실 필요는 없습니다. 사장님이 잘 돌봐줄 거예요."

왜 어른들은 마치 아이들이 말을 이해하지 못할 거라는 듯이 아이들 듣는 데서 이야기하는 걸까? 동생을 그냥 커피숍에 밀어 넣었어야 했는데. 이제 꼬맹이는 자기에게 선택의 여지가 없다는 걸 알아버렸다. 동생이 분개하며 주위를 살폈다. "나도 갈 거야." 꼬맹이가 말했다. "약속했잖아."

"막내 아가야." 엄마가 동생을 말리려고 했다. "엄마가 얘기 못 했는데…." 그러나 엄마의 말은 혼잣말에 그쳐버리고 말았다. 꼬맹이가 효과음을 작동시켰던 것이다.

"형이 가면 나도 갈 수 있다고 했잖아. 내가 아플 때 약속했잖아! 약속했잖아! 약속했잖아! 약속했잖아! 약속했잖아…!" 계속해서 외쳤다. 목소리는 갈수록 높아지고 커졌다.

페린 씨는 당황한 듯한 모습이었다. 엄마가 말했다. "리처드, 당신 아들 좀 어떻게 해봐. 어쨌거나 그런 약속을 한 건 당신이잖아."

"내가 그랬어, 여보?" 아빠는 깜짝 놀란 표정을 지었다. "어차피 난 뭐가 문제인지 모르겠는걸. 형이 하는 대로 할 수 있다고 우리가 약속했다면, 그냥 데리고 가면 되잖아. 그럼 돼."

페린 씨가 헛기침을 했다. "그게 어렵습니다. 큰아들은 키가 나이에 비해 큰 편이라 여성용 우주복을 입을 수 있어요. 하지만 어린아이용은 애초에 만들지 않습니다."

음, 우리는 전부 그 즉시 꼬여버렸다. 꼬맹이는 항상 엄마가 제자리에서 빙빙 돌게 만든다. 엄마는 아빠에게 똑같은 효과를 낸다. 아빠는 얼굴이 빨개지며 나에게 법에 관해 늘어놓기 시작한다. 일종의 연쇄 반응인데, 그 끝에는 나밖에 없어서 아무에게도 전달할 수가 없다. 우리 식구는 아주 간단한 해결책을 내놓았다. 내가 남아서 말썽꾸러기 막내 아가를 돌보는 것이었다.

"하지만, 아빠. 아빠가…." 내가 입을 열었다.

"그만해!" 아빠가 말을 잘랐다. "우리 가족이 공공장소에서 언쟁하는 건 용납할 수 없어. 엄마가 한 말 들었잖아!"

나는 필사적이었다. "아빠, 제발." 목소리를 낮추며 말했다. "우주복 입고 표면에 나가보지도 못하고 지구에 돌아가면 제가 다닐 학교를 다시 찾으셔야 할 거예요. 저는 로렌스빌로는 다시 안 갈 테니까요. 학교 전체의 놀림거리가 될 거라고요."

"그 얘기는 집에 가서 하자."

"하지만 아빠, 분명히 약속했잖…."

"이제 그만해라, 아들. 그 문제는 이제 끝났어."

래섬 씨는 옆에 서서 아무 말 없이 다 듣고 있었다. 아빠의 마지막 말이 나오자 래섬 씨가 눈썹을 치켜세우며 아주 조용하게 아빠에게 말했다. "음, 신의가 중요하다고 하지 않으셨던가요?"

내게 들리게 한 말은 아니었고, 다른 누구도 듣지 못했다. 다행이었다. 그런 말은 자신이 틀렸다는 사실을 누가 알고 있다고 아빠에게 알려주는 역할을 하지 못하기 때문이다. 그건 아빠를 더 나쁘게 만들 뿐이다. 나는 황급히 주제를 바꾸었다. "아빠, 우리 다 함께 나갈 수 있을지도 몰라요. 저기 있는 우주복 어때요?" 나는 잠긴 문 아래의 철창 안에 있는 선반을 가리켰다. 그 선반에는 우주복이 몇십 개 걸려 있었는데, 가장 끝쪽, 거의 보이지 않을 만한 곳에 작은 우주복이 있었다. 발 부분이 그 옆에 있는 우주복의 허리께에도 오지 않았다.

"응?" 아빠의 표정이 밝아졌다. "이런, 저거네! 페린 씨! 아, 페린 씨! 잠깐만요. 작은 우주복이 없다고 하셨는데, 저쪽에 우리 아이에게 맞는 게 있는 것 같네요."

아빠가 철창문을 만지작거리고 있었다. 페린 씨가 제지했다. "그 우주복은 사용할 수 없습니다."

"네? 왜죠?"

"철창 안에 있는 우주복은 개인 물품이거든요. 대여가 안 됩니다."

"네? 말도 안 돼. 러더퍼드는 공공사업이잖아요. 난 저 우주복을 우리 아이에게 입히고 싶습니다."

"음, 그럴 수가 없습니다."

"여기 책임자에게 이야기하겠어요."

"그러셔야 할 겁니다. 저 우주복은 그분 딸 전용이거든요."

그리고 실제로 그렇게 했다. 래섬 씨가 책임자와 연결하자 아빠가 통화했다. 그리고 책임자가 페린 씨에게 이야기했고, 페린 씨가 다시 아빠에게 이야기했다. 책임자는 우주복을 빌려줄 수 있다고 했다. 물론 아빠에게는 아니지만. 그런데 어린아이를 밖에 데리고 나가도록 페린 씨에게 지시할 수는 없다고 했다.

페린 씨는 완강했다. 그렇다고 탓할 수는 없었다. 그러나 아빠는 페린 씨를 잘 구슬렸고, 곧 우리는 모두 우주복 안으로 들어가 압력 점검을 받고 산소 공급을 확인하고 통신기를 켜고 있었다. 페린 씨는 통신기로 한 명씩 불러 확인한 뒤 우리가 모두 똑같은 회선에 연결되어 있으니 앞으로 주로 이야기를 할 자기 말을 모두가 들을 수 있도록 잡담을 자제해달라고 부탁했다. 그리고 우리는 에어로크에 들어갔다. 페린 씨는 서로 가까이 붙으라고 말하고는 얼마나 빨리 달릴 수 있는지, 얼마나 높이 뛸 수 있는지 따위를 시험해보지 말라고 경고했다. 내 심장은 튀어나올 듯 뛰었다.

에어로크 바깥문이 열리고 우리는 일렬로 서서 달 표면으로 나섰다. 내가 꿈꾸던 것만큼이나 멋졌던 것 같다. 그러나 그 당시에는 너무 흥분해서 미처 깨닫지 못하고 있었다. 작열하는 태양은 내가 본 그 어떤 것보다도 밝았고, 그림자는 너무나 까매서 속이 거의 보이지도 않았다. 통신기에서 흘러나오는 목소리 말고는 아무것도 들리지 않았고, 그 통신기를 손을 뻗어 끌 수도 있었다.

화산이 굳은 돌은 부드러웠고, 발 주변에서는 연기가 나듯이 뿜어 올랐다가 서서히, 느린 동작으로 내려앉았다. 그 외에는 아무것도 움직이지 않았다. 상상할 수 있는 가장 죽은 장소였다.

우리는 서로 가까이 붙은 채 길을 따라갔다. 자기가 6미터 높이로 뛸 수 있다는 사실을 알아낸 꼬맹이를 붙잡으러 갔을 때 두 번을 빼고 말이다. 나는 꼬맹이를 한 대 치고 싶었지만, 우주복을 입은 채로 누군가를 때려보려 한 적이 있는지? 쓸모없는 짓이다.

곧 페린 씨가 멈추라고 하더니 설명하기 시작했다. "여러분은 지금 악마의 무덤에 있습니다. 뒤쪽에 있는 쌍둥이 뾰족탑은 평원에서 1.5킬로미터 높이로 솟아 있으며, 아직 아무도 오른 사람이 없습니다. 뾰족탑이나 기념비 같은 건 전설이나 신화의 등장인물을 따서 이름을 붙였습니다. 이 환상적인 광경이 거대한 무덤을 닮았다는 데 매력을 느꼈기 때문입니다. 베엘제붑, 토르, 시바, 카인, 세트….” 페린 씨가 우리 주변을 가리켰다. “그 기이한 형태의 근원에 관해서는 월지리학자들도 의견을 모으지 못했습니다. 화산과 함께 물과 공기가 작용한 흔적이라고 주장하는 사람도 있습니다. 그게 사실이라면 저 뾰족탑은 헤아릴 수 없이 오랜 시간 동안 서 있었다는 말이 됩니다. 모두 아시다시피, 오늘날 달은….” 그 뒤는 잡지 〈우주로 가는 길〉의 아무 호에서나 읽을 수 있을 법한 이야기였다. 다만 두 눈으로 직접 보고 있다는 사실이 모든 차이를 만들었다고 할 수 있겠다.

그 뾰족탑들을 보고 나는 지난여름에 갔던 콜로라도스프링스, 신들의 정원에 있는 오두막집 아래에 위치한 바위 무더기를 살짝 떠올렸다. 물론 이 뾰족탑들은 그보다 훨씬 컸고, 머리 위에는 파란 하늘 대신 별빛이 선명하게 빛나는 시커먼 어둠이 있었다. 으스스했다.

다른 순찰대원 한 명이 카메라를 들고 다가왔다. 페린 씨가 뭔가 다른 이야기를 하려고 했는데, 꼬맹이가 시끄럽게 떠들어대기 시작하는 통에 다른 사람이 듣기 전에 얼른 녀석의 통신기를 꺼버려야 했다. 나는 페린 씨가 이야기를 마칠 때까지 통신기를 꺼두었다.

페린 씨는 우리가 검은 하늘과 뾰족탑들을 배경으로 사진을 찍을 수 있도록 줄을 서기를 원했다. “헬멧 안에서 얼굴을 앞으로 내밀어야 얼굴이 보이게 나옵니다. 다들 보기 좋아요. 찍습니다!” 페린 씨가 말하자 다른 남자가 사진을 찍었다. “돌아가실 때 인화한 사진을 가져가실 수 있습니다. 한 장에 10달러입니다.”

나는 잠시 생각에 잠겼다. 학교에 있는 내 방에 걸 한 장은 확실히 필요했다. 그리고 한 장 더 사서 누구한테 줄…, 어쨌든 한 장이 더 필요했다. 생일에 받은 돈은 18달러가 남아 있었다. 엄마한테 잘 이야기해서 나머지를 채울 수 있을 것 같았다. 그래서 난 두 장을 주문했다.

우리는 오르막길을 한참 올랐다. 그러자 갑자기 눈앞에 크레이터가 펼쳐졌다. 대재앙의 결과물. 첫 번째 연구소의 유일한 흔적이었다. 크레이터는 30킬로미터가 넘게 떨어진 곳까지 쭉 이어져 있었고, 바닥은 화산암이 아니라 반짝이는 거품 같은 녹색 유리로 덮여 있었다. 그곳에 기념비가 있었는데, 적힌 글은 이랬다.

이곳에 필멸의 존재인 인간의 유해가 묻히다

커트 쉐퍼

모리스 파인스타인

토머스 둘리

헤이즐 하야카와

G. 워싱턴 슬래피

샘 휴스턴 아담스

인류를 자유롭게 만드는 진실을 위해 목숨을 잃다

1984년 8월 11일

나는 약간 우스꽝스러운 기분을 느꼈고, 물러나서 페린 씨의 말을 들으러 갔다. 아빠와 다른 아저씨 몇 명이 질문을 하고 있었다. “정확히 모릅니다.” 페린 씨가 대답했다. “남아 있는 게 없어서요. 지금은 계측기에서 측정하는 자료를 전부 루나시티로 보내고 있습니다만, 그때는 시야에 들어오는 중계기를 설치하기 전이어서요.”

“만약 그런 폭발이 지구에서 일어났다면….” 어떤 아저씨가 물었다. “어떻게 됐을까요?”

“이런 말씀드리기는 그렇지만, 그래서 연구소를 여기 달에 만드는 겁니다." 페린 씨가 손목시계를 슬쩍 보았다. "이제 갈 시간입니다." 사람들이 모여서 길을 향해 돌아가기 시작했을 때 엄마가 소리쳤다.

"아가야! 막내 아가가 어디 있지?"

나는 깜짝 놀랐지만, 겁을 먹지는 않았다. 아직은 그랬다. 꼬맹이는 항상 뛰어 돌아다녔다. 여기에 있다가 다음 순간에 저쪽에 있곤 했지만, 멀리 가는 일은 없었다. 항상 시끄럽게 떠들어댈 상대가 필요했기 때문이다.

아빠가 한쪽 팔을 엄마에게 둘렀다. 그리고 다른 팔로 내게 신호했다. "딕." 아빠의 목소리가 이어폰에 날카롭게 울렸다. "네 동생 어쨌어?"

"제가요?" 내가 말했다. "왜 저한테 그러세요. 마지막으로 봤을 때 엄마 손 붙잡고 이 언덕을 올라오고 있었다고요."

"핑계 대지 마라, 딕. 올라온 다음에 엄마는 너한테 동생을 보내고 앉아서 쉬었잖아."

"음, 그랬는지는 모르겠지만, 걔는 저한테 오지 않았어요." 그때 엄마가 격렬하게 비명을 지르기 시작했다. 다들 그 소리를 들었다. 당연히 그럴 수밖에 없었다. 회선이 하나뿐이었으니까. 페린 씨가 다가와 엄마의 통신기를 끄자 갑자기 조용해졌다.

"아내분 좀 돌봐주세요, 로건 씨." 페린 씨가 말하고는 추가로 물었다. "아이를 마지막으로 보신 게 언제죠?"

아빠는 도움이 되지 않았다. 엄마의 통신기를 다시 켜려고 했지만 켜자마자 다시 꺼버렸다. 엄마도 도움이 되지 않았을뿐더러 귀만 먹먹하게 만들었다. 페린 씨가 나머지 사람들에게 말했다. "우리 일행과 함께 온 작은 아이를 보신 분 있나요? 실제로 보신 게 아니라면 대답하지 마세요. 어디로 가는 걸 보신 분 있나요?"

아무도 없었다. 아마도 다들 크레이터를 바라보느라 등을 돌리고 있을 때 슬쩍 사라진 것 같았다. 나는 페린 씨에게 그렇게 말했다. "그런 것 같구나." 페린 씨도 동의했다. "여러분, 주목해주세요! 저는 아이를 찾으러 가겠습니다. 지금 계신 장소에 그대로 계세요. 절대 다른 곳으로 움직이지 마시고요. 저는 10분 안에 돌아올 겁니다."

"왜 우리가 다 함께 찾지 않죠?" 누군가가 물었다.

"지금 당장은 없어진 사람이 한 명뿐이니까요." 페린 씨가 말했다. "그 수가 열댓 명으로 늘어나는 건 바라지 않아요." 그러고는 한 번에 15미터씩 펄쩍 뛰어 떠났다.

아빠는 페린 씨를 따라가려다가 그만두었다. 엄마가 갑자기 무릎을 꿇더니 천천히 바닥으로 허물어졌기 때문이다. 그 즉시 다들 떠들어대기 시작했다. 어떤 멍청이는 엄마의 헬멧을 벗겨야 한다고 했지만, 아빠는 미친 사람이 아니었다. 나는 내 통신기를 끄고 생각에 잠긴 채 사방을 둘러보았다. 일행 곁에서 떠나지 않고 크레이터 가장자리에 서서 가능한 한 멀리 살펴보려고 했다.

나는 우리가 온 길을 돌아보고 있었다. 크레이터 안을 살펴보는 건 말이 되지 않았다. 꼬맹이가 그곳에 있었다면 접시 위의 파리처럼 눈에 띄었을 테니까.

크레이터 밖은 달랐다. 사방에 바윗덩어리가 솟아 있었고, 구멍이 숭숭 뚫린 집채만 한 바위에 뾰족탑, 작은 협곡 등등 완전히 난장판이었다. 우리 주위 한 구역 안에 군대도 숨길 수 있을 정도였다. 이따금 페린 씨가 눈에 띄었다. 너무 서두르지 않으면서 토끼를 쫓는 개처럼 돌아다니고 있었다. 페린 씨는 사실상 하늘을 날고 있었다. 커다란 바위를 만나면 가장 높은 곳에 이르렀을 때 주위를 더 잘 볼 수 있도록 얼굴이 지면을 향하는 자세로 그냥 뛰어넘었다.

이내 페린 씨가 우리 쪽으로 돌아왔다. 나는 통신기를 다시 켰다. 아직도 여러 사람이 떠들고 있었다. 어떤 사람은 이렇게 말했다. "해가 지기 전에 찾아야 해." 그러면 다른 누군가가 대답했다. "바보 같은 소리 말아. 앞으로 일주일 동안은 해가 안 진다고. 중요한 건 공기야. 이 우주복으로는 4시간밖에 버티지 못해." 아까 그 목소리가 말했다. "아!" 그리고 나직하게 덧붙였다. "물 밖으로 나온 물고기처럼…." 내가 겁을 먹은 건 그때였다.

약간 목이 멘 듯한 여자 목소리가 들렸다. "아이고, 불쌍한 녀석! 질식하기 전에 빨리 찾아야 해요!" 그러자 아빠가 끼어들며 날카롭게 쏘아붙였다. "그런 식으로 말하지 말아요!" 누군가 흐느끼는 소리가 들렸다. 엄마였을지도 모르겠다.

페린 씨가 거의 다 와서 대화에 끼어들었다. "모두 조용히 하세요! 기지에 연락해야 합니다." 그리고 화급하게 말했다. "여기는 페린. 에어로크 통제실 나와라. 여기는 페린. 에어로크 통제실 나와라!"

어떤 여자가 대답했다. "말하라, 페린." 페린 씨가 여자에게 상황을 설명하고 덧붙였다. "스마이스를 보내서 여기 일행을 돌아가게 해줘. 난 남아야겠어. 근처에 있는 전 순찰대원과 달에 익숙한 자원자를 좀 보내줘. 먼저 나서는 사람들에게 무선 방향 탐지기를 갖고 오라고 해."

우리는 오래 기다리지 않았다. 곧 사람들이 메뚜기 떼처럼 우리 쪽으로 몰려왔다. 시속 60, 70킬로미터로 달려온 게 분명했다. 내 배가 울렁거리지만 않았다면 볼 만한 광경이었을 것이다.

아빠는 돌아가는 문제를 두고 논쟁을 벌였지만, 페린 씨가 아빠를 조용히 만들었다. "그렇게 멋대로 하겠다고 억지를 부리지만 않았어도 이 난리가 나지 않았을 겁니다. 아이를 잘 챙기고 계셨으면, 잃어버리지 않았겠죠. 저도 아이가 있지만, 스스로 알아서 할 수 있는 나이가 되기 전까지는 절대 달 표면에 나가지 못하게 합니다. 돌아가세요. 아버님까지 돌봐야 할 여유는 없으니까요."

내 생각에 엄마가 다시 기절하지만 않았다면, 아빠는 싸움을 벌였을 것 같다. 우리는 일행과 함께 돌아갔다.

*

이어진 몇 시간은 상당히 끔찍했다. 우리는 통제실 밖에 앉아서 페린 씨가 수색을 지휘하는 소리를 스피커로 들을 수 있었다. 처음에 나는 무선 방향 탐지기로 동생의 통신기 신호를(동생이 아무 말을 안 해도) 포착하기만 하면 금세 찾아서 데려올 줄 알았다. 하지만 그런 행운은 없었다. 탐지기로는 아무 신호도 찾지 못했다. 수색대 역시 아무것도 찾지 못했다.

상황을 더 나쁘게 만든 건 엄마와 아빠가 나를 탓하려 하지도 않았다는 점이었다. 엄마는 조용히 울고 있었고, 아빠는 엄마를 달래다가 기묘한 표정으로 내 쪽을 바라보았다. 사실 나를 본 건 아닌 것 같았다. 하지만 내가 보기에 아빠는 내가 달 표면으로 나가겠다고 고집을 부리지 않았다면 이런 일이 없었을 거라고 생각하는 것 같았다. 내가 말했다. “왜 나를 그렇게 봐요, 아빠? 아무도 저한테 동생을 보고 있으라고 말하지 않았다고요. 난 동생이 엄마랑 있는 줄 알았어요.”

아빠는 아무 대꾸 없이 고개를 흔들었다. 피곤해 보였고, 어딘가 쪼그라든 모습이었다. 하지만 엄마는 나를 혼내거나 소리 지르지 않고 울음을 멈춘 채 간신히 웃음을 지어 보였다. “이리 와, 딕.” 엄마가 한쪽 팔로 나를 안으며 말했다. “네 탓이라고 하는 사람 없어, 딕. 무슨 일이 생겨도 네 잘못은 아니야. 그걸 기억하렴, 딕.”

그래서 나는 엄마가 내게 키스할 때 가만히 있었다. 그리고 한동안 그렇게 함께 앉아 있었다. 하지만 내 기분은 전보다 더 나빠졌다. 저 바깥 어딘가에 있을 꼬맹이 생각을 떨칠 수 없었다. 산소가 떨어져가고 있었다. 내 잘못은 아닐지 몰라도 내가 막을 수는 있었다. 그건 확실했다. 엄마만 믿고 꼬맹이를 돌보지 않았던 건 실수였다. 엄마는 그런 일을 잘하지 못했다. 단단히 붙어 있는 게 아니라면 머리도 어디 딴 데 놓고 올 분이셨다. 엄마는 선하지만, 실용적인 분은 아니셨다는 얘기다.

꼬맹이가 돌아오지 못한다면 엄마는 큰 충격을 받을 것이다. 아빠도 마찬가지였다. 나도 그랬고. 꼬맹이는 심각한 골칫거리였지만, 발치에 그 녀석이 없다면 기분이 이상할 것 같았다. 나는 아까 그 말에 생각이 미쳤다. “물 밖으로 나온 물고기.” 내가 실수로 어항을 박살 낸 적이 있었다. 물고기의 모습이 어땠는지 아직도 기억이 난다. 보기 좋은 모습은 아니었다. 만약 꼬맹이가 그런 식으로 죽는다면….

나는 그런 생각을 떨쳐 버리고 꼬맹이 수색을 도울 방법을 찾아야겠다고 생각했다.

얼마 지나자 나는 내가 돕도록 허락해주기만 한다면 동생을 찾을 수 있다는 확신이 들었다. 하지만 그럴 리가 없었다.

책임자인 에번스 박사가 다시(우리가 처음 여기 들어왔을 때 만났다) 나타났다. 그리고 우리에게 해줄 일이 있는지, 엄마는 괜찮은지 물었다. "저라면 절대 이런 일이 일어나지 않게 했을 겁니다." 그리고 덧붙였다. "저희는 최선을 다하고 있습니다. 루나시티에서 광물 탐지기를 쏘아 보내는 중입니다. 우주복에 있는 금속을 탐지해 아이를 찾을 수 있을지도 모릅니다."

엄마는 탐지견을 쓰면 어떻겠냐고 물었고, 에번스 박사는 조금도 웃지 않았다. 아빠는 헬리콥터를 제안했다가 다시 로켓으로 바꾸었다. 에번스 박사가 로켓에서는 지상을 자세히 조사하는 게 불가능하다고 말했다.

얼마 뒤 내가 에번스 박사 옆으로 가서 수색에 참여하게 해달라고 부탁했다. 에번스 박사는 정중했지만, 특별한 반응이 없었다. 그래서 내가 고집을 부렸다. "왜 네가 찾을 수 있다고 생각하는 거지?" 에번스 박사가 내게 물었다. "지금 달에서 가장 경험 많은 사람들이 찾고 있어. 미안하지만, 그 사람들을 따라 다니다가는 너도 길을 잃거나 다칠 수 있단다. 이 땅에서는 한 번 지표를 놓치면 완전히 길을 잃어버리게 돼."

"하지만 박사님." 내가 말했다. "저는 꼬맹이, 그러니까 제 동생을 알아요. 이 세상 누구보다요. 저는 길을 잃지 않을 거예요. 아니, 길을 잃겠지만, 정확하게 동생과 똑같이 길을 잃을 거예요. 다른 사람이 절 따라오면 돼요."

에번스 박사가 생각에 잠겼다. "해볼 만하겠군." 박사가 갑자기 말했다. "내가 함께 가마. 옷 입어라."

우리는 재빨리 움직여 밖으로 나왔다. 한 번에 9미터씩 뛰었다. 내가 넘어지지 않도록 에번스 박사가 허리띠를 잡아준 상태에서도 이게 최선이었다. 페린 씨가 우리를 기다리고 있었다. 내 계획에는 회의적으로 반응했다. "어쩌면 옛이야기의 '잃어버린 당나귀' 전략이 먹힐지도 모르지." 페린 씨가 인정했다. "하지만 정식 수색은 똑같이 계속할 거야. 이봐, 꼬마야, 이 손전등을 가져가. 그림자 속에서 필요할 거야."

나는 크레이터 가장자리에 서서 내가 지루하고 어쩌면 관심을 받지 못해 약간 불만스러운 꼬맹이라고 상상하려 했다. 나라면 뭘 할 것인가?

나는 경사면을 따라 깡충깡충 뛰면서 내려갔다. 특별히 어딜 가는 건 아니었다. 꼬맹이라면 그랬을 것이다. 그러다 멈춰서 엄마와 아빠와 내가 자기를 알아챘는지 보려고 뒤를 돌아보았겠지. 물론 내 뒤에서는 사람들이 잘 따라오고 있었다. 에번스 박사와 페린 씨가 뒤에 딱 붙어 있었다. 나는 아무도 나를 쳐다보지 않고 있다고 생각하고 계속 갔다. 그때쯤 바위가 튀어나온 지형이 나오기 시작했고, 나는 처음 마주치는 바위 뒤로 돌아들어 갔다. 내가 숨기에는 높이가 충분하지 않았지만, 꼬맹이를 가려주기에는 충분했다. 꼬맹이가 할 만한 일 같았다. 동생은 숨바꼭질을 좋아했다. 관심의 중심에 설 수 있었기 때문이다.

난 생각해보았다. 꼬맹이가 숨바꼭질할 때 숨는 방식은 항상 뭔가의 아래로 기어들어가는 것이었다. 침대나 소파, 자동차, 심지어는 싱크대까지. 나는 주위를 둘러보았다. 숨기 좋은 장소가 아주 많았다. 바윗덩어리에는 구멍이나 머리 위를 가려주는 부분이 많았다. 나는 바위들을 살펴보기 시작했다. 가망이 없어 보였다. 근처에만 그런 장소가 백 군데는 있었다.

내가 네 번째로 좁은 곳에서 기어 나오자 페린 씨가 다가왔다. "그런 곳은 다 손전등으로 비춰봤어." 페린 씨가 말했다. "이 방법은 소용이 없을 것 같구나, 꼬마야."

"알았어요." 나는 말했지만, 계속했다. 어른 남자가 닿을 수 없을 장소에 내가 들어갈 수 있다는 걸 알고 있었다. 난 그저 꼬맹이가 내가 갈 수 없는 곳을 고르지 않았기를 바랄 뿐이었다.

그렇게 계속 찾았다. 나는 점점 추워서 몸이 굳고 끔찍하게 피로해졌다. 달에서 직접 받는 태양빛은 뜨겁다. 그러나 그늘에 들어가는 순간 그곳은 차갑다. 바위 속 같은 곳은 결코 따듯해지는 적이 없다. 관광객용 우주복의 단열 성능은 충분하지만, 추가 단열재는 장갑이나 부츠, 엉덩이 부분에 들어 있다. 그리고 나는 거의 내내 엎드린 채로 꿈틀거리며 좁은 곳을 기어 다녔다.

몸이 너무 굳어서 움직이기가 힘들었다. 내 몸의 앞부분은 얼음이 된 것 같았다. 게다가 그렇게 되니 걱정거리가 하나 더 생겼다. 꼬맹이는 어쩌지? 그 녀석도 추울까?

물 밖으로 나온 물고기를 떠올리지 않았다면, 내가 찾아내기 전에 꼬맹이가 얼어 죽을지도 모른다고 생각하지 않았다면, 나는 그만두었을지도 몰랐다. 나는 거의 녹초가 되어 있었다. 게다가 구멍 속은 좀 무섭기도 했다. 바로 앞에서 뭐가 나올지 모르니까.

내가 구멍에서 나오자 에번스 박사가 팔을 붙잡으며 자기 헬멧을 내 헬멧에 갖다 댔다. 그러자 목소리를 직접 들을 수 있었다. "이제 그만해야겠다, 얘야. 넌 너무 무리하고 있어. 게다가 아직 운동장 하나 넓이만큼도 찾아보지 못했어." 나는 에번스 박사에게서 떨어졌다.

다음 장소는 지상에서 30센티미터 정도 위에서 살짝 튀어나온 돌출부 아래였다. 불빛을 비추어보았다. 텅 비어 있었고 어디로 이어지는 것 같지는 않았다. 그런데 안쪽에 꺾이는 곳이 보였다. 나는 납작하게 엎드려서 기어들어 갔다. 방향을 꺾은 뒤에 조금 더 가자 급경사가 나왔다. 꼬맹이가 어둠 속 깊이 기어들어 갈 리가 없을 테니 더 가봤자 소용 없다고 생각했다. 하지만 나는 앞으로 조금 더 가서 아래쪽으로 불빛을 비추어보았다.

부츠 하나가 튀어나와 있는 게 보였다.

*

이야기는 이 정도다. 나는 거기서 나오다가 헬멧을 깨뜨릴 뻔했다. 하지만 꼬맹이를 끌고 나올 수 있었다. 동생은 고양이처럼 흐느적거렸고, 얼굴은 우스꽝스러웠다. 내가 나오자 페린 씨와 에번스 박사가 다가와 등을 두드리며 고함을 질렀다. "동생이 죽은 건가요, 페린 씨?" 숨을 돌릴 수 있게 되자 내가 물었다. "상태가 너무 나빠 보여요."

페린 씨가 동생을 살폈다. "아니. 목에서 맥박이 뛰는 게 보여. 충격과 노출 때문이야. 하지만 이 우주복은 특별히 만든 거니까. 금세 회복시킬 수 있을 거야." 페린 씨가 꼬맹이를 안아 올렸다. 나는 그 뒤를 따랐다.

10분 뒤 꼬맹이는 담요를 두른 채 뜨거운 코코아를 마시고 있었다. 나도 그랬다. 다들 동시에 떠들었고, 엄마는 다시 울고 있었다. 하지만 엄마는 정상으로 보였고, 아빠도 다시 커졌다.

아빠가 수표를 써주려고 했지만, 페린 씨는 거절했다. "보상하실 필요 없습니다. 아드님이 찾았어요. 한 가지 부탁만 들어주시면 됩니다."

"뭔가요?" 아빠는 뭐든지 들어줄 기세였다.

"달에 오지 마세요. 달에 어울리지 않으세요. 개척자와는 거리가 멉니다."

아빠는 알았다고 했다. "아내에게도 벌써 그렇게 약속했습니다." 아빠가 눈 하나 깜빡하지 않고 말했다. "걱정하지 마세요."

나는 떠나는 페린 씨를 따라가 조용히 물었다. "페린 씨, 저는 다시 돌아올 거라는 말씀을 드리고 싶어요. 괜찮으시다면요."

페린 씨는 나와 악수하며 말했다. "물론 그렇겠지, 꼬마야."

돌아오니 좋네!

"It's Great to Be Back"

최세진 옮김

✦ 1947년 7월 〈새터데이 이브닝 포스트(The Saturday Evening Post)〉에 발표

"서둘러, 여보!" 드디어 지구로 귀환이다! 조세핀의 심장이 마구 뛰었다.

"잠깐만." 남편이 텅 빈 아파트를 확인하는 동안 조세핀이 조바심을 쳤다. 달과 지구 사이의 화물 요금을 고려하면, 가재도구를 다 싣고 가는 것은 바보짓이었다. 그들은 앨런이 들고 있는 가방 외에는 모두 현금으로 바꿨다. 만족스럽게 살펴보고 나서 앨런은 조세핀이 기다리는 엘리베이터에 탔다. 그들은 행정층으로 올라갔다. 문의 이름표에 이렇게 적혀 있었다. '루나시티 공동체 연합: 애나 스톤, 서비스 감독관.'

스톤 감독관이 씁쓸한 표정으로 그들의 아파트 열쇠를 받았다. "맥레이 부부, 정말로 우리를 떠나는 건가요?"

조세핀이 발끈해서 말했다. "우리가 마음을 바꿀 것 같아요?"

감독관이 어깨를 으쓱했다. "아니요. 당신이 돌아가리라는 걸 거의 3년 전부터 알고 있었어요. 불평을 하도 많이 하셔서."

"내가 불평하는… 스톤 씨, 난 여압 처리된 토끼굴에서 이 믿기지 않는 불편함을 어느 누구보다 잘 참아왔어요. 당신을 개인적으로 탓할 생각은 없지만….”

“진정해, 여보.” 앨런이 말렸다.

조세핀의 얼굴이 빨개졌다. “미안해요, 스톤 씨.”

“신경 쓰지 마세요. 우리는 상황을 다르게 보는 것뿐입니다. 저는 루나시티가 공기를 차단한 막사 세 동을 무릎으로 기어 다니는 터널로 연결했던 시절부터 여기에 있었습니다.” 그녀가 두툼한 손을 내밀었다. “두 분이 다시 지구에서 땅다람쥐 생활을 즐기길 바랄게요. 진심이에요. 화끈한 제트 여행 하시고, 행운을 바랍니다. 그리고 안전한 착륙되세요.”

엘리베이터로 돌아온 조세핀이 식식거렸다. “땅다람쥐라니! 진짜! 우리가 태어난 행성, 신선한 공기를 마실 수 있는 그 행성을 더 좋아한다고 해서….”

“당신도 그동안 땅다람쥐라는 말을 썼잖아.” 앨런이 지적했다.

“그렇지만 난 지구에서 한 번도 떠나지 않은 사람들을 가리킬 때 그 말을 썼어.”

“우리 둘 다, 우리가 지구를 떠나지 않을 정도로 분별력이 있었더라면 좋았겠다고 말했었잖아. 우리도 내심으로는 땅다람쥐야, 여보.”

“그래, 하지만… 아, 여보, 당신은 정말 밉상이야. 그래도 오늘은 내 인생에서 가장 행복한 날이야. 당신은 고향으로 돌아가는 게 기쁘지 않아?”

“물론, 기쁘지. 돌아가면 정말 좋을 거야. 승마에, 스키에.”

“그리고 오페라. 진짜, 생생하고 웅장한 오페라. 여보, 고향으로 가기 전에 맨해튼에서 한두 주 정도만 지내자.”

“난 당신이 얼굴에 비를 맞고 싶어 하는 줄 알았는데.”

“그것도 좋아. 모두 한꺼번에 다 하고 싶어서 참을 수가 없어. 아, 여보, 꼭 감옥에서 출소하는 것 같아.” 그녀가 앨런을 끌어안았다.

엘리베이터가 서자 앨런이 조세핀의 포옹을 풀며 말했다. “울지 마.”

“여보, 당신은 짐승이야.” 조세핀이 꿈을 꾸듯 말했다. “난 너무 행복해.”

두 사람은 은행 앞에 늘어선 줄에 다시 멈췄다. 내셔널시티은행의 은

행원이 그들의 계좌 이체를 준비했다. “고향에 가시나요? 여기에 서명하세요. 지장도 찍으시고요. 두 분이 부럽네요. 사냥, 낚시….”

“난 해수욕을 더 좋아하죠. 보트를 타는 것도 좋고.”

“난 그저 초록색 나무와 파란 하늘을 보고 싶을 뿐이에요.” 조세핀이 말했다.

은행원이 고개를 끄덕였다. “무슨 말씀인지 알아요. 저에게는 너무 옛날 일이고, 너무 멀리 있네요. 얼마나 지내시나요? 석 달? 아니면 여섯 달?”

“우리는 돌아오지 않을 겁니다.” 앨런이 단호하게 말했다. “3년 동안 수족관의 물고기처럼 살았으면 충분해요.”

“그래요?” 은행원이 그에게 종이를 내밀며 무표정하게 덧붙였다. “그럼, 화끈한 제트 여행 하세요.”

“고맙습니다.” 그들은 지면 바로 아래의 지하층까지 올라가서 로켓항으로 가는 도시 횡단 자동길을 탔다. 자동길 터널이 한 지점에서 지상으로 올라가 여압격납고로 들어섰다. 서쪽 전망창으로 달의 지면이 내다보였다. 그리고 언덕들 너머로 지구가 눈에 들어왔다.

달의 검은 하늘과 황량하고 깜빡이지 않는 별들을 배경으로 보이는 크고 푸르고 풍요로운 지구의 모습에 조세핀은 순간적으로 눈물이 맺혔다. 고향, 저 사랑스러운 행성이 그녀의 고향이었다! 앨런은 무심히 바라보다가, 그리니치 표준 시각을 떠올렸다. 일출선이 남미에 막 닿았다. 틀림없이 8시 20분쯤 되었을 것이다. 서둘러야 한다.

두 사람은 자동길에서 걸어나가, 그들과 작별인사를 하기 위해 기다리던 친구들과 포옹을 나눴다. “어이, 귀를 어디에 달고 다니는 거야? 그렘린호가 7분 후에 출발한다잖아.”

“우리는 그거 안 탈 거야.” 앨런이 대답했다. “안 타.”

“뭐? 안 타? 마음이 바뀌었어?”

조세핀이 웃음을 터뜨렸다. “그 사람 말 듣지 마, 잭. 우리는 그렘린호 말고 급행 타고 갈 거야. 예약해뒀어. 그래서 아직 20분 정도 여유가 있어.”

"야! 돈 많은 관광객 부부네, 어?"

"아, 추가 요금은 별로 많지 않아. 그리고 이틀이면 고향에 갈 수 있는데, 두 번 갈아타면서 우주에서 일주일을 보내기는 싫었어." 조세핀이 배의 맨살을 문지르며 말했다.

"집사람은 자유 비행을 잘 못해, 잭." 앨런이 설명했다.

"그렇군, 나도 못해. 여행 기간 내내 멀미를 했어. 그렇지만 이제 멀미를 하지 않을 거야, 조세핀. 지금은 달의 중력에 익숙해졌잖아."

"그럴지도 모르지." 조세핀이 동의했다. "그렇지만 중력이 6분의 1인 것과 아예 없는 건 많이 달라."

잭 크레일의 아내 엠마가 끼어들었다 "조세핀, 원자력으로 움직이는 비행선에 생명을 걸 거야?"

"그러면 안 되나? 너도 원자물리학 연구소에서 일하잖아."

"흥! 연구실에서 우리는 예방조치를 하잖아. 통상위원회에서는 급행 여객선에 인가를 내주지 말았어야 해. 구식인지 몰라도, 난 익숙하고 믿을 만한 연료 로켓을 타고 정거장과 수프라뉴욕 정거장을 거쳐서 돌아갈 거야."

"여보, 조세핀 겁주지 마." 잭이 말렸다. "사람들이 여객선의 오류를 계속 제거하고 있잖아."

"내 마음에 들 정도는 아니야. 난…."

"신경 쓰지 마." 앨런이 끼어들었다. "그 문제는 이미 결정된 거야. 그리고 우리는 지금 급행 발사장으로 가야 돼. 잘 있어! 배웅 나와줘서 고마워. 너희와 알고 지내서 너무 좋았어. 혹시 미국으로 돌아오거든 우리 집에 들러."

"잘 가." "잘 가, 조세핀. 잘 가, 앨런." "브로드웨이에 내 안부 좀 전해줘." "잘 지내. 편지 쓰는 거 잊지 말고." "안녕." "알로하! 화끈한 제트 여행!" 두 사람은 탑승권을 보여주고 에어로크로 들어가서, 레이항 본관과 급행 발사장을 오가는 여압왕복선으로 올라갔다. "꽉 붙잡으세요, 여러분." 왕복선 조종사가 어깨너머로 소리쳤다. 조세핀과 앨런이 허둥지둥 쿠션에 자리를 잡고 앉았다. 갑문이 열렸다. 앞의 터널에는 공기가 없었다. 5분 후, 그들은 급행 여객선이 뿜어내는 방사선이 루나시티의 덮개에 닿는 것을 막아주는 언덕들을 넘어 30킬로미터 떨어진 곳으로 올라갔다.

*

그들은 스패로우호크호에서 목사 가족과 객실을 함께 사용했다. 시먼스 목사는 고급스럽게 여행하는 이유를 설명해줘야 할 것 같은 의무감을 느끼는 모양이었다. "아이를 위해서요." 목사가 두 사람에게 말했다. 그 동안 그의 부인은 부부의 침상 사이에 내장된, 들것처럼 생긴 소형 가속용 침대에 딸을 안전띠로 고정시켰다. "우리 아이가 처음으로 우주에 나오는 거라서, 여행을 마칠 때까지 멀미하는 상황을 감당할 수 없을 것 같았어요." 경보음이 들리자 모두 안전띠를 묶고 누웠다. 조세핀은 심장이 두근거리기 시작하는 게 느껴졌다. 드디어… 마침내!

제트 로켓이 그들을 붙잡아 쿠션에 대고 짓이겼다. 조세핀은 자신의 몸이 그렇게 무겁게 느껴질 수 있다는 사실을 처음 알았다. 이번은 지구에서 떠나올 때보다 훨씬, 훨씬 더 안 좋았다. 무언의 공포와 불편함을 안겨주는 가속이 지속되는 내내 아이가 울부짖었다.

지루하고 끝도 없는 시간이 지난 후, 갑자기 무게가 사라졌다. 여객선이 자유 비행에 들어간 것이었다. 가슴을 끔찍하게 짓누르던 무게가 사라지자, 조세핀의 심장도 그녀의 몸만큼이나 가볍게 느껴졌다. 앨런이 상체의 벨트를 풀고 몸을 일으켜 앉았다. "여보, 괜찮아?"

"아, 난 괜찮아!" 조세핀도 벨트를 풀고 앨런을 마주 봤다. 그때 조세핀이 딸꾹질을 했다. "괜찮은 것 같다는 이야기였어."

5분 후, 조세핀은 괜찮지 않은 게 너무도 분명했다. 그저 죽고만 싶었다. 앨런은 객실을 헤엄쳐 나가 여객선 의사를 찾아갔다. 의사가 조세핀에게 주사를 놓았다. 앨런은 조세핀이 약에 취해 잠들 때까지 기다렸다가, 휴게실로 가서 우주 멀미를 가라앉힐 나름의 방법을 시도했다. 마더실 배 멀미약을 샴페인과 함께 넘긴 것이다. 그러나 얼마 지나지 않아 잘 듣는 두 가지 약이 자신에게는 영 효과가 없다고 인정할 수밖에 없었다. 어쩌면 그 두 가지를 섞어서 먹지 말았어야 하는 건지도 몰랐다.

꼬맹이 글로리아 시먼스는 우주 멀미가 없었다. 글로리아는 보조개가 달린 공처럼 바닥과 천장, 격벽을 통통 튀어 다니며 무중력을 즐겼다. 조세핀은 글로리아가 손이 닿는 범위까지 떠내려오면 콱 눌러버려야겠다는 생각을 희미하게 했지만, 그러기엔 너무도 많은 노력이 필요했다.

감속은 으레 그러듯이 둔하게 느껴졌지만, 멀미로 고생한 뒤라 기꺼웠다. 꼬맹이 글로리아만 예외였다. 아이 엄마가 글로리아에게 설명을 해주려고 애썼지만, 아이는 다시 공포와 통증 때문에 울부짖었다. 아이의 아빠는 기도했다.

길고 긴 시간이 지난 후 가벼운 충격이 느껴졌다. 그리고 경고음이 울렸다. 조세핀이 간신히 고개를 들었다. "무슨 일이지? 사고가 났나?"

"아닐 거야. 도착한 것 같아."

"그럴 리가 없어! 우리는 아직도 감속 중일 거야. 난 납덩어리처럼 무거워."

앨런이 힘없이 웃었다. "나도 그래. 지구의 중력… 기억나지, 여보?"

아이가 계속 울었다.

*

두 사람은 목사 가족에게 작별 인사를 했다. 목사의 부인은 공항에서 올라오는 객실 승무원을 기다리기로 했다. 맥레이 부부는 서로 부축하고 비틀거리며 여객선에서 나갔다. "이건 그냥 중력이 아닐 거야." 조세핀이 투덜댔다. 그녀는 보이지 않는 흐르는 모래에 발이 빨려 들어가는 느낌이었다. "난 집에 있을 때, 루나시티에 있을 때 말이야, Y에 가서 원심회전기로 지구의 정상적인 중력가속도를 경험했었어. 우리가 우주 멀미로

약해진 게 틀림없어."

앨런이 몸을 가눴다. "바로 그거야. 우리가 이틀 동안 아무것도 안 먹었잖아."

"여보, 당신도 아무것도 안 먹었어?"

"응. 굳이 말하자면, 꾸준히 먹지는 않았어. 배고파?"

"배고파 죽겠어."

"킨스 찹하우스에서 저녁을 먹으면 어떨까?"

"좋지. 아, 여보, 우리가 돌아왔다!" 조세핀이 다시 눈물을 흘리기 시작했다.

그들은 자동길을 따라 허드슨 밸리로 내려와 그랜드센트럴 역에 들어서며 시먼스 목사 가족을 다시 봤다. 두 사람이 튜브 하차장에서 짐을 실으려고 기다리고 있을 때, 조세핀은 목사가 다음 튜브 캡슐에서 힘들게 걸어 나오는 모습을 봤다. 그는 딸을 안고 아내를 따라가는 중이었다. 목사가 아이를 조심스럽게 내려놨다. 글로리아는 포동포동한 다리로 떨면서 잠깐 제자리에 서더니, 이내 하차장 위로 쓰러졌다. 아이는 거기에 누워 가냘프게 울었다.

제복을 입은 우주 비행사가 가던 발길을 멈추고 가여운 눈빛으로 아이를 쳐다봤다. "달에서 태어났나요?" 그가 물었다.

"아, 네, 그렇습니다." 시먼스 목사는 너무도 예의가 바른 사람이라, 그의 공손함이 곤란한 상황을 뛰어넘었다.

"아이를 안고 가세요. 걷기를 다시 처음부터 배워야 할 겁니다." 우주 비행사는 안타까운 표정으로 고개를 절레절레 흔들고는 미끄러지듯 지나갔다. 시먼스 목사는 더욱 당혹스러운 표정이 되었다. 곧 목사도 하차장의 먼지 바닥을 개의치 않고 누워 있는 아이의 옆에 털썩 주저앉았다.

조세핀은 자신도 너무 허약해진 느낌이라 도와줄 수 없었다. 앨런을 돌아봤더니, 마침 가방이 도착했기 때문에 그도 바빴다. 가방이 앨런의 발치에 내려졌다. 앨런이 가방을 들어 올리려는데, 문득 바보처럼 헛웃음이 나왔다. 가방이 하차장에 못으로 박힌 듯 꿈쩍도 안했다. 앨런은 가방 안에 뭐가 들었는지 알았다. 마이크로필름과 컬러필름, 기념품 몇 개, 화장품, 대체할 수 없는 물건 몇 가지. 20킬로그램 남짓이었다. 그 정도로는 이렇게 무겁게 느껴질 리가 없었다.

하지만 그랬다. 앨런은 지구에서 20킬로그램이 얼마나 무거운지 잊고 있었다.

"짐꾼 찾으시오?" 그렇게 말한 사람은 백발의 마른 사람이었다. 하지만 그는 가방을 전혀 아무렇지 않게 집어 들었다. 앨런이 소리쳤다. "여보, 가자." 그리고 바보가 된 기분으로 짐꾼을 따라갔다. 짐꾼이 앨런의 굼뜬 걸음에 맞춰 속도를 늦췄다.

"방금 달에서 내려왔소?" 짐꾼이 물었다.

"아, 네."

"숙소는 예약했소?"

"아니요."

"내 뒤에 꼭 붙어서 따라오시오. 코모도어 호텔 접수처에 친구가 있소." 그는 두 사람을 데리고 중앙광장의 인도를 지나 호텔로 안내했다.

두 사람은 너무 지쳐서 외식을 할 엄두가 나지 않았다. 앨런은 방으로 저녁 식사를 주문했다. 식사를 마친 후, 조세핀이 욕조 안에서 잠이 들었다. 그녀가 물이 몸을 지탱해주는 것을 좋아했기 때문에, 앨런은 그녀를 데리고 나오느라 고생했다. 앨런은 스펀지 매트리스가 물에 못지않게 좋다고 설득했다. 두 사람은 매우 이른 시간에 잠들었다.

새벽 4시쯤 조세핀이 버둥거리며 깨어났다. "여보, 여보!"

"응? 무슨 일이야?" 앨런이 손을 더듬어 전등을 켰다.

"어… 아무것도 아니야. 내가 다시 여객선을 탄 꿈을 꿨는데, 제트 여객기가 제멋대로 날아갔어. 앨런, 여긴 왜 이렇게 통풍이 안 되지? 머리가 쪼개질 것처럼 아파."

"어? 통풍이 안 될 리가 없는데, 이상하네. 여긴 공기 조절 장치를 가동하잖아." 앨런이 킁킁 공기의 냄새를 맡았다. "나도 머리가 아파." 그가 인정했다.

"그럼, 뭔가 해봐. 창문을 열어."

앨런이 비틀거리며 침대에서 빠져나갔다. 바깥 공기가 들이치자 몸이 떨려서 허겁지겁 침대 이불 속으로 쏙 들어갔다. 앨런은 창문을 통해 쏟아져 들어오는 도시의 소음에 둘러싸여 과연 잠들 수 있을지 의문이 들었다.

그때 그의 아내가 다시 말했다. "앨런?"

"응, 왜?"

"여보, 나 추워. 당신한테 기어들어가도 될까?"

"당연하지."

*

따스하고 부드러운 햇살이 창문을 통해 흘러들어왔다. 햇살이 눈자위를 쓰다듬자, 앨런이 잠에서 깨어났다. 그의 아내도 잠에서 깬 채 옆에 누워 있었다. 그녀가 한숨을 뱉더니 기분 좋게 그를 끌어안았다. "아, 여보, 저기 봐! 파란 하늘이야. 우리는 고향에 왔어. 저 하늘이 얼마나 아름다운지 잊고 있었어."

"돌아오니 좋네. 당신은 어때?"

"훨씬 좋아. 당신은?"

"괜찮은 것 같아." 앨런이 이불을 밀어냈다.

조세핀이 빽 소리를 지르더니, 다시 휙 덮었다. "그러지 마!"

"어?"

"엄마는 여기 이불 안에 있을 테니까, 큰아들이 밖으로 기어나가서 창문을 닫는 거야, 알았지?"

"뭐, 알았어." 앨런은 지난밤보다는 쉽게 걸을 수 있었다. 하지만 여전히 침대가 더 좋았다. 앨런이 침대에 눕자마자 전화기를 돌아보며 소리쳤다. "룸 서비스!"

"주문하세요." 듣기 좋게 낮은 여성의 목소리가 대답했다.

"오렌지 주스, 커피 두 잔에 샷 추가, 반만 익힌 스크램블드에그 여섯 개, 통밀 토스트. 그리고 〈타임스〉와 〈새터데이 이브닝 포스트〉도 함께 보내줘요."

"10분 걸립니다."

"고마워요." 앨런이 면도하고 있을 때, 음식 배달원이 벨을 울렸다. 그는 음식을 받아, 침대에 있는 조세핀에게도 가져다주었다. 아침 식사를 마치고, 앨런이 누워서 신문을 읽다가 말했다. "그 잡지 읽는 거 잠시 멈출 수 있어?"

"물론, 이건 너무 크고 무거워서 들고 있기 힘들어." 조세핀이 대답했다.

"루나시티에서 메일로 보내는 복사판을 사지 그랬어? 기껏해야 여덟, 아홉 배 정도 비쌀 뿐이잖아."

"바보 같은 소리 하지 마. 무슨 이야기를 하려고 했어?"

"숨 막히는 자그만 둥지에서 벗어나서 나랑 옷을 좀 사러 나가면 어때?"

"흠, 싫어, 난 달에서 입고 온 옷을 입고 밖으로 나가지 않을 거야."

"사람들이 쳐다보는 게 신경 쓰여서 그래? 다 늙은 아줌마가 고상한 척하기는."

"아냐, 여보. 난 170그램짜리 나일론 옷과 샌들을 신고 바깥바람을 쐬고 싶지 않은 것뿐이야. 먼저 조금 따뜻한 옷이 필요해." 그녀는 꾸물거리며 이불 속으로 더 파고 들어갔다.

"역시 앞서가는 여성이야. 재단사를 보내라고 할까?"

"우리한테 그럴 돈이 없잖아. 근데 당신은 어차피 나갈 거 아니었어? 따뜻하기만 하면 돼. 누더기 같은 거라도 괜찮으니까 사다줘."

앨런이 못마땅한 표정을 지었다. "내가 예전에 당신을 위해서 쇼핑을 해본 적이 있었잖아."

"이번 한 번만, 제발. 삭스 백화점에 가서 나들이용 파란색 울 스웨터 10사이즈와 스타킹 한 켤레만 사다줘."

"뭐, 그래. 알았어."

"착하지. 나도 놀고 있지는 않을게. 점심을 함께하기로 약속했던 사람들 명단이 엄청나게 길어. 내가 통화해볼게."

앨런은 먼저 자신의 옷을 샀다. 실용적인 반바지와 소매 없는 셔츠로는 눈보라가 몰아치는 날 밀짚모자를 쓰고 있는 것처럼 추웠다. 사실, 그렇게 추운 날씨는 아니었고, 햇볕이 아주 부드러웠다. 하지만 섭씨 22도 이하로는 절대로 떨어지지 않는 환경에 익숙해진 사람에게는 춥게 느껴졌다. 앨런은 지하에 머무르거나 5번가의 지붕이 덮인 통로로만 다니려 애썼다.

앨런은 판매원이 촌뜨기처럼 보이는 옷을 자신에게 입힌 게 아닐까 의심했다. 하지만 옷은 따뜻했다. 그리고 역시 무거웠다. 그 옷 때문에 가슴의 통증이 더 깊어졌고, 걸음걸이도 더욱 불안해졌다. 앨런은 얼마나 시간이 지나야 다리가 제대로 땅을 딛고 다닐 수 있게 될지 궁금했다.

상냥한 여성 판매원이 조세핀의 주문을 처리해줬다. 그리고 그녀는 조세핀을 위해 따뜻한 망토도 하나 팔았다. 앨런은 짐 때문에 비틀거리며 호텔로 돌아가려고 지상택시를 잡으려 했지만 헛수고였다. 모든 사람들이 너무도 바빴다. 한번은 십대 남자애와 부딪힐 뻔했다. "조심해, 영감탱이야!" 그 애는 이렇게 말하고, 앨런이 대꾸도 하기 전에 떠나버렸다.

앨런이 호텔로 돌아왔을 때는 온몸이 아파서 뜨거운 욕조에 들어가고 싶었다. 하지만 그럴 수 없었다. 조세핀에게 방문객이 있었다. "애플바이 부인, 제 남편 앨런이에요. 이분은 엠마 크레일의 어머님이셔."

"아, 안녕하세요, 앨런 박사님인가요, 아니면 교수님?"

"그냥 앨런이라고 부르시면 됩니다."

"여러분이 뉴욕에 왔다는 이야기를 듣고, 우리 불쌍한 애 소식을 듣고 싶어서 참을 수가 없었어요. 엠마는 어떤가요? 마르지는 않았나요? 보기에는 괜찮아요? 현대 여성은…, 난 엠마에게 반복해서 문밖으로 나가야 한다고 말해줬었죠. 매일 공원에 데리고 나갔었어요. 그런데 날 봐요. 엠마가 나한테 사진을 보내줬어요. 여기 어딘가에 있을 거예요. 적어도 내 생각에는 그래요. 그런데 엠마는 조금 안 좋아 보이더라고요. 영양이 부족한 것 같기도 하고. 그 합성 음식은…."

"엠마는 합성 음식을 먹지는 않아요, 애플바이 부인."

"…무리일 게 틀림없어요. 확실히 맛도 없을 테고. 뭐라고 했나요?"

"부인의 따님은 합성 음식을 먹고 살지 않아요." 앨런이 다시 말했다. "루나시티에는 신선한 과일과 야채가 넘쳐요. 공기 조절용 식물 이야기, 들어보셨죠?"

"내 말이 그 말이에요. 솔직히 말해서, 난 달 위에서 공기 조절 기계로 음식을 어떻게 만든다는 건지…."

"달 안이에요. 애플바이 부인."

"…그렇지만 그게 건강할 리가 없어요. 우리 집에 있는 공기 조절기도 항상 고장이 나서 끔찍한 냄새가 나곤 해요. 정말로 참을 수가 없는 수준이지요. 당신은 그들이 간단하고 작은 공기 조절기 비슷한 걸 건설할 수 있다고 생각하는 모양인데… 물론 그들이 합성 음식도 만들 수 있다고 생각한다면…."

"애플바이 부인…."

"네, 박사? 뭐라고 했죠? 내가…."

"애플바이 부인." 앨런이 자포자기적인 목소리로 말했다. "루나시티의 공기 조절 식물은 식물과 녹색 조류 같은 것들을 기르는 수경 농장의 탱크에서 자랍니다. 식물이 공기 중의 이산화탄소를 마시고 산소를 돌려주죠."

"그렇지만… 정말 확실한가요, 박사? 엠마 말로는 틀림없이…."

"아주 확실합니다."

"그렇군요…. 내가 이런 것들을 이해하는 척하지는 않을게요, 난 예술

쪽에서 일하거든요. 불쌍한 허버트가 자주 말하곤 하죠. 허버트는 엠마의 아버지예요. 허버트는 항상 공학에 몰두했지만, 그래도 언제나 좋은 음악을 듣고 가장 좋은 책들에 대한 평론을 읽었어요. 엠마는 자기 아버지를 닮았어요, 유감이지만…. 난 엠마가 그 바보 같은 일을 포기하길 바랐었어요. 여자가 할 만한 일은 아니잖아요. 어떻게 생각해요, 조세핀 씨? 그 원자와 중성 어쩌고 같은 것들이 공중에 떠다니잖아요. 나도 〈간단한 과학〉 칼럼에서 다 읽었어요…."

"엠마는 그 일을 아주 잘합니다. 그리고 그 일을 좋아하는 것 같아요."

"그렇군요. 네, 그런 것 같았어요. 그게 중요하죠. 아무리 어리석은 일이라도 자신이 하는 일을 행복하게 생각하는 거 말이에요. 그렇지만 난 그 애가 걱정돼요. 문명으로부터 떨어져서, 이야기를 나눌 사람도 하나도 없고, 극장도 없고, 문화생활도 없고, 사교계도 없고…."

"루나시티에는 브로드웨이에서 유행하는 모든 공연을 녹화한 입체 영상이 상영돼요." 조세핀의 목소리에 살짝 날이 섰다.

"아! 진짜요? 하지만 그게 극장에 가는 건 아니잖아요, 불쌍한 녀석. 그래야 좋은 가문의 사람들과 만나고…. 내가 어렸을 때 우리 부모님은 말이죠…."

앨런이 큰 소리로 끼어들었다. "1시네요. 부인, 혹시 점심 드셨나요?"

애플바이 부인이 벌떡 몸을 일으키며 똑바로 앉았다. "아, 멋진 날이죠! 얼른 가야겠네요. 내 드레스 디자이너가, 정말 독재자가 따로 없지만 천재죠, 내가 그 디자이너의 주소를 꼭 줄게요. 정말로 멋진 시간이었어요. 우리 불쌍한 애에 대한 이야기를 해줘서 얼마나 고마운지 모르겠어요. 엠마는 내가 이미 집을 꾸며놨다는 사실을 알아야 해요. 굳이 따지자면 사위도요. 이제 종종 와서 나를 만나줘요. 달 위에 있었던 여러분과 이야기를 나눠서 좋았어요…."

"달 안이에요."

"우리 애와 더 가까워진 기분이 드네요. 그럼, 잘 있어요."

조세핀이 애플바이 부인을 배웅하고 문을 닫더니 말했다. "여보, 난 한 잔 마셔야겠어."

"나도 마실래."

✶

조세핀이 쇼핑을 금방 끝냈다. 너무 피곤했다. 두 사람은 4시쯤 센트럴 파크로 가서 말이 달가닥달가닥 느릿느릿 걸어 다니는 모습을 즐겼다. 헬리콥터와 비둘기, 안티포드 로켓이 지나가며 하늘에 남긴 줄무늬가 그 풍경을 아름답고 평화로우며 목가적인 모습으로 만들어주었다. 조세핀이 먹먹하게 잠긴 목을 삼키며 속삭였다. "여보, 아름답지 않아?"

"아름다워. 돌아오니 좋네. 있잖아, 이 사람들이 42번가를 다시 뒤집어엎는 거 알아?

✶

조세핀은 방으로 돌아와 침대 위에 쓰러졌다. 앨런이 신발을 벗고, 발을 문지르며 말했다. "오늘 저녁에는 맨발로 다녀야겠어. 젠장, 발이 너무 아파!"

"나도 그래. 하지만 여보, 아버님 만나러 가야 하잖아?"

"어? 아, 제기랄, 잊고 있었어. 여보, 당신은 뭐에 홀린 거야? 아버지께 전화해서 연기해. 난 제트 여행 때문에 아직도 초죽음 상태야."

"그렇지만, 여보, 아버님이 당신 친구들을 많이 초대하셨어."

"힘이 넘치는 양반의 허튼소리야! 난 뉴욕에 진짜 친구가 없어. 다음 주로 미루자."

"다음 주라…. 흠, 보자. 여보, 당장 시골로 떠나자." 조세핀의 부모가 그녀에게 코네티컷의 작은 마을에 낡은 농장을 남겨주었다.

"난 당신이 두어 주 머물면서 연극이랑 음악회를 먼저 보고 싶어 할 줄 알았는데, 갑자기 왜 마음이 바뀐 거야?"

"내가 보여줄게." 조세핀이 창문으로 갔다. 창문은 정오부터 열어놓은 상태였다. "여기 창문틀을 봐." 그녀가 검댕 위에 두 사람의 이름 첫 글자를 썼다. "여보, 이 도시는 더러워."

"설마 천만 인구가 먼지를 일으키지 않을 거라 기대하는 건 아니지?"

"하지만 숨 쉴 때마다 이런 것들이 우리 폐로 들어가잖아. 스모그 통제법은 어떻게 된 거지?"

"그건 스모그가 아니야. 그냥 일반적인 도시의 먼지지."

"루나시티에는 이런 게 전혀 없었어. 거기에서는 하얀 옷을 질릴 때까지 입을 수 있었잖아. 여기에서는 하루도 못 갈 거야."

"맨해튼 하늘에는 지붕이 없잖아. 환풍기마다 집진기도 안 달렸고."

"흠, 달아야 할 거야. 난 여기서 얼어 죽거나 숨이 막혀 죽을 것 같아."

"얼굴에 비를 맞고 싶어 하지 않았어?"

"피곤한 소리 하지 마. 난 깨끗한 초록 시골에서 맞고 싶어."

"알았어. 나도 어쨌든 책을 시작하고 싶어. 부동산 업자한테 전화할게."

"오늘 아침에 내가 전화했어. 우리는 언제라도 이사할 수 있대. 우리 편지를 받았을 때부터 그 집을 수리하기 시작했대."

✴

시댁에서 열린 저녁 만찬은 서서 돌아다니며 먹는 방식이었다. 하지만 조세핀은 곧 주저앉아서 가져온 음식을 먹었다. 앨런도 앉고 싶었지만, 주빈인지라 어쩔 수 없이 아픈 다리로 버텨야 했다. 아버지가 뷔페식이 차려진 식탁에서 그를 붙들고 오랫동안 이야기했다. "여기 있었구나, 아들. 이 거위 간 좀 먹어봐라. 녹색 치즈를 먹은 후에 먹으면 좋아."

앨런은 거위 간이 맛있다고 동의했다.

"이것 봐라, 아들아. 넌 진짜로 이 사람들에게 네가 했던 여행 이야기를 들려줘야 해."

"연설할 생각은 없어요, 아버지. 저 사람들에게는 〈내셔널 지오그래픽〉

이나 읽으라고 하세요."

"말도 안 돼!" 아버지가 돌아서며 소리쳤다. "자, 여러분, 주목하세요! 앨런이 미친놈들*이 어떻게 사는지 이야기해줄 거예요."

앨런이 입술을 깨물었다. 루나시티 시민들이 그 단어를 사용해서 서로를 부르긴 하지만, 여기서는 전혀 다르게 들렸다. "글쎄요, 실은 해줄 말이 없어요. 그냥 식사나 하세요."

"네가 이야기를 해. 우리는 먹을 테니." "미친도시에 대해 이야기해줘요." "달에 있는 사람도 봤어?"** "계속 이야기해줘, 앨런. 달 위에서 사는 건 어때?"

"달 위에 살지 않아. 달 안에 살지."

"뭐가 다른데?"

"글쎄, 차이가 없는 거 같네." 앨런이 주저하며 말했다. 달의 개척민들이 그 위성의 지표면 아래에 살고 있다는 사실을 왜 강조하는지는 설명할 방법이 없었지만, '프리스코'라고 부르면 샌프란시스코 사람들이 짜증을 내는 것처럼, 앨런은 달의 위에 산다는 이야기를 들을 때마다 짜증이 났다. "우리는 '달 안에' 산다고 해. 리처드슨 관측소 직원이나 광부를 제외한 나머지 사람들은 지상에서 시간을 보내는 일이 거의 없거든. 거주 구역은 당연히 지하에 있어."

"왜 '당연'한데? 유성이 두려워서?"

"네가 번개를 무서워하는 정도 이상은 아니야. 열기와 냉기로부터 단열이 되고, 기압 밀폐에 도움이 되니까 지하에 있는 거야. 지하가 싸고 편해. 땅은 작업하기가 쉽고, 틈새는 보온병의 진공처럼 작용하거든. 실제로 진공이지."

"그런데 앨런 씨." 심각한 표정의 여성이 질문했다. "압력을 받으며 살

* 이 작품에서는 루나시티에 사는 사람들을 가리킬 때 Lunatics, Looney, Lunacy, Moonstruck 등의 단어를 사용한다. 모두 달(Luna, Moon)에서 유래한 단어들로서 '미쳤다'는 뜻이다.

** 달 표면의 그림자가 사람 얼굴처럼 보이는 모양을 가리킨다.

면 귀가 아프지 않나요?"

앨런이 허공에서 손을 이리저리 흔들며 말했다. "여기와 동일한 압력이에요. 1기압."

그녀가 아리송한 표정을 짓더니 말했다. "네, 그럴 것 같네요. 하지만 잘 상상이 안 돼요. 밀봉된 동굴 안에 있으면 겁날 것 같아요. 그게 터지면 어떻게 되나요?"

"1기압의 압력은 아무것도 아니에요. 공학자들은 수백 기압에서 작업하기도 하거든요. 아무튼, 루나시티는 우주선처럼 칸칸이 나뉘어 있어서 충분히 안전해요. 네덜란드 사람들은 둑을 세우고 살잖아요. 미시시피에서도 제방을 쌓아놓고 살고요. 지하철, 원양여객선, 비행선…. 모두 인공적으로 살아가는 방식이에요. 루나시티는 멀리 있어서 이상하게 보일 뿐이죠."

그녀가 몸을 부르르 떨었다. "그래도 전 무서워요."

거드름을 피우는 작은 남자가 앞으로 나서며 말했다. "앨런 씨. 과학이니 뭐 그런 것들에 도움이 된다는 점을 인정하더라도, 왜 납세자의 돈을 달의 개척지에 낭비해야 하는 거죠?"

"이미 답을 알고 계시네요." 앨런이 천천히 대답했다.

"그러면 당신은 그걸 어떻게 정당화할 건가요? 대답해보세요."

"정당화할 필요가 없어요. 루나시티는 이미 여러 배로 되갚았잖아요. 달 기업들은 모든 사업에 대해 돈을 지급하고 있어요. 아르테미스 광산, 우주 항로, 우주 항로 공급 회사들, 다이애나 휴양지, 전자연구회사, 달 생물학 연구소…. 러더퍼드까지 언급하지는 않을게요. 직접 찾아보세요. 우주연구 프로젝트는 해리먼 투자신탁과 정부의 합작 사업이니까, 세금을 조금 사용했다는 점은 인정할게요."

"그러면 당신도 인정한 거네요. 원칙적으로 말해서요."

앨런은 다리가 진짜로 지독하게 아팠다. "무슨 원칙요? 역사적으로 보면 과학 연구는 언제나 남는 장사였어요." 그는 뒤로 돌아 거위 간을 더 찾았다.

한 남자가 그의 팔을 툭 쳤다. 앨런이 오랜 학교 친구를 알아봤다. "앨런, 그 늙은 딱정벌레를 잘 쳐내더라. 잘했어. 그런 사람은 그렇게 다뤄야 해. 내 생각엔 일종의 급진주의자 같아."

앨런이 씩 웃었다. "내가 성질을 참았어야 했어."

"잘했어. 말이 나와서 말인데, 앨런, 내일 밤에 외부 바이어 두 명을 데리고 멋진 곳에 갈 생각이야. 같이 가자."

"정말 고마워. 하지만 우리는 시골로 떠날 거야."

"이 파티를 놓치면 안 돼. 어쨌거나 넌 달에 파묻혀서 살았잖아. 너에게는 그 치명적으로 단조로운 삶에서 벗어난 휴식이 필요해."

앨런의 볼에 열기가 올라왔다. "다시 말하지만 고마워. 그렇지만 문 헤이븐 호텔에서 지구 전망창이 있는 방을 본 적 있어?"

"없어. 물론 돈을 모으면 여행을 갈 계획이야."

"그렇구나. 그 호텔에 가면 너에게 어울리는 나이트클럽이 있어. 댄서가 10미터 높이의 허공 위로 뛰어올랐다가 천천히 회전하며 내려오는 모습을 본 적 있어? 미친 칵테일 마셔본 적 있어? 저중력에서 저글링하는 거 본 적 있어?" 방 건너편에서 조세핀이 그에게 손짓했다. "어… 실례할게, 친구. 집사람이 날 찾네." 그는 몸을 돌리며 어깨너머로 말했다. "그건 그렇고, 문 헤이븐은 우주 비행사들의 싸구려 술집이 아니야. 던컨 하인즈 협회에서 추천하는 호텔이라고."

조세핀의 얼굴이 매우 창백했다. "여보, 여기서 날 데리고 나가줘. 숨이 막혀. 정말로 아파."

"그러자." 두 사람은 양해를 구하고 나갔다.

*

조세핀은 답답한 추위를 느끼며 잠에서 깨어났다. 두 사람은 비행택시를 타고 곧장 그녀의 시골집으로 향했다. 그들 아래로 낮은 구름이 있었지만 위로는 날씨가 좋았다. 햇볕과 회전 날개의 느린 박동 소리가 그들에게 귀향의 기쁨을 다시 안겨주었다.

앨런이 게으른 몽상에서 깨어나 말했다. "재미있는 일이 있었어, 여보. 내가 다시 달에 취직하는 일은 없을 텐데도, 지난밤에 내가 입만 열면 미치광이들을 변호하고 있더라니까."

조세핀이 고개를 끄덕였다. "알아. 솔직히 말해서 어떤 사람들은 마치 지구가 평평하다고 믿는 것처럼 행동해. 어떤 사람들은 아무것도 믿지 않고, 어떤 사람들은 너무 사실만 따지는데, 실은 전혀 이해하지 못하고 있다는 사실을 금세 알 수 있어. 난 이 사람들 중에 어느 쪽이 더 짜증 나는 부류인지 모르겠어."

그들이 착륙할 때 안개가 자욱했지만, 집은 깨끗했다. 부동산 업자가 불을 피워놓고, 냉장고도 채워놓았다. 그들은 헬리콥터가 착륙한 10분 뒤 톡 쏘는 과일 탄산수를 마시고, 뼛속까지 스며든 피로감을 털어냈다. "이거야." 앨런이 기지개를 켜며 말했다. "이게 맞아. 돌아오니 정말 좋네."

"그러게. 고속도로만 빼면." 특급 화물용 고속도로가 집에서 50미터도 채 떨어지지 않은 곳을 지나갔다. 차들이 비탈길을 오를 때면 커다란 디젤 엔진이 으르렁대는 소리가 들려왔다.

"고속도로는 잊어버려. 고개를 뒤로 돌려 숲을 바라봐."

두 사람은 숲속에서 짧은 산책을 즐길 수 있을 정도로 다리가 다시 튼튼해졌다. 그들은 길고 따스한 가을 늦더위를 즐겼다. 청소하는 여자는 유능하고 말이 없었다. 앨런은 책 집필을 시작하기 위해 3년 동안 준비했던 연구 결과에 집중했다. 조세핀은 통계 작업으로 앨런을 도와주고 요리하는 기쁨을 찾았으며 꿈꾸고 쉬었다.

첫서리가 내리는 날, 변기가 고장 났다.

다음 날에야 간신히 배관공을 부를 수 있었다. 그때까지 두 사람은 다른 시대에 만들어져서 장작더미 뒤에 지금도 서 있는 소박한 작은 건물을 이용했다. 그곳은 거미가 창궐했고, 지나치게 환기가 잘됐다.

배관공은 실망스러웠다. "새로운 정화조가 있어야 돼요. 새로운 배수관도. 새롭게 설치하는 값도 내야 할 거요. 천5백이나 천6백 달러쯤. 계산을 좀 해봐야 돼서…."

"괜찮아요." 앨런이 배관공에게 말했다. "오늘 공사를 시작할 수 있나요?"

그 남자가 웃음을 터뜨렸다. "아저씨, 요즘에 재료와 일할 사람들을 구하는 게 어떤 건지 전혀 모르는 모양이네. 내년 봄에나… 땅에 서리가 녹기 시작하면 가능할 거요."

"이봐요, 그러면 안 돼요. 비용은 신경 쓰지 말고 끝내주세요."

토박이가 어깨를 으쓱했다. "미안하지만 그 부탁은 못 들어주겠네. 잘 있어요."

그 사람이 떠나자 조세핀이 폭발했다. "여보, 저 사람은 우리를 도와줄 생각이 없는 거야."

"글쎄, 그럴지도 모르지. 노워크나 다른 도시에서 사람을 찾아볼게. 겨우내 눈길을 뚫고 온몸이 얼어붙는 저 고문 기구까지 터덜터덜 걸어 다니며 볼일을 볼 수는 없어."

"나도 안 그러길 바라."

"절대로 그렇게 되지 않을 거야. 당신은 이미 감기에 걸렸잖아." 앨런이 시무룩하게 불을 쳐다보며 말했다. "내가 유머 감각을 잘못된 곳에서 사용하는 바람에 이렇게 된 것 같아."

"무슨 말이야?"

"음, 우리가 달 개척민이라는 소문이 난 이후로 늘 농담의 대상이 되었다는 건 당신도 알잖아. 대체로 신경을 쓰지 않고 지냈는데, 그중 몇몇은 성질을 건드렸어. 지난주 토요일에 나 혼자 마을에 갔던 거 기억해?"

"응. 무슨 일 있었어?"

"그 사람들이 이발소에서 나를 건드리기 시작했어. 나도 처음에는 그냥 내버려뒀는데, 속에서 지렁이가 꿈틀한 거야. 내가 달에 관해 이야기하기 시작했어. 순전히 실없는 소리였어. 진공 벌레라든가 몸을 마비시키는 공기 같은 구닥다리 옛날이야기들 말이야. 시간이 지나자, 내가 놀리고 있다는 사실을 그 사람들이 알아챘어. 그 후에는 아무도 웃지 않더라고. 우리의 친구, 그 촌뜨기 위생 공학자도 그 사람들 중 하나였던 것 같아. 미안해."

"미안해하지 마." 조세핀이 그에게 키스했다. "내가 눈을 뚫고 터벅터벅 걸어가야 할 때면, 당신이 그 사람들의 건방진 소리를 받아쳤다는 생각 덕분에 즐거울 거야."

노워크에서 온 배관공은 훨씬 도움이 되었다. 하지만 비가 오더니, 곧 진눈깨비가 내려 작업속도를 떨어뜨렸다. 둘 다 감기에 걸렸다. 절망적인 아흐렛날, 앨런은 책상에 앉아 일하다 조세핀이 뒷문으로 들어오는 소리를 들었다. 쇼핑을 하고 돌아온 것이었다. 앨런은 다시 일에 집중했다. 이윽고 조세핀이 와서 "안녕"이라고 하지 않았다는 사실을 깨달았다. 앨런이 어찌된 일인지 알아보러 갔다.

앨런은 부엌 의자에 주저앉아 조용히 울고 있는 조세핀을 발견했다. "여보." 그가 다급하게 말했다. "여보, 무슨 일이야?"

그녀가 눈을 들었다. "다시하테 아 드키려고 해느데…."

"코 풀어. 눈물도 닦고. 당신이 말하려던 게 '당신한테 안 들키려고 했는데' 맞지? 무슨 일이야?"

조세핀은 손수건에 흥 하고 코를 풀었다. 조세핀이 식료잡화점에 갔더니 주인은 클렌징 티슈가 없다고 했다. 곧 그녀가 클렌징 티슈를 손으로 가리키자, 이미 팔린 거라고 말했다. 마지막에 그 사람이 덧붙였다. "외부의 노동자를 마을로 불러들이는 건 정직한 사람들의 입에서 빵을 빼앗는 짓이야."

조세핀은 폭발해서 앨런이 이발소에서 일으켰던 사건을 재탕했다. 그러나 가게 주인은 더 딱딱하게 굴었을 뿐이었다. "그 사람이 나한테 이렇게 말했어. '아줌마, 난 당신과 당신 남편이 달에 갔는지 안 갔는지 모르겠고 관심도 없어. 난 그딴 일엔 별로 관심 없어. 어쨌거나, 당신한테는 물건 안 팔아.' 아, 여보, 너무 비참한 기분이야."

"그 가게 주인은 그보다 훨씬 더 비참해질 거야! 내 모자 어디 있어?"

"여보! 이 집에서 한 발짝도 나가지 마. 난 당신이 싸우는 거 싫어."

"그 인간이 당신을 더 이상 괴롭히지 못하게 만들려는 거야."

"그 사람은 이제 그러지 않을 거야. 아, 여보, 진짜 노력해봤지만, 더 이상 여기에 못 있겠어. 마을 사람들만이 아니야. 추위에 바퀴벌레, 게다가 맨날 맹한 코까지. 지쳤어. 다리도 맨날 아파." 조세핀이 다시 울기 시작했다.

"자, 자! 떠나자, 여보. 플로리다로 가자. 내가 책을 끝낼 때까지, 당신은 햇볕을 쬐며 누워 있어."

"아, 난 플로리다로 가기 싫어. 집으로 갈래!"

"어? 당신 말은… 루나시티로 돌아가자는 거야?"

"응. 아, 여보, 당신은 가기 싫어한다는 거 알아. 하지만 난 더 이상 못 견디겠어. 먼지나 추위, 그 웃기는 배관만이 문제가 아니야. 난 이해를 못하겠어. 뉴욕도 더 나은 건 아니었어. 이 땅다람쥐들은 아무것도 몰라."

앨런이 그녀를 바라보며 활짝 웃었다. "계속 보내봐, 여보. 내가 당신하고 주파수가 맞기 시작했어."

"여보!"

앨런이 고개를 끄덕였다. "아주 오래전부터 내가 내심으로는 미치광이라는 걸 알고 있었어. 하지만 당신한테 이야기하기가 두려웠어. 나도 가슴이 아파. 그리고 괴물처럼 취급받는 게 너무 지겨워. 참아보려 노력했지만, 땅다람쥐들을 더 이상 못 참겠어. 정든 루나의 사람들이 그리워. 그 사람들은 교양이 있잖아."

조세핀이 고개를 끄덕였다. "편견일 수도 있겠지만, 나도 똑같은 느낌이야."

"솔직히 말해서, 그건 편견이 아니야. 루나시티에 가려면 뭐가 있어야 하지?"

"탑승권."

"헛똑똑이 같으니. 난 관광객으로서 가는 걸 말하는 게 아니야. 일자리를 구하러 가는 걸 말하는 거지. 당신도 대답을 알잖아. 필요한 건 '지적 능력'이야. 사람을 달로 보내는 데에는 돈이 많이 들어. 거기에 살게 하려면 더 많이 들지. 그 값을 하려면, 그 사람은 가치가 높은 사람이어야 해. 높은 아이큐, 좋은 친화성, 고등 교육…. 모두 사람을 즐겁고, 편하고, 흥미롭게 만드는 특성들이야. 우리는 루나시티에 익숙해져서 성질을 버렸어. 땅다람쥐들이 당연하게 받아들이는 일반적인 인간들의 괴팍함을 이제 우리는 견딜 수가 없어. 왜냐하면 미치광이들은 다르니까. 그 점뿐만 아니라, 루나시티는 인간이 지금껏 건설한 어떤 환경보다 편안하잖아. 중요한 건 사람들이야. 그래, 집으로 가자."

앨런이 전화기로 갔다. 구식이라 오로지 음성통화만 되는 장치였다. 재단의 뉴욕 사무실에 전화했다. 그가 곤봉 같은 '수화기'를 귀에 대고 기다리는 동안, 조세핀이 말했다. "그쪽에서 우리를 안 받아주면 어쩌지?"

"나도 그게 걱정돼." 그들은 달의 회사들이 한 번 그만둔 사람을 재고용하는 경우가 거의 없다는 사실을 알았다. 재고용 시에는 신체검사를 훨씬 더 까다롭게 했다.

"여보세요… 여보세요. 재단인가요? 고용부서와 통화할 수 있을까요? 여보세요…. 제가 영상판을 켤 수가 없어요. 이 전화기가 암흑의 시대 때부터 쓰던 거라. 저는 앨런 맥레이입니다. 물리 화학자이고, 계약번호는 1340729예요. 그리고 제 아내는 조세핀 맥레이, 1340730. 저희는 다시 계약을 하고 싶습니다. 다시 계약을 하고 싶다고 말했어요…. 알겠습니다. 기다릴게요."

"기도해, 여보, 기도!"

"기도하는 중이야…. 어때요? 제 자리가 아직 비어 있나요? 좋았어, 좋아요! 제 아내는 어떤가요?" 앨런이 걱정스러운 표정으로 이야기를 들었다. 조세핀은 숨이 멎었다. 곧 앨런이 송화기를 손으로 가리고 말했다.

"이봐, 여보. 당신 자리는 찾대. 재단에서는 혹시 임시로 하급 회계사 자리에서 일할 생각이 있는지 알고 싶어 해."

"그러겠다고 해!"

"그거면 괜찮을 것 같습니다. 저희가 언제 검사를 받을 수 있나요? 좋아요, 고맙습니다. 안녕히 계세요." 앨런이 전화를 끊고 아내를 향해 돌아섰다. "신체검사와 심리검사는 우리가 원하는 대로 바로 볼 수 있대. 직무검사는 필요 없고."

"우리가 뭘 기다려야 하지?"

"아무것도 기다릴 필요 없어." 앨런이 노워크의 헬리콥터 서비스에 전화했다. "맨해튼까지 태워다줄 수 있나요? 아, 이런, 당신네는 레이더가 없어요? 알겠습니다. 알았어요. 안녕히 계세요." 그가 코웃음을 쳤다. "날씨 때문에 택시가 모두 이륙을 못 한대. 뉴욕에 전화해서 좀 더 현대적인 택시를 찾아볼게."

90분 후, 그들은 해리먼 타워 지붕에 착륙했다.

심리학자는 매우 다정한 사람이었다. "여러분들이 답답해서 가슴을 두드리기 전에 이걸 끝내버리는 게 좋겠죠. 앉으세요. 여러분에 대해 말씀해주세요." 그는 두 사람의 기운을 북돋워주며 때때로 고개를 끄덕였다. "알겠어요. 배관은 수리가 됐나요?"

"음, 수리 중이었어요."

"여러분의 다리가 아픈 건 공감이 되네요. 조세핀 씨, 저도 여기서는 항상 아파서 신경 쓰여요. 그게 당신의 진짜 이유죠, 그렇지 않나요?"

"아, 아니요!"

"자, 조세핀 씨…."

"정말로 그것 때문이 아니에요. 진짜로. 저는 말뜻을 아는 사람들과 이야기를 나누고 싶어요. 저의 진짜 문제는 저만의 향수병을 앓고 있다는 거예요. 저는 집으로 돌아가고 싶어요…. 그리고 그곳에 가려면 이 일을 해야만 하죠. 저는 안정될 거예요. 그럴 거라는 걸 저는 알아요."

심리학자가 진지하게 말했다. "당신은 어떤가요, 앨런 씨?"

"글쎄요, 비슷한 이야기예요. 저는 책을 쓰려 했었지만, 일을 할 수가 없었어요. 향수병에 걸려서, 돌아가고 싶어요."

심리학자가 갑자기 미소를 지었다. "그리 어렵지 않을 겁니다."

"우리가 통과했다는 뜻인가요? 저희가 심리검사를 통과했나요?"

"신체검사는 신경 쓰지 마세요. 여러분이 퇴사할 때 검사한 것으로 당분간은 충분해요. 물론, 여러분은 재조정과 격리를 위해 애리조나로 가야 합니다. 본래 재취업이 매우 어려운 일이라고 들었는데, 왜 이렇게 쉬운지 궁금할 겁니다. 그건 아주 간단합니다. 저희는 높은 임금으로 사람들을 유혹해서 불러들일 생각이 없습니다. 가능하다면 행복하게 영구적으로 지낼 사람들을 원해요. 즉, 루나시티를 '고향'으로 생각하는 사람을 원합니다. 이제 여러분은 미친 것처럼 보여요. 저희는 여러분이 돌아오길 바랍니다." 그가 자리에서 일어나더니 손을 내밀었다.

그날 밤 코모도어 호텔로 돌아간 조세핀에게 문득 떠오른 생각이 있었다. "여보, 우리 아파트를 다시 이용할 수 있을까?"

"글쎄, 모르지. 무전으로 스톤 감독관에게 메시지를 보낼 수 있을 거야."

"그냥 전화를 해봐, 여보. 우리가 그 정도는 감당할 수 있잖아."

"좋았어! 해볼게."

통화가 이루어지기까지 10분가량 걸렸다. 스톤 감독관이 그들을 알아보고는 냉정한 표정을 살짝 누그러뜨렸다.

"스톤 씨, 저희가 집으로 돌아가요!"

평소처럼 3초의 지연이 있었다. "네, 압니다. 20분 전에 테이프가 도착했어요."

"아, 그래서 말인데요, 스톤 씨, 저희 옛날 아파트가 비어 있나요?" 그들은 기다렸다.

"제가 비워뒀어요. 난 여러분이 얼마 지나지 않아 돌아올 줄 알았거든요. 어서 오세요. 미치광이 여러분."

모니터가 꺼진 뒤 조세핀이 말했다. "저게 무슨 뜻일까, 여보?"

"우리를 세입자로 받아준 것 같아."

"그런 것 같긴 한데…. 아, 여보, 봐!" 조세핀이 창문을 향해 걸어나갔다. 구름이 지난 후 달이 비치기 시작했다. 사흘 만에 보는 달이었다. 풍요의 바다가 일출선 때문에 뚜렷하게 보였다. 풍요의 바다는 달의 여인의 뒷머리에 말려 있는 머릿결이었다. 크고 어두운 바다의 오른쪽 구석에 있는 작은 점, 오직 그들의 마음속 눈으로만 보이는 그 점이 루나시티였다.

높은 건물들 위로 초승달이 고요히 은빛으로 빛났다. "여보, 아름답지 않아?"

"확실히 아름다워. 돌아가면 좋을 거야. 당신도 더 이상 콧물을 흘리지 않을 테고."

✦

개 산책도 시켜드립니다

"—We also Walk Dogs"

서제인 옮김

✦ 1941년 7월 〈어스타운딩 사이언스 픽션(Astounding Science Fiction)〉에 발표

"제너럴 서비스의 코밋입니다!" 코밋은 따뜻한 접대성 친절과 비인간적인 효율성 사이에서 균형을 딱 맞춘 목소리로 뷰 스크린을 향해 말했다. 스크린이 순간적으로 깜빡이더니 곧 입체 영상을 만들어냈다. 과체중에 성마른 인상, 지나치게 차려 입은 데다 운동 부족으로 보이는 위엄 있는 중년 부인의 모습이었다.

"아, 아가씨." 이미지가 말했다. "내가 지금 너무 화가 나거든요. 나 좀 도와줄 수 있을지 모르겠네."

"물론 도와드리겠습니다." 코밋은 하이톤으로 대답하며 재빨리 여자가 두르고 있는 드레스와 보석들(짝퉁이 아니라면…, 코밋은 그냥 그렇게 생각하기로 했다)의 견적을 내보고는, 돈이 될 만한 고객이 하나 들어왔다고 생각했다. "자, 문제가 뭔지 말씀해주십시오. 우선 성함을 여쭤봐도 되겠습니까?" 코밋은 주위를 빙 둘러싼 말 편자 모양의 책상 위에 있는 버튼을 눌렀다. '신용거래팀'이라고 적힌 버튼이었다.

"근데 문제가 한둘이 아니어서 말이지." 이미지가 목소리를 높였다. "피터가 기어이 나가서는 고관절을 다쳐버렸지 뭐예요." 코밋은 즉시 '의

료팀'이라고 적힌 버튼을 눌렀다. "폴로가 위험한 운동이라고 그렇게 말을 했는데도. 에미 속이 얼마나 터지는지 아가씨는 모를 거야. 그것도 하필이면 이럴 때… 정말이지 내 입장이 얼마나 곤란한지…."

"아드님을 간병해드리면 되겠습니까? 지금 아드님이 어디 계시죠?"

"간병이요? 아니, 뭔 소리래! 간병은 메모리얼 병원에서 해줄 거예요. 우리가 그동안 기부한 게 얼만데 당연히 해줘야지. 문제는 내가 디너 파티를 열어야 된다는 거예요. 공주님이 얼마나 언짢아하실지, 참."

신용거래팀에서 온 응답 신호가 맹렬하게 깜빡이고 있었다. 코밋은 여자의 말을 잘랐다. "아, 알겠습니다. 저희가 처리해드리겠습니다. 그럼 성함과 주소, 그리고 현재 계시는 곳 위치를 말씀해주시겠습니까?"

"내 이름은 이미 알고 있지 않아요?"

"알 수는 있습니다만…." 코밋은 외교적 수완을 발휘해 피해 갔다. "저희 제너럴 서비스는 언제나 고객님의 프라이버시를 존중해드리고 있어서 그렇습니다."

"아, 그렇구나, 물론 그렇겠죠. 생각이 깊기도 하지. 피터 반 호그베인 존슨이에요." 코밋은 여자의 이름을 검색했다. 이 고객에게 신용거래팀 상담은 필요 없었다. 여자의 신용도가 즉시 AAA, 즉 무제한 등급을 나타내며 반짝였다. "근데 거기서 어떻게 날 도와줄 수 있을지 모르겠네." 존슨 부인이 말을 이었다. "내가 동시에 두 장소에 있을 수는 없잖아요."

"저희 제너럴 서비스는 난이도 높은 임무가 전문입니다." 부인을 안심시켰다. "자, 이제 자세한 얘기를 해주실 수 있을까요…."

코밋은 부인을 어르고 달래 어느 정도 논리적으로 이해할 수 있는 얘기가 나오게 이끌었다. 부인의 아들 피터 3세는 안 팔려서 낡아버린 피터 팬 타입의 남자였다. 입체 사진들을 몇 년 동안이나 보아온 코밋으로서는 그런 타입의 특징, 즉 돈 많고 할 일 없는 사람들이 놀러 다닐 때 즐겨 입을 만한 옷은 다 차려입은 모습이 낯설지 않았다. 남자는 얼마나 생각이 없었던지 하필이면 그날 오후, 자기 어머니가 주최하는 최고로 중요한 사교 모임 직전에 부상을 입어 참석을 못 하게 되었다. 그것도 중상을 입었다. 그에 더해 어찌나 생각이 없었던지, 어머니의 저택으로부터 대륙의 절반쯤이나 멀리 떨어진 곳에서 그렇게 되었다.

아들을 치마폭에 감싸 애지중지하는 존슨 부인의 성향으로 미루어볼 때 당장 아들이 누워 있는 병원 침대맡으로 달려가고, 이왕 간 김에 간호사들까지 손수 골라 붙여줘야 직성이 풀릴 거라고 코밋은 짐작했다. 하지만 그날 저녁 열릴 디너파티는 부인이 몇 달 동안이나 공들여 준비해온 일들의 최정점이었다. 부인은 둘 중 무엇을 해야 할까?

제너럴 서비스가 번영하고 자신도 제법 짭짤한 수입을 올릴 수 있었던 건 대체로 이런 멍청하고 기생충 같은 인간들의 무지와 수완 부족, 게으름 덕분이었다고 코밋은 속으로 생각했다. 존슨 부인이 아들 곁으로 달려가는 동안 손님들에게 인사를 하고 사정을 설명할 수 있도록 부인의 응접실에 휴대용 전신 입체 스크린을 설치할 계획을 짜면서, 제너럴 서비스에 맡겨만 두면 파티가 순조롭게 열리고 사교적으로도 성공을 거둘 거라고 코밋은 설명했다. 흠잡을 데 없는 사회적 지위가 있으면서 제너럴 서비스 소속이라는 사실이 누구에게도 알려지지 않은, 최고로 숙련된 소셜 매니저를 배치하겠다고. 적절하게 처리만 하면 이 재앙은 사회적인 성공으로 다시 태어날 수 있으며, 존슨 부인의 평판 또한 현명한 주최자이자 헌신적인 어머니로 높아질 거라고.

"20분 후에 비행차가 댁에 도착할 겁니다." 코밋은 이렇게 덧붙이며 '교통팀'이라고 표시된 버튼을 눌렀다. "로켓항까지 부인을 모셔다드릴 예정입니다. 저희 젊은 직원 한 명이 동행해서 로켓항까지 가시는 동안 자세한 사항을 여쭤볼 겁니다. 16시 45분발 뉴어크행 로켓에 부인을 위한 객실 한 칸과 하녀를 위한 침대 하나, 예약해두겠습니다. 이제 한숨 돌리셔도 됩니다. 걱정은 저희 제너럴 서비스에서 대신해드리겠습니다."

"아, 고마워요, 자기. 정말 도움이 됐어요. 나 같은 지위에 있는 사람이 얼마나 많은 걸 감당하면서 살아야 되는지 자긴 모를 거야."

코밋은 전문적인 솜씨로 한숨소리를 내 공감을 표해주면서, 이 희한하고 나이든 여자에게서 돈을 더 뜯어낼 수도 있겠다고 생각했다. "그런데 상당히 피곤해 보이십니다, 부인." 코밋은 걱정스러운 어조로 말했다. "여행하시는데 안마사를 보내드리지 않아도 괜찮겠습니까? 지금 몸 상태가 좀 불편하지 않으십니까? 어쩌면 의사를 보내드리는 게 더 좋을지도 모르겠습니다."

"참 생각이 깊기도 하지!"

"둘 다 보내드리겠습니다." 코밋은 그렇게 결정하고 스위치를 끄면서 희미하게 후회했다. 특별 전세 로켓을 제안해볼 수도 있었는데. 일반 가격대의 서비스 목록에 들어 있지 않은 특별 서비스는 원가 가산 방식으로 제공되었다. 이번 같은 경우 '가산'이란 운송에 따라붙을 모든 부가비용을 뜻했다.

코밋은 '집행팀'이라고 적힌 스위치를 눌렀다. 눈빛이 날카로운 젊은 남자가 스크린을 채웠다. "기록 전송할 거니까 준비해, 스티브." 코밋은 말했다. "특별 서비스, 트리플 A등급이야. 긴급 서비스 들어갔고."

남자의 두 눈썹이 올라갔다. "트리플 A면… 보너스?"

"확실히 그렇지. 이 시끄러운 아줌마한테 필요한 걸 주면 돼. 자연스럽게. 그리고 주의사항. 고객 아들이 병원에 누워 있어. 간호사가 누군지 체크해. 만약 담당 간호사 중에 손톱만큼이라도 섹시한 여자가 있으면 빼내고 좀비 같은 여자를 집어넣어."

"알았어, 친구. 전송 시작해."

코밋은 다시 스크린을 깨끗이 지웠다. 부스에 달린 '상담 가능' 신호가 자동으로 녹색으로 바뀌더니, 거의 곧바로 다시 붉은색으로 변하면서 새로운 영상이 스크린에 떠올랐다.

이번엔 머리 비고 소모적인 타입의 인간이 아니었다. 코밋의 눈앞에 나타난 건 말쑥하게 차려입은 40대 중반의 남자였다. 군살 없는 몸매에 기민한 눈빛을 지닌, 단단하면서 세련된 느낌의 남자. 격식을 차린 아침

의상에 달린 망토는 일부러 무심해 보이도록 신경을 써서 뒤로 넘겨져 있었다. "제너럴 서비스의 코밋입니다." 코밋이 말했다.

"아, 코밋 씨." 남자가 입을 열었다. "상사분을 좀 만나 뵙고 싶은데요."

"교환팀 팀장님 말씀이십니까?"

"아뇨, 제너럴 서비스 대표 되시는 분을 만나고 싶어요."

"무슨 일 때문인지 저한테 말씀해주시겠습니까? 제가 도와드릴 수 있을 것 같습니다."

"죄송한데 설명할 수가 없어서요. 지금 당장 그분을 좀 만나야겠습니다."

"저희가 더 죄송합니다만, 클레어 대표님은 스케줄이 많으셔서 미리 약속을 하셨거나 용건을 말씀해주셔야만 면회가 가능하십니다."

"지금 녹화하고 있어요?"

"물론입니다."

"그럼 녹화를 좀 중단해주셨으면 합니다."

코밋은 콘솔 위로 손을 뻗어 고객의 시선이 닿는 곳에서 녹화 장치의 스위치를 껐다. 그러고는 책상 밑에서 다시 스위치를 켰다. 제너럴 서비스가 의뢰받는 일 중에는 가끔 불법적인 행위도 있었고, 이 회사의 신뢰할 만한 직원들은 결코 위험을 무릅쓰지 않았다. 남자는 슈미즈 주름 사이에서 무언가를 끄집어내더니 코밋에게 내밀었다. 입체 효과 때문에 마치 스크린에서 정말로 손을 쭉 뻗어 내미는 것처럼 보였다.

훈련으로 능숙해진 표정 관리 덕분에 코밋은 놀라움을 감출 수 있었다. 그건 행성 공무원의 표지(標識)였고, 배지 색깔은 녹색이었다.

"처리해드리겠습니다." 코밋이 말했다.

"잘됐군요. 대기실에 있을 테니 와서 좀 안내해주실 수 있겠습니까? 10분쯤 뒤에?"

"그렇게 하겠습니다. 그런데 성함이…." 하지만 남자는 이미 전화를 끊은 후였다.

그레이스 코밋은 교환팀장을 연결한 다음 업무교대자를 보내달라고 했다. 그리고 상담 데스크가 오프라인 상태가 되자, 코밋은 좀 전의 대화를 은밀하게 녹화한 스풀을 빼낸 다음, 결정을 내리지 못한 것처럼 그것을 노려보았다. 잠시 후 코밋은 그것을 책상 위에 난 구멍에 집어넣었다. 강력한 자기장이 고정되지 않은 패턴을 연질 금속에서 지워버리는 공간이었다.

부스 뒷문을 열고 젊은 여자 하나가 들어왔다. 금발에 잔뜩 멋을 내 차려입은 여자는 행동이 둔하고 머리가 나쁠 거라는 오해를 늘 받지만, 실제로는 둔하지도 멍청하지도 않았다. "좋아, 코밋." 여자가 말했다. "인수인계할 사항 있어?"

"아니. 아무것도 없어."

"무슨 일 있어? 몸이 안 좋아?"

"아니야." 코밋은 더 이상 설명하지 않고 부스를 떠나 밖으로 나간 다음 목록에 없는 서비스를 처리 중인 오퍼레이터들이 앉아 있는 다른 부스들을 지나 수백 명의 카탈로그 오퍼레이터들이 일하는 커다란 홀로 들어갔다. 카탈로그 오퍼레이터들은 코밋이 막 정리하고 나온 부스에 있는 것 같은 복잡한 장비 없이 일했다. 제너럴 서비스에서 가격을 명시해 제공하는 모든 일반 서비스 최신 가격 목록이 담긴 커다란 책 한 권, 그리고 평범하게 보고 들어주는 일만으로도 카탈로그 오퍼레이터는 보통의 고객이 원하는 거의 모든 것을 제공할 수 있었다. 카탈로그 범위를 넘어서는 주문은 코밋처럼 수완 좋은 전문가들에게 넘어왔다.

코밋은 마스터 파일 보관실을 통과하는 지름길을 택한 다음, 덜걱덜걱 소리를 내며 돌아가는 십여 대의 천공 카드기들이 양쪽으로 늘어선 복도를 지나 그 층의 로비로 나갔다. 공기 압력으로 움직이는 엘리베이터가 코밋을 태우고 사장실이 있는 층으로 올라갔다. 사장의 비서는 코밋을 제지하지 않았지만, 코밋이 왔다고 사장에게 알리지도 않았다. 하지만 코밋은 비서의 두 손이 음성 변환 키보드 위에서 분주하게 움직이는 걸 보았다.

교환 오퍼레이터가 10억 크레디트짜리 기업의 사장실에 직접 들어가는 일은 없다. 하지만 제너럴 서비스의 조직 구조는 지구상의 어떤 사업체와도 달랐다. 이 회사는 특별하게 훈련된 기술 자체가 하나의 상품으로 진열되어 사고팔리는 특수 사업체지만 일반적인 수완과 즉흥적인 재치도 마찬가지로 중요하게 여겼다. 위계 구조의 최상위에는 사장인 제이 클레어가 위치했고, 그의 만능 오른팔인 손더스 프랜시스가 두 번째에, 그리고 코밋처럼 무제한 교환대에서 상담 전화를 받는 수십 명의 오퍼레이터가 바로 그다음에 왔다. 그리고 가장 까다롭고 특정 카테고리로 분류하기 어려운 임무들을 수행하는 현장 오퍼레이터들도 같은 위치에 있었는데, 무제한 교환 오퍼레이터들과 무제한 현장 오퍼레이터들은 임의로 자리를 바꾸곤 했으므로 이 두 부류는 사실 한 집단이나 다름없었다.

그들의 아랫자리는 지구 곳곳에 퍼져 일하는 수만 명의 다른 직원들이 채웠다. 수석 회계사부터 법률팀 팀장과 마스터 파일의 수석 관리자를 거쳐, 그 밑에는 지역 운영요원들과 카탈로그 오퍼레이터들, 마지막으로 분류 최말단에는 언제 어디서든 지시만 받으면 말을 받아적을 준비가 된 속기사들, 저녁 모임의 빈자리를 언제라도 채울 수 있는 직업 댄서들, 아르마딜로와 훈련된 벼룩 대여 담당자 같은 아르바이트 직원들이 있었다.

코밋은 사장실로 걸어들어갔다. 그곳은 이 건물에서 녹화와 통신에 쓰이는 전기 기계들이 잡다하게 쌓여 있지 않은 유일한 방이었다. 그곳에는 단지 클레어의 (위에 아무것도 없는) 책상, 의자 몇 개, 그리고 사용되지 않을 때는 크란츠의 유명한 그림 '눈물을 흘리는 부처'처럼 보이게 되어 있는 입체 스크린 하나만이 놓여 있었다. 그림의 진본은 사실 3백 미터 아래, 지하 2층에 있었다.

"안녕, 코밋." 클레어가 인사를 하고는 종이 한 장을 내밀었다. "한번 보고 어떤지 말해줘. 프랜시스는 별로라는데." 손더스 프랜시스는 온화한 눈빛이 담긴 튀어나온 두 눈을 자기 상사에게서 코밋에게 돌렸지만, 그 말을 긍정도 부정도 하지 않았다.

코밋은 종이에 쓰인 것을 읽었다.

여유, 있으십니까?
제너럴 서비스를 체험할 여유, 있으십니까?
제너럴 서비스를 체험하지 않을 여유, 있으십니까????
이 제트 스피드 시대에 직접 쇼핑을 하고, 손수 세금을 내고,
집을 관리하느라 시간낭비할 여유, 있으십니까?
아이 돌보기도 고양이 먹이 주기도 해드립니다.
집 임대도 구두 구매 대행도 해드립니다.
장모님께 대신 편지를 쓰고
수표책 정리도 대신 해드립니다.
엄청나게 큰 일도 엄청나게 작은 일도
모두 놀랄 만큼 저렴한 가격에!
제너럴 서비스
다이얼 H-U-R-R-Y-U-P를 누르세요.

P. S. 개 산책도 시켜드립니다.

"어때?" 클레어가 물었다.

"프랜시스 말이 맞아. 느낌이 안 좋아."

"왜?"

"너무 논리적이잖아. 말도 너무 많고. 확 끌어당기는 힘이 없어."

"그럼 어떻게 해야 틈새시장을 공략할 광고가 될까?"

코밋은 잠시 생각하다가 클레어의 펜을 빌려 적어 내려갔다.

암살하고 싶은 사람, 있으세요?
(그럴 땐 제너럴 서비스에 전화하지 마세요)
그 밖의 일은 무엇이든 해드립니다.
다이얼 H-U-R-R-Y-U-P를 누르세요— 제값을 합니다!

P. S. 개 산책도 시켜드립니다.

"음, 글쎄, 괜찮은 것도 같고." 클레어가 조심스럽게 말했다. "이걸로 가보지. 프랜시스, 이거 범위는 B타입으로 해서 2주간 북미 지역에 내고, 경과 보고해줘." 프랜시스는 여전히 부드러운 표정을 바꾸지 않은 채 그것을 키트에 챙겨 넣었다.

"이제 내가 아까 말한 대로…."

"클레어." 코밋이 끼어들었다. "당신을 만나겠다는 분하고 약속을 잡았는데." 코밋은 손가락 시계를 흘끔 보았다. "…정확히 2분 40초 후에. 정부 쪽 사람이고."

"적당히 얼러서 집에 돌려보내. 난 바쁘다고."

"녹색 배지야."

클레어는 흠칫 놀라 고개를 들었다. 심지어 프랜시스도 약간 관심 있는 표정을 했다. "그래?" 클레어가 말했다. "상담 기록 갖고 왔어?"

"지웠어."

"지웠다고? 음, 당신이 제일 잘 알겠지. 직감이 제법인데? 들여보내."

코밋은 신중하게 고개를 끄덕이고 방을 나섰다.

코밋은 막 리셉션 룸으로 들어오는 남자를 발견하고, 경비원들이 지키고 선 대여섯 개의 문을 그가 신분과 용건을 밝히지 않고도 통과하게 해주었다.

사장실에 도착해 의자에 앉자 남자는 주변을 둘러보았다. "단둘이 얘기 나눌 수 있을까요, 클레어 씨?"

"프랜시스는 제 오른팔입니다. 코밋하고는 이미 얘기 나누셨고요."

"좋습니다." 남자는 녹색 배지를 다시 꺼내 내밀어 보였다. "지금 단계에서 통성명은 필요 없을 것 같군요. 비밀은 보장해주실 거라고 믿겠습니다."

제너럴 서비스 사장은 기다리기 힘들다는 듯 자세를 고쳐 앉았다. "바로 사업 얘기로 들어가죠. 피에르 보몬트 씨, 의전국 국장이시지요. 정부에서 저희한테 맡기실 일이 있나요?"

보몬트는 얘기가 진행되는 속도가 변한 것에 당황하지 않았다. "저를 아시는군요. 아주 좋습니다. 그럼 바로 일 얘기를 하지요. 정부에서 맡길 일이 있을 것 같습니다. 지금 하는 얘기는 무슨 일이 있어도 외부로 새어 나가서는 안 됩니다…."

"저희 제너럴 서비스의 모든 업무는 대외비로 처리됩니다."

"이건 대외비가 아니라 기밀입니다." 보몬트가 말을 멈췄다.

"알겠습니다." 클레어가 동의했다. "계속하시죠."

"여기서 흥미로운 회사를 꾸려나가고 계시더군요, 클레어 씨. 어떤 임무든 맡겠다고 장담도 하시는 걸로 알고요. 가격을 매겨서 말이죠."

"합법적인 임무에 한해서지요."

"아, 그래요, 물론 그렇죠. 하지만 '합법적'이라는 건 해석의 여지가 있는 단어지요. 명왕성으로의 두 번째 여행 때 제너럴 서비스가 맡았던 행사 준비 스타일이 저는 정말로 좋았습니다. 어떤 방식들은, 아, 정말 기발하더군요."

"혹시 그 행사에서 저희 일 처리가 마음에 들지 않으셨던 거라면, 상설 창구를 통해 법률팀에 말씀하시는 게 나을 겁니다."

보몬트는 클레어 쪽으로 손을 들어 아니라는 손짓을 했다. "아, 아닙니다, 클레어 씨. 그게 아니에요! 제 말을 오해하셨습니다. 저는 불만이 있는 게 아니라 감탄하고 있는 겁니다. 그런 솜씨라니! 외교관이 되셨어도 참 뛰어나셨을 텐데요."

"서로 간 보기는 그만하죠. 원하시는 게 뭡니까?"

보몬트가 입술을 오므렸다. "이렇게 한번 가정해보죠. 이 태양계에 속한 각각의 지성체 종족을 대표하는 십여 명의 대표자들한테 오락거리를 제공해야 한다면, 그리고 그들 모두를 완벽하게 편안하고 기분 좋게 만들어야 한다면. 그런 일을 하실 수 있겠습니까?"

클레어는 혼잣말을 하며 생각했다. "기압, 습도, 방사선 밀도, 대기, 화학작용, 기온, 문화적 조건… 그런 것들이라면 간단하죠. 하지만 중력 가속도는? 목성인들이라면 원심 분리기를 쓸 수도 있겠지만, 화성인들과 타이탄인들이라면 문제가 다릅니다. 지구의 정상 중력을 감소시킬 방법은 없어요. 안 되겠는데요. 그들을 즐겁게 해주는 건 우주 공간이나 달에서 하는 게 좋겠습니다. 그건 저희 분야가 아닌 것 같군요. 저희는 성층권을 넘어서는 서비스는 제공하지 않습니다."

보몬트가 고개를 저었다. "성층권을 넘어서지는 않을 겁니다. 이 일의 결과는 지구 표면에서 내주셔야 한다는 게 절대 조건입니다."

"왜죠?"

"고객이 특정한 유형의 서비스를 원할 때 왜 원하냐고 묻는 게 제너럴 서비스의 관례입니까?"

"그건 아닙니다만. 죄송합니다."

"괜찮습니다. 하지만 뭘 해야 하고 왜 이 일이 기밀로 유지돼야 하는지 이해하시려면 제가 좀 더 말씀을 드려야 할 것 같군요. 가까운 미래에, 그러니까 지금부터 겨우 90일 후에 지구에서 회의가 열립니다. 열리는 순간까지 그 회의가 열린다는 어떤 낌새도 새어 나가서는 안 됩니다. 만약 특정한 지역에서 이 계획을 알게 되면 회의의 개최 의미 자체가 상실돼버립니다. 이번 회의는 태양계에서 주목할 만한, 음, 과학자들의 원탁회의라고 보시면 되겠습니다. 규모와 구성은 작년 봄에 화성에서 열린 학술회의와 비슷하고요. 거기 참석하는 대표자들을 위한 오락 행사 전반을 준비해주시면 됩니다. 단, 회사의 세부조직에는 필요할 때까지 이 일을 비밀로 해주셔야 합니다. 자세한 사항은…."

클레어가 말을 끊었다. "저희 회사가 당연히 이 일을 맡을 거라고 생각하시는 것 같군요. 말씀을 들어보니 이번 일은 저희한테 우스꽝스러운 실패를 안겨줄 가능성이 있는데요. 저희 제너럴 서비스는 실패를 안 좋아하거든요. 저중력권 사람들이 높은 중력에서 몇 시간 이상 버티면 건강을 심하게 해칠 수밖에 없다는 건 국장님도 아시고 저도 아는 사실입니다. 행성 간 회합은 언제나 저중력 행성에서 열렸고 앞으로도 언제나 그럴 겁니다."

"그래요." 보몬트가 참을성 있게 대답했다. "지금까지는 언제나 그래 왔죠. 그 결과로 지구와 금성이 떠안는 외교적 핸디캡이 얼마나 어마어마한지 아십니까?"

"잘 모르겠는데요."

"반드시 아실 필요는 없습니다. 정치심리학은 대표님 분야가 아니니까요. 어쨌든 그런 게 있고, 이번 회의는 지구에서 열려야 된다는 게 정부의 단호한 입장이라는 사실은 받아들여주셨으면 합니다."

"왜 달에서 열지 않고요?"

보몬트가 고개를 저었다. "그건 전혀 다르지요. 우리가 다스리고 있긴 하지만 루나시티는 조약항(條約港)입니다. 심리적 의미에서 같은 일이라고 볼 수 없지요."

클레어도 고개를 저었다. "보몬트 씨, 제가 외교에 요구되는 미묘한 조건들을 잘 모르는 건 사실인데, 국장님 또한 제너럴 서비스라는 회사의 성격을 이해하시는 것 같지는 않군요. 저희는 기적을 일으키는 회사가 아니고 일으킨다는 약속도 하지 않습니다. 속도가 빨라졌고 조직적으로 움직이긴 하지만, 저희는 그저 지난 세기에 존재했던 집사 같은 사람들입니다. 옛날 하인 계급을 현대식으로 바꿔놓은 존재죠. 하지만 저희가 〈알라딘〉의 지니는 아닙니다. 심지어 과학적 의미에서의 연구소 같은 것도 운영하지 않습니다. 저희는 단지 커뮤니케이션과 조직에 있어서의 현대적인 진보를 최선의 방식으로 이용해서 '이미 가능해진' 일을 할 뿐입니다." 그는 멀리 있는 벽을 향해 한 손을 흔들었다. 거기에는 회사의 유서 깊은 트레이드마크가 음각으로 새겨져 있었다. 목줄을 팽팽히 당기며 기둥 냄새를 맡고 있는 스코틀랜드산 개의 모습이었다. "저희가 하는 일의 정신은 저기에 있습니다. 저희는 너무 바빠 직접 할 수 없는 사람들을 위해 개를 산책시킵니다. 저희 조부님은 개 산책시키는 일로 학비를 벌어 대학을 나오셨지요. 저도 여전히 그 일을 하고 있습니다. 저는 기적도, 정치와 관련된 재롱잔치도 약속드릴 수가 없습니다."

보몬트는 두 손가락 끝을 조심스럽게 한데 모았다. "돈을 받고 개 산책을 시켜주신다고요. 물론 압니다. 저희 집 개 두 마리도 대표님 회사의 산책 서비스를 받고 있거든요. 5미님 크레디트 정도면 사실 좀 싸다고 생각합니다."

"싸지요. 하지만 10만 마리쯤 되는 개들을 하루에 두 번씩 산책시키다 보면 수익이 금세 엄청나지거든요."

"이번 '개'를 산책시키는 대가로 얻게 될 '수익'은 상당할 겁니다."

"얼마나 됩니까?" 프랜시스가 물었다. 그가 최초로 관심을 드러낸 것이었다.

보몬트가 그에게 눈을 돌렸다. "존경하는 선생님, 이번, 음, 원탁회의 결과로 지구에는 문자 그대로 수천억 크레디트 단위의 자금 변화가 생길 겁니다. 이런 표현을 양해해주신다면, 저희는 곡식 떠는 소의 입에 망을 씌우는 짓은 안 할 겁니다."

"얼마나 주실 건데요?"

"원래 가격보다 30퍼센트 정도 더 드리면 적당하겠습니까?"

프랜시스가 고개를 저었다. "별로 많은 것 같지는 않군요."

"음, 거기서 절대 더 깎지는 않겠습니다. 이번 일에 얼마만큼의 가치가 있는지는 여기 계신 신사분들의… 죄송합니다, 코밋 씨, 당신도요! 여러분의 판단에 맡기겠습니다. 이 행성, 그리고 인류에 대한 충심으로 이치에 맞는 적절한 판단을 내리실 거라 믿습니다."

프랜시스는 뒤로 기대앉아 아무 말도 하지 않았지만, 기분은 좋아 보였다.

"잠시만요." 클레어가 항의했다. "저희는 아직 이 일을 맡은 게 아닌데요."

"가격은 논의했지요." 보몬트가 말했다.

클레어는 프랜시스를 쳐다보고, 다시 코밋을 본 다음 자기 손톱을 이리저리 들여다보았다. "가능할지 어떨지 생각해볼 수 있게 24시간만 주시죠." 그는 마침내 말했다. "그러면 그쪽 개를 산책시킬지 말지 알려드리겠습니다."

"확신하는데…." 보몬트가 대답했다. "하게 되실 겁니다." 그리고 몸을 감싼 망토를 가지런히 모았다.

*

"좋아, 브레인 여러분." 클레어가 씁쓸하게 입을 열었다. "어쩔 수 없게 됐군."

"나는 현장 근무로 돌아가고 싶다고 생각하고 있었어." 코밋이 말했다.

"중력 문제만 빼고 다른 모든 부분에 인력을 배치하지." 프랜시스가 제안했다. "그게 유일한 난관이야. 나머지는 늘 하던 일이고."

"물론 그렇게 해." 클레어가 동의했다. "하지만 그 말에 책임을 다하는 게 좋을 거야. 자네가 잘못하면 우린 엄청나게 돈을 들여 준비만 해놓고 돈은 못 받게 돼. 팀으로 누굴 붙여줄까? 코밋?"

"그게 좋겠군." 프랜시스가 대답했다. "최소한 하나부터 열까지 셀 줄은 아는 여자니까."

코밋이 그를 차갑게 쏘아보았다. "손더스 프랜시스, 가끔 당신과 결혼한 게 후회될 때가 있어."

"가정사는 회사 밖에 나가서 얘기들 하시고." 클레어가 경고했다. "뭐부터 시작하지?"

"중력에 대해 누가 가장 전문가인지 알아보지." 프랜시스가 제안했다. "코밋, 스크린으로 크래스웰 박사에게 연락해보는 게 좋겠어."

"알았어." 코밋이 입체 스크린 조정기를 향해 걸어가며 대답했다. "이게 이 일의 매력이지. 아무것도 몰라도 된다는 거. 그저 정보가 어디 있는지만 알면 되니까."

크래스웰 박사는 제너럴 서비스의 종신 스태프 중 한 명이었다. 그가 맡고 있는 의무는 없었다. 회사는 그가 편안하게 지내도록 후원해주는 일이 가치 있다는 걸 알고는, 과학 잡지를 구입하고 가끔 학자들이 주최하는 모임에 참석할 수 있도록 그에게 무한 인출 계좌를 내주었다. 크래스웰 박사에게는 연구 과학자들이 지닌 외골수적인 열정이 없었다. 그는 선천적으로 애호가에 가까운 사람이었다.

때때로 회사는 그에게 무언가를 물어보았다. 그러면 도움이 됐다.

"아, 잘 지냈나요, 친구!" 스크린에 나타난 크래스웰 박사의 온화한 얼굴이 코밋에게 미소를 지어 보였다. "들어봐요, 내가 방금 〈네이처〉 최신호에서 너무나도 재미있는 사실을 찾아냈어요. 브라운리의 이론을 정말 흥미로운 방식으로 이해하게 해주는…."

"잠깐만요, 박사님." 코밋이 말을 잘랐다. "제가 지금 좀 급하거든요."

"뭔데요, 친구?"

"중력에 대해 제일 잘 아는 사람이 누구죠?"

"어떤 의미에서 말하는 거죠? 천체물리학자를 원해요, 아니면 이론역학의 측면에서 그 주제를 다루고 싶어요? 내 생각엔 첫 번째 경우라면 파쿼슨이 추천할 만한 사람인데."

"그게 어디서 나오는 건지 알고 싶어요."

"장이론이군요, 그렇죠? 그렇다면 파쿼슨은 만날 필요가 없겠어요. 그 친구는 주로 현실 적용을 연구하는 탄도학자니까. 그런 관점이라면 줄리언 박사라고, 그 사람 업적이 권위 있는 편이죠. 아마도 그 분야에선 최고일 거예요."

"그분한테 연락하려면 어디로 해야 되죠?"

"아, 연락할 수는 없어요. 그 사람은 작년에 죽었거든. 불쌍한 친구예요. 거대한 손실이기도 하고."

코밋은 그게 진짜로 얼마나 거대한 손실인지 그에게 설명하고 싶은 충동을 억누르고 물었다. "누가 그 사람 구두를 물려받았죠?"

"누가 뭐를? 아, 숙어적 표현이군요! 알았어요. 현재 장이론 분야에서 최고 권위자인 사람 이름을 알고 싶은 거죠. 내 생각엔 오닐이에요."

"그 사람은 어디 있죠?"

"그건 알아봐야 할 것 같네요. 나하고는 그냥 가볍게 아는 사이거든. 까다로운 친구예요."

"부탁인데 알아봐주세요. 그리고 그동안에, 그 이론이 대체 뭔지 좀 가르쳐줄 만한 다른 사람이 있을까요?"

"카슨이라고, 우리 공학팀에 있는 젊은 친구를 만나보는 게 어때요? 우리랑 일하기 전부터 그런 쪽에 관심이 있던 친구거든. 영리한 녀석이에요. 그 친구랑 재미있는 대화를 많이 나눴지."

"그럴게요. 고마워요, 박사님. 오닐 연락처를 파악하시는 대로 사장실로 연락 주세요. 빨리요." 코밋은 통화를 끝냈다.

*

카슨은 크래스웰 박사의 의견에 동의했지만 다소 반신반의하는 것처럼 보였다. "오닐은 잘난 척을 잘하고 비협조적인 사람이에요. 그 사람 밑에서 일해봤거든요. 하지만 현존하는 다른 누구보다 장이론과 우주 구조에 대해 잘 아는 사람이란 사실은 부인할 수 없죠."

카슨은 회사의 내부 조직에 초대받았고, 현 상황에 대한 설명을 들었다. 그는 이 문제의 해결책을 모르겠다고 털어놓았다. "어쩌면 우리가 여기서 끌어내려는 게 꽤 어려운 건지도 모르지." 클레어가 말했다. "나한테 생각이 좀 있어. 카슨, 내가 틀렸으면 지적해줘."

"말씀하세요, 대표님."

"음, 중력 가속도는 질량을 지닌 물체 근처에서 발생하는 거지, 맞나? 지구의 정상 중력은 지구 근처에서 생기는 거고. 그렇다면, 지구 표면의 어느 특정한 지점 위에 큰 질량을 지닌 물체를 놓아두면 어떤 효과가 생길까? 지구가 잡아당기는 힘을 상쇄시키지 않겠어?"

"이론적으로는 그렇죠. 하지만 그러려면 아주 엄청나게 큰 질량이어야 할 거예요."

"그건 문제가 안 돼."

"대표님, 이해를 못 하고 계시는데요. 주어진 위치에서 지구의 인력을 완전히 상쇄시키려면 지구만큼이나 커다란 또 하나의 행성이 그 지점에서 지구와 접촉해 있어야 해요. 물론 우린 지금 인력을 완전히 없애겠다는 게 아니라 그저 줄이고 싶은 거니까, 질량이 조금 작은 물체, 그러니까 지구 중력의 중심만큼은 안 돼도 거기에 근접할 만한 중력 중심을 지닌 물체를 쓰면 어느 정도의 효과를 얻을 수는 있겠죠. 하지만 그걸로는 충분하지 않아요. 인력이 거리의 제곱, 그러니까 여기서는 지구 반지름의 제곱에 반비례하는 반면, 그 물체의 질량과 거기 따르는 인력은 지름의 세제곱에 비례해 감소하니까요."

"그래서 결론이 뭐지?"

카슨은 계산자를 꺼내 잠시 계산을 했다. 그러더니 고개를 들었다. "대답하기가 두려울 정도네요. 중력을 조금이라도 변화시키려면 상당히 크고 납 성분으로 이루어진 소행성이라도 구해와야 될 것 같아요."

"소행성들은 전에도 접근해 온 적이 있는데."

"네, 하지만 그걸 뭐로 고정해놓죠? 이건 아니에요, 대표님. 거대한 소행성을 지구 표면의 특정한 지점 위에 걸어놓고 계속 거기 붙잡아둘 만한 힘의 원천은 상상할 수도 없고, 그런 힘을 적용할 도구도 없어요."

"음, 그래도 꽤 좋은 생각 같아 보였는데." 클레어가 시름에 잠긴 목소리로 말했다.

대화를 따라가는 동안 코밋은 선이 고운 눈썹을 찡그렸다. 이제 코밋이 끼어들었다. "내가 이해하기로는, 엄청나게 무겁지만 부피는 작은 물체를 쓰면 더 효과적이지 않을까. 1세제곱센티미터당 수 톤이 나가는 물질에 대해 어딘가에서 읽은 적이 있는 것 같아."

"그건 왜성의 핵이에요." 카슨이 동의했다. "그걸 가져오려면 필요한 거? 별로 없어요. 며칠 만에 몇 광년을 갈 수 있는 우주선이랑, 별의 내부를 채굴하는 기술, 그리고 새로운 우주 시간 이론 정도면 되겠네요."

"아, 알겠어. 그만둘게."

"잠깐만." 프랜시스가 입을 열었다. "자기력이 중력이랑 꽤 비슷한 힘 아닌가?"

"음, 맞아요."

"그 쪼끄만 별들에서 그 핵이란 놈들을 자기력으로 끌어오는 방법이 없을까? 내부 화학구조에 뭔가 특이한 점이 있지 않을까?"

"멋진 생각이에요." 카슨이 인정했다. "하지만 내부 구조가 이상하다 해도 그렇게 많이 이상하지는 않아요. 그 별들은 여전히 유기적인 구조를 지니고 있어요."

"그렇지는 않을 것 같은데. 만약 돼지한테 날개가 있다면 그건 돼지가 아니고 비둘기지."

입체 스크린의 신호가 깜빡였다. 크래스웰 박사가 나오더니 오닐이 위스콘신주 포티지에 있는 자기 여름 별장에 있다고 알려주었다. 그는 오닐에게 전화를 걸지는 않았고, 클레어가 정말로 원하는 게 아니면 연락하고 싶지 않다고 했다.

클레어는 크래스웰 박사에게 감사를 표하고 다른 사람들 쪽으로 돌아섰다. "우린 시간 낭비를 하고 있어." 그가 말했다. "몇 년 동안 이 일을 해온 사람들로서 우린 기술에 관련된 문제에 답을 찾으려고 드는 것보다는 나은 방법을 찾을 줄 알아야 한다고. 난 물리학자도 아니고, 중력의 원리가 뭔지 내가 알 게 뭐야. 그건 오닐 전공이지. 카슨의 전공이기도 하고. 카슨, 위스콘신으로 날아가서 오닐한테 일을 맡겨."

"제가요?"

"그래. 자네가 이 일의 오퍼레이터고 합당한 보수도 받을 거야. 얼른 공항으로 뛰어가. 로켓하고 크레디트 팩시밀리 한 대가 있을 테니. 7, 8분 후에는 이륙할 수 있을 거야."

카슨이 눈을 깜빡였다. "여기서 제 업무는 어떻게 하고요?"

"공학팀에는 내가 얘기할 거고, 경리팀에도 마찬가지로 얘기해둘게. 어서 가."

더 이상 대답하지 않고 카슨은 문으로 향했다. 문에 도달했을 때쯤엔 꽤 서두르는 걸음새였다.

*

카슨이 떠나자 그가 다시 연락해올 때까지 그들은 할 일이 없었다. 할 일이 없었다는 건 물론 세 개의 다른 행성과 네 개의 주요한 위성들의 물리적이고 문화적인 특징을 재현하기 위해 수많은 세부 작업을 시작하는 일은 빼고, 라는 뜻이다. 그들은 각 행성의 표면 정상 중력 가속도 특성 부분은 건드리지 않고 놔두었다. 이번 임무는 새롭기는 했지만 현실적으로는 어떤 어려움도 안겨주지 않았다. 제너럴 서비스에는 말이다. 이런 문제들에 대한 모든 대답을 아는 사람들이 세상 어딘가에는 있었다. 제너럴 서비스라 불리는 방대하고 느슨한 조직은 그런 사람들을 찾아내고, 고용하고, 일을 맡길 준비가 되어 있었다. 모든 무제한 오퍼레이터들과, 상당수의 카탈로그 오퍼레이터들이 그런 임무를 맡아 당황하지도 허둥대지도 않고 처리할 능력을 갖추고 있었다.

프랜시스는 무제한 오퍼레이터 한 명을 불러들였다. 그는 사람을 고르는 수고조차 할 필요 없이 준비돼 있던 패널에서 이용 가능하다고 표시된 첫 번째 직원을 선택했다. 그들은 모두 '하면 된다!'가 신조인 사람들이었다. 프랜시스는 임무를 자세히 설명하고는, 설명이 끝나자 즉시 잊어버렸다. 임무는 제대로, 제시간에 수행될 것이다. 천공 카드기들이 조금 더 요란하게 소리를 내고, 입체 스크린들이 번쩍이고, 지구 곳곳에 퍼져 있는 젊고 명민한 직원들이 하던 일을 내려놓고 실제 작업을 맡을 전문가들을 찾아 헤맬 것이다.

프랜시스는 클레어를 향해 돌아섰다. 클레어가 말했다. "보몬트라는 자가 무슨 일에 관련돼 있는지 진작 알았으면 좋았을 텐데. 과학 회의라니… 푸!"

"자넨 정치에는 관심이 없는 줄 알았는데, 클레어."

"없지. 행성 간의 일이든 뭐든 정치 나부랭이에는 전혀 개의치 않아. 우리 사업에 영향만 끼치지 않는다면. 하지만 뭐가 계획되고 있는지 미리 알았더라면 좀 더 큰 덩어리를 뜯어낼 수 있었을 텐데."

"음." 코밋이 끼어들었다. "내 생각엔, 아무래도 전 행성을 통틀어 진짜 유력한 자들이 만나 갈리아*를 셋으로 분할하려고 하는 것 같아."

"그래, 그런데 누가 쪽박을 차게 될까?"

"화성이겠지, 아마도."

"그럴듯하군. 금성인들한텐 떼어줄 걸 적당히 떼어주고 달래겠지. 그렇게 된다면 우린 전(全) 목성 무역주식회사에 투자하는 걸 약간 고려해 봐야겠군."

"진정해, 친구, 진정하라고." 프랜시스가 경고했다. "그랬다간 사람들의 호기심을 불러일으키고 말걸. 이건 조용조용히 진행해야 하는 일이야."

"자네 말이 맞다고 생각해. 그래도 눈은 크게 뜨고 있으라고. 이 일이 끝나기 전에 우리 몫을 좀 챙길 방법이 있을 거야."

코밋의 전화가 울렸다. 코밋은 주머니에서 전화기를 꺼내 받으며 말했다. "네?"

* 갈리아는 북이탈리아, 프랑스, 벨기에 일대의 지역으로, 셋으로 분열되어 있다가 기원전 58년 카이사르가 갈리아 전쟁을 일으키면서 이후 몇 년에 걸쳐 로마에 통합되었다.

"호그베인 존슨 부인이라는 분이 통화하고 싶으시대."

"대신 좀 처리해줘. 난 지금 오프야."

"너 아니면 누구하고도 얘기 안 하겠대."

"알았어. 사장실 입체 스크린으로 연결해줘. 하지만 너도 같이 연결하고 있어줘. 나랑 얘기 끝나면 네가 처리해주면 돼."

스크린이 켜지면서 그 중앙에 평평한 이미지로 바뀐 존슨 부인의 살진 얼굴이 덩그러니 나타났다. "아, 코밋 씨…." 부인이 신음 소리를 냈다. "끔찍한 실수가 있었어요. 이 로켓에는 입체 스크린이 없지 뭐야."

"신시내티에서 설치해드릴 거예요. 20분쯤 후에요."

"확실해요?"

"물론 확실합니다."

"아, 고마워요! 자기랑 얘기하니 굉장히 안심이 되네. 그거 알아요? 나 자기한테 내 사교 모임 비서가 되어달라고 할까 생각 중이야."

"감사합니다." 코밋은 아무렇지 않게 대답했다. "하지만 저는 이 회사와 계약이 되어 있어서요."

"하지만 얼마나 바보 같을 만큼 지루한 일이겠어! 그런 일은 그만둘 수도 있잖아요."

"아닙니다. 죄송해요, 존슨 부인. 안녕히 계세요." 그녀는 스크린 스위치를 끈 다음 휴대전화에 대고 다시 말했다. "회계팀에 연락해서 이 여자가 낼 요금을 두 배로 올리라고 해. 그리고 난 다시는 이 여자랑 통화 안 할 거야." 전화를 끊은 코밋은 그 작은 기계를 거칠게 주머니에 밀어 넣었다. "사교 모임 비서라니!"

카슨이 다시 연락해왔을 때는 저녁 시간이 지난 뒤였고 클레어는 자기 아파트로 퇴근한 다음이었다. 프랜시스가 자기 사무실에서 카슨의 전화를 받았다.

"성과가 좀 있었나?" 카슨이 스크린에 나타나자 프랜시스가 물었다.

"상당히요. 오닐을 만났어요."

"그래? 그 일을 하겠대?"

"그 사람이 그 일을 '할 수' 있겠느냐는 말씀이시죠?"

"음, 그래, 할 수 있나?"

"그게 참 웃기는데 말이죠…. 저는 그 일이 이론적으로 불가능하다고 생각했거든요. 그런데 그 사람 만나 얘기를 들어보니 가능하겠다는 생각이 드는 거예요. 오닐은 장이론에 있어서 새로운 관점을 갖고 있어요. 아직 발표한 적 없는 거고요. 그 사람, 천재더라고요."

"그건 상관없고." 프랜시스가 말했다. "그 친구가 천재든 바보든 신경 안 써. 그래서 일종의 중력 약화 지대 같은 걸 만들 수 있다던가?"

"제 생각엔 그래요. 그 사람이라면 정말 할 수 있을 것 같아요."

"좋아. 그 친구랑 계약은 했나?"

"아뇨, 그게 문제예요. 그것 때문에 다시 전화드린 거고요. 실은 이렇게 됐어요. 만나긴 했는데 우연히 오닐이 좀 기분이 좋을 때 만나게 된 거예요. 전에도 한번 같이 일해본 적이 있고, 제가 다른 조수들만큼 그 사람 신경을 자주 긁지 않아서 그런지 저녁이나 같이 먹자고 저를 초대하더라고요. 많은 것들에 대해 한참 얘기를 하고 나서… 단도직입이라는 게 통하는 사람이 아니거든요…. 마침내 제가 일 얘기를 꺼냈죠. 약간 관심 있어 하더라고요. 제 말은, 그 아이디어 자체에는 관심을 보였다는 거예요. 일 제안 말고요. 그러더니 그 이론에 대해 얘기… 아니, 강의를 하더군요. 하지만 그 일을 할 생각은 없는 것 같아요."

"왜 안 한다는 거지? 자네가 보수를 넉넉히 안 불러서 그런 거 아니야? 내가 직접 만나보는 게 낫겠군."

"아뇨, 프랜시스 씨, 그런 게 아니에요. 이해를 못 하실 것 같은데요. 그 사람은 돈에는 관심이 없어요. 개인적으로 돈이 많고, 자기 연구나 그 밖의 일들에 필요한 것들을 사고도 남을 만큼 부자거든요. 그런데 지금 당장은 파동 역학 이론을 연구하느라 바빠서 다른 일 때문에 방해를 받고 싶지 않은 모양이에요."

"그 일이 얼마나 중요한지 그 친구가 납득할 만큼 충분히 설명했나?"

"그렇기도 하고 아니기도 해요. 실은 거의 못 했어요. 시도는 했는데, 그 사람한텐 자기 자신이 원하는 것 말고는 중요한 게 없어요. 일종의 지적 허영이랄까. 다른 사람들이 어떻게 되든지, 그런 건 그냥 전혀 중요하지 않은 거죠."

"알겠네." 프랜시스가 말했다. "지금까지는 잘했어. 이제부터 할 일을 말해주지. 나랑 통화를 끝내는 대로 집행팀에 연락해서 그 친구가 중력 이론에 대해 한 얘기를 기억나는 대로 최대한 기록으로 만들어. 우린 그 친구 다음으로 잘 아는 전문가들을 고용해서 그 기록을 주고, 그들이 뭔가 아이디어를 떠올리는 게 있는지 볼 거야. 그동안에 나는 오닐 박사의 뒷조사를 할 인력을 배치하겠네. 분명 어딘가 약점이 있는 친구일 거고, 우린 그걸 찾아내기만 하면 돼. 어쩌면 어딘가에 여자를 숨겨놓고 있을지도 모르고…."

"그런 일은 오래전에 그만둔 것처럼 보이던데요."

"…아니면 어디다 슬쩍 감춰놓은 혼외자가 있을지도 몰라. 조사해보면 알겠지. 자넨 거기 포티지에 가만히 있어. 자네가 그 친구를 고용할 수 없다면, 혹시 그 친구가 자네를 고용하도록 설득할 수 있을지도 모르잖나. 자넨 우리의 파이프라인이니, 그 파이프라인이 제대로 뚫려 있었으면 좋겠어. 우린 그에게 필요한 게 뭔지, 혹은 그가 무서워하는 게 뭔지 알아내야 돼."

"그 사람은 아무것도 무서워하지 않아요. 그건 분명히 말씀드릴 수 있어요."

"그럼 뭔가 부족한 게 있을 거야. 돈이나 여자가 아니라면 뭔가 다른 거겠지. 그건 자연의 섭리라고."

"글쎄요." 카슨이 자신 없는 목소리로 대답했다. "맞다! 제가 그 사람 취미에 대해 말씀드렸나요?"

"아니. 취미가 뭔데?"

"도자기요. 특히 중국 명나라 도자기. 아마 세계 최고의 수집품 컬렉션을 갖고 있을 거예요. 하지만 그런 그자한테도 없는 게 있다는 걸 제가 알아냈어요!"

"음, 말해, 이 친구야, 빨리. 극적 효과 가미 좀 그만하고."

"조그만 도자기 접시, 아니면 사발 같은 건데 지름이 10센티미터고 높이가 5센티미터쯤 되는 거예요. 그 그릇 이름은 중국어인데, 뜻이 '망각의 꽃'이에요."

"흠, 별로 중요한 건 아닌 것 같군. 그 친구가 그걸 몹시 갖고 싶어 하는 것 같던가?"

"같은 게 아니고 확실히 그래요. 자기 서재 잘 보이는 곳에 그 그릇의 입체 컬러 사진을 걸어놓고 있어요. 하지만 그 그릇 얘기가 나오면 괴로워하더군요."

"누가 그걸 갖고 있는지, 그리고 어디 있는지 파악해."

"이미 알아냈어요. 대영박물관이에요. 그래서 그 친구가 구입을 못하는 거죠."

"그래?" 생각에 잠기며 프랜시스가 말했다. "좋아, 그럼 그건 잊어버리고. 어서 진행해."

*

클레어가 프랜시스의 사무실로 내려왔고, 세 사람은 '망각의 꽃'에 대해 얘기를 나눴다. "내 생각엔 이쯤에서 보몬트의 도움이 필요한 것 같은데." 보고를 들은 클레어가 말했다. "대영박물관에서 뭐든 빼 오려면 정부의 힘이 있어야 되거든." 프랜시스가 침울한 표정을 지었다. "음, 왜 걱정하는 거지? 뭐가 문젠데?"

"난 알아." 코밋이 목소리를 냈다. "대영제국이 지구연합에 가입할 때 맺은 조약 기억해?"

"내가 역사 쪽은 문외한이라서."

"결론은 이거야. 지구 정부는 대영제국 의회의 승인을 얻지 않고는 아마 박물관 소유의 어떤 물건도 건드릴 수 없을 거라는 거."

"왜 안 되지? 조약이야 어찌 됐든 지구 정부에는 주권이 있는데. 그건 브라질 사건 때 결정된 거잖아."

"그래, 물론 그렇지. 하지만 그렇게 하면 하원에서 질문이 쏟아질 거고 결국 보몬트가 무슨 대가를 치르더라도 피하고 싶어 하는 일이 벌어질 거야. 세상에 알려지는 일 말이지."

"좋아. 그럼 어떻게 하면 좋을까?"

"프랜시스랑 내가 영국으로 건너가서 그 사람들이 '망각의 꽃'을 얼마나 꽉 잡고 있는지 알아보는 게 어떨까. 누가 그걸 묶어놓고 있는지, 그리고 그 사람의 약점이 뭔지도."

클레어의 시선이 코밋에게서 프랜시스로 옮겨갔고, 프랜시스는 멍한 얼굴을 하고 있었지만 그 얼굴에는 두 사람의 의견에 동의한다는 뜻이 담겨 있었다. "좋아." 클레어가 찬성했다. "두 사람한테 맡길게. 특급 로켓을 탈 건가?"

"아니, 보통을 타도 자정쯤에는 뉴욕을 벗어날 수 있을 테니까. 그럼 가볼게."

"그래. 내일 전화 줘."

다음 날 코밋이 사장에게 전화했을 때, 코밋을 본 클레어는 괴성을 질렀다. "이런, 세상에! 머리에다 뭘 한 거야?"

"담당자를 찾았어." 코밋은 간단히 설명했다. "그 사람 약점이 금발이야."

"피부도 하얗게 만들었군."

"물론이지. 클레어 당신이 보기엔 어때?"

"장난 아닌데. 난 원래 모습이 더 좋았지만. 그런데 프랜시스는 뭐라고 안 그래?"

"신경 안 써. 일인데, 뭐. 그런데 클레어, 지금 상황을 이야기하자면

보고할 만한 성과가 별로 없어. 편법을 써야겠어. 정상적인 방법으로 그 무덤 같은 곳에서 뭐든 꺼내려면 지진이라도 일으켜야 될 것 같아."

"돌이킬 수 없는 일은 하지 마!"

"날 알잖아, 클레어. 나는 당신을 곤란하게 하지 않아. 하지만 돈은 좀 들 것 같아."

"물론 그렇겠지."

"지금은 그게 다야. 내일 연락할게."

*

다음 날 그녀는 갈색 머리로 되돌아가 있었다. "이건 또 뭐지?" 클레어가 물었다. "가장무도회라도 하는 거야?"

"그 사람이 죽고 못 사는 금발 여자 타입이 난 아니었나 봐." 그녀가 설명했다. "하지만 그 사람이 흥미 있어 하는 다른 금발 여자를 찾아냈지."

"효과가 있었어?"

"있을 것 같아. 지금 프랜시스가 팩시밀리 통합 작업을 하고 있어. 운이 좋으면 내일쯤에는 돌아갈 수 있을 거야."

그들은 다음 날 돌아왔는데, 겉으로 보기에는 둘 다 빈손이었다. "어떻게 됐나?" 클레어가 물었다. "어떻게 됐어?"

"문단속해, 클레어." 프랜시스가 일렀다. "그러고 나서 얘기하지."

클레어가 보안 차폐막의 제어 스위치를 누르자 사장실은 관 속보다도 은밀한 곳으로 변했다. "그건 어딨어?" 그가 물었다. "손에 넣었어?"

"보여드려, 코밋."

코밋은 등을 돌리고 잠깐 동안 옷 속을 더듬어 찾더니, 돌아서서 그것을 사장의 책상 위에 조심조심 올려놓았다.

그건 아름답다고 할 수 있는 물건이 아니었다. 미(美) 그 자체였다. 그 간결하고도 미묘한 곡선에는 아무런 장식이 없었다. 장식이 있었다면 그 아름다움을 망쳐놓았을 것이다. 갑자기 소리를 내면 그대로 산산이 부서질 것 같아 주변에 있는 사람이 숨 죽이고 말을 하게 만드는 물건이었다.

클레어는 그걸 만져보려고 손을 내밀었다가, 생각을 바꾸고 손을 도로 거둬들였다. 대신 그릇 위로 머리를 숙이고 안을 들여다보았다. 기이하게도, 그 사발은 밑바닥을 알아보기가, 그게 어딘지 파악하기가 쉽지 않았다. 마치 빛이 가득한 웅덩이 속으로 빠져드는 사람처럼 그의 시선은 자꾸만 그 속으로 깊이, 더 깊이 가라앉는 듯했다.

그는 고개를 들고 눈을 깜빡였다. "하느님, 맙소사." 그가 속삭였다. "신이시여…. 이런 것들도 세상에는 존재하는군."

그는 코밋에게, 그리고 멀리 있는 프랜시스에게 차례로 시선을 돌렸다. 프랜시스의 눈에는 눈물이 고여 있었다. 어쩌면 클레어 자신의 눈이 흐려져 있었는지도 몰랐다.

"이봐, 사장…." 프랜시스가 말했다. "저기… 그냥 모든 걸 취소하고 이걸 우리가 가지면 안 될까?"

*

"더 이상 그 얘기를 해봤자 소용없어." 프랜시스가 진 빠진 목소리로 말했다. "우리가 그걸 가질 순 없다고, 사장 나리. 내가 그 말을 한 게 잘못이지만 그걸 곧이듣는 자네는 또 뭔가. 오닐한테 전화를 걸자고."

"이걸 어떻게 하든 간에 딱 하루만 더 기다려봐도 되잖아." 클레어가 과감히 말해보았다. 그의 눈길은 이미 '망각의 꽃'으로 돌아가 있었다.

코밋이 고개를 저었다. "소용없어. 내일이면 더 힘들어질걸. 분명히." 그리고 결심한 듯 입체 스크린으로 걸어가 제어판을 조작했다.

오닐은 방해를 받아 일단 짜증이 났고, 접속을 끊어놓은 스크린 앞으로 그를 불러내기 위해 그들이 비상 신호를 사용했다는 사실 때문에 두 번째로 짜증이 치밀었다.

"뭡니까?" 오닐이 따져 물었다. "무고한 시민이 전화 접속을 끊어놓고 있는데 괴롭히는 게 도대체 무슨 짓이냐고요? 말 좀 해보시죠…. 그럴 만한 이유가 있었으면 좋겠군요. 그게 아니라면, 빨리 말해봐요, 고소해 버릴 테니!"

"저희를 위해 조그만 일을 하나 맡아주셨으면 좋겠습니다, 박사님." 클레어가 침착하게 말문을 열었다.

"뭐라고!" 오닐은 너무 놀란 나머지 거의 화조차 낼 수 없는 듯했다. "선생, 지금 내 집의 프라이버시를 침해한 것도 모자라서, 거기 서서 나보고 댁들을 위해 일을 하라고 말하고 있는 겁니까?"

"보수는 만족하실 만큼 드리지요."

오닐은 열까지 세어보며 화를 가라앉히는 듯하더니 대답했다. "선생…." 그는 신중한 목소리로 말했다. "세상에는 돈이면 어떤 물건이든, 혹은 어떤 사람이든 살 수 있다고 생각하는 사람들이 있는 것 같아요. 그 사람들이 그런 믿음을 지닐 만한 근거가 많이 있다는 건 나도 인정합니다. 하지만 난 사고파는 물건이 아니에요. 당신도 그런 사람 중 한 명인 것 같으니, 지금 거신 전화 통화료를 올리기 위해 최선을 다해드리죠. 내 변호사한테서 연락이 갈 겁니다. 좋은 밤 되시길!"

"잠깐만요." 클레어가 다급하게 말했다. "박사님은 분명히 관심이 있으실 것 같은데요. 도자기에 말입니다."

"관심이 있으면 어쩔 건데요?"

"보여드려, 코밋." 코밋이 '망각의 꽃'을 스크린 가까이 가져왔다. 아주 조심스럽고 경건하게 다루면서.

오닐은 아무 말도 하지 않았다. 그는 앞으로 몸을 굽히고 노려보았다. 그의 몸이 금방이라도 스크린을 뚫고 솟아오를 것 같아 보였다. "어디서 구하셨어요?" 그가 마침내 말했다.

"그건 중요하지 않지요."

"사겠습니다. 선생이 부르는 가격에."

"이건 파는 물건이 아닙니다. 하지만 박사님한테 드릴 수도 있어요. 우리가 의견 일치만 본다면 말입니다."

오닐이 클레어를 의심스럽게 뜯어보았다. "그건 도난당한 문화재예요."

"잘못 알고 계시군요. 게다가 아무도 그런 혐의에는 관심을 갖지도 않을 거고요. 자, 이제 일 얘기를 해볼까요."

오닐은 그릇에서 눈을 멀리 떼어냈다. "내가 뭘 하면 되는 겁니까?"

클레어가 오닐에게 문제를 설명했다. 설명을 끝내자 오닐은 고개를 저으며 말했다. "그건 말도 안 돼요."

"이론적으로 그게 가능하다고 생각할 만한 이유가 있습니다."

"아, 물론 그러시겠죠! 이론적으로는 인간이 영원히 사는 것도 가능해요. 하지만 아무도 실제로 그렇게 하지는 못했어요."

"저희는 박사님이라면 하실 수 있을 거라고 믿습니다."

"됐거든요. 하!" 오닐이 스크린 밖에 서 있는 그에게 삿대질을 했다. "그 카슨이라는 젊은 친구도 당신들이 나한테 붙여놓은 거였구만!"

"카슨은 제가 시키는 대로 했을 뿐입니다."

"그렇다면, 선생, 난 선생의 태도가 심히 불쾌하군요."

"이 일을 어떻게 생각하시나요? 그리고 이건요?" 클레어가 그릇을 가리켰다.

오닐은 그것을 바라보고는 자기 수염을 입에 넣고 짓씹었다. "이렇게 가정해보죠." 마침내 그가 말했다. "내가 정직하게, 능력을 최대로 발휘해 노력을 해요. 여러분이 원하는 답을 주기 위해서. 그러고는 실패하면."

클레어가 고개를 저었다. "우린 결과에 대해서만 대가를 지급합니다. 아, 물론 보수는 드려야죠. 하지만 이 그릇은 아니에요. 이건 오직 성공하셨을 때만 보수에 더해서 드리는 보너스거든요."

오닐은 금방이라도 그 조건에 동의할 것으로 보였지만, 잠시 후 불쑥 말했다. "입체 컬러 사진을 가지고 댁이 날 속이고 있을 수도 있잖아요. 이 빌어먹을 스크린으로는 구별이 안 돼요."

클레어는 어깨를 으쓱했다. "직접 와서 확인하시죠."

"그럼 될지도요. 그럴게요. 거기 그대로 있어요. 거기가 어디죠? 빌어먹을, 선생, 그보다 당신 이름이 뭐요?"

2시간 후 오닐은 폭풍처럼 사무실 문을 박차고 들어왔다. "나한테 사기를 쳐! '망각의 꽃'은 여전히 영국에 있던데요. 내가 조사해봤다고. 당신… 당신, 가만두지 않을 거요, 선생, 내 두 주먹으로다가!"

"직접 보세요." 클레어가 옆으로 물러났다. 책상을 가리고 있던 자신의 몸이 더 이상 오닐의 시야를 방해하지 않게 하기 위해서였다.

그들은 오닐이 지켜보게 두었다. 그의 심정을 존중해 아무 소리도 내지 않으면서 그가 그걸 들여다보게 놔두었다. 한참의 시간이 흐른 후 그는 그들에게 돌아섰지만, 아무 말도 하지 않았다.

"어때요?" 클레어가 물었다.

"이런 망할, 그 장치, 만들어보죠, 뭐." 오닐이 목멘 소리를 냈다. "실은 여기 오는 동안 방법을 하나 생각해봤어요."

✶

첫 번째 회의가 열리기 하루 전날, 보몬트가 직접 찾아와 만나자고 했다. "그저 인사차 들렀습니다, 클레어 씨." 그가 말했다. "제너럴 서비스가 해주신 일에 대해 개인적으로 감사의 마음을 표현하고 싶었습니다. 이것도 드리고요." '이것'이란 약속한 액수가 적힌, 중앙은행 앞으로 된 어음이었다. 클레어는 그것을 받아 잠시 들여다보고는, 고개를 끄덕이고 책상 위에 올려놓았다.

"그렇다면." 클레어가 말했다. "저희 서비스가 정부에 만족스러웠다는 뜻으로 알고 받겠습니다."

"그렇게만 말하면 너무 박한 평가가 될 것 같군요." 보몬트가 그의 말을 정정했다. "아주 솔직하게 말씀드리자면, 저는 선생 회사가 이 정도까지 할 수 있을 거라고는 생각하지 못했습니다. 모든 면을 빈틈없이 고려하신 것 같더군요. 칼리스토에서 온 대표단은 지금 외출 중입니다. 여러분이 준비해주신 조그만 탱크를 타고, 운전을 즐기면서 관광을 하고 있어요. 모두 즐거워하고 있습니다. 이건 비밀이지만, 제 생각엔 다음 회기 때 그쪽 표를 기대해도 될 것 같습니다."

"어떻게, 중력 실드는 잘 작동하던가요?"

"완벽하게요. 그 친구들한테 넘겨주기 전에 제가 그 관광 탱크 안에 살짝 들어가봤거든요. 흔히 말하는 대로 깃털처럼, 정말로 그렇게 몸이 가벼워지더군요. 너무 가벼워서 우주 멀미를 할 뻔했습니다." 그는 삐딱한 즐거움을 드러내며 미소지었다. "목성인 아파트에도 들어가봤습니다. 거긴 또 완전히 다르더군요."

"네, 그랬을 겁니다." 클레어가 동의했다. "정상 중력의 2.5배 되는 중력은, 아무리 좋게 말한다 해도 숨 막히지요."

"어려운 일이었는데 끝이 좋았습니다. 이제 가봐야겠군요. 아, 그렇지, 한 가지 작은 부탁이 더 있습니다. 정부에서 오닐 박사의 이번 발명품을 조금 다른 용도로 이용하는 데 관심이 있을 수도 있거든요. 그래서 박사하고 이야기를 조금 나눠봤습니다. 제너럴 서비스가 '오닐 효과'에 대한 권리를 양도한다는 증서를 만들어주시면 번거로운 일을 덜 수 있을 것 같습니다."

클레어는 생각에 잠긴 얼굴로 '눈물을 흘리는 부처'를 들여다보며 엄지손가락을 깨물었다. "안 됩니다." 그는 천천히 말했다. "안 됩니다. 죄송하지만 그건 어려울 것 같습니다."

"왜 안 되죠?" 보몬트가 물었다. "그렇게 하면 재판이며 거기 따라붙는 시간낭비며 다 피할 수 있는데요. 저희는 선생 회사의 서비스에 감사하고 보답할 준비가 되어 있습니다."

"흠, 보몬트 씨, 아무래도 상황을 제대로 이해하지 못하고 계신 것 같군요. 저희 회사와 오닐 박사의 계약, 그리고 정부와 저희 회사의 계약. 이 둘은 꽤 큰 차이가 있습니다. 보몬트 씨는 저희에게 특정한 서비스, 그리고 그 서비스를 이행하는 데 필요한 특정한 동산(動産)을 요청하셨습니다. 저희는 그것들을 공급했죠. 요금을 받고요. 그 일은 모두 완료됐습니다. 하지만 저희와 오닐 박사의 계약에 의하면 박사는 계약 기간 동안 정규 직원으로 저희 회사에 고용되어 있습니다. 박사가 내는 연구 결과와 거기 관련된 특허는 모두 제너럴 서비스의 자산입니다."

"정말입니까?" 보몬트가 말했다. "오닐 박사는 그렇게 생각하는 것 같지 않던데요."

"오닐 박사가 잘못 알고 있는 겁니다. 진지하게 여쭤보는 건데요, 보몬트 씨. 비유하자면 정부는 저희한테 성벽을 무너뜨릴 만한 대포를 개발하라고 한 겁니다. 모기 한 마리를 잡는 데 쓰려고요. 명색이 사업가인 저희가, 겨우 한 방 쏘고 나서 그 대포를 포기할 거라고 기대하셨습니까?"

"아뇨, 그럴 것 같지는 않군요. 뭘 하실 계획이신데요?"

"중력 조절기를 만들어서 상업적으로 이용할 생각입니다. 적절히 개조해 공급하면 화성 같은 곳에서는 꽤 좋은 값을 받을 수 있지 않을까 하고 있어요."

"그렇군요. 네, 충분히 그럴 수 있으리라 믿습니다. 하지만 좀 잔인하게 들리더라도 제 생각을 솔직히 말씀드리자면, 클레어 씨, 그건 불가능할 것 같군요. 이번 발명품이 지구를 벗어나서는 안 된다는 게 정부의 단호한 정책적 입장이거든요. 사실 정부에서는 개입할 필요성을 느끼고 그걸 독점하려 할 겁니다."

"오닐의 입을 다물게 할 방법은 생각해보셨습니까?"

"아뇨, 상황이 여러 가지로 변해 그럴 경황까지는 없었습니다. 어떤 방법이 있을까요?"

"주식회사를 세우고, 박사한테 주식 한 뭉텅이에, 사장 자리를 얹어 주는 건 어떨까요. 저희 회사의 영리한 젊은 친구들 중 한 명을 이사회 의장으로 내세우고요." 클레어는 말하면서 카슨을 염두에 두었다. "모두한테 돌아갈 주식은 충분히 생길 겁니다." 그는 이렇게 덧붙이고 보몬트의 얼굴을 쳐다보았다.

보몬트는 미끼를 물지 않았다. "그렇다면 그 주식회사는 계약에 의

해… 오직 정부하고만 거래하게 되는 거겠지요?"

"그렇습니다."

"음…. 네, 그럴듯하게 들리는군요. 제가 오닐 박사랑 다시 얘기해보는 게 좋을 것 같습니다."

"그렇게 하세요."

보몬트는 스크린으로 오닐에게 전화를 걸어 낮은 목소리로 그와 대화를 나눴다. 혹은, 좀 더 정확히 말하자면, 보몬트의 목소리는 낮았다. 오닐은 전화기 마이크를 부숴버릴 듯한 음량으로 고함을 쳐댔으니까. 클레어는 프랜시스와 코밋을 불러 일이 어떻게 진행되었는지 설명했다.

보몬트가 스크린에서 몸을 돌렸다. "박사님이 얘기 나누고 싶으시답니다, 클레어 씨."

오닐은 싸늘한 표정으로 그를 보았다. "방금 내가 들은 이 어이없는 얘기는 뭡니까, 선생? '오닐 효과'가 당신네 회사 자산이라는 얘기가 다 뭐냐고요?"

"계약서에 있는 내용입니다, 박사님. 기억 안 나세요?"

"계약서라고! 빌어먹을, 난 그런 것 따윈 읽지 않는다고요. 하지만 이 말은 해두죠. 댁을 법정에 세워야겠어요. 당신이 나를 이딴 식으로 바보로 만들기 전에 내가 당신 손발을 꽁꽁 묶어버리겠다고!"

"잠깐만요, 박사님, 들어보세요!" 클레어가 달랬다. "법률상 사소한 부분에 불과한 걸 이용해서 박사님 이익을 문제 삼으려는 의도는 전혀 없습니다. 제가 생각하는 걸 대충 말씀드려도 되겠지요." 그는 빠른 속도로 계획을 설명했다. 오닐은 잠자코 들었지만, 도출된 결론에도 그의 표정은 여전히 누그러지지 않았다.

"난 관심 없습니다." 오닐이 퉁명스럽게 내뱉었다. "내가 관련돼 있는 한 정부는 모든 걸 가질 수 있어요. 내가 그 점을 분명히 할 거고요."

"다른 조건 한 가지를 언급하는 걸 빠뜨렸군요." 클레어가 덧붙였다.

"하지 마세요."

"해야겠어요. 이건 그저 남자 대 남자로서 합의 문제지만, 가장 중요한 문제이기도 하니까요. 박사님은 '망각의 꽃'에 대한 관리권을 갖고 계시죠."

오닐은 바로 방어 태세를 취했다. "'관리권'이라니 무슨 말이죠? 그건 그냥 내 거예요. 아시겠어요? 내가 그걸 소유하고 있다고요."

"소유하고 있다라…." 클레어가 그의 말을 반복했다. "하지만 저희가 존경하는 마음으로 박사님의 계약에 관해 양보해드리는 부분이 있는 만큼, 저희에게도 작은 보상 정도는 해주셨으면 합니다."

"뭐요?" 오닐이 물었다. 그릇 얘기가 나오는 바람에 자신감이 흔들린 상태였다.

"박사님이 그걸 갖고, 소유권을 계속 유지하세요. 하지만 저나 프랜시스, 혹은 코밋이 가끔… 혹은 자주 그걸 보러 가도 된다고 허락해주셨으면 합니다."

오닐은 믿을 수 없다는 표정을 지었다. "그냥 그걸 보러 오고 싶다고요?"

"그거면 됩니다."

"단지 감상만 하려고요?"

"그렇습니다."

오닐은 전에는 없던 존경심을 갖고 그를 바라보았다. "클레어 씨, 제가 지금까지 클레어 씨를 잘 몰랐군요. 사과드립니다. 주식회사 어쩌고는… 마음대로 하세요. 저는 신경 안 씁니다. 그리고 선생님, 프랜시스 씨, 코밋 씨는 언제든 좋을 때 '망각의 꽃'을 보러 오셔도 됩니다. 약속하겠습니다."

"감사합니다, 오닐 박사님, 저희 모두 감사드립니다." 클레어는 예의에 어긋나지 않을 만한 선에서 재빠르게 스크린의 스위치를 껐다.

보몬트 또한 한층 존경심 어린 눈으로 클레어를 보고 있었다. "다음번에는…." 그가 말했다. "세부적인 일을 처리하는 선생의 방식에 간섭하지 말아야겠다는 생각이 드는군요. 저는 이제 가봐야겠습니다. 아듀, 신사분들… 그리고 코밋 씨."

보몬트의 등 뒤로 문이 내려와 닫히자 코밋이 입을 열었다. "이걸로 멋지게 끝난 것 같네."

"그래." 클레어가 말했다. "우린 그를 위해 '개를 산책'시켰지. 오닐은 원하던 걸 손에 넣었고, 보몬트도 원하는 걸 가졌지. 게다가 그 이상의 것도 갖게 됐고."

"보몬트가 원하는 건 정확히 뭘까?"

"잘은 모르겠지만, 만약에 그런 게 생긴다면 태양계연합의 수장 같은 자리를 원하는 게 아닐까 싶네. 우리가 그 사람 무릎 위로 좋은 패들을 떨어뜨려 줬으니 그걸 이용하면 충분히 가능할 거야. 오닐 효과가 지닌 가능성이 뭔지 이제 알겠어?"

"어렴풋이." 프랜시스가 말했다.

"그게 우주 항해에 어떤 도움을 줄지 생각해봤어? 우주 식민지 건설에 그게 더해줄 가능성은? 아니면 오락적인 용도는? 그 기술 하나에 엄청나게 많은 게 들어 있는 거라고."

"우린 거기서 뭘 얻을 수 있지?"

"뭘 얻을 수 있느냐고? 물론 돈이지, 이 친구야. 무지하게 많은 돈. 사람들한테 원하는 걸 주면 언제나 돈이 들어온다고." 클레어는 눈을 들어 회사의 트레이드마크인 스코틀랜드산 개를 흘끔 바라보았다.

"돈이라." 프랜시스가 그의 말을 되풀이했다. "그래, 그렇겠군."

"어쨌든." 코밋이 덧붙였다. "우린 언제든 '망각의 꽃'을 보러 갈 수는 있겠네."

탐조등

Searchlight

조호근 옮김

✦ 1962년 호프만 전자의 광고 일부로 쓰여진 초단편으로, 1962년 8월 〈어스타운딩 사이언스 픽션(Astounding Science Fiction)〉에 발표

"그 아이한테 그게 들리겠나?"

"달의 이쪽 면에 있다면 들릴 겁니다. 만약 우주선에서 나올 수 있었다면요. 그리고 우주복의 전파수신 장치가 망가지지 않았다면요. 그리고 그걸 제대로 켰다면요. 그리고 살아 있다면요. 우주선의 신호가 잡히지 않고 레이더 비컨도 확인되지 않는 이상, 벳시도 조종사도 살아남았을 가능성은 희박합니다."

"반드시 찾아내! 우주정거장, 그대로 대기하라. 티코 기지, 응답 바란다."

응답에는 3초 정도 지연이 발생했다. 통신 내용이 워싱턴에서 달까지 갔다가 되돌아오는 데 걸리는 시간이었다. "달 기지, 사령관 응답합니다."

"장군, 현재 달에 있는 모든 인원을 즉시 벳시 수색에 투입하도록!"

광속 통신에 따르는 지연 때문에, 장군의 목소리는 마지못해 답하는 것처럼 들렸다. "각하, 달이 얼마나 넓은지 알고 계십니까?"

"그게 뭔 상관인가! 벳시 반스가 달 어딘가에 있을 것 아닌가. 그러니 찾아낼 때까지 모든 인력을 동원해 수색하게. 그 아이가 죽었다면 자네의 소중한 조종사도 차라리 함께 죽었기를 바라게 될 거야!"

"각하, 달의 표면적은 3천8백만 제곱킬로미터입니다. 제 휘하의 모든 인원을 투입해도 한 사람이 2천5백 제곱킬로미터 이상을 담당해야 합니다. 저는 벳시에게 최고의 조종사를 붙였습니다. 제 부하가 반론할 수 없는 상황에서 위협받는 상황을 좌시할 생각은 없습니다. 위협하는 사람이 누구든 말입니다, 각하! 달의 상황을 모르는 사람들이 이래라저래라 명령하는 일에는 이제 질렸습니다. 조언을 하나 드리지요. 공식 조언으로 기록하셔도 됩니다. 자오권 우주정거장에 맡겨보십시오. 어쩌면 그쪽에서는 기적을 이루어 낼 수 있을지도 모릅니다."

날카롭게 되쏘는 대답이 울렸다. "잘 알겠네, 장군! 이야기는 나중에 다시 하지. 자오권 우주정거장! 계획을 보고하라."

*

'눈먼 벳시'라는 별명으로 알려진 엘리자베스 반스는 천재 소녀 피아니스트로, 달의 미군을 상대로 순회 위문 공연을 하는 중이었다. 사고 당시 벳시는 티코 기지에서 엄청난 박수갈채와 함께 공연을 마무리한 다음, 로켓 지프에 타고 달 뒷면의 미사일 발사 기지로 이동하는 중이었다. 지구 반대편에서 홀로 근무하는 외로운 미사일 담당자를 위문하기 위해서였다. 1시간이면 도착하는 거리였다. 함께 탑승한 조종사는 긴급 상황에 대비하려고 따라갔을 뿐이었다. 평소에도 매일 이런 무인 우주선이 티코 기지와 이면 기지 사이를 왕복하곤 했으니까.

벳시가 탑승한 우주선은 발진 후 프로그램된 경로를 이탈했고, 티코 기지의 레이더에서 사라졌다. 저 바깥… 어딘가에 있다는 것 외에는 아무것도 알 수가 없는 상황이었다.

적어도 우주로 나간 것은 아니었다. 그랬다면 구조 요청이 발신되었을 테고, 다른 우주선이나 우주정거장이나 지상 기지에서 레이더 비컨 신호를 포착할 수 있었을 테니까. 광활한 월면 어딘가에 추락한 것이 분명했다. 아니면 비상 착륙을 했거나.

*

“자오권 우주정거장 국장입니다.” 통신 지연은 거의 눈치챌 수 없을 정도였다. 워싱턴과 우주정거장 사이의 거리는 3만6천 킬로미터 정도라서, 통신이 되돌아오는 데는 0.25초밖에 걸리지 않았다. “달의 이쪽 면은 지구 쪽의 여러 우주정거장에서 구역을 나누어 신호를 보내는 중입니다. 반대쪽 면은 삼체 안정점에 위치한 뉴턴 우주정거장에서 담당하고 있습니다. 경계 지역은 티코 기지에서 이륙한 우주선들이 순회하는 중입니다. 그러니까, 우리와 뉴턴 정거장 양쪽의 전파 사각지대에 속하는 구역 말입니다. 뭔가 들리기만 하면….”

“그래, 그래! 레이더 수색은 어떻게 되어가나?”

“각하, 월면에 멈춰 있는 로켓을 레이더로 찾으려 시도해도, 비슷한 크기의 다른 수백만 개의 지형지물과 구별할 방법이 없습니다. 유일한 가능성은 저쪽의 응답을 유도하는 것뿐입니다. 가능하다면 말이지만요. 초고해상도 레이더를 사용하면 몇 달 안에 찾아낼 수 있을지도 모르지만, 저런 소형 로켓 우주선에서 착용하는 우주복에는 공기가 6시간분밖에 없습니다. 우리 신호를 듣고 응답해주기를 바랄 수밖에 없습니다.”

“그래서 응답이 들어오면, 전파 방향 추적으로 위치를 찾을 수 있다는 거겠지?”

“불가능합니다, 각하.”

“대체 왜 안 된다는 건가?”

“각하, 이렇게 먼 거리에서는 방향 탐지 장비는 아무 의미도 없습니다. 신호가 달에서 온다는 것밖에 알 수가 없으니까요. 그걸로는 도움이 안 됩니다.”

“박사, 설마 지금 벳시한테서 응답이 돌아와도 위치를 찾지 못할 수도 있다고 말하고 있는 건가?”

“우리도 벳시처럼 장님이나 다름없는 상황입니다. 벳시가 우리 쪽에 직접 위치를 알려줄 수 있기를 바랄 뿐입니다. 우리 소리가 들린다면 말이지요."

"무슨 수로?"

"레이저를 사용할 겁니다. 단일 파장으로 좁힌 강력한 광선 말입니다. 벳시라면 들을 수 있을 테고…."

"광선을 듣는다고?"

"그렇습니다, 각하. 지금 레이더와 같은 방식의 탐지 장치를 개조 중입니다. 물론 레이더에는 아무것도 보이지 않지요. 그러나 지금 저희는 그 장치가 라디오파 주파수의 반송파를 발산하도록, 그리고 뒤이어 음파 주파수로 변환하도록 개조하는 중입니다. 그리고 피아노로 조작할 수 있도록요. 벳시가 우리의 통신을 들으면, 달 전체를 탐지하는 동안 귀를 기울이도록 부탁하고 피아노의 음계를 따라서…."

"죽어가는 애한테 그런 걸 시킨단 말인가?"

"대통령 각하, 입 좀 닥치십시오!"

"방금 누가 말한 건가?"

"벳시의 아버지입니다. 오마하에서 날아왔습니다. 제발, 대통령 각하. 그냥 조용히 저 사람들이 일하게 해주십시오. 제 딸을 잃고 싶지 않습니다."

대통령은 뻣뻣하게 대꾸했다. "알겠소, 반스 씨. 계속하게, 국장. 필요한 것은 뭐든 주문해도 좋네."

자오권 우주정거장의 국장은 얼굴을 쓸어내리며 말했다. "잡히는 것 있나?"

"아니요, 대장. 리오 정거장 좀 어떻게 안 됩니까? 저놈들이 바로 그 주파수를 차지하고 앉아 있어요!"

"벽돌이라도 떨어뜨려주지. 아니면 폭탄이나. 조, 대통령 각하께 보고하게."

"다 들었네, 국장. 그대로 침묵시켜주겠네!"

*

"쉿! 조용! 벳시, 내 말 들리니?" 통신사는 집중하며 장비를 조절했다.

스피커에서 소녀의 발랄하고 사랑스러운 목소리가 울렸다. "…아무도 없나요! 세상에, 다행이야! 얼른 오시는 게 좋겠어요. 소령님이 다치셨어요."

국장은 벌떡 일어나 마이크 앞으로 다가붙었다. "그래, 벳시, 서둘러 가겠다. 네가 우리를 도와줘야겠구나. 지금 어디 있는지 알겠니?"

"달 위 어딘가겠죠. 세게 흔들리는 바람에 소령님을 좀 놀려주려고 했는데, 그 순간 우주선이 뒤집혔어요. 안전띠를 풀고 피터스 소령님을 찾았는데 움직이지 않으시는 거예요. 돌아가신 것 같진 않아요. 저처럼 우주복이 부풀었고 헬멧을 가까이 대면 숨소리가 들리거든요. 지금 막 간신히 문을 열고 나온 참이에요." 그리고 벳시는 덧붙였다. "그리고 달 뒷면일 리는 없어요. 그쪽은 밤일 테니까요. 지금 햇살 속에 서 있는 것이 확실하거든요. 우주복 안이 엄청 덥네요."

"벳시, 계속 밖에 있어야 한다. 네가 우리를 볼 수 있는 곳에 있어야 해."

벳시는 키득거리며 웃었다. "괜찮은 농담이네요. 저는 귀로 보지만요."

"그래, 네 귀로 우리를 봐야 한다. 잘 들어라, 벳시. 이제 이쪽에서 광선을 쏴서 달 표면을 훑을 거다. 네 귀에는 피아노 음으로 들릴 거야. 지금 우리는 달 표면을 88개의 피아노 건반에 맞춰 나누어놨다. 소리가 들리면 '그만!'이라고 소리치고, 어느 음을 들었는지 말해다오. 할 수 있지?"

"물론이죠." 자신감 넘치는 목소리가 울렸다. "피아노가 조율만 제대로 되어 있다면요."

"조율은 해놨다. 좋아, 그럼 시작하마…."

"그만!"

"무슨 음이었지, 벳시?"

"가온 C에서 한 옥타브 위의 E 플랫이었어요."

"이 음이니, 벳시?"

"바로 그거예요."

국장은 소리쳤다. "그게 어느 구역이지? 구름의 바다인가? 장군님께 전해!" 그리고 그는 마이크에 대고 말했다. "금방 찾아낼 거다, 벳시! 이제 네 지역에서 다시 탐지해보자꾸나. 설정을 바꾸는 중이다. 그동안 아빠하고 얘기해보겠니?"

"어머나! 그래도 돼요?"

"물론이지!"

20분 후에 통신에 끼어든 국장은 이런 말을 들었다. "…물론 아니에요, 아빠. 아, 우주선이 떨어질 때 쪼끔 무섭긴 했어요. 하지만 사람들이 항상 돌봐주니까요. 언제나 그렇잖아요."

"벳시?"

"네, 박사님?"

"아까처럼 한 번 더 알려주렴."

*

"그만!" 그리고 벳시는 덧붙였다. "3옥타브 아래의 G 음이 분명해요."

"이 음이니?"

"맞아요."

"구역을 확인하고 우주선을 띄우라고 장군님께 전해! 이제 사방 40제곱킬로미터 크기로 분할한다! 자, 벳시. 이제 네가 어디 있는지 거의 알 것 같구나. 그래도 조금 더 구역을 좁혀야겠다. 안으로 들어가서 몸 좀 식히고 오겠니?"

"그렇게 뜨겁지는 않아요. 땀이 좀 나서 그렇지."

*

40분 후 장군의 목소리가 우렁차게 울렸다. "우주선을 찾았습니다! 손 흔드는 모습이 보인답니다!"

우주의 시련

Ordeal in Space

배지훈 옮김

✦ 1948년 5월 〈타운앤컨트리(Town & Country)〉에 발표

어쩌면 우리는 우주로 진출하면 안 되는 거였을지도 모른다. 우리 종족에게는 기본적으로 내재된 두 가지의 공포가 있다. 소음과 추락에 대한 공포. 왜 사람들은 끔찍할 정도로 높은 곳에 올라가는 것일까. 제정신인 사람이라면 계속해서 떨어지고… 떨어지고… 또 떨어질 수 있는… 높은 곳에 오르지 않을 것이다. 하지만 우주인은 다들 미쳐 있었다. 모두 아는 사실이었다.

그가 보기에 의료진은 매우 친절했다. "행운이십니다. 그건 기억해두세요. 아직 젊은 데다 퇴직금만 있으면 앞으로 돈 걱정은 안 해도 될 테니까요. 사지는 멀쩡하지 않습니까."

"멀쩡하다니요!" 그의 목소리가 무심결에 경멸하듯 높아졌다.

"아니요, 진심입니다." 주임 정신과 의사는 점잖게 주장을 굽히지 않았다. "환자분이 가지고 계신 아주 작은 흠은 아무런 해도 끼치지 않을 겁니다. 우주로 나가지 못한다는 것만 제외한다면 말이죠. 저는 고소공포증을 정신질환이라고 부르고 싶지도 않아요. 떨어지는 걸 무서워하는 것은 정상적이며 분별력 있다는 얘기죠. 환자분은 그저 다른 사람보다 더 강하게 느끼고 있는 것뿐, 비정상은 아니에요. 특히 겪으신 일을 생각해보면 말이죠."

그때 일이 되살아나 몸이 떨렸다. 눈을 감자 발밑으로 별이 돌아가고 있었다. 그는 떨어지고 계속 끝없이 떨어지고 있었다. 정신과 의사의 목소리가 비집고 들어와 다시 현실로 끌어당겼다. "진정하세요! 주위를 둘러보시고요."

"죄송합니다."

"괜찮습니다. 말해봐요, 이제 뭘 할 생각이죠?"

"모르겠어요. 직장을 구해야겠죠."

"회사에서 일자리를 줄 수 있다는 건 알고 있죠?"

그는 고개를 저었다. "우주항 근처에서 머물고 싶지 않아요." 셔츠에 달린 작은 배지는 그가 '선장님'이라는 예우로 불릴 것이며 이전의 직책으로 인해 조종사 라운지에 드나들 수 있는 특권을 가질 수 있다는 표시였다. 그가 사람들에게 다가가면 말소리가 사라지며 조용해질 것이고 방금까지 뒤에서 뭐라고 떠들고 있었는지 궁금해하게 되겠지. 아니, 절대 사양하겠어!

"당신은 현명한 사람입니다. 깨끗하게 떠나는 것이 최선일지도 모르죠. 적어도 잠시라도 말이죠. 기분이 나아질 때까지 말입니다."

"나을 수 있을까요?"

정신과 의사의 표정이 굳었다. "가능하죠. 기능성이라는 것은 알고 있겠죠. 외상성은 아닙니다."

"하지만 안 될 거라는 말씀이시군요?"

"그런 말은 안 했습니다. 정직하게 말하자면 저도 모른다는 얘기죠. 우리는 아직도 사람의 마음이 어떻게 작동하는지 잘 모르니까요."

"알겠습니다. 그렇다면 이만 가봐야겠군요."

정신과 의사가 일어서서 손을 내밀었다. "필요한 게 있으면 연락하세요. 그리고 어떤 경우든 보러 오시고요."

"감사합니다."

"괜찮아질 겁니다. 저는 확신합니다."

하지만 정신과 의사는 환자가 걸어 나가자 고개를 저었다. 그 사람의 걸음걸이에서 우주인다운 여유롭고 동물적인 자기 과신의 모습은 찾아볼 수 없었다.

*

이제 그레이트 뉴욕에서 지붕이 씌워지지 않은 지역은 거의 없었다. 그는 그런 지역은 지하를 통해 지나갔다. 그리고 독신자용 방이 늘어서 있는 복도에 다다랐다. 제일 처음 보이는 '빈방' 표시가 있는 곳의 투입구에 동전을 넣고 점프백을 쑤셔 넣고 떠났다. 교차로에 있는 모니터에서 가장 가까운 직업안내소를 찾았다. 그곳에 간 후 면접 책상에 앉아 지문을 찍고 문서양식을 채우기 시작했다. 마치 처음으로 돌아간 듯 신기한 기분이었다. 생도가 된 이후 일자리를 찾는 것은 이번이 처음이었다.

그는 성명란을 마지막까지 망설이며 채우지 않았다. 이미 유명세는 감당할 수 없을 정도였다. 누가 알아보는 것이 싫었다. 누군가에게 추켜세워지는 것도 절대 원하지 않았다. 그리고 무엇보다도 누군가가 자신을 영웅이라고 부르는 소리를 듣기 싫었다. 그는 곧 '윌리엄 손더스'라고 인쇄한 후 투입구에 문서양식을 떨어뜨렸다.

그가 세 번째 담배를 다 피우고 네 번째 담배에 불을 붙이려고 할 무렵, 앞에 있는 스크린이 드디어 켜졌다. 아주 잘생긴 갈색 머리 여성이 나왔다. "손더스 씨." 여자가 말했다. "안으로 들어오시겠어요? 17번 방입니다."

방 안에는 그 갈색 머리 여성이 기다리고 있었고, 앉으라고 권유한 다음 담배도 권했다. "편하게 앉으세요, 손더스 씨. 저는 조이스입니다. 이력서에 대해서 말씀을 나누고 싶은데요."

그는 자리에 앉아 아무 말 없이 기다렸다.

그가 말할 의사가 없다는 것을 확인하고 조이스가 말을 이었다. "제출하신 이름은 '윌리엄 손더스'라는 이름인데요, 물론 저희는 선생님이 어떤 분이신지 알고 있습니다. 지문을 통해서요."

"그렇겠죠."

"물론 모든 사람이 알아보겠죠. 하지만 스스로를 윌리엄 '손더스'라고 칭하신다는 것은…."

"네, 손더스입니다."

"그래요…, 손더스 씨. 그 때문에 따로 서류를 요청해야 했습니다." 조이스는 마이크로필름 타래를 꺼내 들고, 그의 이름이 적혀 있는 것을 보여줬다. "이제 선생님에 대해서 아주 많은 것을 알게 되었는데요. 대중이 알고 있는 것보다도, 그리고 이력서에 쓰신 내용보다도 많이요. 훌륭한 경력입니다, 손더스 씨."

"고맙습니다."

"하지만 경력을 이용해 직장을 구해드릴 수가 없습니다. 계속 자신을 '손더스'라고 지칭하신다면 참조조차 할 수 없게 되죠."

"분명히, 손더스입니다." 그의 목소리는 단호하다기보다는 단조로웠다.

"서두르지 마시고요, 손더스 씨. 명성을 이용하신다면 훨씬 높은 보수의 일자리를 줄 곳은 상당히 많을…."

"관심 없습니다."

조이스는 그의 얼굴을 보더니 더 밀어붙이지 않기로 했다. "원하시는 대로 해드리죠. B 응접실에 가시면 분류와 기술 시험을 시작하실 수 있습니다."

"감사합니다."

"만약 나중에라도 생각을 바꾸신다면 말이죠. 손더스 씨, 언제든 기꺼이 재고해드리겠습니다. 이제 나가시면 됩니다."

사흘 후 그는 주문제작 통신 설비를 설치하는 작은 회사에서 일자리를 구할 수 있었다. 전자장비를 조정하는 일이었다. 정신을 쏟아야 할 만큼 어려우면서 그가 겪은 훈련과 경험에 비춰보면 적당히 쉽고 평온한 일이었다. 석 달간의 수습과정을 거쳐 신입사원 티를 벗고 승진할 수 있었다.

그는 일하고, 자고, 먹고, 가끔 공공 도서관에 들르거나 YMCA에서 운동하는 아주 잘 짜인 일과를 만들었다. 그리고 어떤 경우에도 절대 높은 곳에도 가지 않고 지붕이 없는 곳에도 가지 않았다. 심지어 극장의 발코니석에도 오르지 않았다.

✶

그는 과거의 기억을 머릿속에서 내쫓으려 했지만, 아직도 생생했다. 그는 별빛이 날카로운 화성의 얼어붙은 하늘이나 비너스버그의 휘황찬란한 유흥가를 보는 몽상에 빠져들곤 했다. 가니메데의 항구 위를 부풀어 오른 붉은색 목성이 뒤덮은 모습을 볼 수도 있었다. 불가능할 정도로 거대하고 하늘을 가득 메우며 옆으로 부풀어 오른 그 모습을.

아니면 가끔은 행성 사이의 외로운 공간에서 기나긴 근무시간의 고요함을 돌이켜보기도 했다. 하지만 그런 추억은 위험했다. 추억은 새로 맞이한 마음의 평화 끄트머리를 파고들 수 있었다. 그리고 발키리호의 강철 가로대에 간신히 매달려 목숨을 부지하는 기억으로 미끄러져 들어갈 수도 있었다. 손가락에 감각이 없어지며 힘이 빠지는 느낌. 그리고 바닥이 없는 우주의 우물.

그러면 참을 수 없이 몸을 떨며 의자나 작업대를 붙들며 지구로 돌아왔다.

처음에 그런 일이 일어났을 때 작업대 동료인 조 툴리가 그를 호기심어린 눈초리로 쳐다보았다. "무슨 문제라도 있나, 손더스?" 툴리가 물었다. "숙취야?"

"아무것도 아니야." 그가 겨우 대답했다. "그냥 오한이 들어서."

"약이라도 한 알 먹어. 이봐, 점심이나 먹으러 가지."

툴리는 엘리베이터 쪽으로 앞장섰고 두 사람은 끼어들어서 탔다. 직원 대부분은, 여성들조차도 낙하통로를 타고 내려갔다. 하지만 툴리는 항상 엘리베이터를 이용했다. 물론 손더스도 절대 낙하통로를 이용하지 않았다. 그게 두 사람이 점심을 같이하는 계기가 되었다. 그도 통로가 안전하다는 것은 알고 있었다, 동력이 꺼진다 해도 안전망이 나와서 각 층에서 멈출 수 있었다. 하지만 도저히 뛰어내릴 수가 없었다.

툴리는 대외적으로는 낙하통로에서 착지할 때 등이 아파서 안 탄다고 말했지만, 손더스에게 조용히 밝히기를, 자동 기계는 믿지 않는다고 했다. 그 덕에 손더스는 툴리와 친해졌다. 새로운 생활을 시작하고 난 이후 처음으로 친해진 툴리는 방어적으로 대하지 않아도 되는 사람 같았다. 손더스는 툴리에게 진실을 말해주고 싶었다. 툴리가 그를 영웅으로 취급하지 않으리라는 것만 확실하다면 말이다. 사실 영웅 노릇에 이의가 있는 것은 아니었다. 어렸을 때 우주항 주위에서 놀면서 우주선 안에 들어가보려고 호시탐탐 기회를 노렸었다. 학교도 땡땡이쳐 가며 이륙을 구경하면서 언젠가 '영웅'이 될 것을 꿈꿨다. 믿을 수 없을 정도로 위대하고 위험한 탐험을 마치고 영광스럽게 개선하는 영웅. 하지만 문제는 아직도 영웅이 어떻게 보여야 하고 어떻게 행동해야 하는지에 대한 생각이 변하지 않았다는 것이었다. 그 상상 속에는 열린 창문을 피하고 지붕 없는 광장을 가로질러 가길 무서워하거나 끝없는 깊은 우주를 생각만 해도 말을 못할 정도로 괴로워하는 모습은 없었다.

툴리가 저녁 초대를 했다. 그는 툴리가 어디 사는지 물어보고 나서 초대를 계속 피해왔다. 툴리가 말한 셸튼 단지는 저지 평야를 꼴사납게 만들고 있는 상자 모양의 토끼장이었다. "귀가하기에는 너무 먼 곳이야." 손더스가 자신이 무엇을 무서워하고 있는지 들키지 않으려 머리를 굴리면서 힘들다는 듯 말했다.

"집에 안 가도 돼." 툴리가 안심시켰다. "남는 방이 있으니까 말이야. 오라니까. 내 아내가 직접 요리도 해줄거야."

"글쎄, 알았어." 그가 항복했다. "고맙네, 툴리." 라과디아 튜브를 타면 4백 미터 지점까지는 갈 수 있었다. 만약 지붕이 있는 길을 찾지 못한다면 지상 택시를 타고 차양을 내리면 될 일이었다.

툴리가 홀에서 맞이하면서 속삭이며 사과했다. "원래 젊은 여자를 소개해주려고 했는데 말이야, 손더스. 대신 내 처남 에드 슐츠가 왔어. 인간쓰레기 같은 놈이라 미안하네."

"괜찮아, 툴리. 와보니 좋군." 진심이었다. 툴리의 아파트가 35층이라는 점이 처음에는 거슬렸지만, 들어가보니 높이를 느낄 수 없어서 기분이 나아졌다. 전등에 불이 들어와 있었고 창문도 가려져 있었던 데다 바닥도 바위처럼 탄탄했다. 그는 포근하고 안전한 기분이 되었다. 총각이 가지기 마련인 아마추어 요리사에 대한 불신이 있었는데 놀랍게도 툴리의 아내는 훌륭한 요리사였다. 마치 집처럼 마음을 놓고 편안함과 안전함, 그리고 누군가가 자신을 원한다는 감각을 즐겼다. 그는 툴리의 처남이 지껄여대는 공격적이고 편협한 발언 대부분을 흘려들어 버릴 수도 있었다.

저녁 식사를 마친 후 편한 의자에 앉아 맥주 한 잔을 손에 들고 비디오 스크린을 시청했다. 뮤지컬 코미디였다. 그는 몇 달 만에 처음으로 진심에서 우러나온 웃음을 터뜨렸다. 곧 코미디가 끝나고 종교 프로그램이 흘러나왔다. 국립 대성당 합창단이었다. 그는 채널을 돌리지 않은 채 내버려두고 한 귀로 들으면서 다른 사람들이 무슨 대화를 나누는지 들었다.

합창단 프로그램이 절반쯤 지났을 무렵, 미처 알아차리기도 전에 '여행자를 위한 기도'가 흘러나왔다.

…기도를 올리나니 들어주소서
바다의 위험을 만난 자들을 위한 기도를.

전능하신 만물의 주인이시여,
당신의 권능은 가장 큰 것에서 가장 작은 것까지 미치나니

변치 않는 법칙으로 별을 안내하며
당신의 창조물을 향한 경외로 가득 차리라.
오, 당신의 자비와 당신의 영광을 허락해주소서.
우주로 탐험 떠난 사람들에게.

그는 꺼버리고 싶었지만 한편으로는 듣고 싶었다. 비록 절망적으로 버려진 느낌과 참을 수 없는 향수병이 가슴을 채워왔음에도 그만 들을 수가 없었다. 생도 시절에도 이 노래만 들으면 눈에 눈물이 가득 찼다. 그는 뺨을 적시는 눈물을 남몰래 감추기 위해 고개를 돌렸다.

합창단의 "아멘" 소리가 들리자마자, 그는 아무거나 다른 프로그램으로 틀어놓고 기구를 만지작거리는 척 스스로를 추슬렀다. 그리고 다시 돌아와 평정을 가장했다. 하지만 누구라도 자신이 곤란을 겪고 있다는 것을 눈치챘을 거라 생각했다.

처남이란 자는 여전히 떠들어대고 있었다.

"병합해버려야 한다니까요." 에드가 말했다. "그래야만 해요. 3행성간 조약이라니, 무슨 개수작이야! 화성에서 무슨 일을 하건 말건 놈들에게 무슨 권리가 있어서 간섭하는 거죠?"

"글쎄, 에드." 툴리가 담담하게 말했다. "그 사람들의 행성이었잖아? 그 사람들이 먼저 살고 있었다고."

에드는 툴리의 말을 무시하며 말했다. "우리가 북미에 왔을 때 인디언에게 뭘 원하는지, 어떤지 물어봤어요? 쓸 줄도 모르는 것을 가지고 있을 권리는 누구에도 없잖아요. 제대로 착취만 하면…."

"추측하는 건가, 에드?"

"응? 정부 놈들이 약해빠진 늙은 여자들로만 채워지지 않았더라면 추측할 필요도 없었겠죠. '원주민의 권리'라니. 저능아에게 무슨 권리가 있다고요?"

그는 어느새 마음속으로 에드와 그가 잘 알고 지냈던 유일한 화성인인 크나스 수스를 비교하고 있었다. 점잖은 크나스는 에드가 태어나기 전에도 이미 노인이었는데 종족 중에서는 젊은 축에 속했다. 크나스는 친구나 신뢰하는 지인과 아무 말도 하지 않고 또 말을 할 필요도 없이 몇 시간이고 같이 앉아 있을 수 있었다. 그들은 그걸 "함께 자란다"고 칭했다. 그의 전 종족이 함께 자랐기 때문에 정부도 필요 없었다. 지구인이 오기 전까지는.

그는 크나스에게 노력도 안 하고 아주 작은 것에도 만족하는 이유가 무어냐고 물은 적이 있었다. 1시간이 넘게 지나고 괜히 꼬치꼬치 캐물은 것을 후회할 무렵 크나스가 대답했었다. "우리 아버지들은 노동을 했고, 나는 지쳤네."

그는 바로 앉아 에드를 마주 보고 말했다. "그들은 저능아가 아니에요."

"응? 여기 전문가가 납셨네!"

"화성인은 저능아가 아니에요. 그저 지쳤을 뿐이죠." 그가 굴하지 않고 말했다.

툴리는 씩 웃었다. 에드는 툴리가 웃는 걸 보고 얼굴이 구겨지더니 그에게 말했다. "그런 의견을 가질 권리는 누구에게 받았어요? 화성에 가보기라도 했어요?"

그는 갑자기 스스로를 억눌러야 하는 순간이 왔다는 걸 깨달았다. "그러는 당신은 가봤어요?" 그는 조심스럽게 반문했다.

"그게 문제가 아니잖아요. 최고의 석학들이 모두 동의하는데…." 그는 에드가 그대로 떠들게 내버려두고 다시는 반박하지 않았다. 툴리가 다들 내일 아침 일찍 일어나야 하니 잠자리에 들 준비를 할 시간이라고 말하자 다행이라고 생각했다.

툴리의 아내에게 잘 자라고 인사를 하고 멋진 저녁 식사에 감사한 다음 툴리를 따라 손님방으로 갔다. "저 가족의 저주 같은 녀석을 치워버릴 수만 있으면 좋을 텐데 말이야, 손더스." 툴리가 사과했다. "자고 싶을 때 자면 되네." 툴리가 창가에 다가가 창문을 열었다. "여기라면 잘 잘 수 있을 거야. 여긴 높아서 진짜 신선한 공기를 맛볼 수 있으니까.” 툴리는 고개를 내밀더니 두어 번 깊게 숨을 들이쉬었다. “진짜 공기만 한 게 없지.” 툴리는 창문에서 안을 보며 계속 말했다. “아마 마음속은 시골 사람인가 봐. 무슨 문제라도 있나, 손더스?”

“아니. 아무것도 아니야.”

“조금 창백해 보이는데. 잘 자게. 자네 침대도 알람을 7시에 맞춰놨어. 그러면 시간이 충분하겠지.”

“고마워, 툴리. 잘 자게.” 툴리가 나가자마자 그는 마음을 다잡고 창가로 가서 창문을 닫았다. 식은땀을 흘리면서 돌아선 다음 환기 장치를 다시 켰다. 그리고 침대 가장자리에 무너지듯 앉았다.

그는 한참을 앉아서 연달아 담배를 피웠다. 그도 방금 되찾았다고 생각한 마음의 평화가 실재하지 않는다는 사실을 잘 알고 있었다. 그 안에는 수치심과 길고 긴 상처만이 남아 있을 뿐이었다. 에드 슐츠 같은 최악의 얼간이에게 굴복하는 지경에 왔으니 차라리 발키리호 사건에서 살아남지 못한 게 나았겠다는 생각마저 들었다.

그는 주머니에서 ‘플라이-라이트’ 알약을 다섯 개 꺼내 삼키고 침대로 갔다. 그는 눕자마자 다시 일어나서 창문을 아주 조금 열려다가 침대의 설정을 눕고 나서도 불이 안 꺼지도록 바꾸는 것으로 타협을 봤다.

그는 잠이 들었고 기나긴 시간 동안 꿈을 꾸었다. 다시 우주였다. 사실 그는 떠난 적조차 없었다. 그는 행복했고, 깨어나자마자 악몽이라는 것을 깨닫기 전까지는 완벽한 행복에 잠겨 있었다.

그때 울음소리가 평정심을 방해했다. 처음에는 아주 희미하게 불편한 정도였는데 점차 무언가 해야겠다는 의무감이 들었다. 무언가 해야만 했다. 꿈에서나 가능한 논리로, 꿈은 추락으로 변했다. 그래도 그에게는 현실이었다. 그는 붙들고 있었고 점점 미끄러져가더니 결국 놓쳤다. 아래에는 아무것도 없었고 우주의 검은 허공만이 있었다.

그는 잠에서 깨어 헐떡였다. 조 툴리의 손님방 침대였다. 방 조명은 타들어가듯 밝게 빛나고 있었다.

하지만 울음소리는 계속되었다.

그는 고개를 흔들고는 귀를 기울였다. 진짜 울음소리였다. 이제 무슨 소리인지 알아낼 수 있었다. 고양이, 새끼고양이 소리였다.

그는 일어나 앉았다. 우주인에게 고양이 애호라는 전통이 없었더라도 그는 살펴봤을 것이었다. 우주선 안에서도 깔끔한 습관과 변하는 가속도에 대한 적응력, 인류가 가는 곳이라면 어디든 따라다니는 다른 생명체를 없애는 능력이 없었어도 그는 고양이를 그 자체로 좋아했다. 그래서 즉시 일어나 이 고양이를 찾았다.

주위를 빠르게 둘러보니 방에는 고양이가 없었지만 소리를 따라가 보니 정확한 위치가 나왔다. 소리는 살짝 열린 창문 너머에서 들리고 있었다. 그는 물러서서 멈추고는 생각을 추슬렀다.

더 이상 아무것도 할 필요가 없다고 혼잣말을 했다. 만약 소리가 창문 너머로 들린다면 다른 방 창문에서 난 것이 분명했다. 하지만 그는 스스로 거짓말하고 있다는 것을 알고 있었다. 그러기엔 소리가 너무 가까웠다. 어찌 된 것인지는 모르겠지만, 고양이는 35층 높이 건물 창 바로 바깥에 있었다.

앉아서 담배에 불을 붙이려고 했지만, 저도 모르게 손으로 담배를 부숴버렸다. 그는 조각조각이 방바닥에 떨어지도록 내버려두고는 일어나서 마치 누가 줄로 잡아당기는 양 아주 조심스럽게 창문 쪽으로 여섯 걸음을 걸었다. 그는 주저앉아 무릎을 꿇고 창문을 붙잡아 활짝 연 다음 눈을 질끈 감고 창턱에 매달렸다.

잠시 후 창턱을 붙잡은 손이 조금 안정되었다. 두 눈을 뜨고 숨을 몰아쉬다가 다시 감았다. 결국 하늘 위의 별과 아래의 길거리를 보지 않도록 아주 조심스럽게 눈을 떴다. 그는 반쯤은 고양이가 이 방에 달린 발코니에 있어주기를 바랐다. 그것만이 말이 되는 설명이었다. 하지만 발코니는 존재하지 않았고 논리적으로 고양이가 있을 만한 곳은 없었다.

하지만 야옹 소리는 더 커져만 갔다. 바로 아래에서 나는 것 같았다. 그는 창턱을 붙잡고 천천히 고개를 내밀어 억지로 아래를 보았다. 1미터 아래쪽에 좁은 난간이 건물 옆을 둘러싸고 있었다. 그곳에는 슬픔에 가득 찬 쥐처럼 보이는 새끼 고양이가 있었다. 고양이는 그를 쳐다보고는 다시 야옹거렸다.

한 손으로 창턱에 매달린 후 다른 손을 뻗으면 실제로 창문 바깥으로 나가지 않더라도 닿을 수 있을 것 같았다. 할 수 있다면 얘기지만. 그는 툴리를 부를까도 생각했지만 그만뒀다. 툴리는 그보다 키가 작았고 팔도 더 짧을 것이었다. 그리고 새끼 고양이는 지금 당장 구조해야 했다. 저 털북숭이 바보가 뛰어내리거나 떨어지기 전에.

일단 시도해봤다. 어깨를 끄집어내서 왼팔로 매달리고 오른손을 뻗었다. 눈을 뜨고 보니 새끼 고양이가 있는 곳에서 30센티미터 정도 떨어져 있었다. 고양이는 손이 있는 방향을 향해 조심스럽게 킁킁거렸다.

그는 뼈에서 우두둑하는 소리가 날 때까지 뻗었다. 새끼 고양이는 움켜쥐려는 손가락을 피해 스치듯 물러서더니 난간에서 2미터는 족히 되는 거리에서 멈췄다. 그리고 거기 앉더니 얼굴을 씻기 시작했다.

손더스는 안으로 움츠러들어서는 창문 안쪽 바닥에 무너지듯 쓰러져 훌쩍거렸다. "못 하겠어." 그는 속삭였다. "난 못 해. 다신 못 해…."

*

로켓 우주선 발키리호는 지구-달 우주정거장을 떠난 지 249일이 지나 화성의 외곽 위성인 데이모스에 있는 화성 정거장에 접근하고 있었다. 주임 통신 장교이자 후보 조종사인 윌리엄 콜은 부관이 흔들어 깨울 때까지 단잠을 자고 있었다. "어이, 윌리엄! 일어나요. 고장이 일어났어요."

"응? 무슨 일인데?" 하지만 이미 손으로는 양말을 신고 있었다. "무슨 문제야, 샌드버그?"

15분 후 그는 하급장교가 일을 과장한 게 아니라는 것을 알게 되었다.

그는 주 항행 레이더가 고장 났다는 사실을 '영감'에게 알렸다. 톰 샌드버그는 조종 레이더의 최대범위 안에 화성이 들어오자마자 실시한 점검 중에 이 사실을 알게 되었다. 선장은 어깨를 으쓱했다. "고치게, 빨리. 필요하니까."

윌리엄 콜은 고개를 저었다. "고장 난 게 아닙니다, 선장님. 안쪽에서 보면 마치 안테나가 완전히 사라진 것처럼 보입니다."

"불가능한 일일세. 운석 경보조차 없었잖나."

"다른 일일 수도 있죠, 선장님. 금속 피로가 와서 그저 떨어져 나갔을 수도 있고요. 어쨌든 안테나를 교체해야만 합니다. 우주선의 회전을 멈추십시오. 제가 나가서 고치죠. 회전을 멈춘 사이에 대체품으로 임시변통이 가능합니다."

발키리호도 예전에는 최고급 우주선이었다. 하지만 인공중력장을 만드는 방법이 알려지기 훨씬 이전에 건조되었다. 발키리호는 승객의 편안함을 위하여 의사 중력을 발생시키긴 했다. 배는 마치 강선 있는 총에서 발사된 총알처럼 주축을 중심으로 끝없이 회전했고, (흔히들 원심력으로 잘못 부르는) 각가속도로 인해 승객은 침대에 고정되어 누울 수도 있었고 일어나 걸어 다닐 수도 있었다. 회전은 최초 단계의 로켓 점화가 끝나는 시점에서 시작된 후 마지막 착륙 기동을 할 필요가 있을 시점까지 계속되었다. 이것은 마법 같은 것이 아니라 중심선에 있는 플라이휠을 반대로 돌려서 얻어지는 반작용으로 이뤄지는 것이었다.

선장은 짜증 난 표정이었다. "회전을 멈추긴 하겠네만 오래 기다릴 수는 없네. 우주항행용 레이더를 조정용 레이더로 임시변통해보게."

윌리엄은 우주항행용 레이더는 단거리 레이더로 전용할 수 없다는 점을 설명하려다가, 그냥 포기했다. "그럴 수는 없습니다, 선장님. 기술적으로 불가능합니다."

"내가 자네 나이 때는 뭐로든 임시변통할 수 있었네! 그렇다면 답을 찾아오게. 이 우주선을 눈을 가린 채로 조종할 수는 없으니까 말이야. 해리면 메달을 받을 수 있다 해도 못 하지."

윌리엄 콜은 대답하기 전에 잠시 머뭇거렸다. "우주선이 계속 회전을 하고 있는 상태에서 나가서 교체 작업을 해야만 할 것 같습니다. 다른 방법이 없습니다."

선장은 고개를 돌리며 굳은 턱 근육을 풀었다. "교체 작업을 준비하도록. 서두르게."

윌리엄이 수리에 필요한 장비를 들고 에어로크에 도착하자 영감님이 이미 와 있었다. 놀랍게도 선장은 우주복을 입고 있었다. "어떻게 해야 하는지 설명해주게." 윌리엄에게 명령했다.

"설마 나가시려는 것은 아니시겠죠, 선장님?"

선장은 고개를 끄덕였다.

윌리엄은 선장의 허리선, 아니 허리선이 있었던 자리를 쳐다봤다. 영감이 마지막으로 우주복을 입었을 때는 서른다섯 정도밖에 안 되었을 것이다!

"아무래도 제가 명확하게 설명해드리지 못한 것 같습니다. 제가 직접 수리할 거라고 말씀드렸어야 했는데요."

"난 내가 하지 않는 일을 부하에게 시키지 않네. 설명하게."

"죄송합니다, 선장님. 하지만 턱에 손이 닿으십니까?"

"그게 무슨 상관인가?"

"글쎄요, 여기 48명의 승객이 있습니다, 그리고…."

"닥치게!"

윌리엄과 샌드버그 두 사람 다 우주복을 입은 뒤, 에어로크가 잠기고 공기가 빠져나간 후 구멍 너머로 선장이 나가는 걸 도왔다. 에어로크 너머의 우주에는 별이 반짝거리는 거대한 허공이 있었다. 우주선이 아직도 회전하고 있으니 보이는 모든 방향이 '아래'였고, 그 아래는 수백만 킬로미터 동안 계속되었다. 물론 두 사람은 우선 선장에게 안전끈을 달았다. 안 그랬다면 선장의 머리가 바닥도 없는 검은 구멍으로 빠지는 걸 보는 끔찍한 경험을 하게 될 테니까.

끈은 몇 미터까지는 풀렸지만, 곧 멈췄다. 몇 분이나 멈춰 있자 윌리엄이 샌드버그에게 기대며 헬멧에 손을 대고 말했다. "내 발을 잡고 있어. 들여다봐야겠으니까."

윌리엄은 아래로 매달려 에어로크를 살펴보았다. 선장이 멈춘 채로 두 손으로 매달려 있었다. 안테나 설비하고는 한참 멀었다. 윌리엄은 급히 올라와 바로 섰다. "내가 나갈게."

선장이 붙들려 있는 곳까지 손으로 매달려 가는 것은 그렇게 어려운 기술이 아니라는 것을 알게 되었다. 발키리호는 우주에서 우주로 가는 우주선이었고 지구항에서 볼 수 있는 미끈하게 처리된 우주선과는 달랐다. 정거장에 도착한 이후 수리공이 쉽게 접근할 수 있도록 곳곳이 손잡이로 뒤덮여 있었다. 일단 선장에게 도착하여 그가 매달려 있는 강철 가로대를 잡은 뒤, 그 이전에 매달려 있던 곳으로 되돌아가도록 도울 수 있었다. 5분 후 샌드버그가 선장을 문으로 끌어 올렸고 윌리엄이 그 뒤를 쫓아 들어갔다.

윌리엄은 선장의 우주복에 달린 수리공구 벨트를 벗겨서 자신에게 옮겼다. 그는 다시 문으로 나가서 선장이 자기가 하려는 일을 반대할 만큼 기력을 되찾기 전에(정말 그럴 의도가 있다면 말이지만) 돌아갔다.

안테나가 원래 있어야 할 자리까지 매달려 가는 것은 그다지 어렵지 않았지만, 가는 내내 발아래에 영원히 계속되는 공간이 신경쓰였다. 우주복이 조금 거치적거렸고 장갑 때문에 손이 둔해졌지만, 곧 우주복에 익숙하게 되었다. 그는 선장을 돕느라 조금 숨이 가빠졌지만, 일부러 생각을 않으려고 했는데도 계속 생각이 났다. 에어로크는 안테나보다 회전축의 중심에 가까이 있었다. 중심에서 멀어지면서 강해진 회전 때문에 바깥으로 나갈수록 몸이 무거워졌고, 그게 거슬리기 시작했다.

대체 안테나를 싣는 것은 또 다른 문제였다. 크지도 무겁지도 않았지만, 이걸 제자리에 묶어둘 수가 없었다. 한 손으로는 매달려야 했고 한 손으로는 안테나를 붙잡고 또 한 손으로는 렌치를 다뤄야 했다. 아무리 시도해도 손이 하나 모자랐다.

결국, 안전끈을 당겨서 샌드버그에게 끈을 더 풀라고 신호했다. 그러고는 한 손을 이용해 풀어진 안전끈으로 매듭을 만들어 손잡이에 묶었다. 그러자 2미터 정도의 끈을 자유롭게 쓸 수 있게 되었다. 고리는 자유롭게 된 끈 끝에 있었고 그걸 또 하나의 손잡이에 걸었다. 밧줄로 된 고리로 임시변통으로 만든 의자가 완성되었다. 그가 안테나를 설치할 동안 그의 몸무게를 지탱해줄 것이었다. 그때부터는 일이 꽤 빨리 진행되었다.

거의 일을 마칠 때였다. 윌리엄이 매달려 있는 곳에서 반대편의 볼트를 잠가야 했다. 안테나는 이미 두 지점에서 고정되어 있었고 회로도 연결된 상태였다. 그는 한 손으로 할 수 있다고 생각했다. 그는 자신의 횃대를 떠나 마치 원숭이처럼 매달렸다.

볼트를 완전히 잠그고 난 다음 순간에 렌치를 떨어뜨렸다. 렌치는 그의 손에서 미끄러져서 자유 낙하했다. 렌치가 멀리멀리 멀리, 아래로 아래로 아래로, 너무 작아져서 보이지 않을 때까지 지켜봤다. 칠흑 같은 어둠과 대비되어 태양 빛이 비치게 되자 현기증이 났다. 그는 이 순간까지 위나 아래를 보기에는 너무 바빴다.

윌리엄은 몸을 떨었다. "다 써서 다행이네. 저걸 다시 주우려면 기나긴 길을 가야 했을 테니." 그리고 다시 돌아오려는 여정을 시작했다.

그런데 그 일이 불가능하다는 것을 깨달았다.

안테나를 지나 현재 위치에 올 때까지는 안전끈을 잡고 흔들어서 몇 센티미터씩 더 전진할 수 있었다. 그러나 이제는 끈으로 만들어진 고리가 손에 닿지 않았다. 이 과정을 거꾸로 진행할 방법이 없었다.

그는 두 손으로 꼭 붙잡고 공황에 빠지지 말자고 혼잣말을 했다. 헤쳐 나갈 방법을 생각해낼 것이다. 다른 쪽으로 돌아갈까? 아니, 그쪽의 발키리호 강철 표면은 미끈했다. 2미터 넘게 손잡이가 없었다. 그리고 지치지 않았더라도(그는 자신이 지쳤다는 사실을 인정해야 했다. 지치고 추워지고 있었다) 침팬지가 아닌 이상 매달려 가는 것은 불가능했다.

그는 내려다봤다. 그리고 후회했다.

끝없는 아래로, 또 아래로는 아무것도 없었고 별만이 보였다. 우주선이 회전하면서 흘러가는 별들도 회전하고 있었으며 완전히 어둡고 차가운 텅 빈 공간도 같이 돌고 있었다.

그는 자신이 매달려 있는 끈을 몸에 칭칭 감아서 발끝에 닿게 하려 애썼다. 괜히 힘만 낭비하는, 어림도 없는 짓이었다. 그는 공포를 참으며 동작을 멈추고 축 늘어졌다.

눈을 감고 있는 편이 나았다. 하지만 이따금 눈을 떠서 봐야만 했다. 북두칠성이 지나가더니 오리온자리가 보였다. 그는 우주선의 회전 속도를 기준으로 몇 분이 지나고 있는지 계산해보려고 해봤지만, 정신이 제대로 작동하지 않았고 잠시 후 다시 눈을 감아버렸다.

손이 추위에 뻣뻣해지고 있었다. 한 번에 한 손만 써가며 쉬게 하려고 해봤다. 왼손을 놓자 마치 바늘과 침이 찌르는 듯이 아파져 반사적으로 손을 허리로 가져왔다. 이제 모든 것을 오른손에 맡길 시간이었다.

이제 왼손으로 가로대를 잡을 수 없었다. 다시 한 번 당겨볼 힘조차 남아 있지 않았다. 그는 지금 한껏 몸을 늘어뜨린 상태였고 왼손을 들 수 있을 만큼 몸을 당길 수도 없었다.

오른손에서 감각이 사라졌다.

그는 우주선이 미끄러져 가는 것을 볼 수 있었다. 미끄러져 가고 있었다…. 갑작스레 긴장이 끊어지고 끝없이 떨어지는 감각이 들었다. 우주선이 아래로 떨어지고 있었다.

✶

정신을 차리자 선장이 내려다보고 있었다. "조용히 있게, 윌리엄."

"여기가 어디…."

"진정해. 자네가 떨어질 때 데이모스의 순찰대가 가까이 와 있었네.

망원경으로 자네를 추적해서 궤도를 맞춘 후 잡아냈지. 아마 역사상 최초일걸. 이제 조용하게. 자네는 환자야. 저기서 2시간이나 매달려 있었네, 윌리엄."

*

다시 야옹거리는 소리가 시작되었다. 이번에는 소리가 더 컸다. 그는 무릎을 꿇고 일어나 창문턱 너머를 바라보았다. 새끼고양이는 아직도 난간 왼쪽 멀리에 있었다. 그는 새끼 고양이와 난간만 바라봐야 한다는 사실을 되새기며 조심스럽게 머리를 조금 더 내밀었다. "이리 오렴, 야옹아!" 고양이를 불렀다. "여기야, 야옹, 야옹, 야옹아! 이리로 와, 야옹아!"

새끼 고양이는 털 핥기를 멈추더니 어리둥절한 표정이 되었다.

"이리 오렴, 야옹아." 그는 부드러운 목소리로 반복했다. 그는 오른손으로 잡고 있던 창문턱을 놓고 오라는 손짓을 했다. 새끼 고양이는 10센티미터 정도 접근하더니 다시 앉았다. "이리 오렴, 야옹아." 그가 애원하며 팔을 할 수 있는 한 최대로 뻗었다.

털북숭이는 곧바로 다시 멀어져버렸다.

그는 손을 거두고 생각을 했다. 이래서는 아무것도 안 된다. 만약 바깥쪽으로 나가 난간에 서서 한쪽 팔로 매달린다면 완벽하게 완전할 것이었다. 그도 알고 있었다. 안전하다는 것을 알고는 있었다. 그저 내려다보지만 않으면 된다!

그는 다시 안으로 돌아와 몸을 돌린 다음 아주 조심스럽게 창문턱을 두 손으로 잡고 건물 바깥쪽으로 발을 내렸다. 그는 신중하게 침대 모서리에 시선을 고정했다.

난간이 마치 어디론가 사라진 것 같았다. 찾을 수가 없어서 이미 난간을 지나쳐버린 거라고 확신하게 되었다. 그러다 발끝에 난간이 닿았고 곧 두 발 모두 단단하게 뿌리내렸다. 15센티미터 정도 너비였다. 그는 심호흡했다.

오른손을 놓고 돌아서 새끼 고양이를 마주 봤다. 고양이는 이 모든 과정에 호기심이 생긴 것처럼 보였지만 더 가까이서 알아보려고 하지는 않았다. 왼손으로 창문을 붙잡고 난간을 기어간다면 딱 거리가 맞을 것이었다.

그는 다리를 교차시키지 않고 마치 아기처럼 한 번에 한 발씩 움직였다. 무릎을 조금 구부린 다음 기대자 겨우 닿을 수 있게 되었다. 새끼 고양이는 자신을 잡으려고 다가오는 손가락의 냄새를 맡더니 뒤쪽으로 뛰었다. 새끼 고양이의 한 발이 끄트머리에서 미끄러졌지만 겨우 자세를 되찾았다. “이 조그만 바보야!” 그는 화를 내며 말했다. “머리가 박살 나고 싶니?”

“그럴 일은 없겠지만 말이야.” 그가 말했다. 가망이 없었다. 새끼 고양이는 그가 매달려 있는 창문에서 어떻게 해도 도저히 닿을 수 없는 곳에 있었다. 그는 “야옹아, 야옹아.” 하고 낙심한 채로 불러보다가 상황 파악을 위해 멈췄다.

포기할 수도 있었다.

새끼 고양이가 그에게 다가올 것을 기대하며 하룻밤 내내 기다릴 수도 있었다. 아니면 그가 데리러 갈 수도 있었다.

난간은 그의 몸무게를 버틸 만큼 충분히 넓었다. 만약 벽에 바짝 붙어서 간다면 왼손에 아무 무게도 실리지 않게 될 것이었다. 그는 최대한 길게 창문을 붙잡으려 하며 천천히 앞으로 나아갔다. 한 번에 2센티미터씩, 언뜻 보면 움직이는지조차 알 수 없을 정도로 천천히 움직였다. 창문틀이 드디어 손에서 닿지 않게 되고 왼손에 미끈한 벽의 평면만 만져지게 되었을 때 아래를 내려다보는 실수를 저질렀다. 까마득히 먼 아래쪽에서 반짝이고 있는 포장도로가 마치 벽처럼 보였다.

그는 시선을 억지로 끌어당겨서 겨우 몇 미터 떨어져 있는 벽의 한 점에 고정했다. 그는 떨어지지 않고 있었다!

그리고 새끼 고양이도 마찬가지였다. 그는 천천히 다리를 떨어뜨리고 오른발을 앞으로 한 후 무릎을 숙였다. 오른손을 벽을 따라 뻗어서 새끼 고양이의 머리 위로 뻗었다.

그는 마치 파리를 때려잡듯이 갑작스럽게 낚아채어 잡았다. 털북숭이가 그를 할퀴고 물었다.

그는 단단하게 새끼 고양이를 잡았다. 앙탈을 부리고 있는 새끼 고양이로 인해 생긴 생채기를 살펴볼 생각조차 하지 않았다. 어디로 가는지 보이지 않았고 이 아슬아슬한 균형을 깨지 않고 고개를 돌릴 방법도 없었다. 왔던 거리보다 더 먼 느낌이었다. 그러나 마침내 왼손 손끝이 열린 창문으로 들어가는 것이 느껴졌다.

그는 몇 초 동안 뒷걸음치다 두 팔로 창턱을 잡고 오른쪽 무릎을 창문 너머로 넘겼다. 그는 창문턱에 기대서 쉬며 심호흡을 했다. "맙소사!" 크게 말했다. "진짜 힘든 구조였네. 너 잡기 정말 힘들구나, 아가야."

그는 포장도로를 내려다보았다. 확실히 멀리 떨어져 있었고 딱딱해 보이기도 했다.

그는 별을 올려보았다. 별은 너무나 아름답고 너무나 밝았다. 그는 창문턱에 앉아 등을 기대고 발을 올린 다음 별을 바라보았다. 그의 배 근처에 안겨 있는 새끼 고양이가 골골대기 시작했다. 그는 조용히 쓰다듬으며 담배에 손을 뻗었다. 내일 우주항에 가서 신체검사와 정신검사를 다시 받아야겠다고 결심했다. 그는 새끼 고양이의 귀를 긁어주며 말했다. "작은 털북숭아, 멀고 먼 여행을 떠날 텐데 나랑 같이 갈래?"

✦

지구의 푸른 언덕

The Green Hills of Earth

최세진 옮김

+ 1947년 2월 〈새터데이 이브닝 포스트(The Saturday Evening Post)〉에 발표

1

이것은 우주 항로의 눈먼 음유시인 라이슬링의 이야기이다. 하지만 다른 일화들에 비해 많이 알려지지는 않았다. 여러분은 학교에서 라이슬링의 노래를 불러봤을 것이다.

나를 낳아준 지구에
마지막 착륙을 위해 기도하네.
양털 같은 하늘과
상쾌하고 푸른 지구의 언덕에
내 눈길이 머물게 해주오.

어쩌면 프랑스어나 독일어로 불렀을지 모르겠다. 혹은 지구의 무지개 깃발이 여러분의 머리 위에 펄럭일 때 에스페란토어로 불렀을 수도 있다. 언어는 중요하지 않다. 어쨌든 지구의 언어였을 게 틀림없다. 〈푸른 언덕〉을 혀가 잘 돌지 않는 금성어로 번역한 사람은 아무도 없었다. 메마른 회랑 지대에서 쉰 목소리로 그 시를 속삭이는 화성인도 없었다. 이 시는 우리의 것이다. 지구에서는 할리우드의 소름 끼치는 영화들부터 합성 방사성 물질까지 모든 것들을 수출했지만, 이 시는 오로지 지구의 것이며, 지구의 아들딸이 어디에 있든 그들의 것이다.

우리는 모두 라이슬링에 관해 많은 이야기를 들어왔다. 어쩌면 당신은, 그의 출간작 〈우주 항로의 노래〉와 〈대운하와 다른 시 모음〉, 〈높이 그리고 멀리〉, 〈승선하라!〉 등에 대한 학술적 비평으로 학위를 얻거나 찬사를 받으려 했던 많은 사람들 중 한 명일지 모르겠다.

그럼에도 불구하고, 당신이 학교에서 혹은 졸업 후 평생 동안 그의 노래를 부르고 그의 시구를 읽었다 하더라도, 당신이 우주 비행사가 아니라면 출판되지 않은 라이슬링의 노래를 거의 들어보지 못했을 거라고 장담할 수 있다. 〈마약 밀매업자가 내 사촌을 만난 이후〉나 〈붉은 머리의 비너스버그 소녀〉, 〈바지는 벗지 마라〉, 〈선장〉, 〈두 사람을 위한 우주복〉 같은 작품들 말이다.

가정용 잡지에는 인용하기 힘든 노래들이다.

라이슬링은 한 번도 언론과 인터뷰하지 않았다는 행운과 신중하게 그의 유작을 관리해준 사람 덕분에 명성을 보호받을 수 있었다. 〈우주 항로의 노래〉는 라이슬링이 사망한 그 주에 발표되었다. 시집이 베스트셀러가 되었을 때 라이슬링에 대해 널리 알려진 이야기들은 사람들이 기억하는 라이슬링의 모습과 출판사가 몹시 윤색해서 발표한 내용이 합쳐진 것이었다.

그 결과 라이슬링에 관해 전해지는 이야기의 진실성은 미국 조지 워싱턴 대통령의 도끼 이야기나 영국 알프레드 대왕의 케이크 일화*와 비슷한 수준이다.

솔직히 말해서, 여러분이 라이슬링을 만났다면, 그를 여러분의 거실로 초대하고 싶지는 않았을 것이다. 그는 사교적으로 받아들이기 힘든

* 9세기 영국 남부 왕국의 알프레드 대왕이 도망치던 중 한 오두막에서 그 집의 부인에게 케이크를 지켜보라는 부탁을 받았지만 생각에 잠겨 케이크를 태우는 바람에 질책을 들었다는 일화

사람이었다. 게다가 라이슬링은 햇볕을 쬐면 가려운 고질병이 있어서 끊임없이 긁어댔는데, 이는 그의 보잘것없는 용모에 별로 도움이 되지 않았다.

라이슬링의 작품을 모은《해리먼 100주년 기념판》에는 반 데르 보트가 그린 초상화가 실려 있다. 실명한 눈을 검은 비단 붕대로 가리고, 엄숙하게 다문 입으로 라이슬링을 몹시 비극적인 인물로 그려놓았다. 하지만 라이슬링은 결코 엄숙한 사람이 아니었다! 그는 입을 다문 적이 없었으며, 늘 노래하고 웃고 마시고 먹어댔다. 붕대는 너덜너덜해서 대체로 더러웠다. 라이슬링은 시력을 잃은 후 외모가 점점 더 지저분해졌다.

*

'시끄러운' 라이슬링이 목성 소행성대로 순환 항행을 하는 R. S. 고쉬호크호와 계약을 했을 때, 그는 제트 로켓을 관리하는 2급 제트맨이었으며 시력도 멀쩡했다. 그 시절 선원들은 아무 계약서나 가리지 않고 서명했었다. 당시 로이드 보험회사에 우주 비행사를 위한 보험이라는 개념을 말했다면 면전에 대고 비웃었을 것이다. '우주 사고 예방법'은 들어본 적도 없던 시대였고, 혹시 사고가 발생하더라도 회사는 임금만 지불했다. 루나시티보다 멀리 떠났던 우주선 중 절반이 돌아오지 못했다. 우주 비행사들은 상관하지 않았다. 만일 당신이 우주 비행사와 3대 2로 수익을 나누고, 착륙을 위해 고무로 된 뒷굽을 제공해주겠다고 제안하면, 그들은 자진해서 그 몫에 서명하고 해리먼 타워 2백 층에서 땅바닥까지 안전하게 뛰어내릴 수 있다고 장담했을 것이다.

제트맨은 선원들 중에서 가장 무책임하고 비열한 사람들이었다. 제트맨에 비하면, 선장이나 레이더 기사, 우주 항해사는 점잖은 채식주의자라 할 수 있었다(그 시절에는 관리장이나 주방 선원이 없었다). 제트맨은 아는 게 너무 많았다. 다른 이들은 선장의 항해 기술이 그들을 안전하게 착륙시켜줄 거라 믿었다. 그러나 제트맨은 그 기술이 로켓 모터 안에 묶여 있는 눈멀고 변덕스러운 마귀에게 무용지물이라는 사실을 알았다.

고쉬호크호는 동력원을 화학연료에서 원자력으로 바꾼 첫 번째 우주선이었다. 아니, 원자력을 동력으로 사용하고도 폭발하지 않은 첫 우주선이라는 게 더 정확하겠다. 라이슬링은 그 우주선을 잘 알았다. 고쉬호크호는 심우주 항해용으로 개조되기 전에 루나시티까지 운항했고, 수프라뉴욕 우주정거장에서 레이포트까지 갔다가 귀환했던 오래된 우주선이었다. 고쉬호크호가 루나시티로 운항할 당시 라이슬링은 그 우주선에서 일했었다. 그리고 모든 이들이 놀라워했던, 화성의 드라이워터까지 떠난 최초의 심우주 항해에도 참여하고 귀환했다.

라이슬링이 목성 순환 항해에 계약하던 즈음에는 이미 기관장이 되기에 충분한 경력이었지만, 드라이워터 개척 항해 이후 해고당해서 블랙리스트에 이름이 올라가 있던 신세였다. 그래서 그는 루나시티에 붙박여 계측기를 지켜보는 틈틈이 시구나 후렴구를 쓰면서 시간을 보냈다. 그때 지은 시가 그 악명 높은 〈그 선장이 선원들의 아버지다〉인데, 마지막 2행 연구(聯句)가 난잡해서 출간되지 못했다.

라이슬링은 블랙리스트에 신경 쓰지 않았다. 그는 루나시티에서 술집 주인을 카드게임으로 속여 아코디언을 따냈다. 그리고 그 후로 쭉 광부들에게 노래를 해주며 술을 얻어먹고 팁을 받아 지냈다. 그러다 우주 비행사가 급격하게 감소하는 일이 발생했고, 루나시티에 있던 해리먼 투자신탁의 지점이 그에게 두 번째 기회를 주었다. 라이슬링은 달에서 1, 2년 동안 얌전히 지내다 심우주로 돌아갔다. 그리고 금성의 비너스버그가 특유의 농익은 명성을 획득하는 데에 기여했으며, 고대 화성 수도에 두 번째 개척지가 건설되었을 때 대운하의 둑을 한가로이 거닐었고, 토성의 위성 타이탄으로 두 번째 항해를 떠났을 땐 발가락과 귀에 동상이 걸렸다.

그 시절에는 일들이 빨리 진행되었다. 원자로를 이용한 동력기관이 도입되자, 수많은 우주선들이 선원이 공급되기만 하면 달-지구 궤도를 벗어나 날아갔다. 제트맨이 부족해졌다. 무게를 줄이기 위해 차폐막을 최소한으로 축소했기 때문에, 결혼한 남자들 중 방사선에 노출될 위험을 무릅쓸 사람이 거의 없었던 탓이었다. 라이슬링은 아버지가 될 생각이 없었으므로, 제트맨에 대한 수요가 넘치던 그 황금기에 그에게는 언제나 일거리가 넘쳤다. 라이슬링은 태양계를 거듭 가로지르는 동안 머릿속에서 부글거리며 끓어오른 조잡한 시들을 노래하고 아코디언으로 화음을 넣었다.

고쉬호크호의 선장은 그가 아는 사람이었다. 힉스 선장은 라이슬링이 처음 고쉬호크호를 타고 항해에 나섰을 당시 우주 항해사였다. "어서 와, 시끄러운 녀석아." 힉스 선장이 그를 환영했다. "지금 술이 깬 상태야? 아니면 내가 대신 계약서에 서명해줄까?"

"선장, 여기서 녀석들이 파는 싸구려 술로는 도저히 취할 수가 없어." 라이슬링은 계약서 아래에 서명을 하고, 아코디언을 질질 끌고 갔다.

10분 후에 라이슬링이 돌아왔다. "선장." 그가 음울한 말투로 말했다. "2번 제트 엔진이 안 맞아. 카드뮴 제어판이 뒤틀렸는데."

"그 이야기를 왜 나한테 해? 일등 항해사한테 말해."

"했지. 그런데 일등 항해사는 그게 작동할 거라네. 녀석은 틀렸어."

선장이 계약서를 가리켰다. "네 이름 찾아서 지우고 나가. 우리는 30분 내로 이륙할 거야."

라이슬링은 선장을 쳐다보더니 어깨를 으쓱하고 다시 아래로 내려갔다.

목성 소행성대로 가는 항해는 머나먼 여정이었다. 호크급 고물 우주선은 당직이 세 번 교대하는 내내 로켓을 쏘아야 자유비행에 돌입할 수 있었다. 라이슬링은 두 번째 당직이었다. 당시 핵분열 제어는 다양한 보조 장치와 위험 계측기를 이용해 수동으로 진행되었다. 계측기에 빨간색이 나타나자, 라이슬링이 수습하려 애썼지만 운이 없었다.

제트맨은 기다리지 않는다. 그래서 그들이 제트맨인 것이다. 라이슬링은 비상 단추를 누르고, 집게로 뜨거운 물체를 찾았다. 전등이 꺼졌어도 그는 계속 찾았다. 제트맨은 입안에서 혀가 움직이듯 동력실을 잘 알아야 했다.

라이슬링은 전등이 꺼질 때, 납 차폐막의 뚜껑 너머를 슬쩍 보았다. 파랗게 이글거리는 방사성 빛은 그에게 전혀 도움이 되지 않았다. 그는 고개를 뒤로 젖히고 감촉만으로 계속 휘저었다.

라이슬링은 일을 마친 후 튜브를 통해 소리쳤다. "2번 제트 제거. 그리고 제발 여기에 불 좀 켜줘!"

전등은 켜져 있었다. 비상 회로가 작동했기 때문이었다. 하지만 그에게는 빛이 돌아오지 않았다. 그의 시신경이 마지막으로 반응했던 빛은 파랗게 이글거리는 방사성 불빛이었다.

2

별들이 점점이 박힌 이 광경을 위해 시간과 공간이 다시 구부러지고,
비극적인 기쁨의 평온한 눈물이 은빛 광채를 흩뿌린다.
대운하를 따라 부서지기 쉬운 진실의 탑들이 아직 솟았으니,
요정의 우아함이 고요하게 아름다운 이곳을 지켜준다.

탑을 세웠던 피곤에 지친 종족은 전승된 설화를 잊어버리고,
수정 해변을 휘감는 눈물 흘린 신들은 오래전에 사라졌다.
얼음처럼 찬 하늘 아래 케케묵은 화성의 심장이 느리게 고동치고,
옅은 공기가 소리 없이 속삭이네, 살아 있는 것은 반드시 죽는다고.

그래도 우아한 진실의 뾰족탑들이 미(美)의 연가를 노래하니,
탑은 대운하와 함께 영원히 존재하리라!

— 〈대운하〉 중에서, 런던과 루나시티의 룩스 기록회사의 허가를 얻어

그들은 돌아가는 길에 화성의 드라이워터에 라이슬링을 내려놓았다. 선원들은 그를 위해 모금을 하고, 선장은 자기 월급의 절반을 주었다. 그게 다였다. 끝이었다. 라이슬링은 운이 다했을 때 목숨까지 끝내는 행운을 갖지 못했던 또 한 명의 우주 부랑자가 된 것이었다. 라이슬링은 술집 '어디까지 가니'에서 한 달가량 광부, 고고학자들과 어울려 지냈는데, 그는 그곳에서 노래를 부르고 아코디언 연주를 해주며 영원히 머무를 수도 있었다. 그러나 우주 비행사는 한곳에 머무르면 죽는다. 라이슬링은 무한궤도 차를 얻어 타고 드라이워터로 다시 돌아갔다. 그리고 거기에서 마소폴리스로 갔다.

화성의 수도 마소폴리스는 급속히 발전하는 중이었다. 대운하 양쪽으로 늘어선 가공 공장들이 오수를 쏟아내 고대의 강물을 오염시켰다. 이때는 영리를 위해 문화 유적을 훼손하는 일을 금지한 '3행성 협정'이 맺어지기 전이었다. 가냘픈 요정 같은 탑들 중 절반이 철거되었다. 그리고 남은 탑들은 지구인을 위해 기압을 유지하는 건물로 개조하느라 훼손되었다.

이제 라이슬링은 그런 변화를 보지 못했고, 누구도 라이슬링에게 그런 변화를 설명해주지 않았다. 라이슬링이 다시 마소폴리스를 '보았을 때', 그는 상업적으로 개조되기 이전의 모습을 머릿속에 그렸다. 라이슬링은 기억력이 좋았다. 라이슬링은 고대 화성의 위대한 인물들이 휴식하던 강가의 산책로에 서서 실명한 그의 눈앞에 펼쳐진 아름다운 풍경을 봤다. 조류에 흔들리지 않으며 바람의 영향을 받지 않고 파랗게 얼어붙어 화성 하늘의 선명하고 밝은 별들을 고요히 반사하는 물의 평원. 그리고 운하 너머에는 요란하고 묵직한 우리의 지구에 서 있기에는 너무도 허약한 부벽과 날랜 탑들이 있었다.

그 결과가 〈대운하〉라는 시였다.

라이슬링은 아름다움이 더 이상 그의 삶에 영향을 미치지 않게 된 마소폴리스에서, 삶에 대한 태도에 일어난 미묘한 변화로 인해 이제 아름다움을 볼 수 있게 되었다. 라이슬링에게는 모든 여성이 아름다웠다. 라이슬링은 여성들의 목소리로 그들을 알아봤으며, 그들의 외모를 목소리에 일치시켰다. 시각장애인에게 부드럽고 친절하게 말하지 않는 사람은 비열한 자들뿐일 것이다. 남편을 들들 볶는 여자들도 라이슬링에게는 온화한 목소리로 말했다.

라이슬링의 세계에는 아름다운 여성들과 자애로운 남성들이 살았다. 〈암흑별의 죽음〉과 〈베레니케의 머릿결〉, 〈사생아를 위한 진혼곡〉, 그리고 그 외 우주의 홀아비 방랑자의 사랑 노래들은 지저분한 현실에 더럽혀지지 않은 라이슬링의 심상이 빚어낸 결과물이었다. 덕분에 라이슬링의 접근 방식이 부드러워졌으며, 조잡했던 문장들이 운문으로 바뀌었고, 때때로 그럴 듯한 시가 되기도 했다. 이제 그는 사색에 잠길 시간이 많아져서, 아름다운 어휘들을 세심하게 골라내고 마음속에서 진심으로 울리는 한 구절을 찾을 때까지 고민했다.

〈제트 로켓의 노래〉는 단조로운 운율의 노래였다.

이륙장이 정리되고 모든 표지등이 켜지면,
에어로크가 한숨을 뱉으며 닫히고 불빛이 녹색으로 깜빡거리면,
점검이 끝나고 기도할 시간이 되면,
선장이 고개를 끄덕이고 우주선이 불을 뿜으면….

제트 로켓의 소리를 들어라!
등 뒤의 으르렁거리는 소리를 들어라.
시렁 위에 늘어져서
가슴을 조이는 갈비뼈를 느껴라.
받침대에 비벼지는 목을 느껴라.
우주선의 고통을 느껴라.
우주선의 팽팽한 긴장을 느껴라.
우주선의 이륙을 느껴라.

우주선의 동력을 느껴라.

강철이 안간힘을 쓰며 살아난다,

제트 로켓을 타고!

이 작품은 라이슬링이 제트맨이었던 시절이 아니라, 나중에 그가 화성에서 금성으로 히치하이크하는 도중 옛 동료의 당직이 끝나기를 기다리며 함께 앉아 있을 때 영감을 받아 탄생했다.

라이슬링은 금성의 비너스버거에 있는 술집에서 새로운 노래와 옛날 노래를 불렀다. 어떤 이들은 현장에서 그를 위해 모금을 하기도 했다. 붕대로 감긴 눈 뒤에 있는 용감한 영혼을 인정하여, 음유시인들이 평소에 받았던 액수의 두세 배가 모였다.

편안한 삶이었다. 우주항은 어디나 그의 집이었고, 모든 우주선이 그의 개인 우주선이었다. 어떤 선장도 눈먼 라이슬링과 아코디언의 추가 질량을 실어주는 일을 마다하지 않았다. 라이슬링은 마음이 내키는 대로 비너스버그에서 레이포트로, 드라이워터로, 뉴상하이로 오가거나 거꾸로 돌아갔다.

라이슬링은 수프라뉴욕 우주정거장보다 지구에 가까이 가본 적이 없었다. 그의 이름을 알린 〈우주 항로의 노래〉의 계약서에 대한 서명도 특급 2등 여객선을 타고 루나시티에서 목성의 위성 가니메데 사이를 이동하던 도중에 했다. 두 번째 신혼여행을 위해 승선했던 독창적인 음반업자 호로비츠가 여객선 파티에서 라이슬링의 노래를 들었다. 호로비츠는 그의 노래를 듣자마자 음반을 내면 성공하리라 생각했다. 그래서 그는 라이슬링이 떠나기 전에 붙잡고는 여객선 통신실에서 〈우주 항로의 노래〉 내용 전체를 직접 불러 녹음하도록 했다. 그 다음 발표된 앨범 세 장은 비너스버그에서 라이슬링을 쥐어짜서 녹음했는데, 라이슬링이 기억해낼 수 있는 노래를 모두 부를 때까지 호로비츠가 보낸 직원이 계속 술을 먹였다.

〈승선하라!〉는 처음부터 끝까지 전부 라이슬링의 작품이라고 확신하기 힘들지만, 그 곡의 상당 부분이 라이슬링의 작품인 것은 틀림없다. 〈제트 로켓의 노래〉는 의문의 여지없이 라이슬링의 작품이긴 하지만, 대부분의 시구가 라이슬링이 사망한 후 그가 방랑 생활을 하는 동안 알았던 사람들에게서 수집되었다.

〈지구의 푸른 언덕〉은 20년에 걸쳐 개작되었다. 우리가 아는 초기 형태는 라이슬링이 실명하기 전에 금성에서 계약직 노동자들과 술판을 벌이다 지은 것이었다. 그 시의 내용은 대부분 노동자가 용케 보조금을 갚고 고향으로 돌아가도록 허락을 받게 될 경우 지구에 돌아가서 하려는 일들과 관련되어 있다. 어떤 절은 저속하고, 어떤 절은 그렇지 않지만, 후렴은 〈지구의 푸른 언덕〉의 시구라는 것을 쉽게 알아볼 수 있다.

〈지구의 푸른 언덕〉의 최종판이 어디에서 언제 지어졌는지는 정확히 알려져 있다. 금성의 엘리스섬에서 지구의 일리노이주 5대호로 곧장 날아갈 예정이었던 비행선 안이었다. 그 비행선은 낡은 팰컨이었지만, 호크급 중에서는 가장 최근 만들어진 비행선이었다. 그리고 지구의 도시에서 할증 요금을 내면 일람표에 담긴 개척지의 정류장 어디든 데려다주는 해리먼 투자신탁의 새로운 정책이 도입된 첫 비행선이었다.

라이슬링은 그 비행선을 타고 지구로 돌아가기로 결심했다. 어쩌면 그는 본인의 노래에 자극을 받았거나, 자신이 태어난 오자크 고원이 못내 그리워 한 번 더 보고 싶었을지 모른다.

해리먼 투자신탁은 더 이상 무임승차를 허용하지 않았다. 라이슬링도 그 사실을 알고 있었지만, 그 규칙이 자신에게 적용되리라고는 생각해본 적이 없었다. 우주 비행사로 늙어왔으니, 별로 대단찮은 특권이라고 여겼다. 노망은 아니었다. 라이슬링은 그저 자신이 핼리 혜성이나 토성의 고리, 브루스터 릿지처럼 우주에서 유명한 존재라는 사실을 알았을 뿐이었다. 그는 선원 출입구로 걸어 들어가 아래로 내려갔다. 그리고 비어 있는 첫 번째 가속용 안락의자에 편안하게 자리를 잡았다.

선장이 마지막으로 비행선을 돌아보다가 라이슬링을 발견했다. "여기서 뭘 하는 겁니까?" 선장이 따졌다.

"지구로 돌아가려는 거요, 선장." 라이슬링은 눈이 보이지 않아도 선장의 계급장에 새겨진 네 줄을 알아챌 수 있었다.

"이 비행선으로는 못 돌아갑니다. 규칙을 알잖아요. 빨리빨리 여기서 나가세요. 우리는 곧 이륙할 겁니다." 선장은 젊었다. 그는 라이슬링이 활동하던 시기 이후에 입사했을 것이다. 그러나 라이슬링은 그런 사람들을 알았다. 진짜 심우주를 경험하지 못하고 해리먼 홀에서 5년 동안 머물면서 견습생 훈련 항해만 했을 것이다. 두 사람은 배경과 기질이 전혀 달랐다. 우주가 바뀌고 있었다.

"이봐요, 선장. 늙은이가 고향으로 돌아가는 여행에 쩨쩨하게 굴면 안 되지 않겠소."

선장이 머뭇거렸다. 선원들은 두 사람의 이야기를 듣지 않고 딴짓을 했다. "난 그럴 수 없습니다. '우주 사고예방법 6조, 공인된 비행체에 승선한 인가받은 선원이나, 이 법에 준하는 규정을 준수한 비행체에 비용을 지급한 승객 외에는 누구도 우주로 진입해서는 안 된다.' 일어나 나가세요."

라이슬링은 의자에 털썩 드러눕더니 양팔로 머리를 받쳤다. "내가 나가야 한다면, 내 발로는 죽어도 안 나가. 들고 나가쇼."

선장이 입술을 깨물더니 말했다. "경비원! 이 남자를 여기서 치워."

비행선의 경비원이 머리 위의 받침대에 눈을 고정한 채 말했다. "선장님, 지금은 지시하신 사항을 적절하게 처리하기 힘듭니다. 제가 어깨를 삐어서요." 조금 전까지 있었던 다른 선원들은 이미 뒤로 물러나 차단벽 사이로 사라진 상태였다.

"그래? 작업반 데려와!"

"네, 알겠습니다." 그 경비원도 사라졌다.

라이슬링이 다시 말했다. "자, 이봐, 선장. 이거 가지고 언짢게 생각하지 마쇼. 굳이 내보내고 싶다면 당신이 나를 들고 나가야 할 거야. '고통받는 우주 비행사' 조항이 있잖소."

"'고통받는 우주 비행사'라니, 맙소사! 당신은 고통받는 우주 비행사가 아니잖아요. 우주 법률가 나셨네요. 당신이 누군지 압니다. 수년 동안 태양계를 빈둥거리며 돌아다녔죠. 어쨌거나 내 비행선에서는 그러지 못할 겁니다. 그 조항은 우주선을 놓친 사람을 구조하기 위한 것이지, 온 우주를 마음대로 돌아다닐 수 있도록 해주라는 게 아닙니다."

"흠, 선장. 지금 내가 우주선을 놓친 게 아니라고 확실히 말할 수 있겠소? 난 계약한 선원으로 마지막 항해를 한 이후로 고향에 돌아가본 적이 없어. 그 법률에 따르면, 나는 돌아갈 수 있소."

"하지만 그건 오래전이에요. 당신은 기회를 다 썼습니다."

"내가 기회를 써버렸다고? 그 조항에는 우주 비행사가 얼마나 빨리 돌아가야 하는지에 대해서는 한마디도 안 나와. 그냥 우주 비행사에게 그런 권리가 있다고만 되어 있지. 선장, 가서 확인해보슈. 만일 내가 틀렸으면, 내 두 다리로 걸어나갈 뿐만 아니라, 선원들 앞에서 당신한테 겸허하게 용서를 빌겠소. 가서 찾아보라니까. 좀 너그럽게 구시오."

라이슬링은 선장이 쏘아보는 눈길을 느꼈다. 선장은 고개를 돌리고, 화가 나서 발을 쿵쿵거리며 선실에서 나갔다. 라이슬링은 자신이 실명한 상황을 이용해 선장을 곤란한 처지로 몰아넣었다는 사실을 알았다. 하지만 라이슬링은 당황하지 않았다. 오히려 즐겼다.

10분 후 사이렌이 울리고, 라이슬링은 확성기를 통해 이륙을 명령하는 소리를 들었다. 에어로크가 약하게 한숨 소리를 내고 귀에서 압력의 변화가 살짝 느껴지며 곧 이륙하리라는 사실을 알게 되었을 때, 라이슬링은 자리에서 일어나 터벌터벌 아래로 내려가 동력실로 갔다. 그는 비행선이 솟아오를 때 제트 로켓 옆에 있고 싶었다. 라이슬링은 호크급 우주선 안에서는 어떤 안내도 받을 필요가 없었다.

문제가 시작된 것은 첫 번째 당직 때였다. 라이슬링은 감독관의 의자에 앉아 아코디언의 키를 만지작거리고 〈지구의 푸른 언덕〉의 새로운 판을 시험하면서 빈둥거리고 있었다.

배급으로 할당하지 않은 공기를 다시 한 번 마시게 해주오.
공기가 결핍되지 않고 부족하지 않은 그곳에서….

'지구'를 이용해 운율을 맞추려 했으나 잘되지 않았다. 라이슬링이 다시 시도했다.

달콤하고 신선한 산들바람이 나를 치유하게 해주오.
우리 사랑스러운 어머니 행성,
상쾌하고 푸른 지구 위 언덕의
바람이 허리를 감아 돌 듯이.

라이슬링은 이게 더 나은 것 같았다. "자네 생각은 어때, 아치?" 그가 둔한 굉음 너머로 물었다.

"아주 좋네요. 전부 다 불러줘요." 수석 제트맨 아치 맥더걸은 우주와 술집에서 그의 오랜 벗이었다. 아치는 오래전 수백만 킬로미터 떨어진 곳에서 라이슬링에게 교육을 받았던 견습생이었다.

라이슬링이 그의 요구대로 노래를 불러주고 말했다. "너희 젊은 녀석들은 나약해졌어. 모든 게 자동이잖아. 내가 우주선의 꼬리를 잡아 휘두를 때는 깨어 있어야 했는데 말이야."

"지금도 깨어 있어야 해요." 두 사람은 전문적인 이야기를 나눴다. 그리고 맥도걸이 라이슬링에게 익숙한 수동 보조 제어장치를 대체한 직접 반응 제어장치를 보여주었다. 라이슬링은 그 제어장치를 손으로 더듬으며 새로운 설비에 익숙해질 때까지 계속 질문을 던졌다. 라이슬링은 자신이 아직 제트맨이라고 자부했다. 그리고 음유 시인으로서의 현재 직업은 그저 누구에게나 일어날 수 있는, 회사와의 불화를 해결하는 동안의 생계를 위한 임시방편이라고 생각했다.

"구식 제어판도 여전히 설치되어 있네." 라이슬링이 기민한 손가락으로 그 장치를 가볍게 더듬으면서 말했다.

"링크만 빼고 모두 있어요. 그게 눈금판을 가려서 떼버렸어요."

"그건 제자리에 설치해뒀어야지. 언젠가 필요할 거야."

"아, 잘 모르겠어요. 제 생각에는…." 라이슬링은 맥더걸이 그 문제에 대해 어떻게 생각하는지 결코 알 수 없었다. 그 순간 사고가 일어났기 때문이다. 맥더걸은 방사능 폭발을 직통으로 맞았고, 선 채로 불타버렸다.

라이슬링은 무슨 일이 일어났는지 직감했다. 오래된 습관이 자동으로 반응했다. 그는 비상 단추를 손바닥으로 치고, 동시에 제어실에 경보를 울렸다. 라이슬링은 링크가 떼어졌다는 사실을 떠올렸다. 그는 차폐막을 최대한 이용하기 위해 몸을 낮추려 애쓰며 손으로 더듬더듬 링크를 찾아야 했다. 그러나 링크 외의 다른 장비들은 금방 찾았다. 라이슬링에게는 동력실도 다른 장소들과 마찬가지로 깜깜했으나, 아코디언의 키를 알듯 동력실의 모든 장소와 제어 장치에 훤했다.

"동력실! 동력실! 왜 경보가 울린 건가?"

"들어오지 마시오!" 라이슬링이 소리쳤다. "여기는 뜨거워." 얼굴과 뼛속으로 사막의 강렬한 햇살 같은 열기가 느껴졌다.

라이슬링은 필요한 렌치를 선반에 올려두지 않은 누군가를 심하게 욕한 뒤 링크를 제자리에 설치했다. 그리고 수동으로 그 방사성 열기를 낮추려 애쓰기 시작했다. 길고 까다로운 작업이었다. 얼마 지나지 않아 라이슬링은 제트 로켓을 원자로까지 모두 버려야 한다고 판단했다.

그는 먼저 보고했다. "조종실!"

"조종실입니다, 말하세요!"

"3번 제트 로켓 비워. 긴급!"

"맥더걸인가요?"

"맥더걸은 죽었소. 난 당직을 맡은 라이슬링이오. 녹음 대기해주시오."

대답이 없었다. 아마도 선장이 깜짝 놀라 말을 못하는 것이겠지만, 그는 동력실의 비상사태에 개입할 수 없었다. 선장은 비행선과 승객, 선원들을 고려해야 했다. 문들은 닫은 채로 놔두어야 했다.

선장은 라이슬링이 녹음해 보낸 노래에 더욱 놀랐을 게 틀림없다.

우리는 금성의 흙 안에서 썩어가네.

우리는 금성의 썩은 숨결에 구토하지.

불결한 죽음이 우글대는

물에 잠긴 정글의 악취.

라이슬링은 작업을 하면서 태양계를 계속 나열했다. "달의 지나치게 밝은 대지…." "토성의 무지개 고리…." "타이탄의 얼어붙은 밤…." 라이슬링은 시를 읊조리는 동안 제트 로켓을 열어서 원자로를 비우고 다시 제자리로 깔끔하게 끌어 올렸다. 그는 수정한 후렴으로 마무리 지었다.

우리는 제각기 회전하는 우주 먼지가 되려 했었네.

그리고 먼지의 진정한 가치를 알게 됐지.

우리를 다시 한 번 인간의 고향으로 데려다주오.

상쾌하고 푸른 지구의 언덕으로.

라이슬링은 거의 멍한 상태에서 고쳐 쓴 첫 절을 덧붙였다.

아치를 이룬 하늘이

우주 비행사에게 본업으로 돌아오라 하네.

전원! 대기! 자유낙하!

아래의 빛들이 사그라지고

지구의 아들들을 데려간다.

우레 같은 제트 로켓이 멀리 나아가고

지구인이 높이 뛰어간다.

밖으로, 멀리, 앞으로….

비행선은 이제 안전해졌다. 제트 로켓이 하나 부족한 채로 절뚝거리며 고향으로 돌아갈 준비가 되었다. 라이슬링은 자신이 고향으로 돌아갈 수 있을지 확신할 수 없었다. 그의 짐작에는 화상이 심각한 듯했다. 라이슬링은 지금 일하고 있는 방에 가득한 밝고 불그레한 증기를 볼 수 없었지만, 그 증기가 거기에 있다는 사실은 알고 있었다. 라이슬링은 바깥 밸브를 통해 공기를 내보내는 일을 계속했다. 방사능 수치가 적절한 방호복을 입은 사람이 견딜 수 있을 정도로 떨어질 때까지 그 과정을 몇 번이고 반복했다. 그리고 그동안 라이슬링은 후렴을 한 구절 더 보냈다. 그의 마지막 작품은 다음과 같았다.

우리를 낳아준 지구에

마지막 착륙을 위해 기도하네,

양털 같은 하늘과

상쾌하고 푸른 지구의 언덕에

우리의 눈길이 머물게 해주오.

제국의 논리

Logic of Empire

조호근 옮김

✦ 1941년 3월 〈어스타운딩 사이언스 픽션(Astounding Science Fiction)〉에 발표

"감상에 젖은 멍청한 소리야, 존스!"

"감상적이든 아니든 상관없어." 존스는 끈덕지게 말했다. "노예제를 내 눈으로 보고도 모를 리가 없잖아. 금성에서 벌어지는 일은 누가 뭐래도 노예 노동이야."

험프리 윈게이트는 코웃음을 쳤다. "터무니없는 소리야. 회사의 노동자들은 자신의 의지로 합법적인 계약을 맺고 그에 따라 일하는 고용인일 뿐이라고."

존스는 눈썹을 슬쩍 들었다. "그래? 일을 관두면 감옥에 처넣으면서 그걸 계약이라 부를 수 있나?"

"그런 상황은 아니야. 모든 노동자는 통상적 관례에 따라 2주 전에 고지만 하면 언제든 일을 그만둘 수 있어. 내가 그런 것도 모를 것 같나, 존스. 나는…."

"그래, 나도 알아." 존스는 지친 목소리로 동의했다. "자네는 법률가지. 계약에 대해서는 모르는 게 없을 테고. 하지만 자네의 문제는 말이야, 머리가 꽉 막힌 머저리라서 제대로 이해하는 게 법률 조항밖에 없다는 거라고. 자유 계약은 얼어 죽을! 나는 지금 합법 여부가 아니라 '현실'에 대해 말하고 있는 거야. 계약서에 뭐라고 적혀 있든 내가 신경이나 쓸 것 같나. 저 사람들은 노예라고!"

윈게이트는 자신의 잔을 비운 다음 내려놓았다. "좋아, 내가 머저리라 이거지? 그럼 자네 정체는 내 입으로 말해주지, 샘 휴스턴 존스. 자네는 주둥이만 나불대는 얼뜨기 사회주의자야. 평생 노동이라고는 해본 적이 없어서, 노동을 해야만 하는 사람들의 존재 자체를 견딜 수 없는 것뿐이지. 아니, 아직 안 끝났어." 존스가 뭐라 대꾸하려고 입을 열었지만, 윈게이트가 말을 이었다. "내 말 잘 들어. 금성에 있는 회사의 노동자들은 지구에 있는 같은 계급의 사람들보다 훨씬 나은 대우를 받고 있다고. 직업도, 음식도, 잠자리도 확실히 보장되어 있지. 병에 걸리면 확실하게 진료도 받을 수 있어. 그쪽 계급 사람들의 문제는 무엇보다 노동을 싫어한다는 것이고…."

"일하는 게 좋은 사람도 있나?"

"농담하는 게 아니야. 문제는 상당히 빡빡한 계약을 적용하지 않으면, 그 작자들은 지루해질 때마다 괜찮은 일자리도 내팽개치고, 지구까지 공짜로 데려가달라고 회사에다 요구한다는 거지. 자네의 예민하고 자비로운 정신으로는 깨닫지 못했을지도 모르지만, 회사도 주주들에게 수행해야 할 의무라는 게 있거든. 그래, 자네 같은 주주들 말이야! 그리고 세상이 공짜로 의식주를 제공해야 마땅하다고 여기는 계급의 구미에 맞춰 행성 간 여객선을 운항할 수는 없어. 채산이 맞지 않는다고."

"그 점에서는 자네 말에 승복하지, 친구." 존스는 쓴웃음을 머금으며 인정했다. "내가 주주라는 사실을 비꼰 것 말인데, 솔직히 부끄럽긴 해."

"그럼 팔아버리지그래?"

존스의 표정에는 혐오감이 묻어났다. "그게 해결책이 될 것 같나? 내 주식을 날려버리는 정도로, 그런 사실을 깨달은 자의 의무에서 해방될 수 있을 것 같나?"

"아, 적당히 좀 하라고." 윈게이트가 말했다. "일단 한 잔 들지."

"그러지." 존스가 대답했다. 존스에게는 예비역 장교로서 순항훈련을 마친 후 처음 맞는 밤이었다. 지금껏 마시지 못한 술을 만회할 필요가 있었다. 윈게이트는 존스의 훈련 항로가 금성을 지난 게 문제였다고 생각했다.

*

"전원 기상! 전원 기상! 전부 일어나란 말이다, 이 게으름뱅이들아! 침대에서 다리 빼! 다리 빼고 양말 신으라고!" 거칠고 시끄러운 목소리가 윈게이트의 지끈거리는 머릿속을 파고들었다. 그는 눈을 떴다가 지나치게 밝은 백열광에 놀라 황급히 다시 눈을 감았다. 그러나 귀에 거슬리는 목소리는 그를 가만 놔두지 않았다. "아침 배식까지 10분 남았다. 얼른 나와서 받아가지 않으면 전부 쏟아버릴 거다!"

윈게이트는 다시 눈을 뜬 다음, 간신히 의지력을 모아 초점을 맞췄다. 눈앞에서 수많은 다리가 움직이고 있었다. 대부분은 데님 천을 두르고 있었지만, 일부는 역겹게도 털이 숭숭한 모습을 고스란히 드러낸 상태였다. 혼란스럽게 뒤얽힌 남자들의 목소리는 단어만 간간이 들릴 뿐 문장을 엮어낼 수는 없을 지경이었고, 그 사이로 나직하지만 귀를 파고드는 금속성의 음악이 섞여 울렸다. 슈르, 슈르, 쿵! 슈르, 슈르, 쿵! 음악의 끝 소절마다 들리는 쿵 소리에 이미 지끈거리던 머리가 더욱 아파왔지만, 진짜로 신경을 거스르는 소음은 그쪽이 아니었다. 어디서 들리는지 확인할 수도 없고 벗어날 수도 없는, 단조롭게 쉿쉿거리는 마찰음 쪽이 훨씬 거슬렸다.

주변 공기는 인간의 체취로 가득했다. 너무 많은 사람이 너무 좁은 공간에 들어차 있었기 때문이었다. 명확하게 악취라 칭할 냄새를 분간할 수 있는 것은 아니었다. 산소 공급이 부족한 것도 아니었다. 그러나 침구의 온기가 남은 몸에서 풍기는 살짝 달큰하고 뜨뜻한 냄새가, 더럽지는 않지만 깨끗이 씻은 것도 아닌 육신의 냄새가 방 안을 가득 메우고 있었다. 숨이 막히고 입맛이 싹 달아나는 냄새였다. 지금 그의 몸 상태로는 거의 구역질이 날 것만 같았다.

차츰 주변 상황이 눈에 들어오기 시작했다. 일종의 공동 숙소인 모양이었다. 사방이 남자들로 가득했다. 자리에서 일어나거나 몸을 뒤척이거나 옷을 입는 남자들이 시야를 가득 메웠다. 그는 비좁은 4층 침대의 맨 아래층에 누워 있었다. 얼굴 앞에 늘어선 수많은 다리 사이로 드문드문 비치는 비좁은 틈새를 통해, 그는 지지대에 매달린 수많은 4층 침대들이 양쪽 벽과 그 사이 공간 전부를, 바닥에서 천장까지 가득 메우고 있는 모습을 확인할 수 있었다.

누군가가 윈게이트의 침대 발치에 털썩 주저앉더니, 큼직한 엉덩이를 윈게이트의 발목에 들이밀고는 양말을 신었다. 윈게이트는 침입자를 피해 꾸물꾸물 발을 뺐다. 낯선 남자는 윈게이트를 돌아보았다. "비좁아서 깼나, 친구? 이거 미안하군." 그리고 남자는 나름 친절한 목소리로 덧붙였다. "얼른 일어나는 게 좋을 거야. 규율관이 오면 위로 올라가려고 자네를 밟고 넘어갈 테니까." 남자는 크게 하품을 하더니 일어날 채비를 했다. 윈게이트의 상황 따위는 안중에도 없는 것이 분명해 보였다.

"잠깐만요!" 윈게이트가 다급하게 남자를 붙들었다.

"응?"

"여기가 어디죠? 감옥입니까?"

낯선 남자는 무심하지만 악의 없는 흥미를 드러내며 윈게이트의 핏발 선 눈과 씻지도 않은 푸석푸석한 얼굴을 살폈다. "아, 이런. 이 친구, 아무래도 선급금을 전부 술로 날려버린 모양이로군."

"선급금이라니요? 대체 무슨 말을 하는 겁니까?"

"원, 세상에, 정말로 여기가 어딘지 모르겠나?"

"그렇습니다."

"흠…." 남자는 명백한 현실을 설명한다는 한심한 짓거리가 내키지 않는 모양이었지만, 이내 윈게이트의 표정에서 진짜로 간절히 알기를 원한다는 기색을 읽어냈다. "여긴 이브닝스타호야. 금성으로 가는 중이지."

✶

잠시 후 남자가 그의 팔을 툭툭 쳤다. "그렇게 힘겨워하지 말게. 딱히 흥분할 일도 아니지 않나."

윈게이트는 얼굴을 파묻고 있던 손을 들어 관자놀이를 눌렀다. "이건 현실이 아니야." 남자에게라기보다는 자기 자신에게 말하는 투였다. "이게 현실일 리가 없어…."

"적당히 하게. 얼른 가서 아침을 먹어야지."

"지금은 아무것도 안 넘어갈 겁니다."

"뭔 개소리를. 자네 기분이 어떤지는 알아. 나도 가끔은 그런 기분이 드니까. 이럴 때는 음식이 특효약이지." 규율관이 두 사람의 논쟁을 끝냈다. 윈게이트에게 다가와서 곤봉으로 갈빗대를 쿡쿡 찔러댔기 때문이다.

"여기가 의무실이나 일등 객실이라도 되는 줄 아나? 냉큼 일어나서 침대 집어넣어."

"이보게, 조금 살살 해주라고. 여기 이 친구, 오늘 아침에는 조금 제정신이 아닌 모양이야." 새 친구가 규율관을 달래듯 말했다. 그러고는 커다란 한쪽 손으로 윈게이트를 일으켜 세우면서, 다른 손으로 4층 침대를 밀어 올려 벽에 붙였다. 갈고리가 찰칵 소리와 함께 자리에 맞아 들어갔고, 침대는 그대로 벽에 바싹 붙었다.

"내 일과에 지장이 생기면 영영 제정신으로 못 돌아오게 만들어주겠다." 규율관은 이렇게 윽박지르기는 했지만, 이내 걸음을 옮겼다. 윈게이트는 무력감에 사로잡혀 어찌할 바를 모르는 채로, 바닥판 위에 맨발로 우두커니 서 있었다. 자신이 속옷만 걸치고 있다는 사실을 깨닫자 무력감은 배가 되었다. 그의 구원자는 그 꼴을 차분히 살폈다.

"베개를 꺼내는 걸 잊은 모양이군. 자…." 남자는 맨 아래 침대와 벽

사이에 생긴 공간으로 팔을 집어넣더니, 투명 플라스틱으로 포장한 납작한 꾸러미를 꺼냈다. 그리고 포장을 뜯고 내용물을 털어냈다. 두꺼운 데님으로 만든 한 벌짜리 작업복이었다. 윈게이트는 기꺼이 그걸 몸에 걸쳤다. "슬리퍼는 아침 먹은 다음에 배급관한테 가서 달라고 해. 지금은 일단 밥부터 먹어야지." 남자가 덧붙였다.

두 사람이 주방에 도착했을 즈음에는 이미 배식줄은 사라졌고, 배식구는 닫혀 있었다. 윈게이트의 새 동료는 배식구 창문을 두드렸다. "좀 열어봐!"

창문은 쾅 소리를 내며 열렸다. "두 개는 못 줘." 얼굴 하나가 밖을 내다보며 말했다.

낯선 남자는 손을 넣어 닫히는 창문을 붙들었다. "다시 받는 거 아니야. 지금 내려온 거라고."

"시간 맞출 줄도 모르나?" 주방 직원이 투덜거렸다. 그래도 배급용 창문 앞의 널찍한 배식대에 포장식 두 개를 올려놓기는 했다. 덩치 큰 남자는 하나를 윈게이트에게 건넨 다음, 주방 칸막이벽에 몸을 기대며 바닥에 앉았다.

"이름이 뭔가, 친구?" 남자는 식사의 포장을 벗기며 물었다. "난 하틀리야. '짐꾼' 하틀리지."

"저는 험프리 윈게이트입니다."

"좋아, 윈게이트. 만나서 반갑군. 그럼 대체 왜 그렇게 번잡스럽게 꽥꽥거리며 난리를 피운 건지 좀 알려주는 건 어떤가?" 하틀리는 구운 달걀을 믿을 수 없을 정도로 큼직하게 한 입 물어뜯은 다음, 용기를 기울여 한쪽 끝으로 커피를 마셨다.

"그게 말입니다." 윈게이트는 걱정으로 뒤틀린 얼굴로 말했다. "아무래도 납치를 당한 것 같습니다." 윈게이트는 하틀리의 동작을 따라 하려다, 갈색 액체를 얼굴 위로 쏟아버리고 말았다.

"잠깐, 그렇게 하면 안 돼." 하틀리는 서둘러 말했다. "꼭지를 입에 물고, 빠는 힘보다 세게 누르지 않도록 조심해서. 이런 식으로." 그는 시범을 보인 다음 말을 이었다. "어쨌든 그 이론은 좀 별로인데. 여기 지원하려고 줄 서서 기다리는 사람이 가득한데 납치범들의 손을 빌릴 필요가 있겠나. 무슨 일이 있었던 거야? 기억나는 거 없어?"

윈게이트는 노력해보았다. "마지막으로 기억나는 건… 자이로택시 기사하고 요금 때문에 다툰 일이로군요."

하틀리는 고개를 끄덕였다. "그놈들은 항상 바가지를 씌우지. 한 대 맞기라도 한 건가?"

"그건… 아니요, 아닌 것 같습니다. 몸은 괜찮은 것 같아요. 상상할 수 있는 최악의 숙취를 겪고 있다는 것만 빼면 말입니다."

"나아질 걸세. 이브닝스타호가 탄도 화물선이 아니라 고중력 우주선인 게 다행이지. 탄도 화물선이었다면 정말로 괴로웠을 거야. 장담하지."

"그건 왜죠?"

"고중력 우주선은 여정 내내 가속이나 감속을 하거든. 여객용이니 그럴 수밖에 없지. 화물선을 타고 가는 거였다면 이야기가 완전히 다르다고. 탄도 화물선은 일단 경로에 진입한 다음에는 여행 내내 무중력 상태로 버텨야 하지. 세상에, 신참들이 얼마나 괴로워하는데!" 그는 너털웃음을 터뜨렸다.

윈게이트는 우주 멀미의 고통에 대해 반추하고 있을 상태가 아니었다. "아직도 제가 어쩌다 여기 타게 된 건지 짐작조차 안 갑니다. 제가 다른 사람이라 생각하고 잘못 데려왔을 수도 있을 것 같습니까?"

"글쎄, 내가 알겠나. 근데 그 식사는 마저 해치우지 않을 생각인가?"

"필요한 만큼은 먹었습니다."

하틀리는 그 말을 권유로 받아들이고 재빨리 윈게이트의 포장식까지 해치웠다. 그리고 자리에서 일어나더니 포장 두 개를 공 모양으로 구겨서 쓰레기 처리 장치에 쑤셔 넣었다. "그래서 어떻게 할 생각인가?"

"어떻게 할 거냐고요?" 윈게이트의 얼굴에 결의를 굳힌 표정이 떠올랐다. "지금 당장 선장을 찾아가서 해명을 요구할 겁니다. 똑똑히 보시죠!"

"나라면 차분히 한 단계씩 하겠네, 윈게이트." 하틀리는 미심쩍은 듯 조언했다.

"한 단계씩은 얼어 죽을!" 윈게이트는 훌쩍 자리에서 일어났다. "으, 머리야!"

규율관은 그들을 선임 규율관에게 떠넘겼다. 하틀리는 선임 규율관의 전용 선실 앞까지 따라와서 윈게이트의 곁에 있어주었다. "자네 패를 내보일 생각이라면 얼른 하는 게 좋을 거야." 하틀리가 조언했다.

"그건 또 왜죠?"

"몇 시간 후면 달에 착륙할 테니까. 우주 공간으로 나가기 전에 재급유를 하러 루나시티에 들르거든. 그때가 여기서 나갈 마지막 기회가 될 거라고. 걸어서 돌아갈 생각이 아니라면 말이지."

"그 생각은 못 했군요." 윈게이트는 기쁘게 고개를 주억거렸다. "어떻게 되든 일단 갔다가 돌아와야 할 거라고만 생각하고 있었습니다."

"어차피 한두 주만 있으면 모닝스타호를 탈 수 있을 텐데. 저들의 실수라면 돌려보낼 수밖에 없을 테니까."

"그보다 나은 방법이 있지요." 윈게이트가 기운차게 말했다. "루나시티에 도착하면 당장 은행으로 달려가서, 내 거래 은행에 보낼 신용장을 작성하게 만든 다음, 지구-달 셔틀 표를 한 장 살 겁니다."

하틀리의 태도가 미미하게 바뀌었다. 그는 평생 '신용장 작성' 같은 일은 해본 적도 없는 사람이었다. 어쩌면 저런 친구라면 직접 선장을 찾아가서 법 조항을 들이밀 수 있을지도 모른다는 생각이 들었다.

선임 규율관은 눈에 띄게 초조한 모습으로 윈게이트의 이야기를 듣다가, 중간에 말을 자르고 이주민 목록을 확인해보겠다고 말했다. 그는 목록의 W항목까지 넘어와서는 한 줄을 가리켰다. 그 줄을 읽던 윈게이트는 가슴이 내려앉는 느낌이 들었다. 자신의 이름이 철자까지 정확하게 적혀 있었기 때문이다. "이제 당장 꺼지게." 그가 명령했다. "내 시간을 낭비하지 말고."

하지만 윈게이트는 선임 규율관을 똑바로 바라보며 말했다. "이 문제에서 당신에게는 아무런 권한도 없지 않습니까. 당장 선장에게 안내해주십시오."

"이런 빌어먹을…." 윈게이트는 순간 선임 규율관이 자신을 때릴지도 모른다고 생각하고, 바로 그의 말을 잘랐다.

"행동을 조심하는 게 좋을 겁니다. 당신이 악의로 실수를 저질렀다고는 생각지 않습니다. 그러나 이 함선도 우주 항행 법령에 의거하여 등록되어 있으니, 위반 사항이 발생하면 당신의 법적 지위도 상당히 불안정해지겠지요. 선장도 연방법원에서 당신의 행동을 몸소 변호해야 하는 상황이 된다면 별로 기분이 좋지는 못할 겁니다."

선임 규율관의 분노를 촉발했다는 사실은 어딜 봐도 명백했다. 그러나 단순히 욱해서 상관을 곤란하게 만드는 사람이었다면 애초에 대형 수송선의 선임 규율관이 되지도 못했을 것이다. 턱 근육이 실룩거리는 모습이 눈에 띄었지만, 그는 아무 말 없이 버튼 하나를 눌렀다. 하급 규율관이 등장했다. "이 사람을 사무장한테 데려가." 그는 나가라는 듯 등을 돌리고는 우주선 내부 통신 시스템에 번호를 입력했다.

윈게이트는 별로 기다리지 않고 회사의 교섭 집행권을 가진 사무장을 대면하게 되었다. "이게 대체 무슨 일인가?" 사무장은 물었다. "불만이 있다면 정규 일정에 따라 아침 청원 시간에 요청했어야 할 텐데?"

윈게이트는 자신이 처한 상황을 최대한 명확하고 설득력 있게, 납득이 가도록 설명했다. "그래서 아까 말했듯이, 루나시티에서 하선하고 싶습니다. 의도치 않은 실수가 분명한 일로 회사의 대리인분들과 얼굴을 붉히고 싶은 생각은 없습니다. 특히 저 자신도 나름 자유롭게 그 상황을 즐기고 있었고, 아마도 어떤 식으로든 실수에 일조했을 것으로 보인다는 점을 인정할 수밖에 없으니 말입니다."

장황한 설명에 귀를 기울이며 침묵을 지키던 사무장은, 이런 말에도 딱히 대꾸하지 않았다. 그는 책상 한쪽에 높이 쌓인 파일 폴더를 뒤적거리다 이윽고 하나를 골라서 펼쳤다. 그 안에는 법정규격 크기의 서류들이 상단의 클립으로 고정되어 있었다. 그는 윈게이트를 그대로 세워둔 채로 몇 분에 걸쳐 여유롭게 내용을 살폈다.

사무장은 쌕쌕거리는 숨소리를 시끄럽게 울리며 서류를 읽다가, 가끔 드러낸 이빨을 손톱으로 톡톡 두드리기도 했다. 신경이 거슬려 인내심이 한계에 달한 윈게이트는, 저 남자가 한 번만 더 손을 입가로 가져가면 고함을 지르며 물건을 내던지기 시작하겠다고 마음먹었다. 바로 그 순간, 사무장이 서류 다발을 책상에 내려놓고 윈게이트 쪽으로 밀었다. "직접 보는 게 좋을 것 같군." 그가 말했다.

윈게이트는 그 말에 따랐다. 가장 눈길을 끄는 서류는 험프리 윈게이트와 금성개발 주식회사가 금성에서 6년 동안 노동 계약을 맺었음을 알려주는, 모든 면에서 적법한 계약서였다.

"그거 당신 서명 맞나?" 사무장이 물었다.

윈게이트의 직업적 조심성이 도움이 되었다. 그는 차분히 서명을 살피는 척하며, 정신을 가다듬을 시간을 벌려고 시도했다. 그리고 마침내 입을 열었다. "흠, 상당한 수준의 유사성은 확인됩니다만, 제 서명이라고 인정하지는 않겠습니다. 저는 필적 감정 전문가가 아니니까요."

사무장은 짜증 섞인 얼굴로 윈게이트의 반박을 무시했다. "당신하고 승강이 벌이고 있을 시간 없어. 어디 지문을 확인해볼까. 자." 그는 책상 위로 압력 패드를 밀었다. 윈게이트는 잠시 법적인 권리를 내세워 지문 확인을 거부할까 생각했지만, 지금 상황에서는 불리하게 작용할 것이 분명했다. 어차피 잃을 것은 없었다. 자기 지문이 계약서에 찍혀 있을 리가 없으니까. 문제는….

찍혀 있었다. 비전문가의 눈으로 봐도 양쪽 지문은 명확하게 일치했다. 윈게이트는 갑자기 밀려오는 공황을 억누르려 애썼다. 이 모든 상황이 악몽일지도 모른다. 어젯밤 존스와 벌인 말다툼이 악몽을 불러온 것일지도 모른다. 만에 하나 지금 이 모든 상황이 현실이라고 해도, 그를 함정에 빠뜨리려는 날조일 것이다. 허점을 찾아야 한다. 아니, 애초에 그와 같은 부류에게 누명을 씌울 이유가 없다. 이 모든 상황이 터무니없기만 했다. 그는 조심스레 단어를 나열했다.

"선생의 입장을 놓고 논쟁을 벌일 생각은 없습니다. 어떻게 보면 선생과 저 모두 상당히 유감스러운 장난질의 피해자가 되어버린 셈이지 않습니까. 의식을 잃은 사람에게서 동의 없이 지문을 채취하는 일이 어떤 의미인지는 굳이 설명할 필요가 없겠지요. 어젯밤 저는 의식이 없는 상태가 분명했을 테고 말입니다. 이 서류는 겉보기로는 완벽하게 유효해 보이고, 당연하지만 저는 선생님이 선의를 품고 계시리라 생각합니다. 하지만 이 계약서에는 계약의 필수 요소가 하나 빠져 있군요."

"무슨 요소?"

"계약 관계를 맺겠다는 양쪽 당사자의 의사 말입니다. 서명과 지문이 날인되어 있다고 해도, 저는 계약을 맺을 의사가 전혀 없었으며, 그 사실은 다른 여러 요건을 통해 손쉽게 증명할 수 있습니다. 세금 환급금을 보면 확인할 수 있듯이, 저는 유능하고 실적도 뛰어난 변호사입니다. 제가 자발적으로 익숙한 삶을 포기하고 훨씬 낮은 수입을 위해 6년 동안 고용계약을 맺으리라고 생각하기는 힘들 겁니다. 그 어떤 법정에서도 그런 말을 믿지는 않을 겁니다."

"그래서, 변호사이시다 이건가? 물론 속임수를 사용했을 수도 있겠지. 당신 쪽에서 말이야. 우선 여기 서류에 자기 직업을 무선통신 기술자라고 적어넣은 이유를 설명해보실까?"

윈게이트는 예측지 못한 우회 공격에 다시금 침착을 유지하려 애썼다. 그는 실제로 무선통신 전문가가 맞았다. 가장 좋아하는 여가활동이었으니까. 하지만 저들이 그 사실을 어떻게 알게 된 걸까? 그는 입 다물라고 자신을 윽박질렀다. 아무것도 인정하면 안 된다. "이건 전부 터무니없는 일입니다. 지금 당장 선장과의 면담을 요청합니다. 10분만 주면 계약을 무효로 만들 수 있습니다."

사무장은 잠시 침묵했다가 입을 열었다. "당신 주장은 그걸로 끝인가?"

"그렇습니다."

"좋아, 할 말은 전부 들었으니 이제 내가 말하지. 잘 들으라고, 우주 법률가 씨. 이 계약서는 양쪽 행성의 가장 교활한 법률가들이 머리를 맞대고 고안해낸 거야. 그 작자들이 이 계약서를 만들 때 가장 염두에 둔 게 뭔지 아나. 쓸모없는 부랑자 놈들이 일단 계약을 맺고 선급금을 전부 술로 바꿔서 마셔버린 다음에, 갑자기 일하러 갈 기분이 아니라고 마음먹을 경우의 위험을 배제하는 것이었다고. 이 계약서는 가능한 모든 부류의 공격을 받아왔고, 그때마다 개정을 반복해서 이젠 악마가 몸소 등장해도 깰 수 없는 물건이 되었지.

이 배에는 길거리에서 주워들은 법률 쪼가리에 속아 넘어갈 정도로 무능한 사람은 아무도 없어. 지금 당신 눈앞에 있는 사람은 자신의 법적인 지위를 명확하게 알고 있거든. 선장을 만나게 해달라…. 대형 함선의 총지휘자가 리라에 취해 스스로 변호사라 주장하는 헛소리꾼의 몽상에까지 귀를 기울일 만큼 한가하다고 여기는 거라면, 하루빨리 생각을 고쳐먹는 게 좋을 거다! 당장 선실로 돌아가!"

윈게이트는 반박하려 입을 열었다가, 마음을 고쳐먹고 발길을 돌렸다. 생각을 정리할 시간이 필요했다. 사무장은 윈게이트를 불러세웠다. "잠깐. 여기 그쪽 계약서 가져가야지." 그가 던진 얇고 하얀 종이가 팔락이며 바닥으로 떨어졌다. 윈게이트는 아무 말 없이 계약서를 들고 방을 나섰다.

*

하틀리가 복도에서 윈게이트를 기다리고 있었다. "어떻게 됐나, 윈게이트?"

"별로 잘되지는 않았습니다. 아니, 자세히 말하고 싶지는 않군요. 생각을 조금 정리해야겠습니다." 두 사람은 아무 말 없이 왔던 길을 되짚어서, 선창으로 들어가는 사다리 앞까지 걸어왔다. 한 사람이 사다리를 타고 올라와 그들 앞에 섰다. 윈게이트는 별 감흥 없이 그 사람을 바라보았다.

그리고 눈을 크게 떴다. 갑자기 지금껏 벌어진 모든 터무니없는 사건이 이해되기 시작했다. 그는 안도감에 사로잡혀 큰 소리로 그를 불렀다. "존스! 이 삐딱하고 빌어먹을 친구야. 전부 자네가 벌인 수작이라는 걸 진작에 깨달았어야 했는데." 이제 모든 것이 명백해졌다. 존스가 그를 함정에 빠뜨려 거짓 계약서를 쓰게 만든 것이다. 선장도 아마 존스의 친구일 것이다. 어쩌면 동료 예비역 장교일 수도 있고. 그리고 두 사람이 함께 일을 꾸민 것이다. 장난질치고는 상당히 거칠었지만, 너무 안도가 되어 화를 내기도 힘들었다. 그래도 어떻게든 존스가 대가를 치르게 만들기는 할 것이다. 루나시티에서 지구로 돌아가는 동안에.

그러다 문득 그는 존스가 웃지 않고 있다는 사실을 깨달았다.

게다가 정말로 터무니없게도, 그 또한 계약 노동자들의 푸른색 데님 작업복을 걸치고 있었다. "윈게이트." 존스가 물었다. "자네 아직도 취했나?"

"나 말이야? 그럴 리가. 왜 그런 생각을…."

"우리가 꼼짝도 못 하게 되었다는 걸 모르겠어?"

"아, 제발, 존스. 농담은 농담으로 끝내라고. 더 계속할 필요는 없잖아. 내가 당했다는 건 인정하지. 마음에 담아둘 생각도 없어. 훌륭한 웃음거리였으니까."

"웃음거리라 이거지?" 존스는 씁쓸하게 대꾸했다. "자네가 나를 꼬드겨 계약서에 서명하게 만들었을 때도 웃음거리라고만 생각하고 있었나 보군."

"서명하라고 자네를 꼬드겼다고? 내가?"

"사실이야. 자네가 자기 의견을 정말로 확신하고 있어서 말이야. 우리가 계약서에 서명해도 금성에서 한두 달을 보내다가 귀환할 수 있을 거라고 주장했거든. 내기까지 하려고 들었지. 그래서 우리는 우주항으로 가서 서명했어. 그때는 좋은 생각처럼 들렸거든. 논쟁에 종지부를 찍을 유일한 방법이었으니 말이야."

윈게이트는 나직하게 휘파람을 불었다. "글쎄, 내가 보기에는… 그게 말인데, 존스, 나는 그 상황이 조금도 기억나지를 않아. 아마 정신을 잃기 직전이라 머릿속이 텅 비어 있었을 거야."

"그래, 그런 모양이군. 더 빨리 정신을 잃었더라면 훨씬 좋았을 텐데. 자네 탓을 하는 건 아니야. 나도 스스로 이런 짓을 벌인 셈이니까. 그래도 이제는 상황을 정리하러 가는 중이야."

"그 전에 내가 무슨 일을 겪었는지나 좀 듣고 가라고. 아, 그렇지. 존스, 이쪽은, 어, 하틀리일세. 좋은 친구야." 하틀리는 두 사람 근처에서 미심쩍은 표정으로 기다리고 있다가, 한 발짝 앞으로 나와서 악수를 했다.

윈게이트는 존스에게 지금까지 벌어진 일을 설명한 다음, 이렇게 덧붙였다. "그러니까 자네가 들어가도 그리 친절하게 대접해주지는 않을 거야. 아무래도 내가 망친 것 같군. 하지만 시간만 가지고도 계약이 위법이라는 사실을 증명해낼 수 있을 거네."

"그게 무슨 뜻이지?"

"이 우주선은 우리가 서명하고 12시간을 채우지 못한 채 이륙했지. 이건 우주 항행 사전예방조례 위반이야."

"그래… 그렇군. 무슨 말인지 알겠어. 어제는 하현달이었으니까. 달이 하현일 때 지구의 회전력을 이용하려면 자정을 넘겨서 이륙해야 하지. 우리가 서명한 게 몇 시쯤이려나?"

윈게이트는 자신의 계약서 사본을 꺼냈다. 공증인 인장에 찍힌 시각은 11시 32분이었다. "좋았어!" 그는 소리쳤다. "어딘가 허점이 있을 줄 알았다니까. 이 계약서는 말 그대로 무효라고. 우주선 출항 기록을 확인하면 증명이 될 거야."

존스는 계약서를 살피더니 입을 열었다. "아니, 잘 봐." 윈게이트는 그의 말에 따랐다. 인장에 찍힌 시각은 분명 11시 32분이었지만, 오후가 아니라 오전이었다.

“이럴 리가 없잖나.” 윈게이트가 항의했다.

“물론 이럴 리가 없지. 하지만 공식 문서니까. 저쪽에서는 우리가 오전에 서명하고, 선급금을 받고, 마지막으로 진탕 술잔치를 벌이고 인사불성이 된 채로 배에 실렸다고 주장할 거야. 우리를 태워달라고 구인 요원과 상당히 승강이를 벌였던 기억이 나거든. 어쩌면 우리 선급금을 넘겨주며 봐달라고 설득했을지도 모르지.”

“하지만 우리는 오전에 서명하지 않았어. 사실이 아니고 증명할 수도 있다고.”

“물론 그렇겠지. 하지만 지구에 돌아가지 못하면 증명할 방법도 없잖아!”

✴

“그러니까 상황은 이런 셈이군.” 한동안 아무 소득 없는 토의를 거친 후에, 존스는 결론을 내렸다. “지금 여기서 우리 계약을 파기하려 시도해도 성공할 리가 없어. 저들은 비웃기만 하겠지. 요는 돈의 힘을 빌리는 거야. 그것도 상당한 금액이 필요하겠지. 내가 보기에, 루나시티에서 하선하려면 그곳의 회사 거래 은행에 불이행 보증금을 보내는 방법밖에 없어. 현금으로, 그것도 아주 큰 액수를.”

“얼마나 큰 액수?”

“내 생각에는 최소 2만 크레디트는 돼야 할 것 같은데.”

“공정하지 않은 금액이잖아. 상황에 비해 터무니없이 크다고.”

“공정하고 말고는 나중에 생각해주겠나? 이건 법정 판결에 따른 보증금이 아니라고. 적당한 회사 중역이 규칙을 어기도록 만들 정도의 금액이어야 한단 말이야.”

“나는 그 정도 보증금을 조달할 능력이 없는데.”

“그런 걱정은 접어둬. 내가 대줄 테니까.”

윈게이트는 거절하려다 마음을 바꾸었다. 때론 부자 친구를 두는 일이 유용할 때도 있는 법이다.

"이걸 처리하려면 누님에게 전파 전문을 보내야겠는데…." 존스는 말을 이었다.

"왜 누님이야? 자네 가문의 사업체에 연락하는 편이 낫지 않아?"

"지금은 속도가 생명인 상황이니까. 우리 가문의 재산을 다루는 변호사들은 전문의 진위를 확인한답시고 미적거리면서 시간을 낭비할 거야. 선장에게 전문을 보내서 샘 휴스턴 존스가 진짜로 승선해 있느냐고 물을 테고, 선장은 없다고 대답하겠지. 나는 샘 존스라는 이름으로 등록했거든. 그 와중에도 가문을 생각해서 뉴스 언론의 흥미를 끌어모으는 일은 하지 않아야겠다는 한심한 생각을 했던 모양이야."

"변호사들을 탓할 수는 없지." 윈게이트는 동료 변호사들에게 묘한 동족의식을 느끼며 이렇게 항변했다. "남의 돈을 다루는 사람들이잖아."

"그들을 탓하는 게 아니야. 하지만 지금은 빠른 행동이 중요한 상황이고, 누님은 내가 부탁하는 대로 해주겠지. 나라는 사실을 알 수 있도록 전문의 문구를 작성할 거야. 이제 남은 과제는 외상으로 전문을 보낼 수 있도록 사무장을 설득하는 건데…."

그 임무를 수행하러 떠난 존스는 한참을 기다려도 돌아오지 않았다. 하틀리는 윈게이트와 함께 기다려주었다. 그를 홀로 두고 싶지 않기도 했고, 인간이라면 누구나 가지는 평범하지 않은 사건에 대한 강한 호기심 때문이기도 했다. 마침내 돌아온 존스는 짜증에 입술을 꾹 다물고 있었다. 순간 윈게이트는 상황을 파악하고 머리가 차갑게 식었다. "못 보낸 건가? 안 보내준다던가?"

"아니, 보내줬어. 마침내. 하지만 그 사무장이라는 작자… 정말 깐깐하더군!" 존스가 말했다.

윈게이트는 경보음이 울리지 않았어도 우주선이 루나시티에 착륙했다는 사실을 명확히 알 수 있었을 것이다. 접근하는 동안에는 감속 때문에 고중력 상태였던 우주선 안의 중력이, 달에 진입하는 순간 갑자기 지구의 6분의 1밖에 안 되는 달의 지표 중력으로 바뀌었기 때문이다. 이미 엉망이었던 그의 위장은 그 순간의 충격을 견디지 못했다. 식사를 별로 하지 않은 것이 다행이었다. 하틀리와 존스는 우주 비행 경력이 충분했기 때문에, 평범하게 음식을 삼킬 수 있을 정도의 가속이라면 그저 일상처럼 여겼다. 우주 멀미에 시달리는 사람과 아예 멀미를 모르는 사람은 흥미로울 정도로 서로를 이해하지 못한다. 속을 게워내며 꺽꺽대고, 눈물을 줄줄 흘리면서 뒤틀리는 배를 붙들고 신음하는 꼴이 어떤 면에서 우스꽝스럽게 보이는지는 엄밀히 정의하기 힘들지만, 현실이 그렇다. 이런 상황에서 인류는 명확하게 구분되는 두 집단으로 나뉜다. 한쪽은 흥미와 경멸을 품은 눈으로 비참한 모습을 지켜보고, 다른 한쪽은 살의에 가까운 증오를 품는다.

이런 경우에는 종종 그 사람이 품고 있던 선천적인 가학성이 드러나 보이곤 한다. 예를 들어, 놀라운 유머감각을 발휘해 소금에 절인 돼지고기를 치료제라고 건넨다든가. 그러나 하틀리와 존스는 그런 부류의 사람이 아니었다. 단순히 불편함을 전혀 느끼지 못하다 보니(그리고 신참 선원이었을 때의 영혼이 뒤틀리는 경험을 모두 잊었다 보니) 윈게이트가 말 그대로 '죽음보다 끔찍한 운명'에 시달리고 있다는 사실을 이해할 수 없었을 뿐이었다. 사실 죽음과는 비할 수도 없을 정도로 끔찍했다. 우주 멀미나 뱃멀미를 겪거나 (이야기에 따르면) 해시시를 피워본 사람만 알 수 있는 시간 감각의 왜곡을 동반하기 때문에, 영원히 계속되는 것처럼 느껴지는 고통이기 때문이었다.

그러나 달에 머문 시간은 고작해야 4시간 정도였을 뿐이었다. 대기 시간이 끝날 때쯤에는, 윈게이트도 존스의 전문에 대한 답변에 관심이 생길 만큼 속이 가라앉았다. 존스가 보증금으로 루나시티에 있는 동안 원심력 장치를 갖춘 호텔에 묵게 해주겠다고 다짐한 것도 흥미가 돌아오는 데 나름 영향을 끼쳤다.

하지만 답변은 지연되고 있었다. 원래 존스는 1시간 안에 누님으로부터 답변을 들을 수 있으리라 생각했다. 그러면 이브닝스타호가 루나시티에서 이륙하기 전에 소식이 들어올지도 모른다. 그러나 시간은 하릴없이 흘러가기만 했고, 존스는 계속 통신실에 드나들며 질문을 해대서 자신의 평판을 끔찍하게 깎아먹었다. 이륙 준비 경보음이 울리는 소리에 열일곱 번째로 통신실을 찾아간 존스는 과로에 지친 통신 담당에게 거칠게 쫓겨났다. 그는 결국 선실로 돌아와서 윈게이트에게 자신의 계획이 실패했음을 인정했다.

“물론 아직 10분쯤 남긴 했는데.” 존스는 별 기대 없는 목소리로 말했다. “이륙 전에 전문이 들어오기만 하면, 직전에라도 선장이 우릴 내려줄 수 있을 거야. 같이 통신실로 돌아가서 마지막 순간까지 기웃거려보자고. 하지만 가능성은 별로 없어 보이는군.”

“10분이라….” 윈게이트가 말했다. “그냥 배에서 내려서 열심히 달려 도망치면 안 되나?”

존스는 짜증이 치솟는 얼굴이 되었다. “자네 진공 상태에서 달리려고 시도해본 적은 있나?”

루나시티에서 금성까지 가는 동안, 윈게이트는 안달하고 있을 시간조차 거의 없었다. 그는 세면장 보수와 청소에 대해 아주 많은 것을 배우고, 매일 10시간씩 새로 익힌 기술을 열심히 연마했다. 규율관들의 원한은 상당히 오래가는 모양이었다.

이브닝스타호는 루나시티를 떠나고 얼마 지나지 않아 지구의 교신 범위를 벗어났다. 이제는 금성의 북극점 식민지 우주항인 아도니스에 도착할 때까지는 기다릴 수밖에 없었다. 그곳의 회사에는 지구와 통신을 유지할 수 있을 정도로 출력이 강한 통신기가 있었다. 지구와 금성 사이에 태양이 놓이는 60일 동안의 외합과, 태양의 간섭이 심해지며 그보다 짧은 내합 기간은 예외였지만. “아마 착륙하면 석방 명령을 손에 든 사람들이 마중 나와 있을 거야.” 존스는 윈게이트를 다독여주었다. “그러면 이브닝스타호가 돌아갈 때 타고 가자고. 이번에는 일등실을 쓰는 거야. 그렇게 안 된다 해도, 최악의 경우라도 모닝스타호가 도착할 때까지만 기다리면 되지 않겠어? 크레디트를 조금 이체받으면 그것도 그리 나쁘지는 않을 거야. 비너스버그에서 진탕 쓰고 놀자고."

"자네는 순항훈련 중에 거기 가본 적이 있겠지." 윈게이트는 호기심이 묻어나는 목소리로 말했다. 그는 향락을 즐기는 부류는 아니었지만, 누가 평가하느냐에 따라 명성 또는 악명으로 세 행성에서 으뜸가는 쾌락의 도시에는 가장 정숙한 사람의 상상력조차 자극하는 구석이 있었다.

"아니, 운이 나빴지! 선체 검사 작업이 걸렸거든. 하지만 같이 지내던 친구들이 들르고 와서 이야기해줬는데… 원, 세상에!" 존스는 나직하게 휘파람을 불면서 고개를 저었다.

그러나 이번에도 도착을 기다리는 사람이나 전문 따위는 없었다. 그들은 다시 초조하게 통신실 앞을 어정거리다가 당장 선실로 돌아가서 하선 준비를 하라는 날카로운 공식 경고를 받았다. "준비를 당장 끝내도록!"

"격리 막사에서 보자고, 윈게이트." 자기 구역으로 돌아가기 전에, 존스가 마지막으로 말했다.

하틀리와 윈게이트의 구역을 담당하는 규율관은 담당 인원을 대충 두 줄로 세우더니, 스피커에서 들려오는 귀가 찢어지는 금속성 소리의 명령에 따라 그들을 이끌고 중앙 통로로 나가서 네 층을 내려가 하부 승객용 출입구로 향했다. 출구는 열려 있었고, 그들은 에어로크를 통해 우주선에서 내렸다. 금성의 대기 속으로 바로 나간 것은 아니었다. 금속판으로 만든 통로가 에어로크에 연결되어 있었고, 통로는 50미터 정도 이어지다가 어떤 건물의 내부로 들어갔다.

통로 속의 공기에는 청소에 사용한 분무 소독제의 톡 쏘는 냄새가 감돌았지만, 수송선에서 끊임없이 재활용하는 퀴퀴한 공기만 반복해서 쐬던 윈게이트에게는 외려 신선하고 자극적으로 느껴졌다. 거기다 지구의 6분의 5에 달하는 금성의 중력은 구역질을 일으킬 정도로 약하지는 않으면서, 동시에 너무 강하지도 않아서 가볍고 힘이 넘치는 기분이 들었다. 이런 온갖 요소 덕분에, 윈게이트는 무슨 일이 닥쳐도 맞설 수 있으리라는 비논리적인 낙관에 사로잡혔다.

통로에서 나오자 적당히 커다란 방이 이어졌다. 창문은 없지만, 눈에 보이지 않는 광원에서 지나치게 눈부시지 않은 환한 빛이 나오고 있는 듯했다. 가구는 하나도 없었다.

"전원 정지!" 규율관은 소리치더니 안쪽으로 들어가는 복도 근처에서 있던 사무원 같은 외모의 홀쭉한 남자에게 서류를 전달했다. 남자는 서류를 훑어보며 인원수를 확인한 다음, 그중 한 장에 서명해서 우주선의 규율관에게 건넸다. 규율관은 서류를 받아들고 다시 통로 속으로 사라졌다.

사무원처럼 보이는 남자가 이민자들 쪽을 돌아보았다. 윈게이트는 그가 아주 짧아서 거의 끈에 지나지 않는 반바지만 걸치고 있으며, 온몸이 일광욕으로 태운 것처럼 매끄럽고 부드러운 갈색이라는 사실을 깨달았다. 심지어 발까지도. 그는 부드러운 목소리로 말했다. "그럼 전원, 즉시 모든 옷을 벗어서 저쪽 처리대에 넣도록." 그는 한쪽 벽의 붙박이 깔때기를 가리키며 말했다.

"왜죠?" 윈게이트가 물었다. 반항적인 어조는 아니었지만, 고분고분하게 복종하는 태도도 아니었다.

"얼른 움직여라." 남자는 여전히 부드럽지만 조금 짜증이 섞인 목소리로 대꾸했다. "따져 묻지 말고. 너희를 보호하는 데 필요한 조치다. 질병이 들어오면 곤란하거든."

윈게이트는 그 대답을 받아들이고 작업복을 벗기 시작했다. 답을 들으려고 잠시 움직임을 멈추었던 사람들도 이내 그를 따라 움직이기 시작했다. 작업복, 신발, 속옷, 양말까지, 모든 피복이 깔때기 속으로 빨려 들어갔다. "따라오도록." 그들의 안내자가 말했다.

다음 방에서는 네 명의 '이발사'들이 나체가 된 사람들을 기다리고 있었다. 그들은 고무장갑을 낀 손으로 전기이발기를 들고 앞으로 나와서 닥치는 대로 머리털을 밀기 시작했다. 윈게이트는 다시 한 번 항의하려다가, 그렇게까지 할 일은 아니라고 생각을 바꾸었다. 그러나 여성 노동자도 이처럼 극단적인 방역 작업을 감수하게 될지가 궁금하기는 했다. 20년 동안 기른 아름다운 머리 타래를 방역 때문에 잃는다면 낭비일 것 같았다.

다음 방은 샤워실이었다. 한쪽 벽면에서 따뜻한 물이 분사되어 방을 가로지르는 통로를 자욱하게 메우고 있었다. 윈게이트는 조금도 머뭇거리지 않고 기꺼이 그 안으로 들어가서, 지구를 떠난 이후 처음으로 제대로 된 목욕을 만끽했다. 독하고 냄새가 고약해도 거품은 아주 잘 나는 녹색 액체비누도 충분히 공급되었다. 그들의 안내인만큼이나 헐벗은 대여섯 명의 사람들이 물이 나오는 벽 반대쪽에 서서, 사람들이 샤워기 아래 제대로 오래 서서 몸을 깨끗이 씻어내는지를 감시하고 있었다. 때론 철저하게 몸을 씻도록 상당히 사적인 영역의 조언을 하기도 했다. 주제넘은 참견에 나름 당위성을 부여하고 싶었는지, 흰 바탕에 붉은 십자가를 그린 문양을 각자 하의에 달고 있었다.

샤워실의 출구 통로에서 따뜻한 바람이 뿜어져 나와 몸을 순식간에 완전히 말려주었다.

"움직이지 말고." 지루한 표정의 병원 잡역부가 나른하게 말했고, 윈게이트는 그 말에 따랐다. 그는 윈게이트의 상완부에 차가운 솜을 문지른 다음 그 부위를 긁어냈다. "됐어. 다음." 윈게이트는 다음 탁자의 줄에 합류했다. 반대쪽 팔에 같은 일이 반복되었다. 방 건너편에 도착하자 양팔 모두 붉은색의 긁힌 자국으로 뒤덮여버렸다. 전부 해서 스무 군데도 넘었다.

"이게 다 뭡니까?" 그는 줄 끝에서 긁힌 자국의 수를 센 다음 목록에서 그의 이름을 지우는 병원 사무원을 보고 이렇게 물었다.

"피부 검사야. 저항성과 면역력을 확인하는 거지."

"뭐에 대한 면역력인데요?"

"뭐든지. 지구와 금성 양쪽의 질병도 있고. 감염성 진균류도 있고. 이쪽은 대부분 금성 것들이지만. 얼른 움직여, 줄이 막혔잖아." 자세한 내용은 나중에야 듣게 되었다. 평범한 지구인이 금성의 환경에 적응하려면 2, 3주 정도가 필요하다. 이런 재적응이 완료되고 다른 행성의 위험 요소에 대한 면역력이 형성되기 전까지는, 금성 지표면에 사는 눈에 보이지 않는 기생 생물에 피부를, 특히 점막을 노출한 지구인은 죽은 목숨이나 다름없다는 것이다.

생물이란 생존을 위해서 다른 생물과 끝없이 전투를 벌이기 마련이지만, 모든 신진대사가 활성화되는 푹푹 찌는 금성의 정글에서는 이런 전투가 유달리 격렬하게 벌어진다. 지구에서 병원성 미생물에 의한 질병을 거의 박멸한 평범한 세균 섭식 바이러스를 살짝 개조만 해도 금성의 다른 유사한 질병에 상당한 효력을 보인다. 문제가 되는 쪽은 굶주린 진균류였다.

백선, 완선, 무좀, 성병, 주혈흡충 감염증, 옴 등, 인류가 지금껏 상대한 모든 진균성 피부병의 가장 끔찍한 증례를 떠올려보자. 여기에다 흔히 생각하는 빵곰팡이, 벽곰팡이, 물곰팡이, 부패한 유기물에 생기는 버섯 따위의 개념을 추가하자. 그리고 번식 속도를 눈으로 확인할 수 있을 정도로 올려서, 당신의 안구와 겨드랑이, 그리고 입안의 축축한 연조직을 공격해 폐까지 파고드는 모습을 그려보도록 하자.

1차 금성 탐사대는 전원 목숨을 잃었다. 2차 탐사대에는 상상력이 풍부한 의사가 배속되어 있어서, 넉넉하다 여길 만큼의 살리실산과 살리실산수은을 보급받고 소형 자외선 방사기까지 지참했다. 덕분에 세 명이 살아서 돌아왔다.

그러나 영구 정착지를 건설하려면 환경으로부터 격리되는 것이 아니라 적응할 필요가 있다. 루나시티는 이 명제에 대한 반례처럼 보이지만, 그건 겉보기뿐이다. '달 주민'들이 도시를 뒤덮은 밀폐형 반구에 목숨을 맡기고 있는 것은 사실이지만, 루나시티는 어디까지나 전진 기지일 뿐, 자급자족이 가능한 정착지가 아니다. 채굴 기지, 관측소, 지구의 고밀도 중력장 지역을 벗어나기 직전의 재급유 기지로 사용될 뿐이다.

금성은 정착지다. 정착민들은 금성의 공기를 마시고, 금성에서 난 음식을 먹고, 금성의 기후와 자연재해에 피부를 노출한다. 인간이 견딜 수 있는 지역은 추운 극지방뿐이다. 극지방이라 해도 우기 아마존 정글에서 특히 무더운 날 정도의 기후지만, 적어도 이 지역에서는 늪지대의 흙바닥을 맨발로 딛고 설 수 있다. 진정한 생태학적 균형을 유지한 채로.

*

윈게이트는 자기 몫의 음식을 해치웠다. 배는 확실히 채워주지만, 질은 조잡하고 맛도 별로 없는 음식이었다. 금성 특산인 새콤달콤한 멜론은 예외였다. 시카고의 고급 레스토랑에서 지금 먹은 멜론을 주문했다면 중산층 가족의 일주일 식비가 나갔을 것이다. 그는 임시 숙소의 위치를 확인한 다음 존스를 찾아다니기 시작했다. 다른 노동자들 사이에서는 존스의 흔적조차 발견할 수 없었다. 존스를 본 사람조차 없었다. 재적응 시설의 직원 한 명이 시설 사무원한테 가서 물어보라는 조언을 해주었다.

윈게이트는 그 말에 따랐다. 지금까지 깨달은 대로, 하급 직원을 상대할 때는 사근사근하게 알랑거리는 태도로 접근하는 것도 잊지 않았다.

"아침에 다시 와. 목록이 붙을 테니까."

"감사합니다, 선생님. 귀찮게 해드려서 죄송한데, 그 친구가 안 보여서 혹시 아프거나 한 건 아닐지 걱정이 돼서 말이지요. 혹시라도 환자 명부에 있지는 않을까요."

"아, 그럼 뭐… 잠깐 기다려보라고." 사무원은 기록을 훑어보았다. "흠, 이브닝스타호에 있었다고 했지?"

"네, 선생님."

"글쎄, 목록에는 없는데… 음, 아니고… 아, 여기 있군. 그 친구는 여기서 하선하지 않았어."

"뭐라고요?"

"이브닝스타호를 타고 남극점의 뉴오클랜드로 갔어. 기계 기술자의 조수로 등록했군. 미리 말했으면 알았을 텐데. 이번에 온 사람들 중에서 금속 기술자는 전부 남극 발전소 작업으로 보냈거든."

잠시 후, 윈게이트는 간신히 정신을 추스르고 중얼거렸다. "신경 써주셔서 감사합니다, 선생님."

"뭘 이 정도로. 신경 쓰지 말라고." 사무원은 발걸음을 돌렸다.

남극점 정착지라고! 그는 혼잣말을 중얼거렸다. 금성에서 단 한 명뿐인 친구가 2만 킬로미터 떨어진 곳에 있다는 것이다. 마침내 윈게이트는 혼자가 되었다는 사실을 실감했다. 고독했다. 홀로 함정에 빠진 채 버려진 기분이었다. 수송선에서 깨어나서 존스를 발견하기 전까지의 짧은 시간 동안에는, 자신이 처한 상황을 제대로 파악하지 못하고 있었다. 물론 상류층의 거만한 태도도, 이게 심각한 상황일 리 없다는 내적 확신도 버리지 못했다. 이런 사고가 일어날 리가 없으니까. 적어도 자신이 평소 어울리는 계층의 사람들에게는!

그러나 그동안 인간으로서 존엄성에 상당한 타격을 입은 덕분에(선임 규율관이 세심하게 신경을 써준 덕분이었다) 이제 윈게이트는 자신이 불의나 독단적인 대우를 당할 리 없는 인간이라고 확신할 수 없게 되었다. 동의 없이 머리를 밀리고 세척을 당하고, 옷을 전부 빼앗기고 허리띠처럼 생긴 기저귀만 걸친 채로, 자신의 계급 공동체에서 수백만 킬로미터 떨어진 곳으로 끌려와서, 자신의 감정에 개의치 않으며 신변과 행동을 제약할 합법적 권리를 가진 사람들의 손에 놓인 상황이지 않은가. 이제 그에게 지지와 용기와 희망을 제공해주던 단 한 명의 지인과도 연락할 수 없는 상황에 이르자, 마침내 그도 냉엄한 진실을 깨닫게 된 것이다. 성공한 법률가이자 다양한 상류 사교 집단에 소속되어 있던 험프리 벨몬트 윈게이트에게도 무슨 일이든 벌어질 수 있다는 진실을.

"윈게이트!"

"어이, 너 부르잖아. 얼른 들어가라고. 사람들 기다리게 하지 말고." 문을 밀고 들어간 윈게이트의 눈앞에 제법 북적이는 방이 펼쳐졌다. 서른 명 정도의 남자들이 방 한쪽에 앉아 있었다. 문가에는 사무원 한 명이 책상에 앉아서 바쁘게 서류작업을 하는 중이었다. 줄지어 놓인 의자 옆의 공간에는 경쾌한 표정의 남자가 하나 서 있었고, 그 근처에는 방 안의 모든 조명이 집중된 야트막한 단상이 보였다. 문가의 사무원이 고개를 들며 말했다. "잘 보이게 저리로 올라가." 그러면서 철필로 단상 쪽을 가리켰다.

윈게이트는 시키는 대로 앞으로 나가서 단상에 오른 다음, 눈부신 조명에 눈을 깜빡였다. "계약 번호 482-23-06번." 사무원이 서류를 읽었다. "성명 험프리 윈게이트, 기간 6년, 자격증 없는 무선통신 기사, 급료 등급 6-D, 할당 보직 확인 중." 격리 적응에 3주가 걸렸고, 그 3주 동안 존스에게서는 아무 소식도 없었다. 윈게이트는 염증을 일으키지 않고 항원 노출 검사를 통과했다. 이제 실질 고용 기간에 들어가기 직전이었다. 활기찬 남자는 사무원의 말을 이어받아 그대로 지껄이기 시작했다.

"자, 그럼, 친애하는 농장주 고객 여러분, 이번 노동자는 대단한 유망주입니다. 이 사람이 지능, 적응력, 일반 지식 분야에서 얼마나 높은 점수를 받았는지 차마 입에 담기조차 두려울 지경이로군요. 사실 이건 알려드리면 안 되는데, 살짝 귀띔해드리자면 회사 측에서 보호금으로 1천 크레디트를 내걸 정도였답니다. 하지만 이런 유능한 노동자를 평범한 행정 업무에 사용한다면 낭비 아니겠습니까. 마땅히 대자연의 부를 채취하는 일에 기여해야 하는데 말입죠. 제가 감히 예상해보자면, 이 노동자의 노동력을 손에 넣는 운 좋은 입찰자분께서는 분명 한 달 안에 감독으로 쓰시게 될 겁니다. 설명은 관두고, 일단 직접 살펴보시는 게 좋겠군요. 말도 걸어보시고, 손수 확인해보십시오."

사무원이 남자에게 뭔가를 속삭였다. 남자는 고개를 끄덕이고 이렇게 덧붙였다. "신사 농장주 여러분, 반드시 고지해야 하는 일이 하나 있군요. 이 노동자의 법적 신고 기한은 2주이며, 이후에는 운송 유치권이 적용됩니다." 남자는 쾌활하게 웃음을 터뜨리고는, 자신의 표현에 상당히 재치 있는 농담이 들었다는 듯 한쪽 눈썹을 슬쩍 들어 올렸다. 그러나 남자의 선언에 주의를 기울이는 사람은 아무도 없었다. 윈게이트도 어느 정도는 저들의 수작에 감탄하고 있었다. 존스가 남극점 정착지로 보내졌다는 사실을 확인한 다음 날, 윈게이트는 자신이 이론적으로는 언제든 관둘 수 있지만, 그랬다가는 금성에 발이 묶이게 될 것이라는 사실을 깨달았다. 선급금과 왕복 우주선 탑승 비용을 물어내기 전에는 그저 굶어 죽을 자유만 있을 뿐이었다.

여러 농장주가 단상 주변으로 모여들어 윈게이트를 살펴보며 의견을 나누었다. "근육이 별로 없잖아." "나는 이런 영리한 녀석들한테는 별로 입찰하고 싶지 않아. 항상 문제만 일으키니까." "그렇긴 한데, 멍청한 노동자도 돈값은 못 한다고." "이 녀석은 뭘 할 수 있지? 어디 기록을 살펴볼까." 그들은 사무원의 책상으로 몰려가서, 윈게이트가 검역 기간에 받은 온갖 검사와 시험 결과를 살펴보았다. 윈게이트 곁에는 작은 눈을 반짝이는 남자 한 명만 남았다. 남자는 슬쩍 윈게이트 근처로 다가와서, 단상 위에 한쪽 발을 올려 얼굴을 가까이 붙이고는 은밀한 투로 말을 붙였다.

"나는 저런 가짜 검사지 따위에는 신경 안 쓴다네, 친구. 자기소개 좀 해보게."

"딱히 말씀드릴 만한 게 없습니다."

"긴장 풀고. 자네라면 내 농장이 마음에 들 거야. 아주 익숙하고 푸근한 곳이지. 우리 애들이 원하면 비너스버그까지 공짜로 태워다주기도 하고. 깜둥이 다뤄본 적 있나?"

"아니요."

"음, 어차피 여기 원주민이 깜둥이는 아니긴 하지. 말투만 빼면 말이야. 자네는 무리를 통솔할 수 있는 인재 같은데. 혹시 그쪽으로는 경험 없나?"

"별로 없습니다."

"흠, 너무 겸손한 것 아닌가. 그래도 입을 다물 줄 아는 남자는 마음에 들지. 게다가 우리 쪽 애들은 다들 나를 좋아한다네. 나는 감독관들이 뇌물을 받는 걸 용납하지 않거든."

"그만하지." 단상 쪽으로 돌아온 다른 농장주가 끼어들었다. "어디서 그런 헛수작을 지껄이고 그래, 릭스비."

"이게 어디라고 끼어들어, 밴 휘센!"

새로 등장한 덩치 큰 중년 남자는 먼저 말을 붙이던 남자를 무시한 채 곧바로 윈게이트에게 말을 걸었다. "돌아가겠다고 통보해놨더군. 이유가 뭐지?"

"저는 실수로 여기 오게 된 겁니다. 술에 취해 있었어요."

"그럼 고용된 동안에는 성실하게 일할 건가?"

윈게이트는 그 말을 곱씹어보다가, 마침내 입을 열었다. "그래야지요." 덩치 큰 남자는 고개를 끄덕이고는 쿵쿵거리며 자기 의자로 돌아가서, 허리끈을 당기며 조심스레 자리에 앉았다.

다른 이들도 모두 자리로 돌아가자, 진행자가 경쾌하게 선언했다. "자, 여러분, 다 끝나셨으면… 이번 계약의 입찰을 시작하지요. 저도 돈이 있었다면 이 친구에 입찰해서 조수로 써먹을 텐데 말입니다! 자…, 그럼 어디, 입찰하실 분 계십니까?"

"6백."

"아니, 농장주 여러분! 제가 보호금이 천 걸려 있다고 말하지 않았습니까?"

"설마, 농담이겠지. 일하다 정착하려는 작자 아닌가."

회사 측 진행자는 눈썹을 치켜올렸다. "유감이로군요. 이번 노동자는 단상에서 내려와달라고 부탁해야겠습니다."

그러나 윈게이트가 진행자의 말에 따르기 전에, 다른 목소리가 울렸다. "천."

"이제야 말이 통하는군요!" 진행자가 소리쳤다. "신사 농장주 여러분이 이런 대단한 기회를 놓치실 리가 없지요. 하지만 제트 엔진 하나로는 비행기가 이륙할 수 없는 법입니다. 천백 안 계십니까? 잘 보십시오, 농장주 여러분. 노동자가 없으면 돈을 벌 수 없습니다. 혹시 여기…."

"천백."

"릭스비 농장주님께서 천백 부르셨습니다! 솔직히 그 정도면 특별 할인 가격이지요. 하지만 이대로 넘어갈 거라는 생각은 안 드는군요. 천2백 없으십니까?"

덩치 큰 남자가 엄지를 위로 튕겼다. "밴 휘센 농장주님께서 천2백 부르셨습니다. 아무래도 제가 실수를 해서 여러분의 시간을 낭비시킨 것 같군요. 상회 입찰금액은 제한을 2백으로 걸겠습니다. 천4백 없으십니까? 천4백 없으십니까? 천2백에 하나, 천2백에 둘…."

"천4백." 릭스비가 불만 가득한 얼굴로 말했다.

"천7백." 밴 휘센이 즉시 따라붙었다.

"천8백." 릭스비가 쏘아붙였다.

"안 되지요. 상회 입찰은 이백 단위로 해주십시오." 진행자가 말했다.

"알았어, 젠장, 천9백!"

"천9백 나왔습니다. 왠지 쓰기가 힘든 숫자인데요. 혹시 2천백으로 만들어주실 분 안 계십니까?" 밴 휘센이 다시 엄지를 튕겼다. "2천백 나왔습니다. 돈을 벌려면 투자를 하셔야지요. 더 안 계십니까? 더 안 계십니까?" 그는 잠시 말을 멈추었다. "2천백에 하나… 2천백에 둘… 이렇게 쉽게 포기하실 겁니까, 릭스비 농장주님?"

"밴 휘센, 이 개자…." 나머지는 너무 웅얼거려서 제대로 들리지 않았다.

"마지막 기회입니다, 여러분. 셋, 둘… 하나!" 그는 손바닥을 짝 부딪쳐 날카로운 소리를 울렸다. "이번 계약은 밴 휘센 농장주님께 2천1백 크레디트에 낙찰되었습니다. 축하드립니다, 농장주님. 아주 현명한 판단이셨습니다."

윈게이트는 새 주인을 따라서 건너편 문으로 향했다. 복도에서 릭스비가 그들의 앞을 막아섰다. "좋아, 밴, 그 정도면 충분히 즐겼겠지. 자네 손실액을 2천까지 보상해주겠네."

"썩 꺼져."

"멍청하게 굴지 말게. 저놈은 번거로운 물건이야. 자네는 사람을 제대로 다루는 법을 모르잖나. 나하고는 다르다고." 밴 휘센은 릭스비를 무시한 채 밀치고 지나갔다. 윈게이트는 밴 휘센을 따라 미지근한 겨울 가랑비를 뚫고 주차장으로 나왔다. 강철 악어차들이 나란히 줄지어 서 있는 모습이 보였다. 밴 휘센은 차체가 9미터 정도 되는 레밍턴 악어차 옆에서 걸음을 멈추었다. "타게."

길쭉한 상자처럼 생긴 악어차의 짐칸에는 밴 휘센이 기지에서 사들인 물건들이 적재 한계선까지 가득 실려 있었다. 화물을 덮은 방수포 위에 대여섯 명의 남자들이 주저앉아 있는 모습이 보였다. 그중 한 사람이 한쪽 옆으로 기어오르는 윈게이트를 보면서 퍼뜩 몸을 일으켰다. "윈게이트! 이런 세상에, 윈게이트!"

하틀리였다. 윈게이트는 순간 북받치는 감정에 깜짝 놀랐다. 그는 하틀리의 손을 맞잡고 애정 섞인 욕설을 교환했다.

"이보게, 친구들. 이 친구는 험프리 윈게이트야. 정신머리가 제대로 박힌 친구라고. 윈게이트, 여기 친구들이랑 인사하게. 자네 바로 뒤에 있는 친구가 지미야. 우리가 지금 타고 있는 세발자전거를 모는 친구지."

하틀리가 소개한 남자는 활짝 웃으며 고개를 끄덕이고는 앞쪽으로 나가서 운전석에 앉았다. 고물 쪽의 비좁은 선실에 큰 덩치를 욱여넣은 밴 휘센이 손을 흔들어 신호를 보내자, 지미는 양쪽 조종간을 전부 뒤로 당겼고, 악어차는 꿈틀거리며 움직이기 시작했다. 무한궤도 바퀴가 철컹거리는 소리를 내며 진흙을 헤치고 나갔다.

여섯 명의 노동자 중 운전사인 지미를 포함한 셋은 예전부터 있던 사람들이었는데, 농장주가 팔려고 가져온 농장의 생산품과 그가 사들인 생필품을 나르기 위해 따라온 사람들이었다. 농장주 밴 휘센은 윈게이트와 하틀리 말고도 두 명의 계약서를 추가로 사들였다. 둘 다 이브닝스타호와 격리 적응 기지에서 윈게이트와 적당히 알고 지내던 사이였다. 두 사람은 조금 수심이 어린 표정이었다. 윈게이트도 그들의 심정을 아주 잘 이해할 수 있었다. 그러나 농장에서 나온 사람들은 나름 즐거워 보였다. 아무래도 짐꾼으로 마을을 오가는 일을 소풍 정도로 여기는 모양이었다. 그들은 방수포 위에 널브러진 채 잡담을 나누고 새로 온 사람들과 안면을 익히며 시간을 보냈다.

그러나 개인적인 질문은 일절 하지 않았다. 금성의 노동자들 사이에서는 회사의 우주선에 오르기 전에 어떤 사람이었는지는 절대 묻지 않는다. 적어도 자진해서 정보를 제공하기 전까지는. 여기서는 '그러지 않는 것'이 암묵적인 규칙인 것이다.

아도니스를 벗어나고 얼마 지나지 않아서, 악어차는 비탈을 내려가 불안정하게 낮은 강둑에 올라서더니, 그대로 첨벙 소리를 내며 둔중하게 물 위로 떨어졌다. 밴 휘센은 선실과 짐칸을 가르는 칸막이벽의 창문을 거칠게 열고 소리쳤다. "지미! 입수할 때 천천히 하라고 몇 번을 말해!"

"죄송합니다, 대장. 실수했어요." 지미가 대답했다.

"눈 똑바로 뜨고 다니지 않으면 운전기사를 새로 구할 테다!" 밴 휘센은 쾅 소리를 내며 창문을 닫았다. 지미는 주변을 둘러보며 다른 노동자들에게 음흉하게 눈을 깜빡여 보였다. 어느덧 그는 상당히 바쁘게 손을 놀리기 시작했다. 그들은 무성하게 자라난 식물로 뒤덮여 마치 단단한 땅처럼 보이는 늪지대를 가로지르기 시작했다. 악어차는 어느새 소형 선박으로 변했다. 무한궤도 바퀴를 이루던 널찍한 판들이 이제 외륜의 날개 역할을 맡았다. 쐐기꼴의 뱃머리가 덤불과 늪지의 수초를 양쪽으로 가르고, 간혹 작은 나무와 마주치면 들이받아 그대로 밀어버렸다. 때론 바닥이 얕은 진흙에 닿기도 했는데, 그럴 때마다 지미는 한쪽으로 몸을 빼고 손잡이를 당겨서 잠시 배를 육상 차량으로 되돌리기도 했다. 지미의 늘씬하고 잔뜩 긴장한 손은 계속해서 조작계 위를 오가며, 큰 나무를 피해서 가장 쾌적하고 직선에 가까운 경로를 찾아냈다. 그러는 와중에도 지형과 배의 나침반을 살피는 일도 잊지 않았다.

대화가 늘어지자 농장 일꾼 하나가 노래를 부르기 시작했다. 그럭저럭 괜찮은 테너 목소리에 이내 다른 사람들도 합류했다. 윈게이트도 후렴구가 귀에 익은 뒤로는 저도 모르게 따라 부르기 시작했다. 일꾼들은 〈급료 장부〉와 〈감독관이 내 사촌을 만나니〉와 〈사람들이 그를 수풀에서 찾아냈네〉라는 애절한 노래를 불렀다. 그러나 이어지는 〈비가 멈추는 밤이 오면〉은 제법 경쾌한 노래였고, 가사는 노래 속 상황에서 일어날 리 없는 온갖 사건을 끝없이 나열하는 내용이었다. ("감독관이 모두에게 술을 한 잔씩 돌리고….")

〈저 빨간머리 비너스버그 처녀〉라는 짤막한 노래에 이르자, 사람들은 손뼉을 치고 후렴구를 합창하며 지미에게 열렬한 지지를 보냈지만, 윈게이트는 그 가사가 용납하기 힘들 정도로 저속하다고 생각했다. 그러나 그 사실을 곱씹고 있을 시간은 없었다. 이어지는 노래가 그런 생각을 완벽히 몰아내버렸기 때문이었다.

테너 목소리가 느리고 나직하게 노래를 시작했다. 그가 노래를 멈추자 다른 이들이 후렴구를 합창했다. 윈게이트를 제외한 나머지 전부가 합세했다. 윈게이트는 침묵을 지키며 생각에 빠졌다. 2절의 삼중창에서 테너의 목소리가 갈라지자, 다른 이들이 그의 자리를 맡아 노래를 이어갔다.

아, 서류에 인장을 찍고 서명도 끝냈으니
(어서 오라! 어서 오라!)
손에 쥔 선급금으로 술독에서 수치를 달래기를
(후회의 날이여! 후회의 날이여!)
엘리스섬에 하선해서 손에 펜을 들고 나서야

그대는 6년을 버틴 이들의 운명을 알게 되나니…
선급금을 갚지 못해서 다시 계약을 맺은 것이라네!
(이곳에 영원히! 이곳에 영원히!)
그러나 나는 임금을 아껴서 우주선 표를 살 것이니
(그러시겠지! 그러시겠지!)
모두가 여행을 떠나는 나의 모습을 지켜보게 될 것이라네
(그날이 오기를! 그날이 오기를!)
아, 그런 이야기를 들은 것도 이제 천 번이 넘었는데
거짓말이라곤 않겠지만 성공하는 걸 보고 싶구나
머지않아 비너스버그에서 돈 뿌리는 모습이나 보게 되겠지!
[느릿하게] 그렇게 살면서 무슨 수로 선급금을 갚으시려고!
(어서 오라!)

미지근한 빗줄기, 입맛이 떨어지는 주변 풍경, 금성 어디서나 푸른 하늘 대신 하늘을 뒤덮고 있는 흐릿한 물안개. 그러나 윈게이트를 우울하게 만드는 요인은 그것만이 아니었다. 그는 화물칸 한쪽으로 물러앉아 홀로 시간을 보냈다. 한참 후 지미가 "전방에 불빛!"이라고 소리칠 때까지.

윈게이트는 뱃전으로 몸을 빼고 그의 새로운 거처를 뚫어지게 바라보았다.

✶

4주가 지나도록 샘 휴스턴 존스에게서는 아무 소식도 없었다. 금성은 그동안 한 바퀴 자전했고, 2주에 걸친 금성의 '겨울'이 끝나자 비슷하게 짧은 '여름'이 찾아왔다. 사실 빗줄기가 세 배쯤 거세지고 조금 기온이 높은 것을 제외하면 '겨울'과 딱히 다른 점도 없었지만. 그리고 이제 다시 '겨울'이 되었다. 밴 휘센의 농장도 장기 정착이 가능한 다른 지역과 마찬가지로 금성의 극지방에 있었기 때문에, 완전히 어두워지는 일은 없었

다. 항상 하늘을 뒤덮고 있는 수 킬로미터 두께의 구름층 때문이었다. 구름은 기나긴 낮 동안에는 낮게 걸린 태양의 빛을 누그러뜨렸고, 태양이 지평선 바로 아래 걸리는 '밤' 또는 '겨울' 동안에는 그 빛을 반사해 끊기지 않는 황혼을 만들었다.

아무 소식도 없는 4주였다. 태양도, 달도, 별도, 일출도 없는 4주였다. 맑고 상쾌한 아침 공기도, 생명의 고동을 빠르게 만드는 한낮의 햇살도, 감미로운 저녁 그림자도, 아무것도 없었다. 후덥지근하고 끈적한 하루의 시간을 가늠하거나 나눌 기준 자체가 아예 존재하지 않았다. 그저 자고 일하고 먹고 다시 잠드는 쳇바퀴 같은 일상만 계속될 뿐이었다. 지구의 서늘하도록 푸른 하늘을 향한 가슴 저린 갈망만이 꾸준히 가슴 속에 쌓여갈 뿐이었다.

신참은 다른 노동자들에게 한턱을 내는 관습이 있었고, 예외가 없다니 윈게이트도 받아들일 수밖에 없었다. 그는 '리라'라고 부르는 음료를 얻어내기 위해 배급관의 전표에 서명해야 했다. 그리고 처음으로 급료 장부에 서명할 때가 찾아오자, 그는 동료에게 호의를 표하려고 벌인 행동 때문에 합법적으로 '일자리'에서 벗어날 수 있는 날이 4개월이나 미뤄졌다는 사실을 깨닫게 되었다. 그는 앞으로 절대 전표에 서명하지 않겠다고 맹세했다. 비너스버그에서 보내는 짤막한 휴가도 피해야 했다. 그는 일시불 급여와 운송료 유치권을 변제할 때까지 들어오는 모든 크레디트를 저축하겠다고 굳게 다짐했다.

그러나 이내 그는 이 가벼운 알코올성 음료가 악습이나 사치품이 아니라 필수품이라는 사실을 깨닫게 되었다. 이 음료는 정착지의 모든 조명에 장착된 자외선 방사기만큼이나 인간의 생명 유지에 필수적이었다. 리라를 마시면 술에 취하는 게 아니라 기분이 풀리고 걱정이 사라졌으며, 그 술기운을 빌리지 않으면 잠을 이룰 수조차 없었다. 자책과 조바심에 시달리는 사흘 밤, 그리고 탈진해서 무력한 상태로 감독관의 거친 눈총 아래 전전긍긍하는 사흘 낮이 지나자, 윈게이트도 다른 이들과 함께

리라 한 병의 배급 전표에 서명하게 되었다. 지끈거리는 머릿속에서는 그 한 병의 가격이 자유를 향한 하루치 노력의 절반 이상에 해당한다는 사실을 아주 잘 알고 있었지만, 어찌할 도리가 없었다.

심지어 그는 무선통신 조작에 배치된 것도 아니었다. 밴 휘센의 농장에는 이미 통신 담당이 있었다. 윈게이트는 장부상에 예비 통신기술자로 기록되어 있는데도 다른 사람들과 함께 늪지로 나가야 했다. 그는 계약서를 다시 살펴보다가 농장주에게 재배치 권리가 있다는 사실을 발견했다. 그의 정신의 절반, 그러니까 현실에 무심한 법적 정신은 그 조항이 전혀 불공평하지 않으며 합리적이고 적절한 것이라는 결론을 내렸다.

그는 늪지로 나갔다. 작고 양순한 양서류 종족을 구슬리고 협박해 수중식물인 히아킨투스 베네리스 존소니, 즉 금성 늪지뿌리의 둥근 알뿌리를 수확하는 방법과 '띠가렉'을 더 공급해주겠다는 약속으로 부족 대모의 협력을 얻어내는 방법을 익혔다. 원주민들에게 '띠가렉'이란 궐련뿐 아니라 모든 종류의 담배를 뜻하는 단어였다. 담배는 금성 원주민과 거래할 때 가장 흔히 사용하는 물품이었다.

순번이 되면 작업장에 들어앉아, 알뿌리를 자르고 푸석푸석한 외피를 벗겨 완두콩 크기의 알맹이를 꺼내는 법을 익히며 느리고 서투르게 손을 놀리기도 했다. 상품으로 가치가 있는 부분은 이 알맹이뿐이므로 긁히거나 짓무른 상처 없이 분리해야 했다. 꼬투리에서 흘러나온 즙 때문에 손이 쓰리고, 악취에 기침이 나오고 눈이 따갑기는 했지만, 윈게이트는 늪지대로 나가는 것보다는 이쪽이 더 좋았다. 여기서는 여성 노동자들과 함께 일하게 되었기 때문이다. 쉽사리 손상되는 귀중한 알맹이를 분리해내는 작업에는 손이 빠르고 손가락이 작은 여자들 쪽이 적합했다. 남자들은 수확물이 너무 많이 쌓여서 일손이 부족할 때만 동원되곤 했다.

그는 다른 여자들이 '헤이즐'이라 부르는 자애로운 노파로부터 껍질 까는 기술을 배웠다. 헤이즐은 일하는 동안에도 계속 대화를 나누었고, 옹이투성이 손은 별다른 의지나 기술이 느껴지지 않으면서도 쉴 새 없이 멈추지 않고 움직였다. 눈을 감으면 지구의 어린 시절로 돌아가버린 느낌이 들었다. 할머니가 끊임없이 중얼거리며 완두콩을 까시던 그 부엌으로 돌아온 것 같았다. "얘야, 너무 조바심치지 말려무나." 헤이즐은 이렇게 말하곤 했다. "아무것도 두려워하지 말고 열심히 일하면 된단다. 머지않아 모두가 기다리는 날이 올 거야."

"어떤 종류의 날 말입니까, 헤이즐?"

"주님의 천사들이 일어나 사악한 무리를 물리치실 날이란다. 어둠의 군주가 무저갱으로 추락하고 선지자께서 천상의 자손 위에 군림하실 날이지. 그러니 걱정하지 말려무나. 모두가 기다리는 날이 오면, 네가 여기 있든 고향 땅에 있든 아무 상관도 없을 거야. 중요한 것은 단 하나, 네가 얼마나 은총을 받았느냐 뿐이란다."

"우리가 그날이 올 때까지 살아남을 수 있다고 과연 확신하시나요?"

헤이즐은 주변을 둘러보더니, 비밀 이야기를 하듯 몸을 숙였다. "그날이 머지않았단다. 지금 이 순간에도 선지자께서는 사방을 오가며 자신의 세력을 모으고 계시거든. 미시시피 강가의 청명한 시골 마을에서 위대한 이가 오시니, 그분께서 이 땅에서 쓰시는 이름은…." 더욱 목소리를 낮추고 말했다. "느헤미아 스쿠더란다!"

윈게이트는 자신의 경악과 비웃음이 겉으로 드러나지 않았기를 바랐다. 그도 알고 있는 이름이었다. 스쿠더는 보잘것없는 촌뜨기 복음주의자였다. 지구에서는 별로 중요치 않은 방해꾼으로, 가끔 조롱거리로 뉴스에 등장할 뿐인, 아무것도 이룩할 리 없는 작자였다.

작업장 감독관이 그들의 작업대 쪽으로 다가왔다. "거기 너, 일감에서 눈을 떼면 곤란하지! 다른 자들보다 한참 뒤처져 있잖아." 윈게이트는 서둘러 손을 움직이기 시작했지만, 헤이즐이 그를 도와주러 나섰다.

"이 아이 괴롭히지 말고 놔두게, 톰슨. 벗기는 법을 배우려면 시간이 필요하지 않나."

"알겠습니다, 할머니." 감독관은 미소를 머금고 말했다. "하지만 한눈은 팔지 못하게 해주시죠."

"알겠네. 작업장의 다른 사람들이나 걱정하게나. 우리 작업대는 할당량을 문제없이 채울 테니까." 윈게이트는 지금까지 망친 수확물을 배상한다는 명목으로 이틀분 임금을 공제당한 적이 있었다. 헤이즐은 지금 그의 작업을 대신 맡은 셈이었다. 감독관도 그 사실은 알고 있었지만, 모든 이들이, 심지어 아무도 좋아하지 않고 자기네끼리도 서로 싫어하는 감독관들조차 헤이즐을 좋아했기 때문에, 별다른 문제는 일어나지 않았다.

*

윈게이트는 독신 남성 숙소의 정문 앞에 서 있었다. 문단속 점호까지 아직 15분은 남았다. 숙소에 있으면 끊임없이 몸에 스며드는 폐소공포증의 감각에서 벗어나고 싶어서, 무의식적으로 여기까지 걸어 나온 것이었다. 그러나 별 의미 없는 노력이었다. 금성에서는 건물 밖으로 나와도 '야외다운' 감각 따위는 조금도 느껴지지 않으니까. 공터마다 덤불이 가득했고, 납빛 안개가 가득한 하늘이 머리를 짓눌렀다. 드러난 가슴에는 축축한 열기가 내려앉았다. 그래도 제습기가 놓인 침실보다는 여기가 차라리 낫다는 생각이 들었다.

저녁 리라 배급을 받기 전이라서 초조하고 의기소침한 기분이었다. 그러나 찌꺼기처럼 남은 자존심 때문에, 윈게이트는 나른한 최면에 빠져들기 직전 명징하게 생각할 수 있는 몇 분의 시간을 소중히 사용하려고 애썼다. 물들어가고 있는 거라고, 그는 생각했다. 몇 달만 더 지나면 무슨 수를 써서라도 비너스버그를 방문할 기회를 잡으려 들거나, 기혼자 숙소 전표에 서명해서 자신뿐 아니라 자식들에게도 영원히 노예의 족쇄를 채우게 될 것이다. 처음 도착했을 때는 여성 노동자들에게서 아무런 매력도 느낄 수 없었다. 그러나 이제는 자신이 훨씬 덜 까다로워졌다는 사실을 깨닫고 조금 낙담해버린 상태였다. 심지어 이젠 다른 노동자들처럼 혀짤배기소리까지 내기 시작했다. 양서류 종족의 발음을 무의식적으로 따라 하게 되었기 때문이다.

이곳에 도착하고 얼마 지나지 않아, 그는 노동자를 대충 두 부류로 나눌 수 있다는 사실을 깨달았다. 하나는 자연인이고, 다른 하나는 무너진 인간이었다. 전자는 상상력이 부족하고 단순한 원칙을 따르는 사람들이었다. 그들은 지구를 딱히 더 나은 곳으로 생각하지 않았다. 그들은 개척지의 문화에서 노예제가 아니라 의무로부터의 해방, 안전, 때때로 찾아오는 희열을 발견했다. 후자는 무너지거나 버림받은 이들로서, 한때는 나름 지위랄 것이 있었으나 인격적 결함이나 사고로 인해 사회에서 자신의 지위를 상실한 이들이었다. 어쩌면 판사가 "개척지로 이주하면 형 집행을 정지시켜주겠소."라고 말했을지도 모른다.

문득 윈게이트는 자신의 지위도 굳어져가고 있다는 사실을 깨닫고 공황에 빠졌다. 그는 무너진 인간이 되어 가는 중이었다. 지구에서 누렸던 사회적 배경마저도 이미 마음속에서 흐릿해지고 있었다. 그는 존스에게 편지를 쓴다는 힘겨운 일도 벌써 사흘째 미루고 있었다. 바로 직전 노동시간에도 비너스버그에서 이틀 정도 휴가를 보낼 필요가 있다고 자기합리화를 하느라 시간을 낭비하기만 했다. 그는 자신을 다그쳤다. 인정해, 인정하라고. 빠져들고 있는 거야. 의지력이 약해져서 노예의 정신구조를 받아들이고 있는 거라고. 이 상황에서 빠져나갈 방법을 전부 존스에게 떠넘기는 방식으로 말이야. 그 친구도 구해줄 수 없는 상황이라면 어쩔 건데? 죽었는지 살았는지도 모르잖아. 그는 흐릿한 기억을 헤집어 어디선가 읽었던 문구 하나를 떠올렸다. "스스로를 해방하지 않는 노예는 자유의 몸이 될 수 없다." 먼 옛날 어떤 철학자가 한 말이던가, 뭐 그럴 것이다.

좋아, 좋다고. 마음을 다잡아보자고, 친구. 힘을 내는 거야. 리라도 끊고…. 아니지, 그건 무리야. 잠을 못 자고 어떻게 살아. 좋아, 그러면 소등 시간까지는 리라를 마시지 않는 거야. 저녁 내내 청명한 정신을 유지하면서 계획을 세우자고. 눈을 크게 뜨고 가능한 모든 것을 찾아내고,

친구를 만들고, 기회를 노리는 거야.

어스름 속에서 숙소의 정문 쪽으로 다가오는 사람이 보였다. 그림자가 가까워지자, 윈게이트는 여자의 모습을 알아보고 자연스레 여성 노동자 중 하나라고 간주했다. 그러나 더 가까워지자 노동자가 아님을 깨달았다. 농장주의 딸인 안넥 밴 휘센이었다.

안넥은 건장한 체구에 키가 훌쩍 큰, 항상 불만이 깃든 눈을 가진 금발의 10대 후반 여자아이였다. 지금까지 여러 번 본 적은 있었다. 노동을 마치고 돌아오는 노동자들을 지켜보거나, 홀로 농장의 공터를 돌아다니곤 했으니까. 보기 흉하지도, 눈에 띄게 매력적이지도 않았다.

안넥이 윈게이트 앞에서 걸음을 멈춘 다음, 주머니 대용으로 사용하는 허리춤의 가방을 열어서 담배 한 갑을 꺼냈다. "저 밖에서 찾았는데. 네가 잃어버린 거야?"

윈게이트는 안넥이 거짓말을 하고 있다는 사실을 잘 알고 있었다. 시야에 들어온 이후 뭔가 주워 드는 기색은 없었기 때문이다. 게다가 담배 상표를 보니 지구 사람이나 농장주 정도는 되어야 피울 만한 물건이었다. 노동자가 가진 돈으로 살 수 있는 물건이 아니었다. 대체 무슨 속셈인 걸까?

문득 안넥의 열의 가득한 얼굴과 몰아쉬는 숨이 눈에 들어왔다. 윈게이트는 안넥이 자신에게 간접적으로 선물을 건네는 중이라는 사실을 깨닫고는 혼란에 빠졌다. 대체 왜?

윈게이트는 자신의 육체적 아름다움이나 매력에 대한 자부심 따위는 조금도 없었다. 애초에 자부심을 품을 이유도 없었으니까. 다만 그런 자신조차 평범한 노동자 사이에 섞여 있으면 농장 뒤뜰에 날아든 수컷 공작만큼이나 돋보인다는 점은 깨닫지 못한 상태였다. 그러나 안넥이 그가 마음에 든다는 신호를 보낸 이상, 현실을 인정할 수밖에 없었다. 거짓말을 꾸며내서 하찮은 선물을 하려 들 이유를 달리 생각해낼 수 없었기 때문이다.

가장 처음 찾아온 충동은 무시해버리는 것이었다. 윈게이트는 안넥에게 아무것도 원하지 않았고, 이 상황이 당황스럽거나 심지어 위태로운 쪽으로 발전할 수 있다는 사실도 대충 짐작하고 있었다. 이런 부류의 습속을 위반하면 이곳의 사회 및 경제적 구조를 위태롭게 만들 수도 있다. 농장주의 입장에서 노동자는 양서류 종족만큼이나 울타리 바깥에 머물러야 했다. 노동자와 농장주 계급의 여성이 정사를 벌였다가는 옛날식으로 사적 제재를 당하게 될 것이 분명했다.

그러나 윈게이트는 안넥을 거칠게 대할 엄두가 나지 않았다. 안넥의 눈에서 몽롱한 사모의 눈빛이 보였다. 냉혈한이 아니고는 밀쳐낼 수 없을 것이다. 게다가 안넥의 태도에는 내숭을 떨거나 도발하는 기색이 조금도 없었다. 다듬어지지 않았다는 점에서는 거의 어린아이로 보일 정도로 순진한 모습이었다. 그는 친구를 사귀겠다는 자신의 다짐을 기억해냈다. 지금 여기에 친구가 되겠다고 자처하는 사람이 있다. 위험하기는 해도, 자유를 찾는 일에 유용할 수도 있는 우정이었다.

이 무력한 여성의 유용성을 가늠하는 자신이 잠시 수치스럽게 느껴지기는 했지만, 윈게이트는 안넥에게 전혀 해를 입히지 않을 것이라는 사실을 곱씹으며 그런 감정을 억눌렀다. 무시당한 여인의 복수심에 대한 옛이야기가 여럿 있기도 하고.

"글쎄요, 제가 잃어버린 걸지도 모르겠군요." 윈게이트는 이렇게 얼버무린 다음 덧붙였다. "제가 가장 좋아하는 상표니까요."

"그래?" 안넥은 행복하게 말했다. "그럼 됐으니까, 너 가져."

"감사합니다. 같이 한 대 피우시겠습니까? 아니요, 안 그러는 게 좋겠군요. 아버님께서는 아가씨가 여기 오래 머물면 좋아하지 않으실 테니 말입니다."

"아냐, 장부 정리하시느라 바쁘셔. 나오기 전에 확인했거든." 이렇게 대답하는 안넥은 자신의 한심한 핑계가 거짓말로 드러났다는 사실조차 깨닫지 못하는 듯했다. "어쨌든 됐으니까 맘대로 피워. 나, 나는… 담배를 별로 안 피우거든."

"아가씨는 아버님처럼 해포석 파이프를 더 좋아하시는 모양이지요."

안넥은 이 한심한 농담을 듣고도 즐겁게 웃었다. 이후 두 사람은 별다른 주제 없이 대화를 나누었다. 작물이 잘 자라고 있으며, 날씨가 지난주보다 조금 선선해졌고, 저녁 식사 후에 조금 바람을 쐬면 기분이 좋다는 등의 이야기였고, 두 사람은 서로의 말에 동의했다.

"혹시 저녁 먹고 나서, 운동 삼아 산책하거나 해?" 안넥이 물었다.

윈게이트는 늪지대에서 온종일 노동해서 운동량이 차고 넘칠 지경이라고 말하는 대신, 그냥 가끔 그런다고 대답해주었다.

"나도 그런데." 안넥이 불쑥 말했다. "저쪽 급수탑 근처에서 제법 오래 시간을 보내."

윈게이트는 안넥을 바라보았다. "그렇습니까? 기억해놓지요." 점호 종소리가 도망칠 핑계를 제공해주었다. 3분만 더 머뭇거렸으면 데이트 약속까지 잡았겠는데. 그는 생각했다.

다음 날 윈게이트는 늪지대 작업에 나갔다. 작업장의 바쁜 시기가 끝났기 때문이었다. 길고 구불거리는 순환도로를 따라, 악어차가 굉음을 울리고 물을 튀기며 돌아다니면서 감시소마다 한둘 정도의 지구인을 내려주고 떠났다. 이제 남은 사람은 윈게이트, 하틀리, 감독관, 그리고 악어차 운전사인 지미뿐이었다. 감독관이 다시 차를 멈추라고 신호를 보냈고, 차가 멈추자마자 삼면에서 양서류 원주민의 반짝이는 눈이 달린 납작한 머리들이 수면으로 떠올랐다. "좋아, 하틀리." 감독관이 명령했다. "여기가 네 임시 숙소다. 차에서 내려라."

하틀리는 주변을 둘러보았다. "내가 쓸 보트는 어디 있소?" 농장 일꾼들은 그날 수집한 수확물을 부려놓기 위해 바닥이 납작한 소형 두랄루민 보트를 사용하곤 했다. 그러나 악어차에는 이제 남은 보트가 없었다.

"필요 없을 거다. 네 임무는 경작할 수 있도록 땅을 고르는 거니까."

"그거야 상관없지. 하지만 주변에 아무도 없고, 발 디딜 땅도 안 보이는데." 보트에는 다른 용도도 있었다. 주변에 연락을 취할 다른 지구인이 없이, 안전한 마른 땅에서 멀리 떨어진 곳에서 일하게 되면, 보트는 말 그대로 구명선이 되는 것이다. 그를 데려갈 악어차가 망가지거나 근무 중에 앉거나 누워야 할 일이 생기면 쉴 곳은 보트밖에 없었다. 나이 든 노동자들은 50센터미터 깊이의 물속에 24시간, 48시간, 72시간을 서 있다가 마침내 고개도 들지 못할 정도로 지쳐서 익사한 사람들의 우울한 이야기를 들려주곤 했다.

"바로 저 너머에 마른 땅이 있다." 감독관은 4백여 미터쯤 떨어져 서 있는 나무들 쪽으로 손짓하며 말했다.

"그럴지도 모르겠군. 가서 봅시다." 하틀리는 차분하게 말하며 지미를 흘깃거렸고, 지미는 지시를 원하는 것처럼 감독관을 돌아보았다.

"빌어먹을! 지금 나하고 싸우자는 거냐! 당장 내려!"

"힘들 때 쭈그려 앉을 수 있는 곳을 발견하기 전에는 내리지 않겠소. 적어도 손바닥만 한 넓이의 진흙탕보다는 나은 곳으로 말이오."

물속의 작은 원주민들은 호기심을 드러내며 이런 말다툼을 구경하고 있었다. 꾸륵꾸륵거리며 자기네들의 혀짤배기 언어로 열심히 떠들어대는 모습이 보였다. 간단하게나마 영어를 아는 놈들은 지식이 부족한 동포들에게 재미있게 왜곡했을 것이 분명한 설명을 열심히 해주고 있었다. 이미 화가 잔뜩 나 있던 감독관은 그걸 깨닫고 더욱 분노하기 시작했다.

"이게 마지막 경고다. 당장 내려!"

"뭐, 좋소." 하틀리는 육중한 덩치를 움직여 바닥판 위에 편하게 주저앉으며 말했다. "그럼 이야기는 이걸로 끝인 모양이로군."

윈게이트는 감독관 뒤에 서 있었다. 그러지 않았더라면 하틀리는 아마도 머리를 다쳤을 것이다. 그러나 윈게이트가 공격하는 감독관의 팔을 붙들었다. 하틀리는 즉시 거리를 좁혔다. 세 사람은 악어차 짐칸에서 한참을 엎치락뒤치락했다.

하틀리가 감독관의 가슴을 타고 앉았고, 윈게이트는 감독관의 거머쥔

오른손에서 곤봉을 빼냈다. "자네가 그걸 잡아줘서 살았어, 윈게이트. 아니면 지금쯤 아스피린이 필요해졌을 테니까."

"그래요, 그런 것 같군요." 윈게이트는 이렇게 대답하며 곤봉을 늪지대로 멀리 던졌다. 양서류 몇 마리가 그걸 따라 헤엄쳐 가서는 물속으로 들어갔다. "이제 일으켜줘도 될 것 같아요."

감독관은 아무 말 없이 두 사람을 뿌리치고 일어나더니, 내내 조용히 운전석에 앉아만 있던 악어차 운전사를 돌아보았다. "왜 돕지 않은 거지?"

"혼자서도 처리하실 수 있을 줄 알았습죠, 감독관님." 지미는 무심하게 대꾸했다.

윈게이트와 하틀리는 이미 배치된 노동자의 보조 업무를 받아서 일과 시간을 마쳤다. 감독관은 그들을 배치하는 데 필요한 짤막한 명령을 제외하면 완전히 무시하기만 했다. 그러나 숙소로 돌아와 저녁 식사를 기다리며 몸을 씻고 있자니, 저택으로 들어오라는 명령이 내려왔다.

두 사람이 농장주의 집무실에 도착해보니, 감독관은 이미 자기 고용주 옆에 서서 만족스럽게 웃음을 흘리고 있었다. 밴 휘센의 표정은 끔찍하게 어두웠다.

"너희 둘에 대한 안 좋은 소리가 들렸는데?" 밴 휘센은 크게 소리쳤다. "노동을 거부하고 감독관을 습격하다니. 젠장, 네놈들한테 버릇을 가르쳐야겠군!"

"잠깐 기다리십시오, 밴 휘센 농장주님." 윈게이트는 나직한 목소리로 입을 열었다. 난데없이 찾아온 문책에 법정으로 돌아온 것처럼 마음이 편안해졌다. "직무를 거부한 사람은 없습니다. 하틀리는 그저 적절한 안전을 확보하지 못한 채로 위험한 노동을 하는 일을 거부했을 뿐입니다. 언쟁에 대해서라면, 먼저 공격해온 쪽은 귀하의 감독관이었습니다. 저희는 그저 자기방어를 위해 행동했을 뿐이며, 무기를 빼앗자마자 바로 물러섰습니다."

감독관은 밴 휘센 쪽으로 몸을 숙이고 귓가에 뭐라 속삭였다. 농장주는 아까보다 더 성난 얼굴이 되었다. “원주민 놈들이 보고 있는데 그랬다고. 원주민들이! 개척지 법률은 알고 있나? 이런 짓을 벌이면 그대로 광산으로 보내버릴 수도 있어.”

“그건 아닙니다. 원주민들이 보는 앞에서 먼저 행동한 쪽은 귀하의 감독관이었습니다. 우리는 사건 내내 방어적으로 대응할 뿐, 비폭력적으로 행동했으며….”

“내 감독관을 습격하는 걸 비폭력적 행동이라 부르나? 이제 내 말 똑똑히 들어. 네놈들은 노동하러 여기 온 거야. 감독관은 어디서 어떻게 일할지를 지시하려고 여기 있는 거고. 이 친구는 내가 투자한 노동력에 피해를 줄 정도로 멍청한 작자가 아니란 말이야. 일이 위험한지 아닌지는 네놈들이 아니라 여기 이 사람이 판단하는 거라고.” 감독관은 다시 주인의 귓가에 뭐라고 속삭였다. 밴 휘센은 고개를 저었다. 감독관은 끈질기게 같은 행동을 반복했지만, 농장주는 손을 내저어 그의 말을 끊고는 두 명의 노동 피후견인을 돌아보았다.

“잘 들어. 나는 개들이 한 번 무는 것까지는 용서해주는 사람이다. 하지만 두 번은 안 돼. 너희 둘은 오늘 저녁밥도, 리라 배급도 없다. 내일 어떻게 행동하는지 지켜보도록 하마.”

“하지만 밴 휘센 농장주님….”

“이걸로 끝이다. 너희 숙소로 썩 꺼져.”

소등시각이 되어 침대로 기어들던 윈게이트는 누군가가 몰래 넣어준 영양바를 발견했다. 그는 어둠 속에서 감사하는 마음으로 씹어 삼키며 이런 친절을 베푼 친구가 누구일지를 생각해보았다. 허기가 약간 달래지기는 했지만, 리라가 없으니 잠을 이루기에는 부족했다. 그는 침대에 누운 채로 공동 침실의 숨 막히는 어둠을 올려다보고, 잠든 남자들의 온갖 짜증스러운 소음에 귀를 기울이며 자신의 상황을 곱씹어보았다. 지금까지는 고약하기는 해도 견딜 만은 했다. 그러나 이제부터는 복수심에 불타는 감독관이 모든 능력을 동원해 그의 삶을 지옥처럼 만들어줄 것이라고 논리적으로 확신할 수 있었다. 지금껏 들은 모든 이야기를 종합해보면, 실제로 지옥에 떨어질 날도 얼마 남지 않은 것이 분명했다!

1시간 정도 그렇게 상념을 달래고 있는데, 손 하나가 그의 옆구리를 건드렸다. "윈게이트! 윈게이트! 밖으로 좀 나와봐. 문제가 생겼어." 누군가가 속삭였다. 지미였다.

윈게이트는 줄지어 늘어선 침대를 조심스레 더듬으며 지미를 따라 문을 나왔다. 하틀리는 이미 밖에 나와 있었고, 네 번째 사람이 그와 함께 서 있었다.

안넥 밴 휘센이었다. 윈게이트는 안넥이 어떻게 자물쇠가 달린 이곳까지 들어왔는지 짐작조차 할 수 없었다. 안넥의 눈은 한참을 운 것처럼 퉁퉁 부어 있었다.

지미가 조심스레 낮은 목소리로 말을 꺼내기 시작했다. "이 아이가 알려주러 왔어. 자네 두 사람을 내일 아도니스로 다시 데려가려 한다는 거야."

"뭘 하려고요?"

"모른대. 하지만 이 아이는 자네들을 남부에 팔아넘기려는 걸지도 모른다고 생각하고 있어. 사실 그럴 것 같지는 않아. 여기 노친네는 자기 사람을 남부에 팔아넘긴 적이 없거든. 하지만 지금까지 감독관한테 덤벼든 사람도 없었지. 나도 모르겠어."

그들은 한동안 아무 의미도 없는 논의를 계속했다. 마침내 할 말이 떨어지고 다들 먹먹하게 입을 다물자, 윈게이트는 지미에게 물었다. "악어차 열쇠 어디에 보관하는지는 알고 있습니까?"

"아니. 그건 왜…."

"내가 가져다줄 수 있어." 안넥이 열의를 보이며 말했다.

"악어차 운전할 줄도 모르잖아."

"당신이 운전하는 걸 몇 주 동안 지켜봤잖습니까."

"뭐, 할 수 있다고 쳐도." 지미는 항의를 계속했다. "그렇게 악어차를 훔쳐서 도망쳤다고 해봐. 20킬로미터도 못 가서 길을 잃을걸. 잡히지 않아도 굶어 죽을 거라고."

윈게이트는 어깨를 으쓱했다. "남부에 팔리는 것보다는 나을 겁니다."

"나도 같은 생각인데." 하틀리가 끼어들었다.

"좀 기다려봐."

"기다려봤자 더 나은 방법은…."

"기다려보라니까." 지미가 윽박지르듯 대꾸했다. "지금 생각하는 거 안 보여?"

나머지 세 사람은 한참 동안 침묵을 지켰다. 마침내 지미가 입을 열었다. "좋다, 얘야. 우리끼리 이야기하게 넌 저리 좀 가 있어라. 너는 아는 게 적을수록 좋을 거다." 안넥은 상처받은 표정이 됐지만, 얌전히 그 말에 따라 목소리가 들리지 않는 곳까지 물러났다. 세 남자는 한동안 대화를 나누었다. 마침내 윈게이트가 안넥에게 다시 와도 좋다고 손짓을 했다.

"다 끝났습니다, 안넥 아가씨. 지금까지 여러모로 도움을 주셔서 감사합니다. 빠져나갈 길을 찾을 겁니다." 윈게이트는 잠시 말을 멈추었다가, 어색하게 덧붙였다. "음, 좋은 밤 보내요."

안넥은 윈게이트를 올려다보았다.

윈게이트는 그 이상 무슨 말을 해야 할지 고민에 빠졌다. 마침내 그는 안넥을 숙소 건물 모퉁이로 데려가서 다시 작별인사를 했다. 빠른 걸음으로 돌아오는 그의 얼굴은 붉게 물들어 있었다. 그들은 다시 숙소로 들어갔다.

밴 휘센 또한 잠을 이루지 못하고 있었다. 휘하 인부들의 규율을 잡는 일은 항상 거북하기만 했다. 젠장, 좀 얌전히 명령에 따르면 나도 평화롭게 살 수 있을 텐데. 요즘은 농장 주인들도 작은 안식조차 누리기 힘들어졌다. 이제는 아도니스에서 작물을 매입하는 액수로는 생산 비용도 맞추기 힘들었다. 융자금의 이자를 제하면 아예 부족해졌다.

저녁 식사를 끝낸 후, 그는 불쾌한 감정을 몰아내기 위해 장부 정리에 몰두하기로 마음먹었다. 그러나 숫자에 집중하기가 힘들었다. 그 윈게이트라는 작자… 그자를 사들인 것은 일손이 필요해서이기도 했지만, 사람을 노예처럼 부리는 릭스비의 손길에서 구해주기 위해서이기도 했다. 감독관은 항상 일손이 부족하다고 투덜대지만, 그는 이미 노동력에 지나치게 투자를 한 상태였다. 일부를 팔지 않으면 다시 은행에서 융자를 받아 차환할 수밖에 없었다.

이젠 노동력도 제값을 하지 못했다. 요즘 금성에 도착하는 사람들은 그의 어린 시절에 찾아오던 사람들과는 완전히 다른 부류였다. 그는 다시 장부 위로 고개를 숙였다. 시장 상태가 조금이라도 호전되면, 내년에는 은행도 그의 담보를 조금 높게 평가해줄지도 모른다. 그러면 해결될 수도 있을 것이다.

딸이 방을 찾아오는 바람에 그는 작업을 잠시 멈추었다. 안넥은 항상 그의 기쁨이었지만, 이번에는 딸아이가 우물쭈물하다 내뱉은 말 때문에 분통이 터지고 말았다. 자신의 감정에 사로잡힌 딸은 아빠의 마음에 상처를 입혔다는 사실조차 알아채지 못했다. 마음뿐 아니라 심장 그 자체에 고통이 느껴졌다.

그러나 그 덕분에 윈게이트를 처리할 방법이 결정되고 말았다. 그 말썽꾼을 즉시 제거해버려야 했다. 밴 휘센은 지금껏 보인 적 없는 거친 태도로 딸에게 침실로 가라고 명령했다.

물론 이 모든 일은 전부 자신의 탓이라고, 잠자리에 든 밴 휘센은 생각했다. 금성의 농장은 어미 없는 딸자식을 키울 만한 곳이 아니었다. 사랑스러운 안넥은 이제 성인 여성이나 다름없었다. 이 황무지에서 어떻게 남편감을 찾는단 말인가? 그가 목숨을 잃으면 딸아이는 어떻게 될까? 안넥은 아직 모르지만, 아무것도 남지 않을 것이다. 단 한 푼도. 심지어 지구권으로 돌아갈 표조차 살 수 없을 것이다. 안 돼. 노동자의 아내로 만들 수는 없다. 그의 지친 노구에 생명이 한 줌이라도 남아 있는 한 그런 일은 용납하지 않을 것이다.

좋아, 윈게이트는 보낼 수밖에 없다. 하틀리라는 놈도 마찬가지다. 하지만 남부에 팔지는 않을 것이다. 지금껏 자기 사람들한테 그런 짓을 한 적은 없었다. 극점에서 수백 킬로미터 내려간 곳에 있는 거대한 공장식 대농장은 생각만 해도 치가 떨리는 곳이었다. 자신의 늪지 농장보다 평균 기온이 20도는 높으며 노동자 사망이 비용 계산 항목에 들어가는 곳 말이다. 안 된다. 그냥 노동 배정소로 데려가서 교환하는 쪽을 택할 것이다. 경매장에서 무슨 일이 벌어지든 그건 알 바 아니다. 그러나 직접 남부로 팔아버리지는 않을 것이다.

그러다 문득 한 가지 생각이 떠올랐다. 그는 머릿속으로 계산해보다가, 기한이 남은 노동 계약서를 팔면 안넥의 지구행 표를 살 수 있을지도 모른다는 결론을 내렸다. 누님이라면 분명 안넥을 맡아줄 것이다. 어느 정도는 확신할 수 있었다. 안넥의 어머니와 결혼했을 때 격하게 말다툼을 벌이기는 했지만. 가끔 돈을 좀 부쳐주면 될 것이다. 어쩌면 안넥도 교육을 받고, 지구 여성이 선호하는 비서 같은 직업을 가질 수 있을지도 모른다.

하지만 우리 꼬마 안넥이 없으면 이 농장은 어떤 꼴이 될까?

그는 자기 상념에 너무 깊숙이 빠져 있어서, 소중한 딸이 방에서 나와 집을 나서는 것도 알아차리지 못했다.

*

일과 점호에서 빠진 윈게이트와 하틀리는 놀란 척을 하려 애썼다. 지미는 저택으로 오라는 명령을 받았다. 잠시 후 지미가 커다란 레밍턴 악어차를 차고에서 몰고 나와 두 사람 앞에 세웠다. 그는 두 사람을 태운 다음, 저택 앞에 차를 세우고 농장주가 등장하기를 기다렸다. 밴 휘센은 이내 저택에서 나오더니, 딱히 말을 걸거나 다른 사람을 돌아보지 않고 그대로 자기 자리로 들어갔다.

악어차는 시속 15킬로미터의 느릿한 속도로 아도니스를 향해 움직이기 시작했다. 윈게이트와 하틀리는 소리 죽여 대화를 나누며 초조하게 기다렸다. 끝날 것 같지 않은 시간이 흐른 후, 악어차가 멈추었다. 선실 창문이 벌컥 열렸다. "무슨 일인가?" 밴 휘센이 물었다. "엔진이 말을 안 듣나?"

지미는 빙그레 웃어 보였다. "아니요, 제가 멈췄습죠."

"대체 왜?"

"이리 오셔서 직접 보시는 게 좋을 것 같습니다."

"젠장, 그래주지!" 창문이 쾅 하고 닫혔다. 밴 휘센은 육중한 덩치를 쭈그리며 작은 선실에서 기어 나왔다. "그럼 뭐가 문젠지 말해볼까?"

"내려서 걸어가시는 편이 좋을 것 같습니다, 농장주님. 지금이 마지막 기회거든요."

밴 휘센은 도저히 답할 말을 찾지 못하는 모습이었지만, 그 표정만 봐도 대답은 충분했다.

"아니, 진심입니다." 지미는 말을 이었다. "당신한테는 지금이 마지막 기회예요. 지금까지 계속 땅을 따라왔으니, 걸어서 돌아갈 수 있을 겁니다. 제가 낸 바퀴 자국만 따라가면 되니까요. 그런 뚱뚱한 몸을 끌고도 서너 시간이면 돌아갈 수 있을 겁니다."

농장주는 지미에게서 다른 이들 쪽으로 시선을 옮겼다. 윈게이트와 하틀리는 험악한 눈으로 거리를 좁혔다. "얌전히 내리는 게 좋을 거야, 뚱보." 하틀리의 목소리는 부드러웠다. "아니면 머리부터 내동댕이쳐줄 테니까."

밴 휘센은 악어차의 난간을 등지고 단단히 붙들었다. "내 악어차야. 절대 안 내려." 목구멍이 옥죄인 목소리였다.

하틀리는 손바닥에 침을 뱉은 다음 양손을 문질렀다. "좋아, 윈게이트. 저놈이 자초한 일이니…."

"잠깐 기다려봐요." 윈게이트는 밴 휘센을 바라보며 말을 이었다. "상황을 생각해보십시오, 밴 휘센 농장주. 우리도 꼭 필요하지 않은 이상 무력을 쓰고 싶지는 않습니다. 하지만 지금 이쪽은 세 명이고, 단단히 마음을 굳힌 상태입니다. 조용히 내리는 편이 나을 겁니다."

나이 든 남자의 얼굴은 전부 후덥지근한 열기 탓으로 돌릴 수 없을 정도로 진땀투성이가 되어 있었다. 가슴이 크게 들썩이는 모습이 당장 반항을 시작할 것만 같았다. 그러나 다음 순간, 그의 마음속에서 뭔가가 꺼져버렸다. 얼굴 가죽은 축 처지고, 뻣뻣하게 잡혀 있던 주름살은 늘어져서, 눈 뜨고 보기 힘들 정도로 상처 입은 표정을 이루었다.

잠시 후 그는 아무 말 없이 무력하게, 악어차 한쪽으로 내려서 발목 깊이의 진흙탕 속에 섰다. 허리와 무릎이 굽은 구부정한 모습으로.

*

농장주를 내려준 장소가 맨눈으로 보이지 않을 정도까지 나온 다음에, 지미는 악어차의 방향을 틀었다. "돌아갈 수 있을까요?" 윈게이트가 물었다.

"누구?" 지미가 되물었다. "밴 휘센? 아, 물론이지. 충분히 돌아갈 거야. 아마." 운전하는 지미의 손놀림이 상당히 바빠졌다. 악어차는 경사를 타고 내려가 깊은 물 위로 풍덩 내려앉았다. 이내 늪지대의 잡초가 사라지며 탁 트인 물길이 등장했다. 윈게이트는 악어차가 안개 너머 건너편 기슭이 보이지 않을 정도로 커다란 호수로 나왔다는 사실을 깨달았다. 지미는 경로를 확인했다.

호수를 건너니 작은 수로가 등장했다. 수로를 타고 들어가니 무성한 수풀 속에 지류가 숨어 있었다. 지미는 지류를 따라 조금 올라가다가, 이내 악어차를 세우고 미심쩍은 목소리로 중얼거렸다. "대충 이쯤일 텐데." 그는 텅 빈 화물칸 한쪽에 접혀 있는 방수포 아래에서 널찍한 노를 하나 꺼냈다. 그리고 난간으로 가서 몸을 밖으로 쭉 뻗고 큰 소리가 나도록 노로 수면을 때렸다. 철썩! 철썩, 철썩… 철썩!

그리고 기다렸다.

악어차 옆으로 납작한 양서류의 머리가 떠올랐다. 녀석은 눈을 즐겁게 초롱초롱 빛내며 지미를 살폈다. "안녕." 지미가 말했다.

양서류는 자기네 언어로 화답했다. 지미도 입을 쭉 늘려서 기묘한 개굴거리는 소리를 내며 같은 언어로 대꾸했다. 원주민은 얌전히 듣다가 다시 물속으로 들어갔다.

그는(아니, 여성일 가능성이 더 높을 것이다) 잠시 후 다른 원주민을 데리고 돌아왔다. "띠가렉?" 새로 온 원주민은 희망을 품은 목소리로 물었다.

"띠가렉은 거기까지 데려다주면 주기로 하지, 아가씨." 지미는 흥정을 했다. "자… 이리 타라고." 그는 손을 내밀었고, 원주민은 그 손을 붙잡고 사뿐히 차에 올랐다. 그리고 인간과는 다르지만 묘하게 살가운 작은 몸을 움직여 운전석 근처의 난간에 자리를 잡았다. 지미는 다시 차를 몰기 시작했다.

이 작은 안내인의 도움을 받으며 얼마나 오래 항해했는지, 윈게이트는 짐작조차 할 수 없었다. 계기판의 시계가 고장 났기 때문이다. 그러나 배 속에서 신호가 울리는 것을 보니 지나치게 오래 걸리기는 한 모양이었다. 윈게이트는 선실을 뒤져 휴대식량을 찾아 하틀리와 지미와 나눠 먹었다. 원주민에게도 한 조각 건네기는 했지만, 원주민은 냄새를 맡더니 바로 고개를 돌려버렸다.

이내 날카로운 슛 소리가 들리며 10미터 앞에서 수증기가 기둥처럼 솟아올랐다. 지미는 즉시 악어차를 멈추었다. "쏘지 마! 우리는 비무장이라고." 그가 소리쳤다.

"누구지?" 어디선가 목소리가 흘러나왔다.

"동료 여행자야."

"우리 눈에 보이는 곳까지 나와라."

"알았어."

원주민은 지미의 갈빗대를 찌르며 말했다. "띠가렉." 기대하는 말투였다.

"음? 아, 줘야지." 지미는 원주민이 만족할 때까지 교역용 담배를 한 갑씩 넘긴 다음, 선의의 표시로 한 갑을 더해주었다. 원주민은 왼쪽 볼주머니에서 끈을 꺼내서 대가로 받은 물건을 묶더니 한쪽 뱃전으로 미끄러져 내려갔다. 세 사람은 함께 상품을 높이 들고 헤엄쳐 가는 원주민을 지켜보았다.

“얼른 모습을 보여라!”

“지금 나가!” 그들은 허리까지 오는 물속으로 내려서서, 손을 높이 든 채로 전진했다. 네 명의 무장 인원이 은신처에서 나와서 그들을 바라보았다. 총구를 낮추고는 있지만 언제든 발포할 태세였다. 대장이 그들의 허리끈 가방을 확인한 다음 부하 한 명을 보내 악어차를 확인하게 했다.

“경계가 삼엄하군요.” 윈게이트가 말했다.

대장은 그를 힐긋 바라보며 대꾸했다. “그렇기도 하고, 아니기도 하지. 작은 종족이 너희가 온다고 말해줬다. 지금껏 세상에 태어난 모든 경비견을 합친 것보다 유용한 친구들이지.”

정찰대원이 운전대를 잡은 채로, 악어차는 다시 움직이기 시작했다. 그들을 사로잡은 사람들은 불친절한 것은 아니었으나 별로 대화를 나눌 생각은 없어 보였다. “총독님을 만난 다음에 물어봐라.” 그들은 이렇게만 말했다.

그들은 적당한 고지대에 제법 넓게 펼쳐진 공터에 도착했다. 윈게이트는 수많은 건물과 사람들을 목격하고 감탄했다. “대체 이런 곳을 어떻게 숨길 수 있는 겁니까?” 그는 지미에게 물었다.

“텍사스주가 통째로 안개로 덮여 있고, 인구는 일리노이주 워키건 정도라고 생각해봐. 그런 곳이라면 꽤 다양한 것들을 숨길 수 있지.”

“하지만 지도로 짐작할 수 있지 않을까요?”

“금성 지도가 얼마나 체계적으로 정리되어 있다고 생각하는 거야? 바보처럼 굴지 말라고.”

예전에 지미한테 몇 가지 얻어들은 정도가 고작이었던 윈게이트는, 기껏해야 한 줌의 도망친 노동자들이 야영지를 꾸려서 위태롭게 삶을 이어가는 모습 정도를 그리고 있었다. 그러나 눈 앞에 펼쳐진 정착지에는 문명과 정부가 존재했다. 물론 거친 개척지 문명이며 빈약한 법률과 정리되지 않은 헌법밖에 없는 정부이기는 했지만, 관습을 기반으로 한 규율이 실제로 행사되며 심각한 위법을 저지르면 처벌까지 받았다. 부당한 일이 일어나는 비율도 딱히 다른 지역과 다를 바가 없었다.

험프리 윈게이트는 지구에서 인간쓰레기였던 도주 노예들이 모여서 통합된 공동체를 만들 수 있다는 사실을 믿을 수가 없었다. 먼 옛날 그의 조상들이 보터니만으로 이송한 범죄자들이 오스트레일리아 대륙에서 문명을 꽃피웠다는 사실을 믿지 못했던 것과 마찬가지였다. 물론 윈게이트 본인이 보터니만의 현상을 놀랍다고 생각하던 것은 아니었다. 보터니만은 이미 역사가 되었으며, 역사는 절대 놀랍지 않기 때문이다. 일단 일어난 다음에는 모든 일이 그런 법이다.

총독의 성품을 확인한 윈게이트는 이곳 개척지의 성공을 나름 이해하게 되었다. 총독은 총사령관이자 중하급 법정의 주재자이기도 했다(고등법정의 판결은 전체 공동체의 투표로 정했다. 윈게이트의 눈에는 터무니없이 허술했지만, 사람들은 나름 만족하는 듯했다). 치안판사 역할을 맡을 때면, 총독은 증거 원칙이나 법적 논리 따위는 가볍게 무시하고 자의적으로 결정을 내렸다. 그 모습에서 윈게이트는 '페코강 서편의 법률이나 다름없는 존재'였던 로이 빈 판사의 전설을 떠올렸다. 그러나 사람들은 여기에도 만족하는 듯했다.

공동체에는 여성이 상당히 부족했고(성비가 3대 1로 남자가 많았다), 총독의 판결이 필요한 사건은 끊이지 않았다. 윈게이트도 이곳 개척지에서는 전통적 관습이 문제의 불씨일 뿐인 경우가 종종 있다는 점을 인정할 수밖에 없었다. 인간의 격정이 갈등을 일으킬 때마다 함께 어울릴 수 있도록 중재안을 제시하는 총독의 모습을 여러 번 지켜본 후, 윈게이트는 그의 기민한 판단력과 인간 본성에 대한 이해에 경의를 표하게 되었다. 이런 문제를 처리하며 평화를 유지할 수 있는 사람이라면 법률 교육 따위는 받을 필요도 없을 것이다.

총독은 선거를 통해 선출되며, 마찬가지로 선출직인 자문위원회가 총독을 보좌했다. 윈게이트는 현 총독이 어떤 사회에서나 최고의 지위까지 오를 법한 사람이라고 생각했다. 끝없는 활력과 삶을 향한 열의를 지니고, 언제든 천둥처럼 크게 웃음을 터뜨리는 사람이었다. 그리고 다른 무엇보다 결단을 내릴 용기와 능력이 있었다. 타고난 지도자였다.

세 명의 탈주자에게는 이곳에 익숙해지고 생계를 꾸릴 일거리를 찾을 2주의 시간이 주어졌다. 지미는 악어차와 함께하기로 했다. 차 자체는 공동체에 압류되었지만, 그래도 운전사는 필요했다. 그 일을 맡고 싶은 다른 경력자들도 제법 있었겠지만, 끌고 온 사람이 원한다면 계속 몰게 해줘야 한다고 다들 암묵적으로 동의하는 모양이었다. 하틀리는 농장의 움막으로 나가서, 밴 휘센의 농장에서 하던 일과 크게 다르지 않은 작업을 시작했다. 그리고 노동 자체는 더 늘었는데도 이쪽 작업이 훨씬 수월하다고 윈게이트에게 털어놓았다. 일하는 환경이, 그의 말을 빌리자면 '느슨해졌기' 때문이다.

윈게이트는 농장 일로 돌아간다는 생각만 해도 끔찍한 기분이 들었다. 말이 되는 핑계를 만들어낼 수조차 없었다. 그저 싫을 뿐이었다. 마침내 그의 무선통신 취미가 도움이 되었다. 이곳 공동체에는 부품을 얼기설기 맞춰 만든 저출력 전파 통신기가 하나 있었고, 공동체에서는 항상 귀를 기울일 사람을 붙여놓았다. 그러나 탐지될 위험 때문에 통신용으로는 거의 사용하는 일이 없었다. 초기의 도주 노예 야영지는 부주의하게 통신기를 사용하다가 회사의 치안 병력에 쓸려나가곤 했다. 요즘은 최악의 긴급사태를 제외하면 통신기를 사용할 엄두조차 내지 못했다.

하지만 전파 통신기는 필요했다. 물론 느슨한 연합을 구성하고 있는 다른 도망자 공동체와 연락을 취할 일이 생기면, 경쾌하지만 무책임한 작은 종족들의 도움으로 꾸려나가는 비밀 전보 통신망을 이용하기도 했다. 그러나 이런 통신망은 그리 빠르다고는 할 수 없는 데다, 가장 단순한 전문을 빼고는 전달 과정에서 알아들을 수 없을 정도로 왜곡되는 경향까지 있었다.

적절한 기술 지식이 확인되자, 윈게이트는 이내 공동체의 전파 통신기 담당이 되었다. 예전 기술자는 정글에서 실종된 모양이었다. 그와 함께 일하는 사람은 '박사'라고 불리는 경쾌한 늙은이였는데, 신호를 탐지할 줄은 알아도 장비의 유지나 수리 쪽으로는 별로 아는 것이 없는 사람이었다.

윈게이트는 이 낡아빠진 장비를 전면 개수하는 작업에 착수했다. 도구가 부족한 상황에서 임기응변으로 대처하자니 어린 시절 이후 느껴보지 못한 행복이 솟아올랐지만, 정작 윈게이트 본인은 그 행복을 알아차리지 못했다.

그는 안전한 전파 통신이라는 문제에 집중했다. 무선통신의 여명기에서 파생된 한 가지 발상이 실마리가 되어주었다. 이곳의 설비는 다른 모든 전파 통신기와 마찬가지로 주파수 변조를 이용해 통신한다. 윈게이트는 현대에는 전혀 사용하지 않는 부류의 송신기인 진폭 변조기의 구조도를 본 적이 있었다. 주변에 쓸 만한 장비가 거의 없기는 했지만, 그는 손에 닿는 부속만으로도 비슷한 식으로 작동할 법한 회로도를 그려내는 데 성공했다.

윈게이트는 이 장치의 제작 허가를 받으려 총독을 찾았다. "안 될 건 없지! 안 될 건 없어!" 총독은 그를 보며 소리쳤다. "자네가 대체 뭔 소리를 하는지는 조금도 이해가 안 되지만, 회사에서 탐지할 수 없는 통신기를 만들 수 있다고 생각한다면 즉시 착수해보게. 굳이 나한테 물어볼 필요는 없어. 자네한테 맡긴 일이잖나."

"한동안 전파 송신이 불가능해질 겁니다."

"그래도 안 될 건 없지?"

이내 윈게이트는 생각한 것보다 훨씬 많은 문제에 직면했다. 그러나 박사의 서툴지만 열의 넘치는 도움을 받아서, 그는 열심히 해결책을 세워나갔다. 처음 완성한 물건은 실패였다. 5주 후에 완성한 43번째 물건은 제대로 작동했다. 정글 속으로 수 킬로미터 떨어진 곳에 자리 잡은 박사가, 실험을 위해 만든 작은 수신기로 방송을 들을 수 있었다고 알려 온 것이었다. 반면 시험용 송신기와 같은 방에 있던 기존의 수신기로는 아무것도 확인할 수가 없었다.

그리고 시간이 남을 때마다 윈게이트는 책을 썼다.

책을 쓰기 시작한 이유는 그로서도 설명할 재간이 없었다. 지구에서 썼다면 개척지 체제를 공격하는 정치 선전물이라는 딱지가 붙었을 법한 책이었다. 그러나 이곳에는 자신의 이론을 퍼뜨릴 대상도 없고, 교양 있는 대중에게 책을 전달할 가능성도 아예 없는 것이나 마찬가지였다. 이제 그의 집은 금성이니까. 윈게이트는 지구로 돌아갈 가능성이 없다는 사실을 잘 알고 있었다. 지구로 돌아가려면 아도니스 우주항을 거칠 수밖에 없으며, 그곳에는 존재하는 모든 죄목의 절반 정도가 적힌 체포 영장이 그를 기다리고 있을 것이다. 계약 위반, 절도, 납치, 직무 유기, 공모, 정부 전복 시도까지. 회사 경찰에 잡히기라도 하는 날에는 그를 감방에 가둔 다음 열쇠는 늪지에 던져버릴 것이다.

따라서 이 책은 언젠가 출판할 수 있으리라는 희망 때문이 아니라, 머릿속 생각을 정리하려는 반쯤 무의식적인 시도에서 탄생한 것이었다. 그는 한때 자신의 삶을 주도했던 모든 가치 체계를 상실했다. 건전한 정신을 유지하기 위해서라도 새로운 체계를 수립할 필요가 있었다. 상상력은 부족해도 꼼꼼한 사람인 윈게이트는, 글을 쓰면서 자신의 논리와 결론을 정리하고 싶었다.

윈게이트는 자못 소심하게 원고를 박사에게 내밀었다. 그는 노인의 별명이 과거 지구에서 가지고 있던 직업에서 따온 것이라는 사실을 알게 되었다. 박사는 군소 대학에서 경제학과 철학을 가르치던 교수였다. 박사는 심지어 자신이 금성에 오게 된 이유까지도 부분적으로나마 털어놓기도 했다. "가르치던 학생과 관련된 사소한 문제가 있었다네. 아내는 그 문제에 단호한 자세를 취하기로 마음먹었고, 학교 이사진도 같은 생각이었지. 어차피 이사회 사람들은 내 주장이 조금 지나치게 급진적이라고 생각하고 있었고."

"그게 사실이었습니까?"

"원, 천만에! 나는 날 때부터 보수적이었던 사람이야. 문제는, 불운하게도 보수적인 원칙을 설명할 때 비유가 아니라 실질적인 예시를 사용하는 경향을 보였다는 점이었어."

"이젠 급진적이 되셨겠군요."

박사는 슬쩍 한쪽 눈썹을 들었다. "그럴 리가. 급진이나 보수는 감정적 판단 기준의 문제지, 사회학적인 견해의 문제가 아니야."

박사는 논문을 받아들고 전부 읽은 다음 아무 논평 없이 돌려주었다. 그러나 윈게이트는 의견을 내놓으라고 그를 종용했다. "알겠네, 이 친구야. 자네가 굳이 들어야겠다면…."

"들어야겠습니다."

"나는 자네가 사회학 또는 경제학의 문제를 다룰 때 가장 빠지기 쉬운 함정에 고스란히 빠져버렸다고 생각한다네. 바로 '악마 이론'이지."

"네?"

"자네는 단순히 어리석음으로 인해 발생한 상황을, 명확한 악의 때문에 일어났다고 간주하고 있어. 식민지의 노예제는 딱히 새로운 것도 아니잖나. 제국주의적 확장에 자연스레 따르는 결과이자, 낡아빠진 금융 구조의 당연한 결과물이며…."

"제 책에서도 은행의 역할 항목에서 그 점은 지적했는데요."

"아냐, 그건 다르지! 자네는 은행가들이 악당이라 생각하는 것 아닌가. 은행가들이 악당인 게 아니야. 회사 중역도, 농장주도, 지구의 정치가 계급도, 그 누구도 악당이 아니라네. 인간이란 필요에 따라 행동하고 자신의 행동을 정당화할 방법을 찾아내는 존재지. 심지어 탐욕 때문도 아니야. 노예제는 경제적으로 불온하고 생산성도 떨어지는 체제이지만 인간은 상황이 허용할 때마다 항상 노예제로 돌아가지. 다른 부류의 금융 체제가 있었다면… 하지만 이건 또 다른 이야기겠지."

"저는 여전히 인간의 완고함이 모든 문제의 근원이라 생각합니다." 윈게이트는 자신의 의견을 굽히지 않았다.

"완고함과는 달라. 단순한 어리석음일 뿐이라네. 여기서 증명해 보일 방도는 없지만, 자네도 언젠가는 깨닫게 될 테지."

*

'조용한 통신기'의 개발에 성공하자, 총독은 윈게이트를 자유연합의 다른 정착지에 파견하여 새로운 장비를 만드는 일을 돕고 사용법을 가르치게 했다. 윈게이트는 4주 동안 열심히 일하며 영혼 깊은 곳까지 충만해지는 경험을 했다. 그리고 모든 일을 마치고 나자, 자신이 적에 맞선 자유민의 지위를 확립하는 데 아주 큰 공을 세웠다는 사실을 깨닫게 되었다. 심지어 격렬한 전투를 승리로 이끈 것보다도 더 위대한 일을 한 셈이었다.

그리고 다시 공동체로 돌아오자, 샘 휴스턴 존스가 기다리고 있었다.

*

윈게이트는 그에게 달려갔다. "존스! 존스!" 윈게이트는 크게 소리치며 손을 붙들고 등을 두드린 다음, 감상적인 남자가 약해진 마음을 감출 때 사용하는 온갖 욕설을 퍼부었다. "존스! 이 악당 자식 같으니! 자네 여기엔 언제 온 건가? 어떻게 도망쳤지? 그리고 대체 무슨 수로 남극점에서 여기까지 왔어? 이송되어 온 다음에 도망친 건가?"

"잘 있었나, 윈게이트." 존스가 말했다. "질문은 하나씩 하자고. 조금 천천히 말하고."

그러나 윈게이트는 입을 다물 생각이 없었다. "세상에, 자네의 못난 얼굴이 이렇게 반가울 줄은 몰랐어. 그리고 자네가 와서 정말 기뻐. 여긴 끝내주는 곳이라고. 우리 연합 내에서 가장 앞서 나가는 공동체라니까.

자네도 마음에 들 거야. 사람들도 다들 친절하고…."

"지금 무슨 소릴 하는 거야?" 존스는 윈게이트를 흘겨보며 물었다. "꼭 지역 통상위원회 의장이라도 된 것 같군."

윈게이트는 멍하니 존스를 바라보다, 이내 웃음을 터뜨렸다. "알았어, 자중하지. 하지만 자네도 마음에 들 거야. 물론 지구에서 살던 곳과는 상당히 다르지만, 그건 이제 돌아갈 수 없는 과거잖아. 엎지른 우유 때문에 울음을 터뜨릴 필요는 없겠지?"

"잠깐 기다리게. 자네 아무래도 뭔가 오해하는 모양인데, 윈게이트. 내 말 잘 들어. 나는 도주 노예가 아니야. 나는 자네를 데려가려고 온 거라고."

윈게이트는 입을 열었다가, 다물었다가, 다시 열었다. "하지만 존스, 그건 무리야. 자넨 모르겠지만…."

"알고 있어."

"모른다니까. 나는 이제 돌아갈 수 없어. 돌아갔다가는 재판에 회부당할 테고, 의심할 여지 없이 유죄판결을 받을 거야. 모든 것을 인정하고 법정의 자비에 몸을 맡겨서 최저 형량을 받아내도 20년은 기다려야 다시 자유인이 될 거라고. 안 돼, 존스. 그건 불가능해. 자넨 내가 무슨 죄를 저질렀는지 몰라서 그런 소릴 하는 거야."

"내가 모를 것 같나? 그 문제를 처리하느라 여기저기 푼돈을 잔뜩 뿌렸는데?"

"뭐?"

"자네가 어떻게 도망쳤는지는 잘 알고 있어. 자네가 악어차를 훔치고 농장주를 납치하고 함께 도망치자고 다른 노동자 두 명을 꼬드겼다는 것도 알고 있다고. 온갖 감언이설과 상당한 양의 현찰을 투자해서 상황을 처리해놨단 말이야. 그럼 이제 자네가 대답할 차례야, 윈게이트. 조금 온건한 범죄를 저지르지 않은 이유가 뭐야? 살인이나 강도, 아니면 우체국 절도 따위가 차라리 나았을 텐데."

"저기, 그게, 존스. 자네를 힘들게 하려고 그런 일을 저지른 게 아니야. 나는 자네를 계산에서 완전히 배제하고 살았어. 홀로 대처해야 했다고. 돈은 미안하게 됐어."

"됐어. 나는 돈 따위는 신경도 안 쓰니까. 차고 넘치게 많거든. 자네도 알잖나. 부모를 극도로 신중하게 고른 덕분에 얻은 재산이지. 그냥 자네 약을 올리고 싶었을 뿐이야."

"알겠어. 어쨌든 미안해." 윈게이트는 억지로 웃음을 지었다. 자선의 대상이 되는 일을 즐기는 사람은 없으니까. "어쨌든 무슨 일이 있었던 건지나 말해줘. 나는 아직 아무것도 이해가 안 되는데."

"그러지." 존스 또한 착륙 과정에서 윈게이트와 떨어진 일 때문에 상당한 고뇌에 시달렸다. 그러나 지구에서 도움의 손길이 찾아오기 전까지는 그로서도 딱히 할 수 있는 일이 없었다. 그는 남극점에서 금속공이 되어 기나긴 몇 주를 보내며, 왜 누님이 원조 요청에 응답하지 않는지를 곱씹고만 있었다. 처음 보낸 전파 통신 말고도 계속 편지를 쓰긴 했다. 그의 재정 형편으로는 편지 외의 다른 통신수단을 사용할 수 없었으니까. 그러나 아무런 응답 없이 시간은 계속 흘러만 갔다.

마침내 전문이 도착하자 모든 수수께끼가 풀렸다. 누님이 지구로 보낸 전문에 즉시 대답하지 못한 이유는 사실 간단했다. 누님 또한 이브닝스타호에 탑승하고 있었기 때문이었다. 1등 선객 구역에서, 늘 그렇듯이 자기 하녀의 이름으로 등록한 개인 전용실을 차지하고 있었던 것이다. "방해받지 않도록 신원을 숨기는 게 우리 가문의 전통이거든." 존스는 이렇게 설명했다. "누님 대신 가문의 변호사들에게 통신을 보냈거나, 사무장이 누님의 성함을 제대로 알고 있었더라면, 우리도 함께 1등 선실에서 여행을 즐길 수 있었을 거야."

금성에 도착한 다음에도 전문이 누님께 전달되지 못한 이유는, 그때쯤 금성이 태양 반대편에 들어갔기 때문이었다. 금성과 지구가 외합에 들어가는 바람에 지구 시간으로 60일 동안 지구와 금성 사이의 교신이 불가능해진 것이었다. 존스가 보낸 전문은 해독되지 않은 상태로, 누님과 다시 연락이 가능해질 때까지 가문의 사업체에 그대로 방치되어 있었다.

마침내 전문을 받아 든 누님은 작은 돌개바람을 일으키며 사방을 휩쓸었다. 24시간도 지나지 않아 존스는 석방되었고, 계약서상의 선지불 임금은 즉시 상환되었고, 그의 계좌에도 넉넉한 돈이 들어왔다. "그렇게 된 거라네. 문제는 집에 가면 이런 터무니없는 상황에 말려든 이유를 누님께 설명해야 한다는 것뿐이지. 내 귀에 불이 붙도록 잔소리를 하실 거야."

존스는 즉각 북극점으로 가는 로켓을 수배해서 윈게이트의 행적을 추적하기 시작했다. "자네가 하루만 더 버텼더라면 바로 데려올 수 있었을 텐데. 사실 자네의 예전 농장주를 정문에서 몇 킬로미터 떨어진 곳에서 발견하고 태워다주기도 했어."

"그 늙은 악당이 무사히 도착하기는 했군. 다행이야."

"여러모로 다행이지. 그 사람이 자기 집에 무사히 도착하지 못했으면 자네를 구제할 수 없었을지도 몰라. 거의 탈진 직전에다 심장이 격렬하게 울리고 있더라고. 이 행성에서 유기 행위가 중죄라는 사실은 알고 있나? 그로 인해 피해자가 사망하면 최소 사형이라는 것도?"

윈게이트는 고개를 끄덕였다. "알고 있지. 노동자를 유기해서 죽인 농장주가 가스실로 끌려간 경우는 한 건도 없었지만 말이야. 하지만 그게 중요한 건 아니니까. 계속해보게."

"뭐, 그 노친네 상당히 불퉁스럽게 굴더군. 이해할 만한 일이지. 물론 자네도 이해하지만. 세상에 남부로 팔려 가고 싶은 사람이 어디 있겠나. 분명 자네는 그렇게 생각했을 테고. 어쨌든 악어차와 자네 계약서 비용은 내가 지급했다네. 그러니 눈 똑바로 뜨라고, 내가 새 주인이니까! 추가로 자네 친구 두 명의 계약서도 사들였지. 그런데도 만족하지를 못하더군. 결국에는 그 사람의 딸을 일등 선실에 태워 지구로 보내고, 도착하면 일자리를 잡아주겠다고까지 약속했다네. 덩치 큰 황소 같은 여자던데, 집에서 하인 한 명 정도는 추가로 감당할 수 있겠지. 어쨌든 이 친구야, 자넨 이제 자유민이라고. 남은 문제는 여기 총독이 우리를 보내줄까 하는 것뿐이야. 아무래도 쉽지 않을 것 같은데."

"그래, 그렇기는 하지. 그러고 보니 말인데… 여긴 어떻게 찾아낸 거야?"

"현장에서 탐문 조사를 벌였지. 여기서 하나씩 되짚어보기에는 긴 이야기라… 그래서 이렇게 오래 걸린 거야. 노예들은 입이 무겁거든. 어쨌든 내일은 총독을 찾아가서 설득해보자고."

*

윈게이트는 한동안 잠을 이루지 못했다. 처음에는 희열에 사로잡혔지만, 이내 고민이 그 자리를 대체했다. 정말로 돌아가고 싶은 걸까? 다시 법조인이 되어서, 고용주의 이익을 위해 사소한 트집을 잡으며, 아무 의미 없는 사교활동에 몰두하고, 자신이 한때 속하고 섬기던 피둥피둥 살찐 유한계급의 삶으로 돌아가야 하는 걸까? 공허하고 무의미하고 허튼소리를 주워섬기던 삶으로? 진짜 인간과 함께 투쟁하고 삶을 누리는 즐거움을 깨달은 그가, 정말로 그런 일을 원하는 걸까? 과거 지구에서 행했던 모든 일을 합해도 구식 전파 통신기의 '발명' 하나에도 견줄 수 없으리라는 생각을 멈출 수가 없었다.

그러다 그는 문득 자신의 책을 떠올렸다.

출판할 수 있을지도 모른다. 인간을 합법적으로 노예제도에 구속하는 추잡하고 비인도적인 체제를 고발할 수 있을지도 모른다. 순간 그는 모든 것을 깨달았다. 할 일이 생긴 것이다! 지구로 돌아가서 개척자들을 위해 호소하는 일이 그의 사명이었다. 어쩌면 인간의 일생을 지배하는 운명이라는 것이 실제로 존재하는지도 모른다. 그는 이런 일에 완벽하게 적합한 사람이었다. 적절한 사회적 배경과 교육 수준을 가진 사람이었다. 그의 목소리라면 사람들이 귀를 기울여줄지도 모른다.

그는 잠이 들었다. 서늘하고 상쾌한 산들바람이, 청명한 푸른 하늘이 그의 꿈속을 수놓았다. 그리고 달빛도….

*

존스가 총독과 흥정에 성공했는데도, 하틀리와 지미는 정착지에 남기로 했다. "말하자면 이런 걸세. 우리는 지구로 돌아가봤자 아무것도 없다네. 애초에 그런 신세가 아니라면 여기로 수송되어 오지도 않았겠지. 게다가 자네도 실직자 두 명을 부양할 신세는 아니지 않은가. 여기도 그리 나쁜 곳은 아니야. 언젠가는 제법 대단한 곳이 되겠지. 우리는 여기 머물며 정착지의 성장을 지켜볼 생각이라네."

두 사람은 악어차로 존스와 윈게이트를 아도니스까지 태워다주었다. 이제 존스가 공식적으로 그들의 농장주인 이상, 딱히 위험할 것은 없었다. 아무것도 모르는 관료들은 행동에 나설 수가 없었다. 악어차는 존스가 '몸값'이라 칭하는 상당한 양의 보급품을 가득 싣고 도망자 공동체로 돌아갔다. 사실 총독이 자기 공동체의 위험을 무릅쓰는 전례 없는 결정을 내린 이유가 바로 이것이었다. 회사 관료들의 의심을 사지 않고 생필품을 안전하게 확보할 기회를 도저히 놓칠 수 없었기 때문이다. 그는 노예 무역 종식 운동을 일으키겠다는 윈게이트의 계획에는 조금도 관심을 보이지 않았다.

하틀리와 지미에게 작별 인사를 하는 순간은, 윈게이트의 짐작보다 훨씬 어색하고 우울했다.

*

지구에 도착하고 첫 2주 동안, 윈게이트와 존스는 제각기 바쁘게 돌아다니느라 서로 얼굴 한번 보기도 힘들 정도였다. 윈게이트는 돌아오는 우주선 안에서 퇴고를 마친 다음, 여러 출판사의 대기실을 드나들며 사람을 만나고 다녔다. 거절 편지 이상의 관심을 보인 출판사는 한 곳뿐이었다.

"미안하네, 친구." 그 출판사 사장은 말했다. "자네 책이 논란을 일으킬 내용을 담고 있어도 출간해보고는 싶다네. 성공할 가능성이 조금이라도 있다면 말이지. 하지만 이건 좀 그래. 솔직히 말하자면, 문학적으로는 아무런 가치도 없지 않나. 요약본을 읽는 편이 훨씬 간편할 테고."

"이해는 합니다." 윈게이트는 부루퉁하게 대꾸했다. "거대 출판사에서 기성 권력을 자극할 만한 내용을 출판하기는 힘들겠죠."

출판사 사장은 입에서 여송연을 빼고는, 자기보다 젊은 눈앞의 남자를 물끄러미 바라보다 입을 열었다. "그렇게 말하면 나로서는 억울하군. 그게 아닐세. 흔한 오해이기는 한데, 자네가 말하는 소위 '기성 권력'은 억압으로 이 나라를 지배하는 게 아니라네. 우리는 대중이 살 만한 책만 출판하지. 그걸 목적으로 하는 사업체란 말일세.

사실 자네가 귀를 기울여준다면, 자네의 책을 팔릴 만하게 만들 방법을 하나 제안할 생각이었어. 자네한테 필요한 것은 공동 저자일세. 저술이라는 게임의 규칙을 잘 알고, 그걸 실행에 옮길 담력을 지닌 사람 말이야."

대필 작가로부터 개작한 원고가 도착한 날, 존스가 윈게이트의 거처에 들렀다. "이것 좀 들어보라고, 존스." 그는 비참한 목소리로 말했다. "이것 봐, 그 지저분한 개자식이 내 책에 무슨 짓을 했는지 들어보라고. '다시 감시자의 채찍 소리가 내 귓가에 울렸다. 이미 수척해진 동료의 육신이 매서운 채찍질 아래 가늘게 떨렸다. 그는 간신히 쿨럭거리는 기침을 내뱉고는, 발목을 당기는 쇠사슬의 무게를 이기지 못하고 허리까지 잠기는 물속으로 천천히 무너져내렸다.' 젠장, 존스, 자네 이런 허튼수작을 본 적이나 있나? 그리고 새로 붙인 제목도 좀 봐. 《금성에서 나는 노예의 몸이었다》라니. 싸구려 잡지의 고백 기사 같은 제목 아닌가."

존스는 대꾸하지 않고 고개만 끄덕였다. 윈게이트는 말을 이었다. "그리고 이것도 좀 들어봐. '축사의 소들처럼 감금된 채로, 땀에 젖어 번들거리는 나신을 애써 가누며, 여성 노예들은 몸을 피하려 애썼다….' 아, 젠장. 도저히 더 읽을 수가 없군!"

"뭐, 허리띠만 걸치고 다닌 건 사실이잖나."

"그래, 그렇지. 하지만 그게 이 건이랑 무슨 상관이란 말인가. 금성의 복장은 혹독한 기후의 부산물일 뿐이야. 음흉한 눈으로 보면 안 된다고. 그 작자는 내 책을 빌어먹을 섹스 쇼로 바꾸어놓았어. 거기다 감히 자신의 행동을 변호하기까지 했다고. 사회 선전물은 과장된 표현에 의지해야 설득력이 있다는 거야."

"글쎄, 그 말에 일리가 있을지도 모르지. 《걸리버 여행기》에도 흥분되는 구절은 가득하고, 《톰 아저씨의 오두막집》의 채찍질 장면도 아이들한테 읽힐 만한 내용은 아니잖나. 《분노의 포도》는 또 어떻고."

"젠장, 이따위 싸구려 선정주의에 의존해야 한다면 차라리 혀를 깨물겠어. 누구나 이해할 수 있게 완벽하게 직설적이고 공정한 책을 썼는데."

"이젠 그렇게 생각하나?" 존스는 입에서 파이프를 빼며 물었다. "솔직히 자네가 눈을 뜨려면 얼마나 걸릴지 궁금했는데 말이지. 지금 자네가 변론을 맡겠다고 나선 사건 말인데, 딱히 특별한 구석이 있나? 언제나 벌어지던 일 아닌가. 이미 오래전에 미국 남부에서 일어난 일이지. 그런데 캘리포니아에서도, 멕시코에서도, 오스트레일리아에서도, 남아프리카공화국에서도 같은 일이 되풀이되었잖나. 그 이유가 뭐겠나? 확장해 나가는 자유 기업 경제 체제에서는, 식민지 개발에 모국의 자본을 투입할 경우 발생하는 온갖 특수한 조건에 최적화된 별도의 통화 제도를 사용하지 않는 이상, 항상 같은 일이 일어나기 마련이야. 모국에서는 간신히 생계를 유지할 정도의 임금이 지급되고, 식민지에서는 노예 노동력을 사용하게 되는 거지. 부자는 더욱 부유해지고 빈자는 더욱 빈곤해지는 거야. 소위 지배계층이라는 자들의 모든 선의를 모아도 그런 상황은 해결할 수 없어. 근본적인 문제를 해결하려면 과학적인 분석과 수학적으로 엄밀한 정신이 필요하기 때문이지. 자네가 이런 문제를 일반 대중이 받아들이게 할 수 있을 것 같은가?"

"시도는 해볼 수 있잖나."

"내가 이 문제를 자네에게 설명하려 시도했을 때는 얼마나 성공했더라? 그러니까, 자네가 결과물을 직접 보기 전까지 말이야. 심지어 자네는 똑똑한 친구 아닌가. 안 돼, 윈게이트. 사람들한테 설명하기에는 너무 난해하고, 흥미를 끌기에는 너무 추상적인 내용이야. 저번에 여성협회에 강연하러 가지 않았나, 윈게이트?"

"그랬지."

"성과는 좀 있었나?"

"글쎄… 위원장이 미리 나를 호출해서 강연 시간을 10분으로 줄여달라더군. 자기네 전국 협회장이 찾아올 예정이라 시간이 부족하다고 말이야."

"흠, 그렇다면 자네의 위대한 사회적 메시지가 어느 정도의 경쟁력을 가지는지 이젠 짐작이 갈 텐데. 어쨌든 상관없지. 10분이면 이해할 능력이 있는 사람을 설득하기에는 충분한 시간이니까. 그래서 설득한 사람은 있었나?"

"그게… 확신은 못 하겠어."

"확신 못 하기는 얼어죽을. 박수갈채야 열심히 보내겠지만, 끝나고 찾아와서 수표에 서명해준 사람이 몇이나 있었나? 무리야, 윈게이트. 말랑말랑한 이성적 행동으로는 이런 동네에서 전혀 소득을 낼 수 없다고. 자네 목소리가 사람들의 귀에 닿게 하려면 스스로 정치 선동가로 나서거나, 그 느헤미아 스쿠더라는 작자처럼 선동적인 설교자가 되어야 하는 거라고. 즐겁게 손을 맞잡고 지옥으로 행진하는 중인데도, 제대로 사고가 나지 않으면 아무도 멈출 생각을 않는단 말이야."

"그래도… 아, 젠장! 대체 그럼 뭘 할 수 있다는 거야?"

"아무것도 못 하지. 상황이 호전되려면 우선 한참 곪아야 하는 거 아니겠어. 일단 한 잔 들지."

로버트 A. 하인라인 중단편 전집 **2**

개 산책도 시켜드립니다

초판 1쇄 발행 2023년 4월 4일

지은이 로버트 A. 하인라인
옮긴이 고호관, 배지훈, 서제인, 조호근, 최세진
펴낸이 박은주
편집 강연희, 설재인, 이다영, 최지혜
표지 디자인 김선예
본문 디자인 서예린, 오유진, 이수정, 장혜지, 황혜나
마케팅 박동준

발행처 (주) 아작
등록 2015년 9월 9일 (제2021-000132호)
주소 04050 서울특별시 마포구 양화로 156 LG팰리스빌딩 1428호
전화 02.324.3945-6 **팩스** 02.324.3947
이메일 arzaklivres@gmail.com
홈페이지 www.arzak.co.kr

ISBN 979-11-6668-722-8 04840
979-11-6668-777-8 04840 (세트)

책 값은 표지 뒤쪽에 있습니다.
잘못 만들어진 책은 구입하신 서점에서 교환해 드립니다.